无悔时光

张教立 / 著

当代世界出版社
THE CONTEMPORARY WORLD PRESS

图书在版编目（CIP）数据

无悔时光 / 张教立著. --北京：当代世界出版社，2023.2

ISBN 978-7-5090-1670-1

Ⅰ.①无… Ⅱ.①张… Ⅲ.①长篇小说—中国—当代 Ⅳ.①I247.5

中国版本图书馆CIP数据核字（2022）第114183号

书　　名：无悔时光
监　　制：吕　辉
责任编辑：李玢穗
出版发行：当代世界出版社
地　　址：北京市东城区地安门东大街70-9号
邮　　箱：ddsjchubanshe@163.com
编务电话：（010）83907528
发行电话：（010）83908410（传真）
　　　　　13601274970
　　　　　18611107149
　　　　　13521909533
经　　销：全国新华书店
印　　刷：天津中印联印务有限公司
开　　本：710毫米×1000毫米　1/16
印　　张：20
字　　数：295千字
版　　次：2023年2月第1版
印　　次：2023年2月第1次
书　　号：ISBN 978-7-5090-1670-1
定　　价：69.00元

在这部小说里，您看到的不仅仅是故事，还有人生。

如果您能耐着性子看完，一定会有所收获。

这部小说里的人物无具体的原型，请勿对号入座。

目录

第一章　新　兵

一

1967 年，我国没有大规模地征兵，只招收了少数特长兵，所以 1968 年的征兵两年并成一年，征兵数量非常大，仅我们村就有五个年轻人一起穿上军装，走进军营。

我的家乡在一个并不偏僻的平原农村，但是因为贫困，那里文盲的"普及率"比较高。与我一起入伍的那批农村兵，大部分是小学文化，有一小部分根本就没有上过学，还有一小部分是初中毕业，像我这样高中毕业的是凤毛麟角，也算是新兵中的"高级知识分子"了。

在驻华北某大城市的解放军某后勤分部机关结束了三个月的新兵训练后，我同村的几个老乡分别被分配到分部下属位于深山老林的仓库、医院去了，我则被留在分部机关警卫通信连一排二班当战士。

一排二班班长崔永来是个已经服役两年多的老兵，他让我和从同一个人民公社一起入伍的老乡杨笤筐结成"一对红"①，开展一帮一活动。可能考虑我是有知识的"老三届"②，能写会画，大批判稿也写得不错，可以帮助杨笤筐学习文化；而杨笤筐是个只知道学校大门朝哪边开，从没有进去念

---

①　一对红：每两个人结成"对子"，通常是一个较进步的人与一个较落后的人组对，互相帮助。

②　老三届："文化大革命"爆发时，在校的 1966 届、1967 届、1968 届三届初高中学生。当时的初高中学生因"文革"而滞留在校，到 1968 年出现了六届中学生同年毕业的奇景。

过书、大字不识一个的文盲，但是他的力气特别大，投掷手榴弹一出手就是四十多米，我用尽了全力也投不到三十米，崔班长希望他能够在军事训练和干体力活的时候帮助我。

杨箩筐从小在田地里干惯了农活，力气的确不小，晚上紧急集合，连着跑两千米，大气都不喘一口，而我跑到后半程，一只手悄悄地拉着他的背包带还跟不上队伍。到机关农场参加劳动，每个人要割四垄稻子，我腰酸腿疼地刚割到地中间，杨箩筐已经割到地那头返回来接应我了。

不过，杨箩筐看见书本就发蒙，听到学习就头疼，为了教他学文化，我是伤透了脑筋。

人们经常用来形容文盲的一个成语是"目不识丁"，为了形象教学，我从墙角捡了半截铁钉子，让他先学习认识"丁"字，还捡了一大一小两个石头蛋子，让他学着认识"大"字和"小"字。

过了两天，我用钢笔在白纸上写了个"大"字，问箩筐："这念什么？"箩筐说不出，我就拿出大石头蛋子启发他。箩筐想了想说："这念'大石头'。"

我说："这不念大石头，是念'大'！"我又在纸上写了个"丁"字，把半截铁钉子也放在旁边，问箩筐："这念什么？"

箩筐看了看说："这念'小铁棍'，噢，不对，这个字应该念'小'。"

我哭笑不得。

他由于家里穷，小小年纪就开始跟在大人的屁股后边去田间劳作，在黄土地上的每个脚窝窝里播撒渺茫的希望，没有养成动脑筋学文化的习惯。

按照要求，部队征兵时是不能接收文盲青年入伍的，但杨箩筐的叔伯哥哥是他们生产大队的民兵营长，他不但让杨箩筐当了兵，还在文化程度一栏里给他填了个"小学毕业"。个别农村青年为了能当上兵，会故意把学历报得高一些，与我分在同一个班里的新兵梁继亭，只上了两年半小学，学历那一栏里却填了个"初中毕业"。梁继亭的语文水平很低，汉语拼音一点都不会，问他声母、韵母是什么？他说"生母孕母"就是同一个人，一个女人怀孩子的时候是孕母，生了孩子就是生母。他的算术水平更是低得让人发笑，问他二分之一加二分之一等于多少？他说等于四分之二。他加法减法的知识虽然懂得不多，但是乘法除法却略知一二，会说"管他三七二十一""咱俩二一添作五"。更可笑的是，他还是个敢于"改写历史"的人。有一次，他脸红脖子粗地与另外一个姓梁的新兵抬杠，硬说清朝前边就是唐朝，并且信誓旦旦地打赌道："如果我输了，随你姓！"

　　部队的征兵人员知道农村有文化的青年人不多，所以注重的是他们的阶级成分和身体条件，对他们的文化程度不敢有太高的要求，对虚报文化程度的现象也是睁一只眼闭一只眼。有时候为了能够把根红苗正、身体强壮的青年带到部队，干脆把两只眼睛都闭上。我们县有四五十万人口，但是只有一所高中和五所初中，在校学生不足两千人，而且由于那几年停课闹革命，多数老师受批斗，学生在学校并没有上过几天正经课，大辩论磨薄了嘴皮子，大批判练硬了笔杆子，要说脑子里的文化知识，嗨，那是少之又少！

　　我还有一项任务，就是帮助杨箩筐写家信、读家信。给箩筐家里写信的时候，我先把他想说的意思在废纸上起个草稿，念给他听，修改后再抄到信纸上。箩筐认真地把我写好的信纸折叠起来，装进信封，粘贴好，小心翼翼地拿着，到连部交给通讯员盖免费三角章发走。

　　箩筐每次收到家里的来信，都像小孩子过年收到压岁钱一样高兴。他把信封递给我，我拆封、念信的时候，他一直用贪婪的眼光盯着我的每一个动作，支棱着耳朵，半张着嘴，生怕漏听我从嘴里念出来的每一个字。直到我念完了此致、敬礼和寄信人、年月日之后，他还总是止不住再问上一句："完了？"一副意犹未尽的样子。

　　箩筐家里的来信大部分是他的父母寄来的，他们每次都请生产队的老会计写信，语言半文半白，字体龙飞凤舞，我连猜带估地能看出个大概意思。

　　有一天，箩筐又递给我一封信让我念，我看信封上，字体忸怩，十分生疏，我撕开信封拿出信，发现署名是"银花"——箩筐曾经上过四年小学的对象，因为箩筐不识字，她很少给箩筐写信，便不假思索地开始念："箩筐你好，我生了！"

　　箩筐怀疑自己听错了，好奇地插话问我："什么熟了生了？"

是呀，生什么了？我心里也嘀咕。

"孩子包（抱）到你家来了！"

我念完这句话，直埋怨箩筐："你怎么、怎么有孩子了？"

箩筐满脸惊恐，语无伦次地说："我也不知道，就在我穿上军装的前两天，怎么一下子，就、就……"

我看到箩筐满脸通红、着急上火的样子，安慰他说："别着急，慢慢说。"

我仔细一想，又觉得不对了，人们常说"十月怀胎，一朝分娩"，我们到部队还不到六个月呀，难道银花的肚子与别的女人不一样？

这件事我报告给班长，班长报告给排长，排长又向指导员报告之后，连里很多人都知道了，大家都表示气愤，劝箩筐与银花吹了。

我知道在与银花吹与不吹这个问题上，箩筐很难下决心，如果默许了这件事，他将要忍受很大的痛苦，男人的面子都丢光了。与银花吹了，他没文化，家里穷，很难再找到对象。为了给银花家送彩礼，家中已经把能换钱的东西差不多都卖光了，现在除了几间破草房和一点果腹的口粮，已经是风扫地，月点灯，太阳照身暖烘烘，几乎一无所有了。

分部机关的政治协理员办公室以组织的名义给箩筐家乡公社的革命委员会发函，请他们调查此事。对方回信答复说，公社革命委员会的一个副主任在银花她们村驻队时，与银花做了不应该做的事情，公社革命委员会已经对那个副主任进行了"严厉批评"。对方还说，银花与箩筐只是确定了恋爱关系，尚未领取结婚证，并没有结婚，所以那个副主任谈不上是破坏军婚，只是一般的生活作风问题。

箩筐与银花最后没有"吹"。箩筐与他爸爸、他爷爷，在家里都没有弟兄，这叫"三辈单传"。箩筐的爸爸妈妈看到天上掉下来的胖孙子，竟然喜欢得不得了，写信劝说箩筐认下这个孩子。

箩筐也征求过我的意见，我对于这件事心里虽然也有些气愤，但是知道了箩筐家里老人的想法之后，就含糊其词地劝他面对现实："银花年龄还小，她只是一枚苦涩的青果，还不能算是出墙的红杏，由于年纪轻，没有经受住引诱，所以过错主要在男方。"

笤筐最后原谅了银花。

二

我们这些新兵刚分到警卫通信连的时候，都表现得非常积极。没过多长时间，原来是社会青年的，向组织递交了入团申请书；已经加入了共青团的，向组织递交了入党申请书。好人好事更是层出不穷，晚上谁要是在洗漱室里泡一盆脏衣服，第二天早上准会发现已经被别人偷偷地洗好晾了起来。我们吃饭前，都要在饭堂门口排着队先唱一支歌，唱得最多的是"语录歌"，比如《领导我们事业的核心力量》《我们共产党人好比种子》《下定决心》等等；有的战士在饭堂的大门刚一打开时，就抢先跑进去读报纸；还有的战士为了帮助炊事班洗碗，饭没吃饱就在洗碗池旁边占好了位置。

农村长大的孩子，到了城市以后，对什么都感到新鲜，连队每个星期天都会安排一定比例数量的新战士，由老兵带着到城里看一看。

上了公共汽车，我们就开始向乘客高声念报纸，乘客们对这种现象已经司空见惯，木然地坐着或者站着，面无表情，任凭或高或低的南腔北调冲击着耳膜。

有一天，带着新兵进城的老兵向崔班长报告："梁继亭逞能，看到别人在公共汽车上念报纸，也想表现表现自己。他念了一篇《人民日报》上的评论员文章，不仅念得磕磕巴巴，还把'资产阶级当权派已经成了不齿于人类的狗屎堆'中的'狗屎堆'念成了'狗尿堆'。"

崔班长吓了一跳，梁继亭到部队以后，虽然学习文化比较主动，但是知识水平还远远达不到能在公众场合念报纸的程度。

念错党报虽然不能说成是"政治错误"，但也不是一般的小事情。崔班长听了老兵的话，只是愣了一下，马上故作无所谓地对老兵说："狗屎和狗尿都是狗的排泄物，都没什么好味道，梁继亭不算是有大错，这件事情以后咱们谁都不要再提了。"

发生这件事情之后，崔班长与梁继亭谈过两次话，我发现梁继亭后来学习文化比较用心了。

部队营区围墙外边一个叫"三工区"的工地上正在建设一个展览馆，高音喇叭每天上午八点、下午两点会准时响起："三工区广播站，现在开始广播——"不是读挑战书、应战书，就是表扬好人好事。

有个星期一的早上，我们刚刚吃过早饭，三工区大喇叭里的几句话便引起了大伙的注意："红旗飘飘舞东风，伟大的时代出英雄。解放军某部战士王振国昨天与他的几个战友又放弃休息时间，来到工地上参加义务劳动……"

大伙一起把敬佩的目光聚焦到一排一班战士王振国。

王振国是与我同时入伍的新兵，他是我们这批新兵里最早向组织递交了入党申请书的人。

高音喇叭继续广播："……王振国和他的战友们挑起担子健步如飞，他们想起了挺身堵敌人枪眼的黄继光，想起了手托炸药包炸毁敌人碉堡的董存瑞，想起了在敌人的铡刀下宁死不屈的刘胡兰，想起了……"

广播里的话把大伙逗乐了，有个老兵用胳膊肘碰了碰王振国："嘿，干着活想什么呢？别忘了把肩膀上担子里的土倒出来！"

"我当时就想着坚持干到收工时间，赶快回来吃饭，没有想别的！"王振国"嘿嘿"地憨笑着说。

第二天上午八点钟，三工区工地上的高音喇叭又准时响起了："三工区广播站，现在开始广播——"

有个调皮的老兵学着播音员的腔调低声说："三工区瞎扯淡，现在开始胡说——"

三

警卫通信连的一排、二排是警卫排，全部是男兵，负责分部机关营门全天二十四小时的警卫工作，以及营院晚间巡逻和公差勤务任务。三排是通信排，其中一个班是男兵，负责通信线路的开设和维修，两个班是女兵，负责话务保障。

分部机关营门外边就是马路，我们觉得白天站岗很有意思，虽然站久了也会腿疼，但是可以看人来人往，阅世间百态，而且穿绿色军衣、持自动步枪，自己感到非常自豪，别人也很羡慕。晚上站岗就没有那么舒服了，特别是到了凌晨两三点钟，两只眼睛的上眼皮和下眼皮总是想偷偷地接吻。杨箩筐不怕白天干体力活，就怕夜间站岗，但他练就了一副本领，就是站着打瞌睡身体也不会晃动。

有一天凌晨，东方泛白，四周静寂，路灯闭上眼睛，开始了一个白天的休息。天色尚有些昏暗，正在哨位上站着打瞌睡的杨箩筐，直到查哨的崔班长走到自己跟前才惊醒过来。

崔班长问他："你刚才看到我了吗？"

杨箩筐连忙回答："看、看到了！"

"看到我了为什么不问话？"

"我知道是你了还问什么！"

"问口令啊！"

"啊，对不起，我忘了。"

忘记问口令算疏忽，站岗打瞌睡是错误。

杨箩筐站岗站了七个月就被调到警卫通信连的炊事班做饭去了，调动的原因不是有人发现他站岗打瞌睡，而是他站岗时无法做情况记录。

按照要求，战士站岗值勤期间，要做好情况记录，比如几时几分谁来查岗，几时几分哪位客人来找分部首长或来机关办事，等等。杨箩筐不认识字，站岗时碰到的情况只能等到下一班认识字、会记录的战士接班后帮他补记。

梁继亭学习文化还算比较努力，但是他喜欢逞能的毛病并没有完全改掉。他站岗做情况记录的时候，喜欢自以为是，有的字不会写也不愿意请教别人。有个查岗的首长姓冀，叫冀天民，"冀"字和简化前的粪字字形差不多，繁体的粪字由"米、田、共"三部分组成，"我请你吃米田共"就是一句用繁体的粪字说的玩笑话。做情况记录时，梁继亭把冀天民的"冀"写成了繁体的粪字，"冀天民"就成了"粪天民"。还有个查岗的首长姓文叫文斌，"斌"字和"贼"字的字形差不多，结果梁继亭把他的名字写成了"文贼"。这两位首长，一位是分部司令部的副参谋长，一位是分部政治部保卫科的科长，他俩都是直接管着警卫通信连的"头头"。这两件事情发生后不久，梁继亭就被调到机关农场种稻子去了。

也就是梁继亭被调走的那个星期，我被调到警卫通信连连部当了文书。

四

部队为了让战士们不忘阶级苦，牢记血泪仇，会不定期地安排吃一次"忆苦饭"。

这一次，警卫通信连食堂做忆苦饭的"大厨"是杨箩筐。

杨箩筐被调到炊事班以后，主要负责烧火和饲喂几头小猪。箩筐的爸爸在人民公社兴办大食堂的时候做过饭，在生产大队的养猪场也喂过猪，耳濡目染下，杨箩筐对喂猪和做大锅饭的事也算是略有见识。警卫通信连的首长把箩筐调到炊事班做饭，虽说是因为他没文化、站岗时不会做情况记录，但也算是人尽其才了。

炊事班的班长姓严，也是生在新社会、长在红旗下的年轻人，他虽然不知道旧社会的人过着什么样的苦日子，但他也听人说过是"吃糠咽菜""食不果腹"。

杨箩筐当然也没有在旧社会吃过苦，但是他经历过二十世纪六十年代初期的三年困难时期，也曾经吃过米糠、高粱壳、野菜和榆树皮等可以拿来充饥的东西。

杨箩筐将剁碎的白菜帮子、煮得半熟的红薯和萝卜掺和在一起，里边又添加了一些玉米面，撒上两勺盐，搅和了两大盆，与炊事班的战士们一起蒸了几笼菜团子，吃忆苦饭时全连指战员每人一个。

忆苦饭开吃的时候，为了烘托气氛，通信排的一个女话务员还在饭堂里声情并茂地唱了一首当时很流行的歌："天上布满星，月牙亮晶晶，生产队里开大会，诉苦把冤伸……"

我边吃边观察了一下，坐在我旁边饭桌上的四个女战士，有三个在边吃边抹眼泪，"降水"人数比例高达百分之七十五。

警卫通信连的女战士都是城里生城里长的孩子，家里的生活条件自然比农村要好一些，即便是在三年困难时期，也没有到吃糠咽菜的地步。她们捧着菜团子，咬了一口在嘴里嚼着，从口腔的这一边再倒到那一边，倒来倒去，就是咽不下去。有个女战士干脆把菜团子掰成小块，捏成圆球状，像吃中药丸一样用白开水往肚子里边送。

农村长大的孩子到部队以后，每天四毛多的伙食费，早上有窝头、咸菜，中午和晚上有馒头、米饭和炒菜，尽管每天吃到嘴里的肉"不足挂齿"，但我们依然觉得与农村家里相比，伙食已经相当不错了。

我们这些农村兵吃饭也非常简单，有的新战士到了食堂，几个热馒头进肚，嫌喝热汤费事，嘴对着自来水管再灌一通凉水就是一顿饭。

杨箩筐用喂猪的食材做成的菜团子虽说不太好吃，但比三年困难时期我们吃过的树皮野菜可强多了。

我们班的一个战士很快就把自己的菜团子吃完了，还余兴未消，咂咂嘴低声说："真好吃！"

坐在那个战士旁边的崔班长，大半个菜团子也进了肚子，他狠狠地瞪了那个战士一眼，赶快咽完嘴里的东西，低声呵斥他："不准说好吃！"

我心里清楚，我们不可能单凭一顿饭就体会到旧社会的苦难，只是说能借此对过去的艰辛生活多一些了解。先辈们平时不一定能吃到警卫通信连炊事班做的那样的糠菜团子，不然，我的姥爷也不会饿死，我的姥姥也不会带着我的母亲逃荒到异乡。

部队还经常对战士们进行艰苦奋斗的传统教育，"勤俭是咱们的传家宝，社会主义建设离不了"，这是我们当时经常唱的一首歌里的两句歌词。

我刚到警卫通信连的时候，连首长就让一个老兵给我们介绍他怎么从每个月六块钱津贴费中省出五块来的事迹。连里的女兵觉得一人一个月花一块钱简直不可思议，她们每个月六块钱的津贴费再加上七毛五分钱的"卫生费"还总是觉得不够花。而我们这些农村长大的男兵不仅认为一个月花一块钱很正常，而且对那个老兵讲的事迹还有点不服气。

农村的孩子没有刷牙的习惯，主要是经济条件不允许，家里连买盐和灯油的钱都没有，怎么可能去买牙刷、牙膏呢。到部队以后，我们才舍得花几分钱买支牙刷、花几毛钱买袋牙膏，开始学习刷牙。

从来没有刷过牙的成年人刚开始刷牙的时候，有的人牙床会出血。有一天，与我同时入伍的农村新兵刘长兴在洗漱室刷牙的时候，满嘴血沫，他旁边一个城镇入伍也在刷牙的新兵大惊小怪地朝着他喊："大家快看，他的嘴在流血！"刘长兴的自尊心很强，被同时洗漱的几个战士瞅得不好意思，有些生气，喝一口凉水漱漱口，也故意大惊小怪地指着那个城镇新兵满口白色泡沫的嘴说："大家快看，他的嘴在流脓！"

据我所知，刘长兴每个月的开支也就是块把钱，别人一袋牙膏用一个月，他能用两个月，一次只挤那么一点点，挤不出来的时候就用小刀把牙膏皮划开，用牙刷在上边再蹭几次。偶尔进一次城，他也从来不乱花一分钱。有一次，那个说他刷牙嘴巴流血的城镇兵在他面前故意炫耀说："工农兵商场对面刚开了一个冷饮店，我今天进城花两毛钱在那里买了一盒冰激凌，吃得从头顶凉到脚底，真痛快！"刘长兴故作不屑地说："冰激凌谁又不是没尝过，缺油少盐，有什么好吃的！"

刘长兴根本就不知道冰激凌是甜的，三分钱一根的冰棍都不舍得吃，更别说几毛钱一盒的冰激凌了。

我们入伍半年的时候，那个没吃过冰棍，更没有吃过冰激凌的刘长兴家里翻修房子，他一下子给爸爸妈妈寄回去了三十五块钱。对于他的行为，多数战士表示敬佩和赞赏，也有个别调皮战士出他的洋相，说他平时格外节省，去厕所大便的时候从来不带手纸，而是捡别人用过的使。还煞有其事地说："刘长兴自己讲过：'手纸只用一面多可惜，别人用这一面，我用另一面！'"

我们当兵一年的时候，又一批新兵下连了，这一次给新兵介绍艰苦奋斗事迹的老兵，连首长安排的是刘长兴。

五

我们这批农村兵刚到警卫通信连的时候，一些城市入伍的女兵有些看不起我们，她们细皮嫩肉，我们又黑又瘦，她们能歌善舞，我们乡巴老土。特别是一个叫安然的女战士，据说她爸爸是某个省军区的副政委，她见了我们这些农村兵，总是昂首挺胸，一副趾高气扬的样子。

有一次，安然与连里的几个女战士在文体活动室里打乒乓球。与我在同一个警卫排的新战士郭秋林是我在公社初中和县城高中读书时的同学，他活泼好动，爱说爱笑。他与两个男兵看到女兵们正在打乒乓球，手直痒痒，仗着自己在学校上学时乒乓球比赛拿过名次，就向安然叫板："敢不敢与我一决雌雄？"

安然正打在兴头上，直起身来，不屑地看了郭秋林一眼，眉毛一挑说："咱们俩谁是雌，谁是雄，一眼就能看个明白，还用得着决吗？"

安然的一句话，让女兵们掩嘴直笑，男兵们羞愧得落荒而逃。

分部机关的营区很大，营区内靠北边有一道河堤一样的高坡，站在高坡上，可以看到营区围墙外边的海河。高坡上是警卫通信连的战士们最爱去的地方，不管春夏秋冬，只要不是下大雨、刮大风，晚饭后到晚间集中读报学习这一段时间，总有一些战士在那里散步聊天、嬉戏打闹。

我们当兵第一年深秋的一天，郭秋林与班里的几个战士吃过晚饭在高坡上做俯卧撑、翻跟头。

真是"冤家路窄"，安然带着两个女兵也上了高坡。

安然没有理会郭秋林一伙人，她还沉浸在不久前取笑郭秋林的喜悦中。她站在高坡上，张开双臂，迎着习习的凉风，对着远处滩肥水瘦的海河高声地喊道："啊，海河，我的母亲！"

郭秋林从地上爬起来，学着安然的姿势和腔调，也对着海河高声地喊叫："啊，海河，我的丈母娘！"

这一次是男兵们哈哈大笑，女兵们脸红得如同火烧。

安然不干了："郭秋林你什么意思，想占我们的便宜！"

郭秋林脖子一挺说："谁占谁的便宜了？母亲疼爱闺女，丈母娘喜欢女婿，海河用苦涩发咸的水哺育了两岸儿女，是我们生活中的主要水源。这说明我们与她的关系都很密切，你们可以发感慨，我们也可以述情怀。"

"你是在狡辩！走，咱们回连里让指导员评理去！"

安然不依不饶。

我与另外一个新兵爬上高坡时，双方还在争论不休。

我问清了他们争论的原因后，在一旁和稀泥，对郭秋林和安然说："你们都别争了，也别吵了，海河已经承受不了城市用水的沉重负担，再不采取措施就要枯竭了，我们都要节约用水、保护水源，不然，她既不是某些人的母亲，也不是某些人的丈母娘，而是我们大家共同的'干娘'了。"

高坡上的男兵女兵都笑了，我的话给了他们台阶下，安然看了看郭秋林，撇了撇嘴说："秦文书的话我们爱听，不像有些人胡搅蛮缠，走，姐妹们，咱们撤退！"

郭秋林特别高兴，觉得自己报了几天前的"一箭之仇"。

对于连里的女兵，多数男兵心里是佩服的。她们唱歌比我们好听，跳舞比我们好看——我说的是跳"忠字舞"，一种类似于广播体操但含有浓重政治意味的运动形式。她们的文化程度都在初中以上，念报纸、读发言稿，都比我们顺溜，大批判文章也写得比我们生动。

当然，有些我们农村兵知道的事，她们也不懂。有一次，警卫通信连到郊区开展助民劳动，一个女兵指着一头毛驴问农民："同志，你们生产队的马个头怎么这么小呀？"

这个"指驴为马"的乌龙在警卫通信连里传为笑谈。

六

部队每年进行两次总结评比工作，年中的时候叫"初评"，年终的时候叫"总评"。我们当兵后第一年年终总评的时候，警卫通信连除了按上级要求总结全年工作，还要表扬好人好事、评选学习与工作中的积极分子。

杨箩筐到炊事班以后，烧火很认真，几头猪也喂得不错。连长说，警卫通信连食堂猪圈里的猪原来瘦得脊梁骨像是一把刀，能切西瓜，被箩筐喂了几个月以后，猪肥得像是个大石磙，能碾稻谷。有的战士开玩笑说，箩筐对猪比对银花还有感情，天热了给猪冲澡，天凉了给猪铺草保暖，他还利用休息时间打猪草、挖野菜，想着法子给猪改善伙食，就差晚上搂着猪睡觉了。箩筐喂猪有个秘诀，调配好的饲料不是马上喂，而是有意放一放，适当发酵，等有了一股酒香味的时候再喂，这样猪特别爱吃，自然身上的膘也长得快。

连首长让炊事班的严班长帮助箩筐准备年终总评的先进事迹，让他在全连军人大会上介绍，并且争取作为连队的典型，出席后勤分部每年一度的积极分子代表大会。

严班长给箩筐准备的介绍自己先进事迹的材料好像连环画：画了满天星星，让他说自己每天天不亮就起床干活；画了一个着火的炉灶，让他说自己怎样节约用煤；画了几头小猪，让他说自己怎样把猪喂肥。

不管是谁，在正规场合讲话、发言，都要先朗读或背诵一段领袖语录，也叫"最高指示"。箩筐不识字，不会朗读，只能背诵，那让箩筐背诵什么好呢？严班长心想："革命不是请客吃饭，不是做文章，不是绘画绣花，不能那样雅致，那样从容不迫，文质彬彬，那样温良恭俭让。革命是暴动，是一个阶级推翻另一个阶级的暴烈的行动"这一段话引用的人比较多，对，就让他背这一段。

严班长问箩筐："'革命不是请客吃饭'那条语录你会背吗？"

箩筐想了想，不太有把握地说："我、我会背！"

"好，背一遍我听听。"

箩筐开始背："最高指示：革命不是请客就是吃饭——"

严班长连忙制止住箩筐说："你第一句就背错了，这两天少干点活，尽快把这一段语录背会。"

两天之后，严班长喊上副班长，一起听箩筐背语录。

箩筐用尽了吃奶的力气背了两天，好不容易才把班长指定的这段语录背得差不多了，但一看到班长和副班长都在自己面前坐着，心里就毛了，他哆嗦着嘴唇开始背："最高指示：革命不是请客吃饭——"

严班长看到筶筐停顿了一下，鼓励他说："不错，接着往下背。"

"不是绘画绣花，主要是做文章——"

严班长听到杨筶筐又背错了，不高兴地摆摆手："什么乱七八糟的，今天先别背了。"

警卫通信连的指导员听了严班长的情况汇报之后，对我说："小秦，你最了解杨筶筐，到炊事班去，先让他试讲一遍要介绍的事迹，听听有没有不合适的地方，语言逻辑差一点没关系，主要是政治上不能出什么差错，然后再帮他选一条介绍先进事迹时要背诵的语录。"

筶筐拿着严班长给他画的"连环画"，先介绍自己的事迹，虽然结结巴巴，但是大概意思说清楚了。我听了以后对严班长说，杨筶筐的先进事迹介绍还说得过去，大概意思都有了，他没有文化，记忆力又差，长一点的语录肯定背不下来，我们帮他选一条短一些的让他背。

我和严班长商量之后，决定让筶筐背诵"千万不要忘记阶级斗争"。

这条语录只有这么一句话，十个字。

只过了半天时间，筶筐就对严班长说他会背了。

严班长让一位炊事员给我传话，我再次赶到炊事班时，看到筶筐已经站在严班长面前，作好了背诵的准备，样子似乎是很轻松。

这两天为了背诵一条语录费那么大的劲，严班长有点不太高兴，有些严肃地对筶筐说："秦文书来了，你开始背吧！"

筶筐看到班长满脸不高兴的表情，心里又有点紧张，嘴唇也开始哆嗦，瞅了我一眼，开始背："最高指示：千万不要阶级斗争。"

严班长气得一拍大腿，指着筶筐说："我的个妈哎，你、你、你，你可是真要命！"

我向指导员汇报情况之后建议："杨筶筐能够把自己做的好事基本说清楚，但是背诵语录不上道，到时候要是弄出个政治错误来就麻烦了。筶筐的工作干得好，建议连里用其他方式对他进行表扬和奖励，不一定非要让他在大会上发言，请连首长慎重考虑！"

指导员听了我的话，深思了一下，说："你讲得很对，我与连长商量一下再定。"

那一年，箩筐最终没有在警卫通信连年终总评时介绍自己的先进事迹，更没有参加分部的积极分子代表大会，警卫通信连的名额给了话务班一个工作成绩并不算突出，但是介绍先进事迹比较生动的女战士。

杨箩筐没有评上积极分子，不但没有什么意见，反而觉得非常轻松："哎哟！我的妈，再也不用绞尽脑汁背语录了！"

我心里清楚，箩筐到部队这一年来，学习比较认真，工作非常努力，主要还是因为朴素的阶级感情和对本职的热爱，他觉得，身上有了一套军装，肩上就多了一份责任。但是，他对某些事物的认识，还没有真正从感性上升到理性。

第二章 提 干

一

我当兵两年零两个月就提干了，当时提干不是下命令，而是发通知，我的第一个任职通知是保密员，半年之后才又下达通知让我到分部司令部战勤科当参谋。

战士一提干就是行政二十三级，每个月工资五十二块钱，食堂里扣除十五块钱的伙食费以后，还有三十七块钱可以自由支配，这是一笔不小的财富。为了不让别人说"大手大脚""铺张浪费"之类的闲话，我在提干半年之后，才敢花费一百二十块钱买了一块"上海牌"全钢防震手表。后来又花不到十块钱买了一身秋衣，那是我当兵近三年第一次花钱给自己买衣服。

在着装上，干部和战士没有太大的区别，从头往下看，都是红帽徽、红领章，叫作"一颗红星头上戴，革命的红旗挂两边"。从脚往上看，都是解放鞋、绿军裤。不同的是，干部的上衣是四个口袋，战士的上衣是两个口袋。

有一次，军区后勤部的一位首长来后勤分部检查工作，下午上班的时候，分部领导陪同后勤部首长由招待所步行去训练场视察，走在路上，由于天气炎热，首长脱掉上衣交给身后的警卫员，警卫员把首长的上衣搭在了自己的臂弯里。过了一会儿，警卫员也觉得很热，把自己的上衣脱下来，与首长的上衣一起搭在了胳膊上。

快到训练场的时候，后勤部首长伸手向警卫员要上衣，警卫员从臂弯里拿出了一件上衣递给了首长，结果他没有在意，递给首长的是自己的那件，加上首长与警卫员的高矮胖瘦差不多，所以首长穿上上衣后也没觉得不对劲。

后勤部首长穿着战士两个口袋的上衣接见正在训练的干部战士时，警卫员和其他随行人员才发现出了差错。当时，警卫员想哭不敢哭，其他人想笑不敢笑。

几天之后，军区后勤部首长的警卫员就被调到我们分部机关农场种稻子去了，就在梁继亭原来干过活的那个生产班。

干部的服装与战士的服装虽然只是上衣口袋多少有区别，但是干部的服装还是能引起一些战士的羡慕。警卫通信连曾经有个老兵借一件干部的上衣拍了一张照片寄给了在老家的女朋友，被别的战士知道后反映给了连队首长，这个老兵在全连人员大会上受到指导员的严肃批评，指导员不客气地批评他是"小资产阶级虚荣心"在作怪。

二

与我一起入伍的警卫通信连的女兵中，没有听说过谁在当战士期间有男朋友，但是，男兵中不仅有些人有了女朋友（农村人一般称为"对象"），有的人还在入伍的前几天突击结了婚。

我在中学读书期间的同学郭秋林，在警卫通信连当了一年的战士就被派到地方参加"三支两军"（支左、支农、支工，军管、军训）工作去了，在市"三支两军"办公室当通讯员。由于脑袋瓜灵活，能说会写，他得到市"三支两军"办公室领导的赏识，所以提干比我还早一个月。

郭秋林穿上四个口袋军上衣后做的第一件大事，就是与他在老家的对象——我们俩高中学习时的女同学任凤仙断绝了关系，他们俩在郭秋林入伍前已偷食了禁果。我知道任凤仙是个很强势的女人，我和郭秋林入伍以后，她当上了生产小队的妇女队长，这个女人不仅说话嘴巴硬，办事心肠也硬。郭秋林在任凤仙面前也说过令人听了以后感动得涕泗横流的山盟海誓，但是有一点任凤仙没有弄明白，就是当对方必须为一桩婚姻作承诺时，一切才刚刚开始；当对方必须为一段爱情作承诺时，一切却有可能结束。也就是说，真正爱一个人，不需要承诺；不爱一个人，有了承诺也会落空。通常情况下，一旦爱情需要用发誓来表现真诚，就说明其间已经掺杂了许多虚假的成分。有些恋人的承诺，不过是一个骗子说给一个傻子的好话。

在不长的人生经历中，我根据见到和听到的真实事例，得出了一条结论：有些婚姻不过是家庭背景、个人地位和习惯势力等条件被反复权衡、对比后的综合产物，一旦条件的天平发生倾斜，爱情之杯里的水就会流淌出来。在人类的各种"爱"中，爱情往往是最短命的，而它却偏偏被人类用地久天长去维护。

有人总结说，女人能忍受不幸的婚姻，不能容忍不幸的爱情；男人能忍受不幸的爱情，不能容忍不幸的婚姻。感到对方言不由衷、出尔反尔、过度消费自己的信任，是任凤仙对郭秋林与她发生关系变心后不依不饶、决心报复的主要原因。

任凤仙给我们分部的部长和政委分别写了信，控诉郭秋林的"罪行"，说他是"修正主义的苗子""当代陈世美"，不配当"革命事业的接班人"。

我知道，相恋中的男女，感情上一旦出现裂痕，就要用许多唾沫才能够黏合。但我觉得任凤仙和郭秋林的感情可能还有挽回的余地，我也曾经与郭秋林谈过两次心，好言相劝，让他不要辜负任凤仙的一片深情，更不要让头顶上的一片乌云发展为满城风雨。但是，当时有些头脑发热的郭秋林不以为然，还振振有词地对我说："在爱情上，没有谁对不起谁，只有谁不适合谁。发现对方不合适就果决了断，把自由还给对方，把自信留给自己，这样对双方都有好处。"

他自信地认为，自己的做法没有什么不合适的。

我不再过问他和任凤仙的事，但是对他有了一些不太好的看法。社会上，相恋的青年人感情奔放，像未经驯服的野马，会轻而易举地撞坏理智的围栏，做出不应该做的事，如果对方不揪，他人不究，就可以相安无事。但是，部队是有严格组织纪律的，只要有人反映，组织上就不会不管，肯定要追究当事人的责任。

后勤分部的领导对任凤仙写信反映的这件事情非常重视，批示让分部政治部组织科调查清楚后严肃处理。

组织科科长在查清了郭秋林的错误事实之后，批评他说："你现在是军队的革命干部，干部上衣比战士多的那两个口袋，是让你在里边装责任心和事业心的，不是让你装'活思想'和私心杂念的。""活思想"应该是指不轻易示人的真实想法，但常常被有些人当成贬义词使用。

后勤分部的参谋、干事都不能从战士中直接提拔，郭秋林开始的任职通知也是保密员，郭秋林常对别人开玩笑说，他从事的是"不可告人"的工作，一年之后，他的任职通知下发的是政治部宣传科干事。出了与任凤仙的这件事情之后，他就因为"生活作风问题"被调到深山老林的某物资仓库政治处当干事去了。他走的时候，除了背着自己简单的行囊，还背负着一个"党内警告"的处分。

任凤仙的表哥罗长生，与我、郭秋林、任凤仙都是高中时一个班的同学，他高中毕业后在家乡的一所小学当民办教师。

罗长生给我写信，表示了对郭秋林的极大不满，也说他是"当代陈世美"。那年头，"陈世美"的出镜率很高，经常在很多人的恋爱关系和婚姻生活中被请出来充当替身。

罗长生告诉我，郭秋林与任凤仙分手后，任凤仙很快与公社革命委员会一个领导的儿子结了婚，任凤仙还曾气愤地对他说"我与郭秋林的事情还没有完"。

我入伍以后，就没再与任凤仙联系过，也不便与她通信，只是让罗长生劝导她，热恋中的男女，有时候所谓的一诺千金不过是毫无价值的空话，不必太当回事。一个女人，任何时候都不要为负心的男人伤心，因为你最终只会伤到自己，触动不了他的心。也就是说，如果可以选择，最好不要用仇恨结束一段爱情，因为仇恨别人，自己也要有很大的精神付出。

我知道，正在气头上的任凤仙方话难入圆耳朵，不一定会听从我的劝告，我不过是在尽一个老同学的义务。

按照有关规定，部队里的干部男 28 岁、女 26 岁才能结婚，而有些农村青年到了这个年龄，小孩子都会喊爹叫妈了。农村青年结婚早，订婚也早，体检合格准备到部队服役的男青年，地位发生变化，有了对象的，女方会催着尽快确定婚期，没有对象的，家里会被介绍人踏破门槛，甚至一些发愁找不到对象的"滞销品"也成了"抢手货"。就像杨箩筐，若不是当兵，他这样没有文化，家里又穷，当上门女婿估计都没人愿意，当了兵以后，转业回老家就能直接结婚，还有个孩子，虽然不是孩子的亲爸，但毕竟有了妻子，孩子还喊他"爹"。还有梁继亭，他也是在接到入伍通知书以后，才不费力气地与本村心仪已久的女青年确定了恋爱关系。梁继亭身体不健壮，但是力气不小，入伍前是生产小队的生产组长，他的对象是邻近生产小队的妇女队长。他们俩，用村里年轻人的话说，都属于"中华人民共和国最低领导人"。他们俩一经确定恋爱关系，就有可能要组成一个中国农村最基层的"干部家庭"。

爱情和婚姻并不完全是一回事，不是所有的爱情都能成为婚姻，也不是所有的婚姻都有爱情。农村有些男女青年结合，并不是有多少感情基础，而是衡量了对方的条件之后，一次见面订终身，他们没有城里青年花前月下的"恋"，也没有城里青年你死我活的"爱"，即便是双方条件的天平发生了严重倾斜，也能凑合着共同生活几十年，"试问爱情为何物，一辈子稀里糊涂"。

机会和命运都喜欢捉弄人，有时候，你众里寻他千百度，他却对你不屑一顾；有时候，你无心插柳，而柳却成荫。我们那批农村兵，像我和郭秋林一样的高中毕业生，有不少只服役两年多一点就被提拔为干部，成为令人羡慕的军官；文盲和小学文化程度的农村兵，两年服役期满，大部分转业到部队驻地和复员回到家乡的城镇当了工人，或者是被安排做其他工作。初中文化程度的农村兵最倒霉，他们中有些人在部队的工作岗位比较重要，所以部队领导让他们超期服役，是想让他们的归宿比小学文化程度及以下的战士更好一些，结果后来政策发生变化，不再给退伍战士安排工作，这些人中的多数最终还是复员回农村，仍然当农民。

杨箩筐参军两年以后，转业到我们老家县城某个单位当炊事员，吃上了商品粮，拿上了固定工资，成为我们家乡很多文化青年羡慕的对象。

梁继亭就地转业，在距离部队营区不远的一个构件厂当工人。这个工厂在调整"三结合"（军队代表、干部代表、群众代表）临时权力机构时，他作为群众代表，成了构件厂革命委员会的一名成员。

杨箩筐因为还没有学会写信，加上对我有点敬而远之，转业回老家以后就没再和我联系。梁继亭上班的工厂距离分部机关比较近，他倒是经常在周末到我的宿舍来坐一坐。

有一天，梁继亭见了我说："你文化程度高，说起话来唾沫星子里都是标点符号，撒出来的尿都是蓝颜色的。我文化程度低，把两只脚捆住吊在房梁上，肚子里也控不出几滴墨水来。偏偏厂革委会主任让我后天在群众大会上做个表态发言，你快教教我怎么说。"

梁继亭刚刚成为工厂革命委员会的成员，在工厂的群众大会上应当说些什么，我心里也没有底数。不过，盛情难却，我还是给梁继亭提出了几点建议：一是不要避讳自己文化程度低的现实，实话实说，以后有些话讲错了，也可以求得别人的谅解；二是表明态度，自己成为临时权力机构的一员之后，要不忘工人本色，坚持奋战在生产第一线，与工人们一起摸爬滚打；三是进入工厂革命委员会以后要反映群众的心声，急群众之所急，帮群众之所需。

几天之后，与梁继亭一起转业到构件厂的一名老兵对我说："工人们对梁继亭在群众大会上的发言褒贬不一，有的说他说话很实在，挺逗，有的说他讲话没水平，东拉西扯，词不达意。是好是坏你自己判断吧，他讲的大概意思是：'我是个大老粗，以后你们会慢慢地了解我。现在大伙把我选进了工厂的革命委员会，说到底我还是个工人，以后不能掉色，不能脱皮；我是群众代表，就要代表群众，对革命群众要做到帮所帮、需所需，与群众一起连滚带爬。'听了梁继亭的话，台下的工人们都笑了，有的鼓掌，有的撇嘴。"

我听了那个转业老兵给我介绍的情况，直恨自己太没本事，教杨箩筐认字与教梁继亭讲话，怎么都是一个德性，没有好的效果！

梁继亭后来有了什么不明白的问题，偏偏还喜欢找我，总想在我这里问个明白，好像我什么都懂，其实他向我提出的很多问题我也弄不太清楚。有一次，他又到分部机关来，对我说："按照上级安排，厂里要组织工人们学习哲学，哲学是个什么玩意儿，能当馍吃，还是能当汤喝，学它有什么狗屁用处？"我对他说："哲学不能说是个'玩意儿'，根据我的理解，它只是一种思维方法。"

梁继亭显然对我的解释不满意，低头嘟囔了一句："原来一碗糊涂，现在糊涂一碗，听你这么一讲，我更搞不清了！"

"糊涂"是我们老家用白面做的汤，可以喝，也可以刷在墙上粘大字报。

我开导他说："对于很多问题，明白了再说，不明白别讲，宁可承认不懂，也不要不懂装懂，有时候，不说话可以理解为是态度问题，讲错了，就可能成为立场问题。"

梁继亭说："弄不明白的问题让我在心里闷着，我憋不住，上次有个什么人到我们厂里来给班组长以上的干部做报告，厂里领导说，他主要讲'上层建筑'。我开始还以为他是盖房子的，两层以上的楼房不就是上层建筑吗？旁边的人对我说，'不对'，上层建筑是意、意什么？"

"意识形态。"我提醒他说。

"对，上层建筑是意识形态一类的东西。"梁继亭接着说，"给我们做报告的那个人还说，经济、经济什么来着？你看我这记性。"

"经济基础。"我给他补充。

"好像是经济基础！他翻来覆去地说，经济基础决定上层建筑，上层建筑又反作用于经济基础，我在台下越听越不明白，急得对着他嚷：'工人阶级不喜欢绕圈子，你就明白讲，它们俩谁的官大，谁听谁的指挥吧！'结果台上台下的人全都笑了！"

我又一次哭笑不得，对于杨箩筐和梁继亭这样的老乡，有些问题，你不说他不明白，你说了他可能反而更糊涂，真是拿他们没有办法！

"我已经给你说过几次了，你文化程度低没关系，要注意学习，不断提高。自己不懂的事情，先不要瞎说，以免闹出笑话来。"我劝导梁继亭，"听有人说，别人给你讲'岳母刺字'的故事，你说在人的后背上刺字多疼啊，这种事只有当'岳母'的女人才干得出来，'亲娘'肯定不会忍心这样做。"

我说着说着止不住笑了，梁继亭也笑了，他并没有感到难为情。

复员回到农村的退伍兵，一般在退伍后很快就结了婚，虽然入伍前和退伍后都是农民，但退伍战士回到农村以后，不少人都会成为生产大队的民兵营长或村里的生产骨干，所以他们的婚姻基础还算是相对稳固。

在部队提拔的干部和转业到城镇的退伍兵，原来在农村找了对象的，也有不少以分手告终。

多数人与对象都是吹就吹了，像郭秋林一样因为与对象发生关系，被对象告到部队而受处分的人，只是极少数。

三

我刚到分部司令部当参谋的时候，战勤科的田碧野科长问我："小秦，老家有对象没有？"

田科长是新中国成立前参军的，参加过抗美援朝战争，他在分部司令部的几个科长中是老资格，行政十七级，每个月工资一百一十四块钱，按照"造反派"们"每个月工资在一百元以上的都属于'走资派'、都要被打倒"的说法，如果不是有一身军装保护，他也应当是被冲击的对象。

我非常敬重田科长，听了他的问话，连忙回答："报告科长，我在老家没有对象。"

田科长用怀疑的眼光看着我。

我向田科长解释："我认为年轻人在婚姻问题上应当三思而后行，不少人由于考虑不周，要用几十年的时间为几个小时、几天做出的决定付出代价，与我一起入伍的几个老乡都有这方面的教训。一个人，特别是年轻人，初吻、初夜都不一定是他的初衷，而可能只是一时的感情冲动，因一时的感情冲动而影响一生的事情我坚决不会去干。"

田科长听完我的解释，惊讶地说："你这个小秦，年纪轻轻的，考虑问题倒是很长远！"

我因为自己的想法被田科长肯定而受到鼓舞，接着对他说："我刚才讲的是实话，从身边人发生的一些事情来看，那些不愿意花时间做决定的人，往往要花更多的时间去后悔。后悔，是人世间最苦涩、最难以吞咽的药丸。"

田科长似乎对我说的话很欣赏。我是个文学爱好者，看书多，肚子里名词也多，更重要的是，我嘴上讲的也是心里想的，全是实在话。

"你的想法很现实，老家没有对象好啊！"田科长高兴地对我说，"一个人的脑袋就像是一个储藏间，里边空间有限，没用的东西装多了，有用的东西就装不进去了。你还年轻，要抓紧时间学习业务知识，好好工作，先别着急考虑个人问题，后勤部队女兵多，到时候领一个穿军装的媳妇回家去，你的父母一定会非常高兴、自豪。在婚恋问题上，有人讲过一段很形象的话，说是你如果喜欢一匹马，不要去追它，耕田种草，到时候自会有很多匹马到你这里来，你可以挑选一匹自己喜爱的。"

我对田科长的话点头认可。

分部机关每间单身干部宿舍住两个人，与田科长谈过话的那天晚上，与我住一间宿舍、同是战勤科参谋的于胜利出差在外，我一个人躺在硬板床上久久没能入睡。我对田科长讲的是实话，但是实话没有全说。二十多岁，正是少男钟情、少女怀春的年龄，我在刚提干不久，就曾经暗恋过分部下属单位的一个女干部，那是心的躁动、爱的朦胧，单方相思，有始无终。暗恋好比是数学里的乘法，一个乘数再大，另一个乘数为零，结果也只能是零。暗恋，有时候会影响学习和工作，有时候也会让人产生动力，比如它还会让你在暗恋对象面前不自觉地极力表现自己，包括拥有优异的学习成绩和突出的工作成效。

我不知道青春期的少男少女是不是都有过自己的暗恋对象，如果有，那他一定让你难以忘怀。后来，我写了一首不敢称为诗的《给暗恋的你》：

> 世上有一种相遇，不是在路上，而是在心间，
> 人世间有一种情感，不是朝夕相处，而是心中惦念。
> 我对你的喜欢，不像白酒那么浓烈，只如清泉那样甘甜，
> 相识多年，我对你却不曾表白，只有难以察觉的顾盼。
> 缘起缘灭，缘聚缘散，
> 对你只可思念，不能相伴。
> 我们无法共苦，也不能同甘。
> 一年不见一次面，但我觉得你一直在我跟前，
> 因为大地上有你的笑脸，天空中有你的欢颜，风声是你的絮
> 语，阳光是你的温暖。

我有时候觉得，现实生活中的故事比虚构的小说更加荒诞，因为虚构小说需要逻辑，而现实生活中的情节往往没有规律可言。

我非常感谢那个我暗恋过，而她自己却毫不知情的女孩，我的梦幻给了她，没有爱情也甜蜜。

对于自己有暗恋之人的事，我没有给别人讲过，别人也没有讲过他们暗恋的事。不过我知道，二十多岁的单身干部，有些事情不可能不想，每个人心里可能都曾经思念过十个八个女孩，如果让她们都穿上军装，也许可以组建成一个女兵班。

我暗恋过别的女孩子，别的女孩子也暗恋过我。

我参军到部队以后，我们生产大队的赤脚医生到我家去的次数比去别人家的都多，我的爷爷奶奶身体有病是一个原因，还有一个原因，就是她早就对我有意。听母亲讲，她到了我家，总是偷偷地瞄我寄回家挂在墙上的穿军装的照片，还总是拐弯抹角地打听我在部队的情况。赤脚医生像亲孙女一样关心照顾我的爷爷奶奶，让我的父母非常感动。他们因为我二十几岁了还没有对象而感到着急，看到被村里人称赞的"好姑娘"送上门来要当儿媳妇，

非常高兴。他们与赤脚医生的父母交换意见后，还在一起吃了一顿"订婚"饭！简直匪夷所思。我的父母向女方的父母承诺会做好我的思想工作，成就我和他们女儿的好事。

我接到家里的来信时，已经提干，明白了父母的意思以后，我坚定地拒绝了他们。我的态度让他们有些伤心，他们之后又给我写过几次信，循循善诱，苦口婆心，我觉得这件越俎代庖的事情有些滑稽，便据理力争，毫不动摇。这其中最伤心的当然还是那位赤脚医生，她没有想到，自己伸出友爱的触角，却碰到了冰冷的躯壳。她可能是觉得在已经有些风声的村里待下去没有意思，没过多久，竟然远嫁到了新疆，与一个大她七八岁的农垦兵团战士成了家。

事情往往就是这样，你喜欢上了别人，别人不知道；你伤害了别人，自己不知道。

我对这件事情的结果有些遗憾，但更多的是认为自己开始不知情，后来没责任，所以内心也没有太多的歉疚。我并不像有些人那样，觉得自己提干了，身份就有了多么大的变化。那时候部队的基层干部，按照政策规定，多数都要转业或者复员回原籍落户。假如一个人是一条船，那么户口就是铁锚，锚抛在哪里，船就泊在哪里，船可以驶向远方，但最后返航了还是要停泊在可以抛铁锚的港湾。同样，人的户籍在哪里，就要在哪里工作和生活，一个人在没有自己户口的地方，无法找到工作，甚至买不到必需的生活用品，因为你领不到户籍所在地之外的购物票证。那时候买布要布票，购粮要粮票，连春节每户两斤花生、四两葵花籽都是凭票供应。军人的家属跨省市到部队探亲，只有凭有关单位的介绍信，才能将当地的地方粮票兑换成几十斤全国通用粮票。曾经听到一个传说，有个部队干部与驻地附近的姑娘结婚并有了孩子，这个干部复员时，爱人带着孩子不肯跟他回老家并提出离婚。他痛不欲生，最后顺着检查梯爬到几十米高的烟筒口跳进去自焚身亡。所以有不少从农村入伍、在部队提干的基层干部，穿上四个口袋的军上衣以后，依然选择在老家找对象。与复员战士不同的是，他们选择女性农民的不多，多数是与在县城或公社工作，同时在婚姻问题上高不成低不就的姑娘们恋爱、结婚。

军队干部在家乡找对象、娶媳妇没有后顾之忧，农村的姑娘与本地入伍的军人干部结婚也没有太多的顾虑。家乡在农村的军人妻子，在丈夫入伍十五年、职务提到副营职、年龄在三十五周岁等三个条件达到一个之后，就可以自己，或者有未成年孩子的，带着孩子一起随军到部队，由农业户口转为非农户口（也就是人们常说的"农转非"），可以吃上"商品粮"。如果丈夫复员转业，还可以再一起回原籍，豆腐担子扣在河里，汤里来，水里去，没有太多的损失，也没有太大的遗憾。

我不着急找对象，是认为刚刚二十岁出头的小伙子，到二十八岁结婚还有比较长的时间，在这段比较长的时间里存在许多不确定因素，没有必要早早地用婚约的绳索来束缚自己。我也不怕到时候找不到对象，如果有二十八岁才打算结婚成家的男青年，那一定也有二十六岁才打算结婚成家的女青年，两个人有一样的想法，都准备晚恋晚婚，到时候谁都不会打光棍。

四

与我住在一个单身干部宿舍的于胜利，老家在山东农村，抗战胜利那年生人。他身材颀长，眉清目秀，可以说是一表人才。于胜利1966年入伍，军龄比我长两年，年龄比我大三岁，他也是"老三届"高中毕业生，在学校时学习十分努力，成绩非常优秀，如果不是后来停课闹革命，应该已经成为某个名牌大学的高才生了。

贫苦生活的磨炼让于胜利过早地收敛童心，换上了成年人的衣衫，到部队以后他显得比同龄人更加成熟老练。他参军前的经历与我差不多，我们俩又都是文学爱好者，共同语言多一些，说话比较投机。于胜利刚提干时的任职通知是通信科收发员，排职干部，不过他没有到通信科的收发室上班，而是直接到战勤科帮助工作，一年以后才收到参谋的任职通知。我对与他同住一间单身干部宿舍觉得非常幸运，白天在办公室里上班，田科长给我传授参谋业务知识；晚上在单身宿舍休息，于胜利给我介绍个人生活经验，他们俩一个是我的好老师，一个是我的好朋友。

我和于胜利有一个共同保守了多年的秘密。

在一次机关组织的卫生大扫除活动中，我们俩在楼梯间一个堆放扫帚、铁锹的小仓库里发现了一个破纸箱子，里边装满了图书和杂志，有《青春之歌》《烈火金刚》等长篇小说，有《人民文学》《萌芽》等文学刊物，还有两个报纸副刊的剪报本。更让我们惊喜的是，大纸箱子里居然还有《钢铁是怎样炼成的》《安娜·卡列尼娜》等外国名著，这可能是某个文学青年遗留的在破"四旧"①中未被发现和处理的物品。对于胜利和我来讲，这些物品好比是沙漠里的一泓清泉，能够滋润我们干涸的心田，因为当时除了"红宝书"和几份内容大体相同的报纸，我们没有其他读物填充业余时间。在强调"斗私批修"和"狠斗私字一闪念"的年代，每个人似乎都不应该有隐私，但是把文学图书、报刊悄悄收藏起来偷偷传看这件事，我与于胜利多年来没有对其他人讲过。

于胜利也是在参军后与一个高中时的女同学处的对象，他们两个人早就互有好感，通过书信往来，鸿雁传情，联系了一年多的时间，有了较为深厚的感情基础。与郭秋林不同的是，他的对象后来不知是忍受不了孤独寂寞之苦，还是受到别的利益驱使，竟然在很短的时间里移情别恋，另有所爱，主动与于胜利分手，与在县城工作的一个干部子弟成了家。

当初的海枯石烂，只换来一句"好聚好散"，于胜利对我讲起这件事情时神情沮丧、懊悔不已。

半年前，于胜利与老家一个自己并不喜欢的姑娘结了婚，部队干部与农村姑娘结婚，男方的年龄可以适当小一些，于胜利不足二十七周岁就体验到了城市青年二十八岁才能享有的婚后生活。于胜利的爱人是他们村一个普通农民的女儿，她曾经是于胜利初中时的同学，叫崔长玲，初中毕业以后不久，就在他们村小学当民办教师。于胜利与她相识多年，从来没有心动的感

---

① 指旧思想、旧文化、旧风俗、旧习惯。

觉，两个人确定恋爱关系之后，于胜利与她只见过两次面，通过五封信，然后就结婚了，一个短得不能再短的爱情故事。

对于结婚这件事，于胜利觉得很无奈，他曾经很伤感地对我说，举行婚礼的那天，他觉得同时也在参加自己的葬礼，参加婚礼的是肉体，参加葬礼的是灵魂。

问起崔长玲的长相，科里的同志在我面前都讳莫如深，微微摇头。在同事们的眼睛里，于胜利在生活上是个循规蹈矩的人，他会永远忠于自己不爱的爱人，我感觉到，在他的个人生活中，似乎是只有婚姻，没有爱情。

崔长玲是个聪明人，她喜欢于胜利的深沉稳重，也知道一个小学民办教师与一个军队干部之间的地位差别，但是她能够利用自身的优势，采取多种方法，尽量缩小这两种身份在他人眼里的落差，在于胜利面前努力从"爱你的人"成为"你爱的人"。

于胜利和崔长玲是在部队举办的简朴婚礼，新房就是我和于胜利现在住的这间单身干部宿舍。一个柜子一张床、两斤瓜子三斤糖，花了不到四十块钱，两个光棍就成了一对夫妻，同品人间百味，共尝酸甜苦辣。

我没好意思问于胜利与崔长玲一起去领结婚证时是什么样的心情，只是在心里猜想，于胜利也可能早就作好了过几年转业回老家的思想准备，作为黄土地里的一粒种子，他更需要的是一抔泥土，而不是一朵鲜花。听科里的其他参谋讲，崔长玲朴实得正如同田间的泥土、路边的坷垃，温不增华，寒不改色，将来与这样的女人在农村生活，会让于胜利觉得心里踏实。

崔长玲还有两点让胜利有些小小的感动，一是崔长玲痴情地等待着于胜利，不顾村里人的指指点点，成为农村大龄女青年。有人说过，爱你的人不一定会等你，但一直等你的人肯定很爱你，男人都喜欢自己爱的女人，也喜欢爱自己的女人。二是崔长玲非常孝顺，也非常理解于胜利。于胜利是个孝子，孝敬父母，也孝敬爷爷奶奶，他的两个姐姐都已经出嫁，他觉得自己是家里的顶梁柱，需要付出很多，但是忠孝难两全。崔长玲还不是于家儿媳妇的时候，就给于胜利的奶奶洗脚，为于胜利的爷爷捶背，利用课余时间帮助于胜利的爸爸妈妈做家务、干农活，做了于胜利在部队想做而做不到的事情。

崔长玲给人们的最初印象非常好，科里的同事都相信她现在是贤妻，将来也会成为良母。但于胜利对崔长玲也仅仅是感动、感恩而已。

听了别人对于于胜利夫妇的看法，联想到我们村以前的赤脚医生经常借故到我们家里去帮忙的情形，我也对曾经痴情于我的女人，心里有了一些愧疚。

按道理讲，找一个爱你的人，才可能忘掉你爱的人。但是，于胜利找了一个爱他的人，却做不到爱这个爱他的人，当然也很难忘掉他爱的人，他还经常与我谈到他高中时的那个女同学，显得有些恋恋不忘。

因为爱情是两个人的游戏，别人只能参观，不能参与。我同情于胜利，但不知道他与崔长玲之间在感情沟通上还有什么障碍，自己更没有婚恋方面的实践经验，讲不出多少道理能够让他释怀，只能搜肠刮肚，用读过的书中的话语宽慰他。

"一个人与其留恋你爱的那个人，不如接纳现在爱你的这个人。"这是我当时给他讲的话。

有一天晚上，我躺在干部单身宿舍里的床上对于胜利说："爱是一颗心碰撞另一颗心，而不是一张脸遇见另一张脸。听说嫂子长相一般，但是纯朴厚道、勤劳贤惠，在农村，这是典型的好媳妇，好媳妇是一个家庭的宝贵资产。现在她对你有情，以后你对她有意，两个人就会慢慢地建立起比较深厚的感情基础。我的观点是，得不到你所爱的，就爱你所拥有的，能够走在一起是缘分，能够在一起走是幸福。"

于胜利也躺到了床上，他似乎不太赞同我的说法，对我说："我觉得，真正爱一个人，就要不管她富与贫、俊与丑，与她用一个频率呼吸，用一个节奏心跳，铁了心一起过日子，是苦是甜两人尝，清贫岁月情意长。关键是我和崔长玲过去没有感情基础，现在对她也依然没有心动的感觉。对于很多人来说，自己感觉到的幸福才是幸福，别人认为的幸福不一定是幸福。正像有人说的，你可以用自己不喜欢的方式赚到钱，也可以用自己不喜欢吃的药治好病，但是，你无法从自己不爱的人身上得到快乐和幸福。"

我的固执劲儿上来了，对于胜利说："听科里的其他同志讲，嫂子性格温柔、为人忠厚，你不嫌弃她，她会死心塌地与你一起过一辈子。况且嫂子性格如水，可以随方就圆；质朴如土，能够养育万物。我也看到书上有人说过，一个男人爱上一个女人，往往是因为她的美貌；一个男人离开一个女人，往往是因为她的性格。'性格决定命运'这句话，对男人来说，更多的是体现在事业上，对女人来说，更多的是体现在婚姻上。当然，嫂子有不完美的地方，但很多人结婚、生活，不是因为找到了一个完美的人，而是因为能够接受和容忍对方的不完美。"

于胜利似乎是想插话，我又连忙说："听说嫂子对你早就一往情深，你对这桩婚姻表示异议时，她只是把爱情的种子深埋在心底，偷偷地用眼泪去浇灌。我想说，爱一个人是幸福，被一个人爱是幸运，以前我也有过类似的经历，但错过了一次机会，在人生道路上，错过是最大的过错。只怪我当时还年轻，是好是坏分不清，如果将来再有一个女人像嫂子对待你一样对待我，我会'意'无反顾，与她相携一生，我说的是情意的'意'。"

我说这段话时肯定有些脸红，因为有点言不由衷。

我继续对于胜利说："我还听说你爷爷在世时，极力撮合你与嫂子，他老人家肯定知道，有德无貌的女人是一个家庭朴实无华的装饰。现在你们结了婚，过一年两载再添个小宝宝，九泉之下的爷爷还不得高兴得笑出声来，给予你们最衷心的祝福？于参谋，你不要笑，我这样劝说你，是因为你已经选择了这桩婚姻。一个人在生活的道路上，每一种选择都要付出代价，你与崔长玲成了家，就要对这个家有所付出，并准备在某些方面作出牺牲，包括事业、爱好和个人的前途。也就是说，既然选择了远方，就要风雨兼程，义无反顾，坚持一路走到底，并且要尽量走稳、走好。"

于胜利耐着性子等我说完，苦笑了一下对我讲："你讲的有些道理，不，应当说是有些理论讲得很对，但理论与实际很多时候难以统一。我知道，选择就意味着承担，所以每个人在作出选择之前都要考虑好后果。感觉不到甜蜜的爱情，不是真正的爱情，感觉不到幸福的婚姻，肯定是悲哀的婚姻，我刚才已经讲了这层意思。记得有人说过，放弃一个爱你的人并不痛苦，放弃一个你爱的人才会痛苦，'爱'上一个你不爱的人尤其痛苦。以前的事既然自己已经点过头，都默认了，现在也能够想得开，大不了以后还回到农村种地，面朝黄土背朝天，春播秋收几十年，终老山林与草木同朽，与崔长玲凑合着过一辈子。有时候我也想，如果我没有在部队提干，说不定现在天天在庄稼地里把土坷垃当球踢，躺在田垄上看玉米棵上的叶子耍大刀呢！当然也不会在恋爱结婚方面有很多这样那样的想法。婚姻就是这样，男女双方，有的是相亲相爱，有的是互相依赖，我家里的几个老人现在也确实需要崔长玲这样的人关心照顾，我和她，谈不上相爱，只能是依赖，是我现在依赖她。"

我点点头说："很多事情就是这样，换个角度考虑问题，心里就释然了。咱们俩都是农村长大的孩子，你家的生活条件可能比我家稍微好一些，我们家原来苦得很。有的人说自己家里穷得叮当响，我们家穷得连能敲出'叮当'响的家伙都没有，头朝下玩倒立都不用担心会有硬币从口袋里掉出来，脑袋里整天想的就是怎样能填饱肚子。说实话，如果我不是来部队当了兵、提了干，现在也还在农村干活，早就该忙着找对象、娶媳妇了。"

那天晚上，我与于胜利聊天聊到十点多钟，而后关了房间天花板上的日光灯，各自打开台灯看书。

过了好一会儿，我问于胜利："你还在看书吗？"

"那当然！"

"你看的书的内容一定非常难以理解，我已经有快二十分钟没有听见你翻动书页了。"

于胜利听了我说的话，不好意思地"嘿嘿"笑起来。

他随手关掉台灯，把自己埋进了黑暗中。

五

我和于胜利宿舍的对面，住着通信科的两个参谋，一个姓王，一个姓陶。

姓陶的小伙子叫陶伟，刚刚二十三岁。

陶伟与我是同年兵，但不是我的老乡，他入伍两年就提干，是刚刚从军区通信教导大队直接分配到分部机关来的年轻干部。陶伟的爸爸是北方某地级市革命委员会的副主任，他也应该算是"干部子弟"了。

陶伟身材瘦小，个头不高，没事了喜欢到我和于胜利的宿舍聊天。

"你这天天乐呵呵的，有女朋友了吧？"我看他少年不识愁滋味的样子，笑着问他。

"别说女朋友，连男朋友都没有，来这里以后可以倾心交谈的人还没有找到。"陶伟嬉笑着回答。

"王参谋与你住同一间宿舍，你们俩不是可以多交流？"

"王参谋是个好同志，但他性格内向，不爱讲话，每天除了工作就是给爱人写信。他爱人一个人在县城带着两个孩子生活不容易，他所能做的，也就是给家里寄钱和写信了，在精神和物质两个方面尽义务。不过还好，他明年满了三十五周岁，爱人和孩子就可以随军来部队了。"

陶伟说得不无道理，军队已婚男干部两地分居的居多，他们的爱人多数在农村。他们对生活的标准不高，最大的要求是：一间房子双人床，老婆随军商品粮。

我对陶伟说："欢迎你以后有空了到我们这边来，咱们多交流沟通。"

"太好了！不过……"陶伟听了我的话，高兴得像个孩子，停顿了一下又不好意思地说，"我们科的业务相对单纯，空闲时间比较多，不像你们科，总是那么忙，而且还要加班、值班，我来多了怕影响你们休息。"

我对陶伟说："没关系，我们能在一起相互交交心也算是一种休息。"

陶伟感激地点点头。

没多久，我听说陶伟在工作之余，还喜欢往安然的办公室里跑。

分部警卫通信连的女兵有十来个被提升为干部，她们一般都在医院任职，有的是政治处干事，有的是医务处助理员，更多的是护士。安然是唯一一个在分部机关提拔为干部的女兵，她的任职通知是政治部宣传科的放映组长。

"听说你对安然有好感？"我直截了当地问陶伟。

按照部队干部二十八岁才能结婚的规定，陶伟现在如果找女朋友应该属于"早恋"。

陶伟不好意思地说："女人有一张讨人喜欢的脸，总能吸引男人的眼。安然长得好看，人也聪明，肯定会成为不少男干部追求的对象。我刚调到分部机关来，熟人不多，听说她是我的老乡，来往就多了一些。我也知道，她出身高干家庭，自负的性格特点在她还处于襁褓之中时，就随着奶粉、麦乳精一起灌进了她柔嫩的肠胃。她虽然美丽得如同一朵玫瑰花，但也厉害得好像一根扎人的刺。有一次竟然说我身高和文化水平很相称，都不是太高；脑袋和肠胃差不多，都不易消化。不过，她看我听了她说的话不高兴，接着就笑着安慰我说，女人性情直没关系，可以笑靥如花；男人身材矮没关系，可以人格高大。这好比她先用损人的话击伤了我的心，后又用好听的话为我受伤的心涂抹了一层止疼膏。"

陶伟也算是个文学青年，平时喜欢看书，听说每天都要写一篇日记，已经坚持了多年，所以嘴里的名词也比较多。

我知道，分部机关的年轻干部男多女少，安然好说爱笑，活泼好动，是谁见谁爱。陶伟一厢情愿，自作多情，是见谁爱谁。我还知道，他平时也喜欢同机关里其他的女干部和女职工开玩笑，便笑着对他说："我了解安然，她显得比一般的同龄人更成熟一些，心直口快，热情待人，喜欢和别人开玩笑。你们两个有相同点，但是也存在差异。我的比喻可能不太恰当，有些鞋如果不适合你的脚，就不要想着去穿，要不然在以后的生活中，有可能让你每走一步都疼得无法忍受。"

陶伟自我解嘲说，"我对她仅仅是好感而已，我虽然不是癞蛤蟆，但是也没有想着去吃天鹅肉。我妈妈曾经告诫过我，不要与说话不饶人的姑娘处对象，如果与这种女人成了家，那跟找了个后妈差不多，她会天天说你这也不好，那也不对，太烦人了。我自己心里琢磨，觉得也是，一个人在家里，嘴里吃可口饭菜，眼里看和颜悦色，耳朵里听轻言细语，生活才能够幸福，身边有个噪声发生器，心里肯定不会愉快，所以我对安然并没有非分之想。

再说了，女孩子一般都喜欢高大威武的男人，我身材瘦小，人家还不一定喜欢。"

"那倒不一定，"我笑着安慰他，"不过有一点我觉得不太公平，你家庭条件好，天天不是细米白面，就是藕粉麦乳精，身高怎么才一米六四，我家里生活条件不好，可以说是吃红薯和胡萝卜长大的，身高却一米七二。"

"主要是遗传不好，我爸爸妈妈身高都不高。"陶伟的口气有些伤感。

我又劝慰陶伟："我刚才也是和你开玩笑，女人多靠外在动人，男人多靠内在动心。只要你内心丰盛，富有才华，就能获得姑娘们的好感。我觉得年轻人还是应当把提高个人素质放在首位，你现在主要是将业务基础打好，到了一定的时候，不是你去追求别人，而是别人来追求你，鲜花盛开，蜂蝶自来。"

"你讲得有道理！我们还年轻，应当先把业务基础打好。我本来不想当后勤兵，护仓库，守医院，打仗不能上前线，觉得没啥意思。但是，既然组织把我分配到了这里，我就安心工作，把工作做好，找女朋友的事可以稍后再考虑。我听说，有些姑娘会瞧不起追求她们的男人，男人过分主动了反而不好。"陶伟似乎认同我的观点，点点头，很有感触地说。接着他突然问我："我从来没听你说过谈女朋友的事，是不是想等自己有了资本以后再考虑？"

我摇摇头，叹了一口气说："我和你不一样，你是城镇出生，我是农村长大，现在有些城里的姑娘想与部队的干部交朋友，首先问你的老家在哪里，入伍前是农村户口的几乎是一律免谈。这一点我很理解，城市的女孩子没有几个愿意将来跟着丈夫去农村生活，男耕女织、同赴患难的生活她们过不惯。与我一起入伍在部队提干、年龄又稍大一点的老乡，多数在老家找了对象，这样男女双方都没有后顾之忧。也有几个与当地的女青年在谈恋爱，不过，这些女青年的条件都不是太好。对于谈女朋友这个问题，我现在不是一点不想，而是不敢多想，也不能瞎想，一来我们科工作太忙，天天加班，没工夫过多考虑这件事情。二来我觉得自己还年轻，现在考虑和决定这件事情，以后的不确定因素会很多，过几年再想也不迟。对于婚恋问题，我的观点是要谈就奔着过一辈子谈，不要谈来谈去，更不能结合了再分开，选择了结婚的男女，如果再重新洗牌，双方都要付出很大的代价，有了子女的还要殃及无辜。至于将来能不能找到合适的意中人，我现在心中没数，看缘分吧！"

陶伟听了我的解释，又点了点头，表示理解和赞同。他探头瞅瞅门外，没有看到从办公室加班回来的于胜利，便神秘地对我说："于参谋仪表堂堂，在农村应当找个条件很好的爱人，听说——"

我知道陶伟想讲什么，打断他的话说："听说于参谋的爱人长得不太好看是不是？我一直认为，长相一般而又贤惠的女人是一个家庭难得的宝贵资产。于参谋的爱人在家里孝敬老人，操持家务，才能让于参谋在部队安心服役。说实话，如果于参谋没有走现在这一步，我会劝他谈一个自身条件稍好一些的女朋友，他有这个实力。但是，他现在已经结婚成家，作为他的同事，我们要多做一些加深他们夫妻之间感情的工作，记住有人说过的一句话：你爱的人不一定会成为你的爱人，你的爱人必须是你最爱的人。夫妻俩互相包容，恩爱一生，生活才能够幸福，我们祝福他们！"

陶伟听了我说的话，若有所思，又点了点头。

就在与陶伟那次谈心后没几天，田科长通知我，去军区参加参谋"六会"培训班，进行为期五个月的参谋基础知识学习。

第三章 战备工作

一

五个月的培训班学习很快就结束了。

田科长看到我从参谋业务培训班带回来的作业和教员评语，伸出大拇指，连说："好，好，好！"

他可能是看到了我脸上得意的表情，又告诫我说，机关的参谋需要具备多方面的知识，参加几个月的培训班，只不过是"师傅领进门"，刚刚掌握了一些皮毛，要想成为一个合格的参谋，还需要经过多年的学习和磨炼。

我红着脸点了点头。

战勤科的九名参谋分为三个小组，每个小组三个人。战备组主要负责组织所供部队的后勤保障，收集兵要地志资料，勘察地形，提出平战时后勤部（分）队配置地域意见和拟制各种后勤保障方案；训练组负责机关和直属单位的综合与专业训练；直属队组负责协调机关各部门做好直属部（分）队的行政管理工作。

我和于胜利都在战备组，于胜利是组长，他侧重后勤保障方案的拟制，我侧重军事地形图的管理和标绘。

军事地形图上的各种要素是以一定的符号和数字表示的，专业的人看军事地形图会有一种立体感，图上的内容层次分明，一目了然。不懂的人看军事地形图会觉得杂乱无章，特别是用等高线表示的山地地形，犹如一团乱麻。

我对军事地形学非常感兴趣，在参谋业务培训班，我在识图用图、标图绘图，包括堆制沙盘、按方位角行进等项目上，结业考核成绩都是优秀。

战勤科的领导和参谋一共有十多个人。刘副科长和一个参谋的爱人是军人，在附近的部队医院工作，其他人的家都在外地。田科长是在中国人民志愿军从朝鲜撤回国内后到军区后勤部机关工作的，他虽然后来在工程部队工作了几年，但爱人和孩子一直在北京生活。

田科长应该说是一个很有水平的部门领导。什么样的领导才算有水平的领导？我觉得，有水平的领导就是本人政治和业务素质较高，具有全局意识，善于发现和发挥部属的优点；没水平，或者说是水平较低的领导，政绩平平，常常因小失大，总是盯着部属的缺点；有水平的领导创造条件让部属努力工作，自己搞好组织和服务工作，没水平和水平较低的领导事无巨细，别人干什么都不放心，总想自己去干，让部属在一旁为自己服务；有水平的领导常常把面子留给部属，没水平和水平较低的领导总是顾及自己的形象。

田科长在其他人，特别是在分部和司令部首长面前，总是夸手下的参谋怎么能干，如何有才华。

有一次，他对参谋长说："于胜利那是一支折不断的笔杆子，一个晚上，嗬！写了二指厚的一沓子稿纸。他起草的文书，语言精练，逻辑性强，送给我之后，文字上不用怎么修改，就可以上呈了。""秦东原一般两三天就能够标绘一份内容复杂的军事要图，保障区域十万分之一比例的军事地形图有一面墙那么大，他在梯子上边上上下下，几个小时都不离开图板。有一次连续两天两夜都没有怎么休息，气得我狠狠地——表扬了他一顿。"

田科长讲得绘声绘色，参谋长听得眉开眼笑。

军队有编制，各单位的人员都有限额。我提干后最初的那几年，军队似乎成了可大可小的橡皮口袋，比如说干部，坚守工作岗位的有一批；被批判或打倒，以后又平反的也有一批；从"三支两军"第一线撤回来的还有一批。三批人员合在一起数量已经不小，但是新提升的又有一大批。与我一起入伍的那批兵，高中毕业的大部分提干，初中毕业的少部分提干，小学毕业的个别提干。我们村与我同年入伍的五个人全部提升为干部，这在我的家乡被传为佳话，也成为我们生产大队的民兵营长多年来向别人炫耀的资本。

部队的基层干部不少，领导干部更多，我所在的后勤分部，司令部副参谋长和政治部副主任以上的领导有三十多位，有些独一份的参阅文件要一个多月才能在他们中间传看一遍。后勤部队领导干部多，资格也老，他们当中老红军有三四个，大部分是抗战老兵，参加过解放战争和抗美援朝的算是"年轻干部"，有的副师职、正团职干部五六十岁了，还"小车不倒只管推"，在领导岗位上"有一分热，发一分光"。当时行政十四级就属于"高干"，出差可以坐火车软卧，他们的级别大多在十四级以上。司令部只有五个科，却有六七个副参谋长，重要的科由两个副参谋长同时分管，每天上了班，科长要给副参谋长们"分配工作"。由于领导太多，管理科对后勤保障工作也感到很为难，分部机关小车班共有三辆北京吉普和一辆美式吉普，除重点保障部长和政委外，其他领导用车都要排队，所以机关的"高干"外出办事坐公共汽车和骑自行车都很正常。

战备工作是机关各项工作的重中之重，"备战，备荒，为人民"和"加强战备，准备打仗"是当时喊得最多最响的口号。司令部的参谋长和其中的两位副参谋长都主要分管战备工作，战勤科是后勤分部战备工作的综合协调部门，他们经常会到战勤科检查工作落实情况，平时即使没有什么大事，也经常会过来走一走、看一看。

在战勤科内部，田科长对参谋人员在工作上要求非常严格，不管谁出了差错，都会受到严厉批评。魏参谋起草的一份给司令部首长的呈批件上有一句话应该是"沿途设有加油站"，打字员打成了"沿途没有加油站"，魏参谋没有校对出来，就送给田科长审批。田科长很生气，让魏参谋在科里做了检查，还将这件事在科里作为反面教材讲了多次，让大家引以为戒。

田科长还有一个非常绝的做法，就是手下的参谋出了差错的时候，上边怪罪下来，他会把主要责任揽下来，深刻地、反复地检讨自己。这会让犯了错的参谋觉得，他是在拿你的手扇他的脸，这比自己受了批评、挨了打还难受，再也不敢轻易出错了。

战勤科因为是分部机关的综合部门，所以事情格外多，负责多个方面的协调工作，还要拟订防突袭、反空降、抗登陆等后勤保障预案，并根据不断变化的情况反复进行修改完善。正常工作之外的时间，田科长除了吃饭睡觉，都在自己的办公室里坐着，阅读文件、修改文字材料或处理其他公务。田科长并没有要求参谋每天加班，但科里的其他人如果没有个人事情着急处理，也都会自觉地去办公室加班。

我们战备组的柳参谋刚结婚还不到一年，他爱人从老家来部队临时探亲，柳参谋看到其他参谋晚上都到办公室加班，自己不好意思不去。田科长发觉后，让柳参谋当天下午下了班把自己办公室的钥匙交到他办公室，第二天上午上班时再取走，意思就是他爱人临时来队期间，不让他晚上去办公室加班。柳参谋晚上不到办公室加班，但是白天上班时工作更加卖力气。

我是战勤科最年轻的参谋，在办公室加班的次数最多，时间也最长。标绘军事地形图不仅要会判读地图、熟悉军队标号，还要画好各种图形、写好多种字体，我努力工作，也认真学习，是在工作中学习，在学习中提高。从培训班回来一年之后，田科长说我标绘的地形图"和上级下发的教材上印的差不多"。听到田科长表扬我的话，喜悦由心底蔓延开来。

于胜利有一天在宿舍里偷偷告诉我："我今天听到田科长在电话里给一个医院的领导谈完工作以后，说'到时候给我们科的秦参谋物色一个女朋友'。"

我听了这个消息又惊又喜又忧，惊的是田科长一直鼓励我努力工作，先不要考虑个人问题，现在竟然会悄悄地让别人给我介绍女朋友；喜的是自己已经二十五周岁了，每天忙于工作，现在应该品尝恋爱的甘甜了；忧的是不知道部队的女干部敢不敢与我这个农村入伍的年轻干部交朋友。我心里对田科长的敬重和感谢又增加了几分，当然，工作起来也格外努力。

通信科的刘科长工作认真，待人诚恳，但是有时候说话办事缺少技巧。他也想像田科长一样，当一个有水平、受部属敬重的部门领导。有一天下午下班时，他给科里一个参谋交代说："司令部首长要求我们尽快上报明年的机关和直属单位通信建设规划，你根据自己掌握的情况先起草一个初稿，明天上午上班时交给我，咱们再一起进一步研究。"接着，他又嘱咐这个参谋："晚上注意休息啊！"

你让人家一个晚上拿出规划初稿，他还有时间"注意休息"吗？

这件事在分部机关传为笑谈。

二

于胜利好像是办公室椅子上发芽长出来的树苗，整天在那里坐着，不停地写呀写，给田科长提供各种拟制作战后勤保障方案的素材或半成品。

有一次我问他："于参谋你真了不起，脑袋里装了多少东西，天天写都写不完？"

于胜利停住手中的笔，抬起头，拉了拉僵硬的手指，朝着我苦笑了一下说："没有办法，任务重，要求急，就要加班加点不停地写。我写出来的不是我脑袋里原来积存的东西，而是根据敌情通报、上级机关要求、本级首长意图，以及收集汇总的各种数据，进行综合加工而形成的后勤保障方案草稿。"

"你面前摆这么多资料，我看着都头痛，起草一份保障方案草稿真是不容易！"我对于胜利说。

于胜利不以为然地说："这没有什么，拟制后勤保障方案有一定的格式和套路，无非是一敌情，二任务，三友邻，四部署，五支前，六道路——如果思路清晰，材料充实，写起来并不困难，就像你把保障方案上的文字利用军队标号标绘在军事地形图上一个样。"

于胜利这么说是因为他谦虚，我依然觉得，有一定才华的人才能够胜任他所做的那些工作。

有一次，我有些好奇地问于胜利："机关好像很长时间没有进行战备演练了？"

于胜利回答："是呀，听田科长说，以后要改变演练的内容和方式，怎么改变还没有最后确定下来。"

分部机关原来经常组织战备演练。为了贯彻"深挖洞，广积粮，不称霸"的指示精神，机关院子里也挖了几条洞子。

电影《地道战》原来是一部普通的故事片，可能是为了让大家学习挖洞子，后来我们在看电影的时候看到，银幕上《地道战》这部电影名字后面加了一个括号——（教学片）。

什么样的洞子能够防空袭？没有具体的规定和要求，大伙都觉得地洞挖得越深越好、越长越好。但是，分部机关地势低，靠近河流，水位浅，往地下挖一米多深就见水了，挖出来的洞子比起藏人，更适合养鱼。

分部机关的首长觉得很为难，形势紧张，上级要求，不挖几条洞子不行，把挖出来的洞子都被覆起来也不可能，因为花钱太多。没有办法，防空袭演习时，只能让干部战士们往营院北边的海河大堤上跑，大堤上生长着大片杨树林，里边可以藏身。

防空袭演习一般两个月左右进行一次，时间定在工作不是太忙的周末或某个工作日的下午。办公区院子里一棵海棠树上挂着一段废铁轨，铁轨敲响，不管是干部还是战士，除去值班的，都通过营区的北小门往河堤上跑，趴在分散的杨树林里，一直等到管理科的管理员沿河堤跑步吹哨解除警报，大伙才能够爬起身来。

于胜利对我讲，我在军区参谋业务培训班学习的时候，机关里曾经发生过一件意想不到的事。

分部机关的院子很大，办公楼东边有两个占地各三四亩地的菜园子，分别由机关的干部食堂和连队的战士食堂管理。每周六下午的党团活动之后，机关干部会到干部食堂管理的菜地参加一会儿劳动，锄草或者浇水。有一天，机关的干部们干完活从菜地里回来，刚调到通信科不久的陶伟看到办公楼前边吊着一段铁轨，就用手里的锄头在上边敲打起来，他是想把锄头上边黏着的泥巴磕掉。

机关干部战士听见敲打铁轨的响声，除了值班和其他一时离不开的人员，其他人都连忙放下手里的工作，争先恐后地往营区北边的河堤上跑。

分部机关院子里有一条经过简单被覆的小洞，作为分部首长的临时战时指挥所，里边有简单的办公设施，包括电报收发机、军线电话和后勤分部保障区域二十万分之一比例的军事地形图，为了防潮，所有的东西平时都要用塑料袋罩起来。

分管战备工作的分部首长和司令部首长，以及司令部作（战勤）机（机要）通（通信）部门的领导，一有警报，都会进入临时指挥所，按照预案，组织所属部（分）队实施后勤物资保障和伤员救治。

分部政委一进入临时指挥所的小作战室，就问分部部长："上个月刚进行了防空袭演习，怎么这么快又安排一次？"

部长也感到奇怪，疑惑地说："我还以为这件事是上午我去市战备办公室开会时你在部里临时决定的。"

"决定这类事情我不可能不事先与你商量！"政委说。

事情的原委很快就弄明白了。

通信科的刘科长满脸羞愧，诚恳地对部长说："我会先对陶伟同志进行严厉批评，再等候分部对我们的处理意见。"

田碧野科长这时也在旁边，他面色凝重地对部长说："我讲两点不同意见，一是陶伟同志调到分部机关的时间不是很长，他自己不知道、别人也没有告诉过他防空演练的有关规定和做法，不知情不为过，他这一次应是误敲铁轨；二是应当把这次误发警报看成好事，因为在大家都没有任何准备的情况下敲响防空警报，更能检验我们的战备工作是不是落到了实处。还有一个问题我一直想讲但没有机会，就是防空演练不能让机关人员总是往河堤上跑，河堤一般是战时敌人的空袭目标，不安全。河堤的植被上有枝条和叶子，夏天秋天可起到隐蔽作用，若是冬天，树叶落了，没什么遮蔽物，一两百个军人分散在河堤上，一片绿，反而更容易暴露目标。军人只有两件事情要做，一是打仗，二是准备打仗。战备工作就是准备打仗，今天战备工作的好坏，决定明天战争的胜负。战备工作不能走形式、图好看、凑热闹，要有达到实际效果的具体措施，不然，将来是要吃大亏的。"

田科长的话讲得部长和刘科长都红了脸，部长沉吟了一下说："田科长的话很有道理，这一次防空误报，我们只反省领导的问题，不追究参谋的责任。"

后来，我与陶伟谈起这件事的时候，他感慨地对我说："我当时刚来分部机关，很多情况都不太了解，当然不是故意给机关添乱，如果不是你们田科长在部长面前说了公道话，说不定那一次我就得受个处分。"

我赞同陶伟的说法，对他讲："有人说过，人生有三大幸运，上学时遇到好老师，工作时碰到好领导，成家时找到好伴侣。我上学时碰到过不少好老师，他们教会我知识，教育我长大成人。现在工作碰到了田科长，田科长是个好领导，我在战勤科获得了人生的第二次幸运。"

"我也听别人说过，好的领导者，自己就是强将，他们会避免让部属成为弱兵。"陶伟说，"而有的领导者，总是从暴露部属的不足中显示自己的高明。"

我发表了自己不同的看法："我非常相信一种说法，就是同样是领导者，有的在意人做的事，有的在意做事的人。我觉得，你们刘科长只是在意人做的事，而不是对某些人有成见。"

陶伟无奈地说："但愿如此吧！"

有一天下午上班时间，于胜利对我讲："根据分部首长指示，田科长让我们俩跟着他到燕山山脉勘察地形，选择战时适合配置后勤部、分队的地域，大约需要三四天的时间，咱们小组的柳参谋在家里值班。你去准备一套五万分之一比例的军事地形图，以及望远镜、指北针和简单的绘图工具，我去安排车辆，咱们明天上午八点半从办公楼前出发。"

三

时值深秋，满目苍凉，冷风在广阔的原野上领唱着凄婉的歌，道路旁边飘落在地上的黄叶被吹得沙沙作响，是隐隐的回声。

沥青公路如同一匹抖开的黑灰色的缎子，无止境地向前延伸着，北京吉普在公路上奔驰，车窗好比是移动的取景器，不停地变换着大自然的画面。

田科长昨天晚上带着我和于胜利进行了图上作业。根据分部首长的意见，我们这一次出来要按照计划勘察两处地形，地形勘察结束之后，提出在这个地区新建一个后方综合仓库的建议，供上级首长决策参考。

从市区驱车向北行驶九十公里以后，峰峦就将我们连人带车拥入自己的怀抱。与刚才相比，好像转换成了另一个季节，让人有一种时逢隆冬的感觉。在冷风的催促下，柿子树的叶子早已回归大地，树枝上残留的果子被冻红了脸，却依然倔强地挺立在枝头。枯黄的茅草摇动着瘦弱的身躯，似乎是想从山石的缝隙里拔出根来，躲避到一个相对暖和的地方去。

我与田科长、于胜利都裹紧了身上的军大衣，依然觉得寒气逼人，一开口说话嘴里就喷出一股白气。

"这次准备勘察地形的两个地点相距您的老部队都不是太远，要不要抽时间回去看看？"于胜利问田科长。

"不去看了！"坐在前排座位上的田科长回答说，"我离开工程团好几年了，中间只回去过一次，尽管当时团里的有些老领导调走了，但是其他领导依然跑前忙后地热情招待我，让我觉得过意不去。他们工作非常紧张，有时战备工程要求的完成时间短，干部战士要吃在工地、住在工棚，白天干活像拼命，晚上休息如打盹，连写家信的时间都没有。"

田科长是个健谈的人，于胜利的问话打开了他的话匣子。

田科长接着讲："我们团的主力已经转场到下一个工地去了，现在只有少部分同志在这里留守。在工程团工作，辛苦劳累是一个方面，更艰难的是工作环境恶劣、危险性大，最高指示中讲的'死人的事是经常发生的'那句话，工程团的指战员最清楚其中的含义。不仅是我们团，其他工程部队大体上也都差不多，一项战备工程完成，就要留下一个烈士陵园。我当时在团里当副参谋长，经常与基层干部战士们一起施工，死人、伤人的事情见得太多了。有的战士被还没有被覆的山洞上边的落石砸晕了，卫生员简单地给他包扎一下伤口，喂几口凉水，受伤的战士清醒过来后，爬起来照样干活。部队的大部分战备工程都有当地的民工参加，主要是基干民兵，他们也都是好样的。我们团在开挖一条山洞时，穿顶上方掉下来的一块大石头砸到了一个女民工的下半身，战士们和其他民工发疯一样用钢钎撬、用肩膀扛、用手掌掀，但不管怎么用力，都无法搬动那块大石头。当时，我和一名副营长都在现场，女民工在别人抢救她的时候，神志还算清楚，她的表情异常痛苦，但始终未吭一声，把自己的嘴唇都咬破了。后来，因为失血过多，她、她……"

田科长说着，哽咽了。

于胜利抚着田科长的后背，轻轻地喊了一声："科长！"

田科长稳定了一下情绪，接着说："她才十八岁呀，还是个孩子，比我的大女儿大不了几岁，直爽能干，活泼好动，很讨大伙的喜欢。和平时期，她本来应当与其他女孩子一样，嫁人、成家、生子，过安定平静的生活，结果参加战备施工，却把年轻的生命献给了大山，献给了国防。眼睁睁地看着她停止呼吸，我心如刀绞，从未觉得自己那样无奈、无助、无能过。姑娘的家距离工地不远，她下葬以后，我找到了她的安息之处，一个人对着乱草丛中的坟茔大哭了一场。姑娘去世以后，她的父亲，一个四十多岁憨厚的农村汉子，未向组织提任何要求，拿起女儿的工具在工地接着干活。事后我时常想，高山无语，深水无波，轻贱者往往品重，位卑者常常德高，过着平淡生活的人，也是会有很高的思想境界啊。"

北京吉普驶上盘山道，碎石路面坑洼不平，剧烈的颠簸使坐车人的脑袋不停地撞击着汽车上方的篷布。我和于胜利抓紧前排座位的靠背，静静地听田科长继续往下讲。

"在工程团工作两年多，我的身体只碰破了几块皮，还算是完好无损。被提拔到分部当战勤科科长之后，我还时常想到受伤、牺牲的战友，当然，也包括那些一起战斗过的民工们，心里总有一种负疚感。我们现在经常加夜班、熬通宵，但与他们相比，这又算得了什么呢！"

在汽车急速的喘息声中，于胜利大着嗓门说："科长讲得对，我们身上都佩戴着一颗红星、两面红旗，只有当兵的人才知道它们的分量。"

汽车开始缓慢下坡，距离第一个勘察点已经不远了。

田科长置身于自己曾经生活和战斗过的崇山峻岭之中，显得有些亢奋，他将面孔贴近车窗玻璃，两只眼睛贪婪地看着从前边迎来，又向后边退去的一草一木。

"田科长，现在临近中午，我觉得咱们还是找个地方先吃些东西再进山沟吧！"

大山里敞开供应的新鲜空气，只能胀起肺，不能填充胃，今天走了这么远的路，几个人的肚子应该都饿了。于胜利看见田科长看得忘情，轻声对他说。

"英雄所见略同！"田科长的情绪已经调整过来，开玩笑地对于胜利说。

前边有个小小的居民点，在五万分之一比例的军事地形图上，只是几个比芝麻粒大不了多少的小黑块，居民点标注的地名叫"向阳屯"。

向阳屯沿公路两边有几家小卖店、修车铺和两家小餐馆。田科长带着于胜利，还有我和司机，走进一家看起来稍微干净一些的餐馆。一进餐馆我就愣住了，指着一个熟悉的身影惊奇地问："你、你是严班长？"

我问话的这个人腰里系着白围裙，正在往里边的操作间搬运蔬菜，听到我问他话，也愣了一下，随即反应过来，放下手里的东西，扑过来扳住我的肩膀惊喜地问："秦文书，你怎么来了？"

我向严班长说明来意，并向他介绍了同来的田科长和于胜利，双方都互有印象。老战友久别重逢，感到分外高兴。但是我们下午还有任务，所以与严班长来不及多说话。

小饭馆只有四张小餐桌，客人不多。严班长进操作间一阵忙活，一会儿端出来四碗米饭、四个炒菜。吃过饭之后，我按价付给饭馆收费员两块七毛钱，严班长免费为我们四个人的军用水壶里灌满了开水。

田科长说，用十分钟的时间让司机给吉普车加水，让我与严班长叙叙旧，他与于胜利在餐馆的门口外边抽烟休息。

我与严班长也就简单唠了唠彼此的近况，但也了解到了严班长从部队复员以后的情况。严班长当年是警卫通信连的骨干，由于政策变化，比他早离开部队的战士大多都转业到地方被安排了工作，他晚走一年，却只能复员回到原籍务农。还好，他在部队学会的那点做饭的手艺派上了用场，现在一个月有几十块钱的工资收入，他自己觉得日子过得还不错。

"我在连队食堂里天天馒头、米饭、大锅菜，其实没有学到多少烹饪技术，是军人的韧劲和吃苦的精神激励着我，把每一件自己想做的事情做好，炒菜技术主要是我到饭馆以后自学的。"严班长说。

"我赞成你的说法，不少从部队退伍的人都与你有同感。"我高兴地对严班长说，然后问他，"你与杨箩筐有联系吗？"

"一直有联系，在部队分手的时候我就鼓励他，要学习认字、练习写信。他刚开始给我写的信，上边画多、文字少，后来的来信文字越来越多、画越来越少。他在信中告诉我，在部队这几年，知道了没有文化的难处，回到老家以后认真学习文化，是他媳妇一直在教他认字。"严班长说。

"他和媳妇的关系还好吧？"我问。

"现在还可以，刚转业回去的时候，别人在他背后指指点点，他压力很大，想离婚，可是他的爸爸妈妈坚决反对。我也写信劝过他，对他说，不要顾及那么多，过去的事就让它过去吧！依他转业以后的条件，离了婚在农村再找一个媳妇并不难，但是孩子可怜。听说他的儿子——也算是他的儿子吧，特别聪明，今年刚刚五岁，认的字比一年级小学生都多。"严班长说完，又有些奇怪地问我，"你们不是老乡吗，他的情况你应该比我更清楚呀！"

我不好意思地对严班长说："我们俩没有通信联系，去年我回家探亲时，本来想抽时间去县城见见他，部队因为有急事，发电报让我提前归队，见他的计划就没有落实。"

于参谋在外边喊我上车，我与严班长想说的话还没有说完，只得互相留下通信地址，依依不舍地挥手道别。

四

我们勘察的第一条山沟叫梨树峪。

能熟练识别军事地形图的人，拿着地形图就像是面对着一幅立体画，有一种身临其境的感觉，梨树峪的地形与我们在办公室看过地形图之后想象的差不多。这里地形隐蔽，交通方便，峪口外边两公里处就有碎石公路经过；靠近水源，峪口的小河虽然旱季干涸，但水位线的痕迹和衰败的茅草，说明它在炎夏初秋季节应当是水盛草茂；山体肥厚，便于开挖山洞；喇叭口地形外边的开阔地块，可以建设专用铁路站台和其他附属用房。

整条山沟内外都缺树少草、布满石块，除了敞开供应的新鲜空气，几乎一无所有。在这样的地方建设后勤设施，不侵犯群众利益，投资也会相对较少。

梨树峪沟口外边稍远一些的地方，还有零零星星的几个住户，真不知道他们平时是靠什么生活的。几个军人突然坐着军车进到山沟来，当地的老百姓都感到好奇。

"坐小包车来的肯定都是大官，前边那个年纪大一些的胖子像是班长。"从远处向这边张望的几个人中的一位老者说。

"班长不是官，排长才是官，"一个年轻人觉得自己见多识广，纠正老者说，"那个胖子至少是个连长。"

田科长让我和于胜利用脚步丈量完了几个可利用地块的大概面积，以及可以建设专用铁路的长度后，他自己又仔细目测了一下山体的厚度，认真察看了石质情况，心里好像有了一点底数。尔后，他带着我和于胜利一起走近那几个一直向我们这边张望的老乡。

"乡亲们好！"田科长率先向他们打招呼。

"长官——"老者张嘴刚说了两个字，年轻人就用手捅了他一下，大声地向我们喊："解放军同志好！"

田科长知道，这个地区的老乡生活都不富裕，有的甚至可以说很穷，穷得炕上没席、墙上没皮、碗里的稀汤能照见人。但是他们待人诚恳、说话热情，看到路过自家门前的熟人或者生人，都会主动地打个招呼："吃饭了吗？没吃啊，回家吃过饭再走吧！"尽管自己的下顿饭还不知道在什么地方，但是嘴里都会这样客气地讲话。你如果真是到他的家里坐一会儿，他也会毫不吝啬，把家里平时舍不得吃、舍不得喝的有限的东西拿出来招待你。

"你们这个地方有山有水，自然条件还算不错呀！"田科长对老者说。

"说不上不错，人家那山里产粮食，俺们这山里产石头。人家的小河常年有水，俺们这里的河沟半年见底。"老者黯然说道。

"石头有石头的用处，河沟半年有水也比没有强。"田科长安慰老者，随后又问他，"你们喜欢和部队搁邻居吗？"

"当然喜欢！"年轻人抢着回答，"苹果沟俺姑家离这里七里地，她们村子大，这两年的冬季经常有野营拉练的部队在她们那里路过和住宿。部队住在哪里，就给哪里的老百姓放电影、演节目、看病，还开展助民劳动，每一次走的时候老百姓都依依不舍。"

"部队如果驻在这里，就要占用你们一部分土地。"

"那没啥！"年轻人听了田科长的话，大方地说，"部队不管驻在哪里，都是保护老百姓的。再说这里山地多，都是国家的，又不怎么长庄稼，你们想占多少就可以占多少。"

田科长高兴地拍了拍年轻人的肩膀。

因为勘察的第一个地点比较理想，田科长看上去很满意。

告别老乡们，回到吉普车上，田科长从我手里将军事地形图要过去，仔细看了看，抬头问于参谋："你没有给物资仓库的刘主任说我们具体几点钟到他们那里去吧？"

"没有！"于参谋回答，"我只是给他讲了我们到达他们那里的大概时间，让他告诉食堂给我们留晚饭。"

田科长看了看手表说："时间还早，咱们拐个小弯之后再到物资仓库去，怎么样？"

我与于胜利当然不会反对。

汽车驶出梨树峪，田科长把地形图还给我，脸色有些凝重。

司机按照田科长的指引，又开上了蜿蜒山路。大约半个小时后，吉普车在一个低矮的山丘前停了下来。

山丘周围零零星星地栽种着一些小松树，坡地上的小草走完自己的人间历程，已经枯萎，寒风轻轻抚摸着它们的躯体，像是对弱小生命终结后的安慰。

我和于胜利跟着田科长爬上山丘，看到六个已经与大地融为一体、快要平复的土包，每个土包前都立着一块小小的石碑，上边雕刻着土包里埋葬着的逝者的姓名、籍贯和生卒年月日，几个土包周围有一道用石块垒成的低矮的围墙。

田科长默默地走到土包前，脱帽鞠躬，我与于胜利心里明白了一切，也跟在他的身后，脱帽鞠躬。

田科长红着眼圈告诉我和于胜利，土包下边埋葬着他们工程团牺牲的五个战士和一个干部。"这个干部是连长，一个工作起来不怕苦不怕死的年轻指挥员，他是塌方来临的时候，上前一步把两个战士推开才被砸的……"田科长说着，声音又哽咽了。

站在田科长身后，我心里想，昔日战场上归来的军人有两种，一种是站立的凯旋者，一种是躺倒的阵亡者。和平时期的军人，没有刀光剑影的厮杀和打斗，当然也没有英勇不屈的阵亡者，但是有很多在战备施工和训练中不避艰险的烈士，他们和战场上的英雄一样，都付出了鲜血和生命。这几个曾经高高隆起、现在几乎被风雨冲刷成平地的坟茔前边，没有高大雄伟的雕像，埋葬其中的英灵却在大地上树起丰碑，一直耸立在人们心中。

令人欣慰的是，我看到六个坟茔前，都焚烧过似乎相同的花圈，那是有人到此吊唁留下的痕迹。这时，我又想起了有人说过的一句话：那些常常忘掉自我的人，总是做一些让别人长久记住的事情。

太阳沉入地平线，白天和晚上开始交接班，慢慢降临的暮霭为烈士们穿上了一件灰色的殓衣。

五

物资仓库的刘主任原来是分部机关物资供应处的副处长，他与田科长很熟，他的爱人和孩子现在都在分部的机关家属院居住。吃过晚饭，刘主任邀请田科长去他的办公室兼宿舍聊天，我与于胜利从吉普车上往下拿东西。

仓库因为平时来人很少，所以只有一个摆着两张单人床的招待房间，床上的被褥平时都放在一个大纸箱子里，用的时候才拿出来。

于胜利对我说；"这个仓库的领导办公室里都有一张床，家属在这里生活的，晚上都回家住，只有值班时才睡在办公室里。我们今天来的四个人，要有两个人睡在今天不值班仓库领导的办公室里。要不然你与田科长一起睡招待房间，我和司机睡仓库领导的办公室。"

"田科长出差喜欢别人与他睡一个房间吗？"我问。

"田科长出差在外，吃饭和睡觉都很随便，不过，谁要是与他睡在一个房间，晚上不用买门票，就可以欣赏一场呼噜独唱音乐会，他一躺倒就开始打呼噜，长抽短呼，快慢结合，抑扬顿挫，高低有致，音乐感不强，节奏感十足。"

我吓得连连摆手，连忙说："不行，不行，你知道我有点神经衰弱，本来晚上睡觉就不踏实。"

于胜利笑着说："那好吧，我和司机睡招待房，你与田科长各睡一间仓库领导的办公室，一会儿我给田科长讲一下。"

安排好睡觉的房间以后，已经是晚上八点钟了，我给于胜利打了个招呼，就到另一个山坡上的仓库基层干部单身宿舍去找郭秋林。

月色铺平了山间的沟壑，让人觉得从这个山坡到那个山坡蹚着银波就可以走过去，而实际上，我下坡爬坡走了十多分钟才到达刚才看到微弱灯光的一排平房跟前。

郭秋林调到这里之后，我与他只通过两次电话，但是经常能从仓库去分部办事的人的嘴里了解到他的情况。

郭秋林背着一个处分到了仓库之后，也曾经有过一段时间的低落情绪，对前途感到悲观失望，但是他并没有沉沦，而是痛定思痛，重新奋起，工作非常努力，只是不像以前那样爱说好动，而是变得有些稳重深沉。在去年的仓库年终总评时，他受到了嘉奖，并被评为分部的宣传报道工作先进个人，我几次在军区创办的报纸上看到过他写的文章。

我原来对郭秋林与任凤仙相恋时的轻率态度有些看法，现在理解了他。有时候，年轻人涉世不深，轻重不分，在恋爱的时候，男方的承诺多是在娱乐对方，欺骗自己，是不可靠的。

郭秋林见到我并没有什么难为情的样子，而是显得非常高兴。

"仓库的工作应该不是太忙，你怎么变得比原来黑了，还瘦了？"我疑惑地问郭秋林。

郭秋林满不在乎地说："我刚来仓库的时候是有些不太习惯，可以说，每天都在努力习惯着不习惯，白天吃不好，晚上睡不着，不过现在已经适应了。实话告诉你，仓库的工作绝不像有些人认为的看堆守垛那么简单，来了战备物资，不管是白天还是黑夜，马上就要卸货；需要发放战备物资时，不管是刮风还是下雨，立刻就要装车。装车卸货时，上百斤的箱包有时候一天要背上扛下几百次，一般的人都受不了。"

郭秋林还给我讲了一件事：物资押运是部队后方仓库的正常工作，押运人员吃饭睡觉都在装满物资的闷罐子车里，冬天冷得要命，夏天热得要死。去年冬天，两个战士随火车押运战备物资到驻某地部队，列车在一个小站暂停会车时，一个战士下车跑步到站台上的售货亭去买面包。由于售货员找零钱的时候耽误了一两分钟，那个战士一看时间紧急，抱着面包就赶快往回跑，接近列车时，火车开动了。另外一个战士扒住车厢门着急得大声喊叫，但是买面包的战士没赶上押运物资的车厢。列车又运行了一个多小时，在下一个车站停靠时，那个在车厢里着急得掉眼泪的战士赶快跳下火车，本能地往后边跑，他相信自己的战友就在这列火车后边的某个地方。结果他看到在后面两节车厢联结处的铁杠上，吊着那个买面包的战士，那个战士浑身是土，身体冻得僵硬，已经昏迷过去，但是两只胳膊还牢牢地箍住铁杠。从车厢上下来的战士赶紧抱着战友回到自己押运物资的车厢，解开自己棉大衣的扣子把战友紧紧地抱在怀里，不停地呼喊着他的名字。待冻僵的战士苏醒后，他又用军用水壶里没舍得喝完的半壶水打湿毛巾给他擦了擦脸。值得庆幸的是，那个战士由于身上的衣服穿得比较厚，并无大碍，只是耳朵和鼻子有轻微冻伤。

听了郭秋林讲的故事，我对那些从事看似平常工作的战士们肃然起敬。

郭秋林接着说："调到仓库之后，我反思了很久，有些人走入迷途，不能说是无知，而是自以为知，不能正确地认识自己。在处理与任凤仙相恋的问题上，我是有些草率，总觉得自己身份变了，她配不上我。后来想想，每个人都有一颗心，一个人不应该用自己的心去伤害别人的心，特别是不能伤害曾经与你倾心相恋的人的心。唉，男儿路，只几步，生死荣辱莫回顾，过去的事不再提了。"

我对郭秋林说："过去的事不仅应当不提，而且也要少想。后悔过去，不如奋斗将来，当一个人认识到自己以前错了的时候，就意味着现在是对的开始。听到你刚才说的话，我感到很高兴，过去的事就让它过去吧！当你专注明天，不再为过去的事情而后悔的时候，就说明你是真正地想通了、成熟了，能够把以后的事情办得更好。你离开机关以后，我们虽然联系得不多，但是你的情况我能经常听说一些。听说原来这个仓库上报给机关的文书水平比较低，几次受到分部机关的批评，你来了以后，在文书起草方面下了很大功夫，现在上报的文字材料经常受到分部的表扬。我知道，这些文字材料多数出自你手，你在军区报纸上发表的几篇文章我也看到了，写得不错。记得一位哲学家说过，我们拥有的一切都是我们自己造成的，可是，只有成功者才会承认这一点，失败者只会把失败的原因归结到别人身上。"

"你讲得很对、很有道理，我们在学校学习的时候，语文老师经常在班里读你的范文。"

在昏黄的电灯光下，我还是看到了郭秋林脸上泛起的红晕，他不好意思地对我说："我不是成功者，只是一个努力朝着既定目标前进的攀爬者。"郭秋林接着说："我的目标不高，就是当一个合格的部队基层政治工作者。一般说来，知道自己能做什么的人，往往比自认为什么都能做的人走得更远。所以说，看清自己比读懂他人更重要。我也懂得有人说过的一句话，如果你的生活处于低谷，就放心大胆地去走，因为不论你朝着哪个方向努力，都是在攀爬向上。"

我赞赏郭秋林的话，对他讲："我也是这样认为的，一个人，生活的起点在哪里并不重要，重要的是终点能到达哪里。每个人的一生都不可能是阳光鲜花相伴、欢声笑语相随，总是会遇到困难和挫折。每个人在不同年龄段都有自己应当做的事情，但做得好不好，只有过了这个年龄段以后才会更清楚。让过去的永远过去，让开始的重新开始，做一个内心强大的人。暂时处于生活低潮的人，不要气馁，要挺胸抬头，昂扬斗志，正视现实，勇于挑战，多往前瞅，少往后看，如果你总是为错过的阳光而流泪，那么连欣赏月光的机会也失去了。"

我的话击中了郭秋林的兴奋点，他开始有些情绪激昂："你讲得很好，在生活中，有时候你会觉得有一双手在卡着你的脖子，让你喘不过气来，但你最终会发现，这双手就长在自己的胳膊上。一个人要放得下、想得开，改变不了昨天，也没必要忧虑明天，否则你将会毁了今天。"

我知道郭秋林是个很健谈的人，我们俩聊了大约一个小时，他好像仍然余兴未消。因为第二天一大早还要到第二个点勘察地形，我就起身告辞了。

"等一等！"郭秋林把我按在板凳上，从自己的单人床底下拉出来一个破纸箱子来，对我说，"我这里有前几天刚买的国光苹果，长相不怎么好看，但是很好吃，酸酸甜甜的，你带一些走。"

我刚想拒绝，郭秋林就连忙说："我现在没有什么能送给老同学的，这些苹果在这里也不值什么钱，最便宜的时候七八分钱一斤，你一定要带上一些。"

我提着郭秋林送给我的苹果，走在洒满朦胧月光的小路上，心里无限感慨。我和郭秋林在高中学习时，都是班上学习成绩比较好的学生，如果不是当初的停课闹革命，我们后来可能会成为某个大学的校友，现在却成了在同一个部队服役的战友。命运之神是一个出色的导演，他会让人们在人世间演绎出一幕幕出人意料的悲喜剧。

我忽然想起来刚才忘记问郭秋林现在谈女朋友了没有，不过，他也没有问我这个问题，看来我们还都没有到把这件事情提上议事日程的时候。

在物资仓库只住了两个晚上，勘察完了第二个点，我和于胜利就跟着田科长回分部机关了。当然，在离开仓库之前，我没有忘记按照每人每餐四两粮票两毛钱的标准，到仓库食堂结清了四个人的伙食账。

第四章　参谋"六会"

一

我在部队最不习惯的事情就是食堂每个星期天只能吃两顿饭，上午八点钟那顿饭还没觉得有什么，下午四点钟的那顿饭经常让人等得饥肠辘辘。如果谁能从抽屉里拿出几块饼干或者几颗水果糖与其他人共享，大伙都会觉得那是一种奢侈。

单身干部们周末除了甩两把扑克牌或者打一会儿乒乓球，基本上没有其他的消遣。在食堂里吃饱喝足之后，如果没有什么急事要办，大家一般会守着空碗空盘，云天雾沼，新事旧闻，七嘴八舌地吹一会儿牛再离开。陶伟有点贫嘴，平时在食堂吃饭的时候，他的话最多。

这个星期天的下午快四点钟的时候，我替于胜利值了一会儿班，他吃过饭之后我才离开值班室去食堂。

单身干部们在食堂里一人一碗米饭，外加一盘炒菜，个个都把脸埋在饭碗里，吃得香甜。

我在食堂端着自己的一份饭菜，刚要在看好的一个位置上坐下来时，发现陶伟并没有与其他的干部在一起吃饭，而是一个人坐在远离众人的一张桌子边，阴沉着脸，饭吃得很慢，好像是用筷子挑着碗里的米粒在数数。

前一段时间陶伟请假回老家过春节，玩得很高兴，回来以后对我开玩笑："有时候我觉得时间过得真快，每天不是吃饭就是睡觉，五天假期一晃就完了；有时候又觉得时间过得很慢，不是上班就是学习，再有十一个多月才能过下一个春节。"

我也开玩笑地对他讲："青春是个短暂的美梦,如果你睡得太久,醒来时会觉得万事皆空。一个人要趁年轻的时候打好人生的基础,积极向上,因为你不知道自己将来会长多高。"

我看到陶伟对我讲的话并没有厌烦的样子,接着说:"在工作上,如果你觉得有些事情好办,说明有别的人在分担着你的责任。在生活上,如果你感到有些日子好过,可能有别的人在承担着你的不易。春节前军区后勤部突然来电话,要求分部节后尽快上报战时反空袭后勤保障预案。分部司令部的领导给不少同志都安排了节日加班,我们科田科长也没有回北京,是爱人来这里过的春节。于参谋本来也想利用春节假期请几天假回老家,夫妻团聚,看望老人,但因为他是分管战备工作的参谋,责任最大,任务最重,所以春节期间没有回家,夜以继日赶材料,甚至连吃饭睡觉都顾不上,五天时间连半天都没有休息,还是田科长的爱人在除夕夜给他办公室送了一碗饺子。"

陶伟听了我说的话,红了脸,不好意思地说:"能人担大任,凡人当陪衬。我春节不回家,在这里也起不了多大的作用,标绘地图的事咱干不了,战斗文书也写不好,请示、报告、通知、指示这些文体有什么区别我都分不清楚,只会捣鼓电话机。"

"不会的东西可以学,不要怕有什么学不会,很多时候在很多事情上,你不想学就可以找到一个借口,你想学就可以找到一个方法,勤练习,多思考,滴水穿石,不是力量大,而是功夫深,只要肯下功夫,就会看到成效。"我鼓励陶伟。

陶伟自信心有些不足,对我说:"参谋的业务面太宽泛了,有人说是上到天文地理,下至萝卜大葱。有些事情,聪明人看一眼,大傻瓜瞅到晚,我整天与你们一样处在相同的环境里,为什么有些东西总是学不会,脑袋不开窍呢!"

我开导陶伟:"人们的智商其实相差不是太多,你有些知识学不进去,主要是没有紧迫感,思想上没有压力。有人说,参谋不带长,放屁都不响,参谋人员人微言轻,但是责任重大。参谋可以给首长提建议,参谋的建议一旦被首长采纳,就可能落实为千军万马的行动。如果你情况不明或者业务不熟，提出了错误的建议，就可能影响首长的决定，造成不良后果。"

我看到陶伟在认真听，接着又讲："有人说，爱好是一个人最好的老师，要想培养一种兴趣，就要终止另一种兴趣。我劝你晚上少看些小说，多写点文章，少些闲聊，多些学习，一定会成为另一个自己。于参谋曾经给我说过，当一个合格的参谋，要做到办事滴水不漏，说话严丝合缝。静如处子，写文章，绘地图，可以几个小时坐着不动；动如脱兔，雷厉风行，养成令行禁止、说干就干的作风。在机关钻研文字很辛苦，不少人有畏难情绪，宁可跑跑颠颠，也不愿意坐下来写文章。现在你只有做到别人不愿做的事，将来才能做到别人做不到的事。机关每一两年都要组织一次参谋'六会'培训班，希望下一次你能够积极参加，先打好基础。参谋'六会'你知道是什么吗？"

"能言善辩，会掐会算。"陶伟假装正经地说。

"你说的那不是参谋，是军师，是诸葛亮！"

陶伟笑了："我是说着玩的，参谋'六会'不外乎就是写写画画呗！"

"你说的内容不完全，参谋'六会'是会画、会写、会传、会读、会记、会算。会画，就是会利用军队标号标绘军事地形图和绘制地形略图；会写，主要是指起草各种战斗文书；会传，指能够熟练运用各种通信手段；会读，是能够识别军事地形图；会记，就是可以准确记录会议内容和首长指示；会算，指能够计算有关的数据。"

陶伟听了我的解释，真诚地说："刚才你已经给我上了一堂思想动员课，不要等到办培训班了，现在就先教我学习识图、用图。如果于参谋同意，我再请他教我学写战斗文书，听说他笔杆子很硬，我愿意拜他为师。"

我与陶伟的谈话是三天前的事，当时他的学习欲望好像还比较强烈，情绪也比较高涨，今天怎么像霜打的茄子，蔫了呢？

我把饭菜放在陶伟的对面，坐下来问他："你今天好像胃口不佳？"

陶伟抬头看我一眼，放下筷子，苦笑了一下说："你应该说我精神不佳，刚才挨了刘科长一顿剋，心里发堵，吃不下去。"

几句话我就弄明白了事情的原委。

　　昨天上午，刘科长让陶伟起草一份以分部司令部名义给分部分管司令部工作的副部长的请示件，申请购买部分通信器材。请示件送到刘科长那里，刘科长对陶伟说："我很快就要去开会了，你认真校对了吧？如果觉得没有什么问题，我签了字你马上送给孟副参谋长，他签字之后再向分部首长呈报。"陶伟说："科长放心，我按您的意思写好以后校对了两遍，应该是没有什么问题了。"

　　下午快下班的时候，孟副参谋长把刘科长叫到他的办公室。孟副参谋长是个参加过多次战斗的老八路，脾气好，爱说笑。他对刘科长说："你们上呈的请示件我改了两个地方，不知道合适不合适，你看一下，如果没有什么意见，让打字员重新打印后再送给我看。"

　　刘科长接过请示件一看，脸立刻红了，结结巴巴地说："参谋长，对、对不起，我们……"

　　孟副参谋长笑着说："别紧张，没关系，1.02 万元写成 10.2 万元，只错了一小'点'，王剑锋副部长的姓名，'锋'字写成了'峰'字，三个字对了两个，成绩是主要的嘛！"

　　刘科长站在孟副参谋长面前，恨不能让地板裂开一条缝，好把自己漏下去。

　　陶伟在工作上出了这样的疏漏，挨一顿剋是不可避免的了。

　　吃过晚饭，我约陶伟一块儿出去散步。

　　天气正在回暖，大地在逐渐变软的床幔下歇息，准备孕育万物。地面上的落叶是秋天寄给冬天的信纸，但是冬天似乎一直没有看懂信的内容，仍然在"哗哗"地胡乱翻动着纸页一样的树叶，看来它要把"信纸"上的内容留给即将到来的春天去解读了。在夕阳的映照下，我们两个人沿着宽宽窄窄的菜畦田埂，一前一后，边走边说。

　　"我们俩是同年入伍的参谋，但我觉得你在业务上比我要懂得多。"陶伟在我身后谦虚地说。

　　"我刚到战勤科的时候，也是什么都不懂，是跟着田科长和于参谋学了一些常识。"我真心实意地对陶伟说，"几年的参谋实践告诉我，一个人周围的环境对他的成长很重要。'生活中的浪花是壮观还是平淡，要看你能碰上几级风'，这句话说得很好。环境因素中主要的还是人，与智者相处，可以提高你的素质；和勇者同行，能够增强你的能力。"

"你在战勤科工作很幸运，而我的命运就悲惨了一些。"陶伟沮丧地说。

我对陶伟讲："你不要片面理解我刚才说的话，我是说环境对人的成长很重要，人生如水，你流到什么位置，就可能会变成什么形状。但不是说环境决定一切，一个人的成长关键还是看个人。还有一句话叫'你是谁，便会遇见谁'，这大概就是人们常说的物以类聚，人以群分。你要想与素质好的人交往，首先自己要有较高的素质，起码要有不断提高自己素质的愿望。人生在世，不要怕别人瞧不起你，首先你要瞧得起自己。提高一个人的价值，一靠外在压力，二靠内在动力。如果一个人本身的价值就像一只鞋垫那样浅薄，就不要抱怨自己会被别人踏在脚下。"

我虽然走在陶伟的前边，但是我知道他现在一定是红了脸，说话的音调都有点不自然："秦参谋，你的有些话我并不是多么爱听，但是仔细想想又觉得很有道理。"

"有些话，只能在战友之间交心的时候才能讲。"我真诚地对陶伟说，"年轻人要善于用脑，碰到问题，有的人只会问'为什么'，有的人想知道'是什么'，还有的人在思考'怎么办'。"

后边传来女同志嘻嘻哈哈的笑声。

我和陶伟都扭过头去看，原来是安然和卫生所刚调来的一个女护士正快步走过来。只有四五十公分宽的田埂，我们在前边往边上靠一下，后边的人就可以过去，但是陶伟故意走在正中间。

安然一定是知道了陶伟在恶作剧，在我们身后拖着长腔喊："同——志——借光，过一下！"

陶伟爱开玩笑的本性显露出来，将身体往旁边闪了闪，嬉皮笑脸地对安然说："别叫'同治'，我更喜欢别人喊我'乾隆'。你们过一下可以，请问，借的'光'准备什么时候还呀？"

安然已经由放映组长改任宣传科干事了，她并没有着急往前走，先朝我客气地点点头，然后放慢了脚步对陶伟说："陶参谋，你嘴巴这么能说，别在通信科当参谋，到我们宣传科来当干事吧！"

"我现在还不想去宣传科，害怕有人欺负我，你要是有诚意，先利用自己工作上的优势将我好好宣传一下。"陶伟依然是嬉皮笑脸。

"那好，我现在就开始宣传：陶伟同志，今年二十、二十四周岁，身高一米六四，未婚……"

"你这不是在宣传我，而是在发布征婚启事吧。"

"给你征婚有什么不好，你现在不就是喜欢别人帮你征婚吗，想媳妇都快想疯了！"

我还有些话想对陶伟说，怕他们开起玩笑来没完没了，便笑着对安然说："安干事，你们前边走，我和陶参谋再聊一会儿天。"

安然对我的态度一向比较友好，听了我说的话，依然是客气地朝我点点头，说："那好，秦参谋，我们先走了，你们接着聊吧！"

接着她又指着我对陶伟说："'乾隆'陛下，以后放下架子，向人家学着点！"

安然和女护士走过去之后，陶伟问我："你知道和安然一起散步的这个女护士叫什么名字吗？"

我说不知道。

"她也是干部子女，人称'李十针'。"

"这好像不是她的名字。"我说。

"当然不是，'李十针'是大家对技术不熟练的李姓医护人员的戏称。她是由打字员直接提起来的护士，当了护士又不专业，抽血的时候能把病人的胳膊扎成马蜂窝，还找不到血管在什么地方。她的那张嘴巴，除了会加工零食，产话率还特别高，刚才没有说话，是因为与你不熟悉，她要是在熟人面前讲起话来，像是用手指钩住扳机不放的机关枪，别人连一个感叹词都加不进去。"

我忍不住笑了，对陶伟说："你脑袋里还是装了不少东西的，只不过有用的东西不是太多。我们田科长说过，人的脑袋就像是一个储藏间，容量有限，没用的东西装多了，有用的东西就装不进去了。"

陶伟不好意思地笑笑说："搞笑逗乐也是一种消遣方式，可以让剩余精力适当释放。"

我对陶伟说："我不太赞同你的观点，年轻人不是来日方长，而是时光宝贵，应当把精力用在有意义的事情上。当你发现岁月是贼的时候，它早已偷走了你的青春。"

"有些事我也想努力去做，但是好像做得越多，失败越多。"陶伟的口气有点沮丧。

"失败并不可怕，可怕的是不知道败在什么地方，更可怕的是不知道怎么样反败为胜。"我给陶伟讲了郭秋林的例子，而后又对他说，"一个人，只有当他对成功的欲望大于对失败的担忧时，才能够成功。"

"你的意思是说，在参谋业务的掌握上，我现在努力还赶得上？"

"对！"我坚定地回答，"昨天的一页已经翻过去了，不要再去多想。有人说得好，决定今天的不是今天，而是昨天对人生的态度；决定明天的不是明天，而是今天对事业的行为。也就是说，很大程度上，我们的今天是由昨天决定的，而且也是无法改变的；我们的明天是由今天决定的，只要行动就不晚。我和于参谋有些地方比你先走一步，但只要还有明天，今天就只能是起跑线，很多事都要从头做起。所以，我劝你不要错过现在可以抓住的任何一个机会，那可能是你人生的转折点。"

我回过头看了看，见陶伟边听着我说话，边用一只手揉脑门，好像在帮助脑袋消化我说的话。

我接着对他讲："不管干什么事，都要有千里之行的明确目标，也要有始于脚下的踏实作风。咱们今天先确立一个目标，就是初步掌握参谋业务的基本功，之后逐步提高，你最好能在思想上对这个问题重视起来。学习知识和做其他事情一样，有时候是战胜对手，有时候是超越自己。我笔记本上摘记过一句名人名言，与你共享。'注意你的思想，它会改变你的言语；注意你的言语，它会变成你的行动；注意你的行动，它会成为你的习惯；注意你的习惯，它会变成你的性格；注意你的性格，它会决定你的命运。'"

我发现自己对陶伟说的话多了一些，又安慰他："我刚才讲了这么多，不是说我做得多么好，也不是你做得怎么差，而是想让你我共勉。"

陶伟豁达地笑笑说："这些话不用你多讲，我心里清楚。"

"那就好！"我接着说，"你生活在条件相对优越的家庭，受过的教育肯定是比我和于胜利要好，接受的新事物也多。在过去的人生旅途中，你是轻松漫步，我们是艰难跋涉。走在平坦的大道上，可欣赏美妙的风景；走在泥泞的道路上，会留下清晰的脚印。我的意思是说，我们以前都各有欠缺，也都各有优长，欠缺的地方要尽量弥补，优长的条件要多多发挥。"

陶伟听了我的话，不停地点头说："好，好，好！"

太阳从树梢上收走它的最后一道霞光，我和陶伟慢慢地往宿舍的方向走，天空渐渐暗淡下来。

房舍树木都被夺去了光彩，变成了谜一样的团团灰暗。

二

五一节刚过完没几天，酷热的夏天就迫不及待地来到这座北方的城市，对人们开启了长达三四个月的折磨。

这一天上午刚上班，田科长就把我叫到他办公室，对我说，现在分部机关新提升的干部比较多，为了提高他们的业务素质，分部首长指示，近期将举办一期参谋"六会"培训班。司令部新提升的参谋人员和业务处的助理员，以及分部下属单位，包括仓库、医院、兵站、汽车团分管战备工作的参谋和助理员，工作暂时能放下的都参加。

我虽然不知道田科长给我说这件事是什么意思，还是首先表明了自己的态度："参谋'六会'是每个参谋和负责组织协调工作的同志必须掌握的基本功，办一期培训班很有必要。"

"讲得对！"田科长点点头，接着对我说，"这次培训由我们科组织实施，分部教导队负责教学和生活保障。初步准备安排三个人讲课，'会写''会记''会算'由于胜利负责;'会传'由通信科的王参谋负责。他们两个是老参谋,业务素质又都比较好,问题不大,你相对年轻一些,把'会画'和'会读'两方面的课程承担起来有没有问题?"

给别人讲课,我从来没有想过,田科长突然提出这个问题来,我有些不知所措。田科长说的话后边用了一个问号,表明他具有说话技巧和对部属的尊重。接受任务时提条件也不符合我的性格,但是我又害怕自己难以胜任。

我暂时的犹豫似乎在田科长的意料之中,他笑着对我说:"别担心,我以前讲过几次参谋业务课,有些材料还在,你拿去参考一下,遇到什么问题咱们再一起商量解决。这对你是一次锻炼的机会,一个人要想不断进步,不能害怕现在做什么,就怕将来后悔没有做什么。很多以前没有做过的事情,只有大胆、自信,才能学会去做,并且做好。"

我坚定地向田科长点了点头。

田科长把他用过的讲课材料交给我以后,我翻了一下,开始觉得比较零乱,只做了一些简单的整理,将识图、用图和标绘地形图方面的内容分别挑了出来。之后,我又仔细地看了一下,慢慢发现,田科长讲课的方法很特别,像是给学员讲故事和带着学员做游戏。

我很受启发,也准备按田科长的方法给学员们讲课。

根据培训班可能参加的人数,分部司令部向军区申请了同一个图幅编号、具有典型地形特征的五万分之一比例的军事地形图五十张,以及必需的《识图用图手册》《军队标号》与指北针、指挥尺。

这次培训,战备组由于胜利和我分担部分授课任务,训练组则会同教导队负责教学计划的实施和物资保障。教导队的一个参谋和我一起,到附近商场里为每个学员都购买了曲线尺、彩色铅笔和橡皮等文具。

教导队与分部机关只有一墙之隔,田科长和于胜利在教导队队长的陪同下,听了我的试讲之后,都表示比较满意,也提出了一些具体的改进意见。田科长对我说:"当一个参谋,要胆大如虎,心细如发,备课不能马虎,讲课不能怯场;讲课时要注意学员的情绪,适时调动他们的学习积极性,下课后要耐心听取学员的意见,及时调整讲课进度和讲课方法。"

　　四十多名学员，分部机关和所属单位大约各占一半，其中还有两位女同志，一位是分部机关卫生处的助理员，一位是野战医院医务处的助理员。在安排学员座位的时候，我悄悄地告诉训练组的刘参谋，让他将陶伟的座位与两个女学员的位置隔得稍远一些。我是怕陶伟学习的时候分心，也怕他课堂上忍不住说话，影响别人。

　　这次培训班一共给我安排了六十四个小时的课程，其中识图、用图十二个小时，主要是我讲，学员边听边做；标绘地图五十二个小时，我讲授方法，学员做作业。

　　我的课程排在前边，开班第一天，我走上讲台，一下子面对几十双眼睛，尽管事先已经作了充分的思想准备，但站在讲台上时心里还是有些发怵。本来想表现得自然一些，但是双腿有点不听使唤，止不住地打哆嗦，我不得不将一个膝盖使劲地顶在课桌腿上，对自由主义严重的下肢予以惩戒。

　　突然，我发现坐在最后排的田科长微笑着向我点头，悬着的一颗心立刻落到了实处。

　　"识图、用图课程的内容主要是地图比例尺、坐标、地物识别和地貌判读。"我稳定了一下情绪，开始讲，"今天先讲比例尺和坐标，地图比例尺是地图上某线段长度与实地相应线段的长度之比。比例尺的大小是由分母决定的，分母小则比值大，比例尺就大；分母大则比值小，比例尺就小。不同的比例尺表示地图图形的缩小程度，比例尺越大，内容越详细，比例尺越小，内容越概略。军事地形图一共有六种比例尺，两万五千分之一和五万分之一的为大比例尺地形图，也叫战术用图；十万分之一和二十万分之一的为中比例尺地形图，也叫战役用图；五十万分之一和一百万分之一的为小比例尺地形图，也叫战略用图。我们手里拿着的是比例尺为五万分之一的地形图，图上每一厘米相当于实地的五万厘米，也就是五百米。"

　　我在台上讲着，发现台下学员有的似乎是听明白了，表情显得很轻松，有的则有些茫然，好像还没有从概念里走出来。于是，我决定先穿插着讲平面直角坐标。

　　"大家看着我们手里的地形图，小黑块代表居民区，我们先找到白沙峪和坨里两个村庄，然后再算一算它们之间的距离是多少？"我提出了一个问题。

学员们都在低头看地形图，过了大约半分钟，陶伟举手向我示意，大声说："我找到了，坨里村在地图的左下部。"

又过了十来秒钟，一个学员举起左手高声喊："我找到白沙峪了，在地图的中间位置。"

我做了个手势，让大家不要再找，然后说："不到一分钟，我们就有人在地图上找到了两个村庄的位置，还算是比较快的，有没有更快的方法呢？有！"

所有的学员都抬头盯着我看。

"为什么电影院的观众都能很快找到自己的座位？"我首先问大家。

"他们手里有电影票，电影票上边有排有号！"几个学员一起回答，陶伟的声调最高。

"对，电影票上边写有几排几号，所以观众都能够很快地找到自己的位置。地形图上边也有'排'有'号'，大家看，地图上边有很多条平行的、间隔相等的横线和竖线组成的方格网，这些横线的左右两端和竖线的上下两端，都注有数量相同的两组数字。假如把横线上的数字当成排、把竖线上的数字当成号，现在我告诉大家，白沙峪在22排34号，找到了吗？"

我的话音刚落，台下就有好几人同时回答："找到了！"

我又问："坨里村在26排30号，找到了吗？"

"找到了！"台下几乎是异口同声。

"我刚才说的'排'和'号'，就是地形图的平面直角坐标，它可以确定地形图上某点的位置，也可以在地形图上估算距离。地形图上除了有平面直角坐标，还有地理坐标，我们常常听到的收音机里讲的经纬度，就是地理坐标。表述某个地点的地理坐标时，先纬度，后经度；而表述某个地点的平面直角坐标时，先纵坐标，后横坐标。"

我正在讲着，坐在中间位置的两个女学员之一的野战医院的医务助理员向我举手示意。

我通过学员花名册了解到，她叫张晓曼，入伍比我晚一年，年龄比我小两岁。看到她礼貌地举手，我也客气地对她说："您请讲！"

她的声音很悦耳："您刚才让我们在地形图上寻找两个村庄位置的时候，为什么先说的是横线上的坐标，后说的是纵线上的坐标？"

"这个问题提得好！"我肯定了张晓曼的提问，在黑板上画了一个大大的"十"字，又画了无数条与两条交叉实线等距离的平行虚线，接着解释，"假如这两条实线是数轴，在虚线上注明数字，横虚线上的数字反映的是纵向的值，竖虚线上的数字反映的是横向的值，地形图上的坐标也是这个道理。所以说，横线上的数字叫作纵坐标，纵线上的数字叫作横坐标。"

我对着黑板上的线条比画着，尽管说的话有些拗口，但是张晓曼应该是听懂了，其他学员好像也听懂了，他们都在点头。

张晓曼提问题的时候，男学员们都望着她，我回答问题的时候，有的男学员还在望着她。张晓曼长得不是太漂亮，但是比较耐看。

我告诉学员们，指挥尺上有刻度的一边可以当直尺用。我让他们在地形图上测量白沙峪和坨里两个村庄之间的距离。

"三千五百米！"有的学员喊。

"三千六百米！"又有学员喊。

……

"好了，大家不要再量了。"我对学员们讲，"从量读的结果看，两个村庄之间的距离应该是三千五百米左右，这是直线距离。在现实生活中，从这个村庄到那个村庄去不可能走直线，我们在地图上可以看到，两个村庄之间有一条弯曲的黑线，它表示道路，顺着道路走，两个村庄之间的距离是多少呢？我们拿出指北针，用上边一角的转轮沿着道路轻轻地转动，就可以测量和计算出两个村庄之间道路的大致距离。这个距离准确吗？也不太准确！我们可以看到两个村庄之间有几条棕色的曲线，它们叫等高线，是用来反映地貌的，下一步的地貌判读课，我们会学习这方面的知识。也就是说，两个村庄之间有高差，存在较大的坡度，加上坡度系数之后，两点之间距离的精确度才能更高一些。"

学员们跟着我一起，在地形图上一会儿爬山，一会儿过河，像是进行了一次有意思的旅行，他们个个都情绪高涨，兴趣盎然。

这个时候我注意到，田科长悄悄地离开了课堂。后来我才知道，司令部正开办公会，他是向参谋长请了一个小时的假，专门来听我讲课的。

三

标绘地图包括绘制地形略图和示意图，远没有学习识图用图那样轻松。学员除了熟悉军队标号，还要画好图形、写好字体。

我用半天时间给学员们介绍了等线体、宋体和仿宋体几种常用标图字体的书写要令，以及军队标号的标绘技巧，并要求他们坚持练习。

培训班刚开始那几天，吃过晚饭以后，一帮年轻人在分部招待所设施简陋的房间里，说说笑笑，打打闹闹，肆意挥霍着学习之外的剩余精力。后来这几天情况就不同了，学员们请求我晚上把培训班教室的门打开，他们要在里边"加班"。

按照于参谋编写的想定，标绘一张"反空降作战后勤保障计划图"并不复杂，只使用几十个军队标号就行了，但对于初次学习的学员们来说，还是需要下一定的功夫才能完成的。

仅仅是这张图的标题，不少学员花了大半天的时间都没有写好。把格子打好以后，写等线体的，先用铅笔在格子里按字的结构画好笔画，再用排笔蘸上墨汁描，这样还快一些。写宋体字的，要先用铅笔和直尺把字的轮廓画出来，再用毛笔涂实，速度就慢多了。

晚上的教室里灯火通明，由于天气比较热，学员们都穿着纪律和道德尺度内的便衣，忙着标图，连分部卫生处的刘雪菲助理员也顾不上家里还不满周岁的孩子，在与张晓曼前后桌的地图上忙活着。

在教室里，一会儿这个学员问字体怎么写，一会儿那个学员问图形怎么画，我一时应接不暇，汗流浃背地跑前跑后，晚上十点钟以后才回到单身干部宿舍。

这天晚上，我拖着酸痛的双腿刚回到宿舍，陶伟就拿着自己刚标绘了一半的地形图对我说："刚才教室人多，我没好意思问你，你看看我标的图行不行？"

陶伟这一次学习还比较认真，他标绘的地形图比我想象中的要好得多。

我肯定了他的成绩，也指出了不足："前方这一块，我军主攻的箭形标号要大一些、粗一些，而你画的箭形标号主攻与助攻的差不多。"

"我看到张晓曼——"

我开玩笑地对陶伟说："你看她干什么，她脸上又没有样图。"

"我给你说过，女人有一张耐看的脸，总是能吸引男人的眼，不过我不是看她的脸，而是看她标的图，她的箭形标号画得很漂亮。"陶伟也笑着说。

劳累了一天，我想拿陶伟开玩笑，便说道："坐在你旁边的军务科林参谋懂一点标图常识，地形图标绘得也不错，你不去看他的图，去看隔着三张桌子的张晓曼的图？我讲课的时候你是不是对有些人假装视而不见，却偷偷地用余光看了无数遍？"

陶伟故作委屈地说："课堂上我听讲的时候真是没有分心，一直是眼睛盯着黑板，耳朵听你说话。我与张晓曼平时都不怎么讲话，她每次见了我，都抬不起头来。"

"害羞吗？"

"不，她身高有一米六六或者是一米六七，而我的身高只有一米六四，她要想看我必须低头。"

我对陶伟说："我们刚才讲的都是玩笑话，说点正经的，参加将近一个月时间的参谋'六会'培训，不过是学些皮毛、打个基础。原来的军队院校大部分都停办了，我们现在只有通过在职学习和工作实践才能提高理论与业务水平。我对于起草战斗文书也有些发怵，再过几天于参谋讲课的时候，也准备好好地学一学。你这一次的学习态度很端正，我向你看齐，提高参谋业务能力就是要多学、多问、多看、多练。有人说过，简单的事情重复做，你就是行家；复杂的事情认真做，你就是专家。"

陶伟也认真起来，对我说："你讲得很对，这次培训我感到收获很大，比如以前总是听有的参谋讲'利用地形地物'，觉得这句话没有什么毛病，听了你讲的课，我才知道，这个说法是不准确的，既然'地形是地貌和地物的总称'，地形已经包括了地物，那么，只需要说'利用地形'就可以了。"

"你讲得对！有句话说得好，你永远不知道自己有多大的潜力，直到有一天你除了挖掘自身潜力而别无选择的时候。通过这次培训，你已经打下了一个比较好的基础，再注意发挥自己见多识广、聪明好学的优势，参谋业务水平一定能快速提高。"

陶伟好像是赞同我说的话，用力地点了点头。

四

参谋业务培训结束以后，田科长要给我和于胜利放两天假，让我们俩好好休息一下。我向田科长建议，我一个单身汉，休不休息都差不多，每天就是在办公室和宿舍里待着，不是加班就是看书。于胜利春节过后已经把今年的探亲假用完了，不如把我的两天假让给他，合起来四天假，再加上一个星期天，一共五天时间，让于胜利再回老家一趟，看看老人和怀孕不久的妻子。

我的建议里有戏谑的成分，还没有听说过部队里有谁把自己的假让给别人用的。不过，我的建议让田科长有一点小小的感动，他竟然同意让于胜利利用五天时间回老家一次，不过，来往的火车票只能按规定自理。

于胜利对田科长说，现在科里工作比较忙，他不想这个时候回老家。

聪明的田科长只把于胜利的推辞看作一种高姿态，自然不会答应。

我看得出来，几个月没回家的于胜利不管嘴上怎么说，能够回家看看老人、爱人，还有"再有十六个月就满一周岁的孩子"，他的内心还是非常激动的。

通信科的刘科长原来是军区后勤部通信站的技师，他为人实在，不善言辞，到我们分部当了通信科科长以后，业务工作熟练，管理水平较差，与科里参谋们的关系处理得不是很好。

这一天，我经过他办公室门口的时候，听见他在屋子里大声喊我："秦参谋，过来一下！"

我在刘科长办公桌对面坐下来，看到刘科长非常高兴，他手里举着一份公文，兴奋地对我说："参谋长在我们科上呈的请示件上做了批示，除了同意我们提出的建议，还对我们提出了表扬，说我们的请示件言简意赅、图文并茂。这个请示件由陶伟承办，文字是他起草的，示意图也是他画的。听说陶伟平时与你接触比较多，你们经常在一起谈心聊天，他参谋业务水平提高得快，与你的帮助有很大关系，谢谢了！"

一向比较吝啬对部属使用表扬用语的刘科长，对我说了这么一番话，让我着实有些受宠若惊、诚惶诚恐。

陶伟承办这份请示件我知道。怎么样才能起草好？他费了不少脑筋，事先也曾经征求过我和于胜利的意见。

"刘科长过奖了，我和陶参谋是互相帮助，我从他身上也学到了不少东西。"我对刘科长说的是谦辞，也是心里话。

"不不，我觉得他比你差远了，工作不太用心，说话、办事随便，总是像个长不大的孩子。"刘科长说的也是心里话，但不是谦辞。

我一直觉得，过去刘科长对陶伟是看缺点多、看优点少，不能用发展的眼光看待自己的部下。

田科长曾经明确地指出过我的缺点：有点固执己见，办事刻板，有时候还认死理。但是，他在指出我的缺点之后，又出人意料地说了一句话："对于一个参谋来讲，这不一定完全是坏事。"

这一次我又不可救药地固执了起来，对刘科长说："陶伟有干部子弟惯有的毛病，但是他本质好，心地善良，勤学好问。记得有个名人说过，每块木头都可以是一尊佛，只要去掉多余的部分。一个人也是这样，只要改正缺点、剔除瑕疵，都可以变得相对完美。"

刘科长不好意思地笑笑说："你说的也许是对的，不过，陶伟这块铁能打几颗钉子，我心里还是清楚的。"

在部队的司令部工作中，流传着一句话，就是在同一件事情上，参谋有三次建议权，你如果觉得自己的意见有道理，可以反复向首长提出。这是我有时候不愿意改变自己的个性和主张的理论依据。

我对刘科长说："如何判断一个人，有个规律，短期凭机遇，中期看实力，长期观人品。一个人的起点有多高，是机遇决定的；一个人能走多快，是实力决定的；一个人能走多远，是人品决定的。陶伟本质好、品行正，如果个人不断努力，别人再注意引导，那么他这块铁一定可以锻造成钢。"

做事恰如其分，说话点到为止，是人生的最大学问。我在这方面有些欠缺，今天就有点不识时务，话说得多了一些，让刘科长表现出不悦。他对我讲："你不能把一个人的外在因素看得太重，一块铁不经过冶炼，无论如何也成不了钢。"

我没有明确反对刘科长的观点，只是委婉地对他讲："一个人身边其他人的品位，影响着这个人的素质，所谓'蓬生麻中，不扶自直'就是这个道理。一个人情绪低落或者工作中遇到挫折时，别人一番鼓励的话，就等于给他注射了积极振奋的精神激素。对于很多人来讲，外部环境是无法自行选择的，但是一个人不管遇到谁，他都是你生命中应该出现的人。若无相欠，怎会相见？陶伟给我讲过，他在您手下工作是一种荣幸，您为人忠厚，办事讲原则，他从您的身上学到了不少做人的道理。"

说给刘科长听的这段话，后边几句不是陶伟讲的，而是我编的，不完全是真心话，不过，刘科长听了似乎很高兴。

这次与刘科长的交流，让我对他有些失望，也对陶伟有些担忧。人与人见面，有时候什么话都没有说，却好像说了很多话；有时候说了很多话，又好像什么话都没有说。

五

有一天吃过晚饭，我刚从食堂门口走出来，看到分部卫生处的刘雪菲助理员从干部宿舍楼那边朝这边走了过来。

刘助理的爱人是分部政治部组织科的干事，夫妻两人在分部机关的人缘都不错。我以前与刘助理打照面，都是点头打个招呼，自从上次参谋业务培训班之后，我们俩见面除了打招呼，有时候还会说上几句话，因为她的年龄比我大几岁，说话得体，办事稳当，我对她一向很敬重。

"秦参谋怎么这么晚才吃完饭？"她问我。

我笑着回答："下午我替于参谋值了一会儿班，他吃过饭回到值班室以后，我才能出来吃饭。"

"对了，秦参谋，上次培训班结束后，发给学员的《识图用图手册》都收回去了，我想借一本再看一看，可以吗？"刘助理一副认真的样子对我说。

"没问题！"我对她说，"您等着，我现在就上楼到办公室去取。"

"不，我跟着你一起去拿！"

到了办公室，我从资料柜里取出一本刘助理要借的手册，但她并没有要走的意思，而是在我对面于参谋的位置上坐了下来，好像是漫不经心地问我："小秦，你现在有女朋友了吗？"

"还没有！"我不知道刘助理是什么意思，我回答她这个问题的时候，一定是"面无表情"的。

"我也听别人说你没有，现在证实了。"刘助理可能是看到了我有些傻傻的样子，忍不住笑了，接着又认真地问我，"你觉得张晓曼怎么样？"

"她？！"我看不到自己的脸红，但是能感觉到自己的脸热。

我从内心喜欢张晓曼，不仅是她的相貌，还有她认真学习的态度和深藏不露的性格。说实话，我不喜欢太张扬的女性，比如安然，她是个好同志，我们可以成为好同事、好朋友，但不会成为伴侣。机关里的人也可能是看出了我们的性格不合，所以没有谁撮合我们。当然，如果真是有人想成全我们，除了我，安然也不一定同意，她可能也不喜欢我这样的性格。还有更重要的一点，就是城市入伍的女干部一般都不愿意与从农村入伍、将来有可能

"哪来哪去"的男干部牵手。

张晓曼是北京人，她会与我交朋友？

刘助理可能是看到了我疑虑多于喜悦的表情，又笑了笑说："前几天她来分部送报表的时候对我讲，她在参谋业务培训班学习的时候，对你印象不错，你讲课认真，待人诚恳。她还说她在分部机关的墙报和黑板报上都看过你写的文章，觉得你很有文才，对你很钦佩。"

刘助理看见我想说什么，做个手势制止我，接着讲："我知道你想说什么，关于两个人的地域问题，小张说了，如果两人牵了手，天涯海角一起走，她对今后可能遇到的各种情况有充分的思想准备。她也探听过她父母对她找男朋友的态度，她的父母表示不干涉她的个人选择。小张还说，若真正到了必须要走的那一步，两个老人大不了再红一次眼眶，就像她当年'上山下乡'一样。"

我心情复杂地点了点头。

"那好，现在她对你有情，你对她有意，你们可以先通信联系，她基本上每个季度都来分部送一次报表，你们以后见面的机会不会少。"刘助理说着站起身来，接着讲，"我牵线的任务完成了，缘分决定成败，好事共同争取，祝愿你们以后发展顺利！"

我把刘助理送出办公室，感激的目光一直伴随她消失在办公楼走廊的尽头。

这天晚上，于参谋在值班室里值班，我一个人躺在单身干部宿舍的硬板床上翻来覆去，就像烙煎饼。

这注定又是一个失眠之夜。

天天忙于工作，我确实没有静下心来仔细考虑过个人的婚姻大事。与张晓曼在参谋业务培训班一个多月时间的相处，我是喜欢她的，这种喜欢深藏于内心，毕竟参谋业务培训班是学习知识的课堂，不是谈情说爱的场所。但是我在隐约中感觉到，她好像也喜欢我。我还记得一个老参谋对我说过的话："知道什么是异性的喜欢吗？记住了，你看她的时候，她假装在看别处；你看别处的时候，她在偷偷地看你。"

我心里很清楚，在生活中，遇到一个你喜欢的人并不难，很多爱情都开始于喜欢，但是很多爱情也是结束于了解。相互了解以后，觉得不合适而分手的情况非常普遍。了解之后还能够互相喜欢，才能产生真正的爱情。

我与张晓曼相互间了解得并不是很深。我心里同样清楚，当你喜欢一个人的时候，总是想到对方的优点，甚至能够把对方的缺点也当成优点。恋爱中的男女相处的时候，眼睛、耳朵，血压、心跳，甚至思维都是不正常的。只有在结婚之后，各项指标才会慢慢恢复如初。

我虽然对这种男女之间的情感没有切身体验，但是在看过的小说里，有对这个问题的大量文字描写，这些我都记忆犹新。

所以我认为，真正的爱情和幸福的婚姻，不仅是男女初见喜欢，更是久处不厌。

于胜利曾经不止一次地与我讨论过恋爱、婚姻的问题。有一次，他对我说："你对这个问题的整体看法还算不错，属于旁观者清。但是具体到自己身上，就顾虑颇多，自信心不足，觉得无所适从，这叫当局者迷。"

我不太同意于胜利给我下的结论，向他陈述自己的观点：人们的生活环境不同，生活方式也不同；生活目的不同，生活道路也不一样。就像是有的人为了省钱不坐车而走路，有的人为了省时不走路而坐车，从道理上讲都无可厚非，在生活中却难以相容。比如我们在新兵连吃忆苦饭的时候，农村长大的男兵感到忆苦饭不难吃，城里生活的女兵觉得忆苦饭不好咽；夏天花三分钱买根冰棍，农村兵认为是铺张浪费，城市兵说是正常消费。

我曾经不止一次地设想过，我的另一半应当是一个从相对艰苦地区入伍提干的女军人，或者是部队驻地和原籍老家高不成低不就的老姑娘，而不大可能是一个大城市参军且个人条件不错的女干部。

对于将来复员或者转业的问题，我有一些顾虑，但没有过多考虑，觉得这个问题还比较遥远。军装，是军人的第二张皮肤，脱下来心会疼，我什么时候会有这一天？我不得不想，但也不敢多想。

郭秋林前天给我打了个电话，说他已经调到军区后勤部政治部宣传处去当干事了。机关越大，工作越稳定，复员转业的可能性也就相对要小一些，看来他以后是要在北京成家立业了。

郭秋林的电话让我对与张晓曼谈恋爱的事有了一些信心，也多了一些企盼。

在婚恋问题上，我不同意陶伟"广交慎选，择优而谈"的说法，并且调侃他是"情书满天飞，见妞都想追"的多情种子。

"第一个，最好也是最后一个"是我坚持的观点。我一直觉得，男女两个人，有了一定的感情再分开，不管是什么原因，都是一件令人非常痛苦的事情。

距离二十八周岁结婚还有两年左右的时间，我还有足够的时间谈恋爱。也许张晓曼真的不在乎地域差别，也许她真的没有门第之见，这样我们就有了深入了解的基础。不过，时光无情，青春易逝，在紧张工作的同时，个人的恋爱婚姻也不能再拖延下去了，特别是当与爱情擦肩而过的时候，不要错过它，有时错过一时，可能遗憾终生。

心中稍觉坦然，睡意慢慢来袭，我竟然在拂晓时分又进入了梦乡。

第五章　恋爱季节

一

在参谋业务培训班上，我看到了张晓曼的外表；与她通了几次信之后，我走进了这个人的内心。张晓曼的内心不像她的外表那样文静、深沉，她对有些问题的看法比较深刻，也比较尖锐，这是我始料不及的。

她在信中对我讲，在婚恋问题上，她有自己的标准，就是要找一个情投意合的人，而不一定要找一个门当户对的人。她还很坦率地告诉我，曾有两个小伙子与她相过亲，但最终没有一个成为她的男朋友。她信中的一段话，让我的心灵受到震撼：

"婚姻，是一条将男女双方捆绑在一辆战车上的绳子，所以不管是男人还是女人，都要对婚姻问题十分慎重。对于女人来说，更要把婚姻前后可能出现的情况作充分的设想，因为婚姻是女人的第二次投胎，与第一次投胎不同的是，她有一定的选择机会。有人说，恋爱是美好的，它把一切问题都推给了婚姻。我不赞同这个说法，也不同意这种做法。婚姻是一个人的终身大事，在恋爱时就要消除一些疑虑，并对可能形成的婚姻有个基本的评价。在恋爱中真正爱你的人，结婚之后，纵然有千百个理由可以离开你，他也能找出一个理由与你相伴一生。"

她最后强调："对于我说的这些话，你不要想得太多，因为婚姻不是小事，只有事先把一件件小事都考虑到、处理好，以后的婚姻基础才会牢固。"

一个星期六的晚上，刘助理对我说，张晓曼第二天上午要到分部卫生处来送报表，并且她把张晓曼所乘火车的车次告诉了我。

在火车站出站口，我和张晓曼同时看到了对方。她一只手提着黑色公文包，另一只手举起来朝我扬了扬，走到我面前，大方地向我伸出一只手来，我成年以后第一次握住年轻女人的手，觉得是那样的柔软，软若无骨。

我没有了当教员时的威严，张晓曼也没有了当学员时的拘谨，我们两个人像是老朋友久别重逢，我只感到自己的内心有一种无名的悸动。

我接过张晓曼手里的公文包，与她一起上了公共汽车。从始发站上车，乘客不多。因为是星期天，中途上车的人越来越多，快到分部招待所的时候，我们俩同时把座位让给了一对中年夫妇。后来，我们两个人被其他人挤到一处狭窄的位置，我们之间是只有恋人和夫妻才允许的距离。这也是我成年后第一次离年轻女人那么近，张晓曼身上好像有一股海棠花香，可能是因为她脸上抹了雪花膏。这一刻，她身上散发出来的淡淡清香，沁人心脾。

公共汽车上的人越来越多，我们俩谁都没有说话。沉默，有时候并不意味着无话可说，而是要说的话太多，不知从何说起。

我们保持沉默不语的另外一个原因，就是我们都是军人，在公共场所要保持应有的矜持。我们虽然没有穿军衣，谁也不知道我们是军人，但是我们自己知道。这就是军人的自觉性。

分部招待所的客人不多，三张单人床的房间里只安排了张晓曼一个人。

因为熟人太多，我不好意思与张晓曼一起去招待所食堂吃饭，只是与她约定，晚饭后一起去营区外边的马路上走一走。

夜幕降临了，无数的浪漫故事开始上演，包括我的。

营区外的马路宽阔而安静，昏黄的灯光倾泻下来，给行走在地面上单个或成双成对的路人身上，都着了一层暖色。

"感谢你信任我！"我对张晓曼说，"现在在工作上，我比较自信，但是在考虑个人问题的时候，有点自卑。"

张晓曼和我肩并肩走着，听了我的话，笑笑说："有些情况刘助理给我讲了。自卑是一种消极的情绪，人活一世，站着不比别人矮，坐着不比别人低，有什么可自卑的呢？只要抬起头，你就和别人一样高，如果总是弯着腰，你总是比别人矮一截。我个人觉得，人生之路，从什么地方出发很重要，怎样走路更重要，想走到什么地方、将要到达什么地方，尤为重要。你出生在农村，在艰苦环境中长大，有吃苦耐劳、奋斗向上的基础，我正是看重你的这一条，你从农村青年成为部队干部，也充分说明了这一点。对于意志顽强的人来说，周围的生存条件再差，也不会向命运低头，即便生长在石头缝里，也能生根发芽、长出绿叶、绽放花朵。这正像有人说过的一句话，命运如同掌纹，无论怎样曲折，始终握在自己手里。"

张晓曼的话说得我直点头。

她接着说："我在信中给你讲了，一个年轻人，恋爱时多接触几个异性不算丢人，因为找一个情投意合的人并不容易，不大可能一见定终身。经别人介绍，我接触了两个人，这件事我在信中已经给你讲过。他们一个是干部子弟，我们俩没有见过面，只是通了几次信，他在信中不谈自己的情况，只是向我吹嘘他的家庭怎么怎么样，他的爸爸怎么怎么样。我对他的话不以为然，在信中毫不客气地对他讲，我尊重他的家庭，也尊重他的家长，但是我是要与他谈恋爱，不是与他的家庭谈恋爱，我对他介绍的情况不感兴趣，只是记得有一句话叫'老子英雄儿好汉'，还有一句话叫'自古忠臣多逆子'，后来……就没有后来了。我还与另一个人见过两次面，他倒是个平民子弟，介绍人开始对我讲，他从小就是个听大人话的'好孩子'，脾气好，心眼实。我倒是喜欢与这种人相处，但是见面之后，他给人一种低声下气的感觉，还自以为很幽默。第二次见面时就用调侃的口吻说：'如果我们将来在一起生活，我会像鸡一样的早起，羊一样的温顺，狗一样的忠诚，牛一样的干活，猪一样的吃剩菜剩饭。'我也用开玩笑的语气对他说：'谢谢你的倾心相许、一片痴情，我是想找一个有男子汉气概的丈夫，而不是一个只知道看老婆眼色行事的杂交动物。'当然，这次的见面结果，也只能是不欢而散。"

张晓曼的话把我逗笑了，我对她说："在参谋业务培训班上，我就发现你是一个很有个性、非常有主见的女青年。"

张晓曼也笑了，对我说："你的结论基本正确，我爸爸妈妈也是这样评价我的。我的特立独行，有时候可能会给人一种强势的感觉。我不喜欢人云亦云，也不喜欢循规蹈矩，一个人应当在一定的纪律约束下张扬自己的个性、主宰自己的命运。上山下乡时，有的女同学哭哭啼啼，觉得身处异乡，前途未卜，我却很高兴，认为远离学校和家长，就可以迈开双腿走自己的路了。参军到部队也是一样，有的女孩子想着当两年兵就复员，回家落实个好工作，嫁人成家，在父母身边或者不远的地方生活一辈子。我从穿上军装那天起，就准备一世从戎、四海为家，世上没有比脚更长的路，也没有比人更高的山，天大的房子地大的床，哪里容不下一个人？我一直认为，每个人都应该有自己的人生轨迹，世上本无道，踏过即为路。我很欣赏有人说过的一句话，就是'自己选择的道路，如果认为正确，流着泪也要坚持走下去'。"

我静静地点头，没有说什么，在心里慢慢品味着张晓曼说的话。

我们俩肩并肩默默地走了一段路，张晓曼突然用胳膊肘碰了我一下："怎么今天主要是我在讲，你很少说话，是不是觉得我的有些话讲得不妥？"

"不是、不是！"我连忙辩解，"人若相知，不语也会心有灵犀；心若相恋，无言也能相互抚慰。我觉得，爱情不仅要用语言表达，也要用眼神交流，有时候看比说更能反映一个人的真实情感。真正的爱情是一种心灵感应，其神秘之处就在于那种'此时无声胜有声，一切尽在不言中'的默契。再说了，刚才一直都是听你在讲，我没有机会说话呀！"

张晓曼"咯咯"地笑了起来："好，好，我暂时不讲了，下面听你说。刘助理说你是个文学爱好者，我今天算是见识了。"

我不好意思地说："你不会认为我是在卖弄吧！我赞同你刚才讲的有些观点，觉得恋人之间，爱对方的最好方式，不是一味地去适应对方，而是不断提高自己的素质，将来给对方一个优秀的爱人，你有价值了，你的爱才会被对方重视和接受。男女双方都应当知道，需要你的人，才是你需要的人。爱不仅是朝夕相处、一生陪伴，更应是风雨同舟、一路同行。"

"讲得好！"张晓曼表示赞同。

我接着往下讲："男女双方都应当懂得，不要让任何一方成为另一方的全部，不能牺牲自己的一切去迎合对方，这样做，往往事与愿违。男女之间要以平等的心态默契相处，互相包容，为对方付出的多少，不能成为决定家庭地位的条件，而应当作为应尽的义务。如果你觉得接受别人的施舍，会让自己感到自卑；觉得施舍于人，会使自己感到骄傲，那么这样的感情基础都是不牢固的。"

张晓曼一直在认真地听我讲。路旁杨树上的树叶也在微风中窃窃私语，好像在评论我和张晓曼的对话。

恋爱中的男女，手表都不正常，等待时走得非常慢，相聚时走得特别快。暮色沉沉，行人渐稀，不知不觉中，我与张晓曼已经出了营区将近两个小时。在马路一边的人行道上，我们一起折返。

"你平时很喜欢看书吧？"张晓曼突然问我。

"对，我给自己制订的人生准则，第一是努力工作，第二是看书学习，有时候吃饭睡觉都要为看书学习让路。"我如实地回答。

灯光虽然暗淡，但我依然看到了张晓曼脸上泛起的红晕，看得出来，她对我说的话很感兴趣。她嘴里虽然没有多讲，但眼睛像是没有关严的窗户，泄露了内心的秘密。

我接着说："因为我知道，腹有诗书气自华，书读得多了，不仅可以增长知识、开阔眼界，还能提升气质和改变面貌。一日辛勤劳动，能换来一夜安枕；一世读书学习，可让人一生精彩。"

张晓曼待我讲完，有些激动地说："你说的我十分赞同，读书是我们的共同爱好！我爸爸是工厂车间的副主任，我学到了他吃苦耐劳的品质。我妈妈是小学的语文老师，她教育我养成了读书学习的好习惯。"

我与张晓曼说话比较投机，都觉得意犹未尽。因为要在分部机关的熄灯号响起之前赶回去，两个人都加快了脚步。

快到营区的时候，我试探着给张晓曼讲了几句结论性的话："在恋爱中，男人比较着急，没开花就想结果；女人经常忧虑，没结果就想到了落叶。我们俩在许多问题上看法比较一致，咱们是不是就这样说定了，以后进一步加深了解，抓紧而不着急，耐心而不拖延，等待瓜熟蒂落，静候水到渠成？"

张晓曼听了我说的话，高兴地点了点头，表示赞同，并且说了一句耐人寻味的话："相识只要一瞬间，牵手需要好多年，以后的道路还很长，希望咱们一路同行，共经风雨。"

<h2 style="text-align:center">二</h2>

与张晓曼这次见面之后，我一直沉浸在幸福的喜悦中。于胜利跟随分部首长下部队了，我一个人白天在办公室里紧张地工作，晚上在宿舍里品尝恋爱的甘甜，仔细回味着与张晓曼在一起时的情景和她说过的每一句话、每一个字。甜蜜的回忆不需要成本，但它却是自娱自乐的源泉和可尽情享受的奢侈品。

与张晓曼分别后的第三天下午，我走进了田科长的办公室。

田科长近来一直关心我找女朋友的事，他没有与我明讲，但是私下里与于胜利说过几次，我觉得自己应当首先向他汇报在这个问题上的进展。

田科长让我在他对面坐下来，我有些羞涩地说："田科长，有件事，我想——"

在我说话略微停顿的间隙，田科长朝我神秘地笑笑说："我从你这两天的表情中可以看出来你要说什么，告诉我，什么时间开始的？"

田科长有这个本事，他感情的雷达一直跟踪着每一个部属，在指导和督促参谋们努力工作的同时，从蛛丝马迹中看出他们的心理变化，了解他们在想着什么、准备干什么，就像红花晓春、黄叶知秋。

我还没有完全学会掩饰自己的情绪，不过在对属下工作上严格要求、生活上非常关心的领导面前，也没有必要进行任何隐瞒和掩饰。我便坦白地对他讲："才几天的时间，属于刚刚开始。我们只是有了一个较好的开端，难以预测今后的发展，我心里还有些忐忑。"

我向田科长简单介绍了我与张晓曼这一次接触的一些情况。

田科长收敛起笑容，有些歉疚地对我说："我曾经分别给两个医院的有关领导打过招呼，想在这个问题上帮帮你的忙。他们后来回话，都是因为你从农村入伍，女方有后顾之忧而无果。张晓曼主动提出与你交往，难能可贵，你要珍惜啊。上次在参谋业务培训班上，我看到的只是一个普通的女学员，现在觉得她是一个有眼光、有远见的女军人。人生，一半是对未来美好的追求，一半是对现实不足的包容，多数城市入伍的女干部拒绝找农村参军的男干部，是对现有政策规定的考量之后不得已而为之，我们也要充分理解。"

我点点头说："科长放心，我在这个世界上，从懂事的时候起，就对自己有个要求，就是少抱怨别人的做法，多规范自己的行为，接受命运给予的一切。我也知道，今后生活的道路不像公园的曲径朱栏，有蜂蝶环绕，有花草相伴。只有与心灵相通的人一路同行，才能够跨越山河、无视风雨。我现在已经感觉到自己肩上增加的另外一种责任，今后会努力工作，完善自我，首先造就一个优秀的自己，给自己的另一半一个理想的丈夫。这次与张晓曼见面，我给她讲了这层意思，她表示赞赏。"

田科长听了我说的话，很高兴地说："我是过来人，不想用以往的经历和过时的经验对你进行说教，但是有一条通用的道理，就是不管过去和现在，相爱的两个人互相欣赏，才能彼此走近；灵魂相通，才能心心相印。你刚才讲得很好，可是有一点我有不同意见，每一个人，从他出生的那一天起，手里就攥着自己命运的导航仪，你的一言一行都会体现出你的人生价值、决定着你的命运。外部环境可以影响，甚至局部改变你的命运，但决定因素始终是你自己。你现在是一个比较称职的参谋，这主要是你自己努力的结果，我刚才说张晓曼有眼光，是说她看到了你的本质，才以身相许。"

与田科长交流后，我觉得心里踏实了许多。

这天晚上，我标绘完一幅后勤保障方案图后，回到宿舍刚好十点钟。陶伟突然推门进来，一屁股坐在于胜利的床上对我说："我发现你这几天工作积极性特别高，每天都加班到很晚，我先后来过两次，都没找到你。"

我开玩笑地对他说："于参谋跟分部首长下部队还没回来，柳参谋家里有事回老家探亲，我们组现在只有我'主持正常工作'，你又有什么重大的新闻要发布？"

一向快言快语的陶伟有些忸怩起来。

没有等他说话，我就笑了："看出来了，你准是又谈了一个女朋友。你要找到一个合适的女朋友可真是不容易，得过五关、斩六将？"

陶伟也笑了："你说得对，前几天家里给我介绍一个，还寄来了照片，我觉得不太合适，其他条件还将就，就是'五官'没有通过。"

"上一次你们刘科长的爱人给你介绍的那个本市的女孩子，听说人长得还可以，但是你不也觉得不合适，没谈几天就吹了？"

陶伟有些沮丧地说："她给人的第一印象不错，但接触几次之后我觉得不行。她不但像个'榨糖机'，喜欢啃甘蔗、吃水果，还是个喜欢买东西的'购物狂'。我带了一个月的工资，与她没逛半条街就全花光了。本来想早点与她断绝联系，可是按照你提出的'谈女朋友，第一个最好也是最后一个'的理论，就与她又见了几次面，结果浪费了我不少时间和精力。唉，你是这个伟大理论的发明家，而我是一个可悲的实践者。"

"你不要曲解我的意思，我并不是说随便见一个人就死心塌地在一起，从一而终，而是说谈朋友不能朝秦暮楚、见异思迁。我们不可能一辈子只喜欢一个人，但是真正喜欢上一个人就应当是一辈子。"我辩解说。接着又问陶伟："你们的恋爱不是文火煲汤，而是开水泡面，热得快，凉得早，前后还不到两个月吧？下一步怎么打算？"

"我觉得还是找一个女军人比较合适，告诉你，有人刚刚给我介绍了一个，就是咱们机关的。"陶伟一副神神秘秘的样子。

"安然？"我吃惊地问。

"怎么可能，她在我面前高傲得像是一只白天鹅，根本看不上我。她是、是卫生所的——"

"李十针！"没有等陶伟说完，我就不由自主地说出了卫生所护士小李的绰号。

陶伟红着脸点了点头。

我也不好意思地对陶伟说："对不起，我不该这样称呼她。"

陶伟笑笑说："没关系，小李是大大咧咧、活泼爱动的性格，我就是看她脾气好，才想与她谈恋爱的。另外，她平时比较爱学习，现在业务技能大有提高，打针基本上能够做到首发命中、'一针见血'。我心里想，她将来与我一起，只生孩子别生气，少逛大街多学习，这就是理想的婚后生活。"

我点头表示赞同："小李这个人的确不错，在分部机关很讨人喜欢。应当说，你们俩各方面条件都差不多，属于门当户对、意趣相投。我原来就主张你在部队找一个女军人成家，更保险一些，共同语言也多一些，这也应了那句话，真心爱着你的那个人，可能在某个拐弯处等你，要想找到她，你必须转个方向。"

陶伟显得很高兴，对我说："我与小李现在只是互有好感，两个人都是刚刚有个意向，还没有确定恋爱关系。这都要感谢你，你给我的理论非常有用。我是踏着你的脚窝窝来到爱情世界的，以后有什么事还希望老大哥多多指教。"

我故作谦虚地说："指教谈不上，而且我的理论也有不适合你的地方，比如'第一个，最好也是最后一个'，希望你和小李护士早点确定关系。有件事我也正要告诉你，我现在也在谈女朋友。"说完我的脸有点发烫。

陶伟听我说出张晓曼的名字，并没有表现出特别的惊讶，只是点点头，很正经地对我说："在参谋业务培训班学习的时候，我就想过，你们俩虽不能说是门当户对，但也算是情趣相投。但是我知道，由于现在有些政策规定无法逾越，有些人门第观念比较强。张晓曼主动提出与你交朋友，是只求感情到位，不管门当户对，非常难得，对于这一点，我倒是有点意外。"

"对人对事都不能一概而论，生活中的色彩并非只有白色和黑色，两者之间还有很长的灰色地带，有些人、有些事，你无法凭主观臆测。爱情更多的是心理感应，真正的爱情，能够冲破很多传统、世俗观念的束缚。"我不好对陶伟多说什么，只向他兜售自己的理论。

"我现在对什么是真正的爱情还没有资格下结论，但是懂得爱情不是你看着我、我看着你，互相欣赏和倾诉衷肠，而是心有灵犀、琴瑟和鸣，四只眼睛注视着一个方向，共同规划未来，一起实现梦想。"陶伟也有自己的理论。

"讲得非常好!"我肯定了陶伟说的话,"爱情是要能够经受住考验的。你与对方相恋后,再遇到无数个更好的异性,却依然与你当初那个情投意合的人白头到老,恩爱一生,这样的爱情才算是经受住了考验的爱情。"

陶伟听我说了我在与张晓曼见面的过程中,第一次握年轻女人的手,第一次与一个年轻女人贴身站立,止不住笑了起来:"你与张晓曼见面的时间虽短,但却创造了两个第一、刷新了两项纪录,不简单!"

陶伟的话说得我有些不好意思。

陶伟接着说:"刚才我们两个人已经说了不少的心里话,讲大道理我肯定不如你,在爱情的道路上如何健康地发展,咱们以后看各自的行动吧!"

陶伟最近要谈女朋友,我也觉得很高兴,他与小李护士——怎么说呢?性格接近、条件相当,两个人走到一起有很大的必然性。现在他们两个人相互已经很熟悉了,我还经常见他们在一起开玩笑。

这天周日,我也不知怎么就患了重感冒,拖着无力的身体到卫生所看病,值班医生给我测量体温的时候,我听见门外传来陶伟的声音:"李医生忙着哪,我肚子上起个红疱,您给涂点药水呗!"陶伟说着,径直走进了医生值班室斜对面的护士办公室。

又有人来找值班医生看病,我腋下夹着体温表移步到走廊的长椅上坐下来,听到了陶伟和小李护士在房间里的对话:

"陶高参碰到好事了,快过年了,收到一个大红包,恭喜呀!过来,躺床上,把腰带松开。"这是小李的声音。

陶伟嘻嘻哈哈地笑着说:"松腰带干什么,我是腿肚子上起了红疱!"

我听到陶伟在继续与小李耍贫嘴:"一转眼又快过年了,一过年我们就又都长了一岁,咱们俩到时候各兑五毛压岁钱,凑成'一块'呗!"

"凑成一块买什么?"

"不买什么,凑'一块'玩过家家的游戏。"

"净想好事,去对面的医生办公室找王医生开几片安眠药,晚上盖两床被子睡个好觉,做个美梦!"

小李的话音里带着笑意。她和陶伟还在那里说笑。我怕一会儿陶伟出门看到我不好意思，就回到了医生办公室。

三

恋人们只有经过一段时间的分离，才能够体会到思念的滋味。我和张晓曼确定恋爱关系以后，一般每周通一次信，一个多月见一次面，给她写信成为我工作之外的重要事项，也成为我无穷乐趣的来源，与她见面则是我天天盼望的重大节日。

我和张晓曼不管是见面还是通信，沟通起来，像恋人谈心，也像朋友聊天，还像同学在一起学习交流。与她相处在一起，我总是觉得心里热乎乎的，这应了有人说过的一句话：相见不论早晚，真心才能相伴；相恋不分先后，懂得才觉温暖。

我加班、值班比较多，与张晓曼几次见面都是她到分部机关来。如果不是来送报表、出公差，她一般会在周六晚上坐两三个小时的火车来，在招待所住一个晚上，再在周日下午坐两三个小时的火车回去。

我不忍心让张晓曼来回奔波，向她提出来，我到她们医院去见她，张晓曼说："还是我到这里来吧，我们医院条件差，连个像样的招待房间都没有，我一个人来往虽苦，有爱则甜。"

与张晓曼第三次见面后的一天，许久没有联系的梁继亭突然往我办公室打了个电话。

"你是不是正在谈女朋友？"他问我。

我吃了一惊，连忙反问他："你怎么知道？"

"我前天晚上在马路的人行道上看见有个人像你，身边还有一个女的，两个人挨得很近，在一起散步。"梁继亭得意地说。

我坦率地承认："你看到的可能就是我，不久前别人给我介绍了一个女朋友，我们有时会在营区外面散步谈心，你看到我为什么不打个招呼？"

梁继亭笑笑说："我在昏暗的路灯下边看不太清楚，怕认错人。另外，我当时也在和一个女孩子散步聊天。"

"是不是正与你搞对象的那个老乡来了？"

"那个老乡呀，嘿，怎么说呢，感冒的鼻涕——甩了！"梁继亭满不在乎地说。

"你们两个人当初可是青梅竹马、志同道合，怎么说甩就甩了呢！你们相恋这么多年，现在分手，让人家一个农村的老姑娘以后怎么再找婆家。"我说着说着就来气了，埋怨起梁继亭来。

梁继亭依然是满不在乎："她现在也离开农村了，在县城的一个煤厂当过磅员。这次分手是我提出来、她同意的。地方不像部队，没有家属随军这一说，我们俩都觉得将来一辈子两地分居不是长事，干脆长痛不如短痛。"

"所以，你就很快又谈了一个？"

"这已经是谈的第二个了。开始谈了一个，她嫌我文化低，说话没水平。现在谈的这个估计也不行，她嫌我太土，说我'不打扮像个农民，打扮了像个生产队长'。我说：'我像农民、像生产队长就对了，这证明了咱劳动人民的本色没有变。'"

梁继亭好像是在给我讲别人的故事，一点儿也不觉得难为情。

我对他讲话一点儿也不客气："你是曾经在部队锻炼过的退伍军人，现在又是'领导一切'的工人阶级中的一员，懂一点自尊自重好不好，要注意自我形象，也要加强学习，不断提高自己的素质。"

"管它荤质素质，你经常说让我加强学习，我原来在厂里孬好还有个职务，现在是革命群众一个，学习有什么用？再说我也学不进去呀，我总是听别人说'行（形）而上学'这句话，行就学，不行就别学了呗！"

我越听越生气，继续数落他："你是在破罐子破摔，原来咱们连队的炊事班严班长和杨箩筐都没有多少文化，现在他们在老家都干得不错，你的工作和学习条件比他们要好许多，结果混成这样，我要是个女孩子，也不愿意与你交朋友。你现在这么不努力，不自重，将来会对自己的行为感到后悔与内疚的。"

"自己做过的事就不再后悔。你刚才说我将来会后悔，还有什么来着？"梁继亭问我。

"我说你以后想起现在做的事，不但后悔，还会内疚，'与'就是'和'的意思，懂不懂？"我不情愿地回答。

"噢，我明白了，原来'乙（与）'就是'和'的意思，前几天学习的时候，有个同事问我：'知道孔乙己是谁吗？'我说：'他不是我们厂里的人吧，我没见过他！'那个同事当时还笑话我，原来'孔乙己'是名字叫'孔'和叫'己'的两个人。"梁继亭的口气像是小学生在老师面前答对了问题一样高兴和自豪。

我又好气又好笑地说："你不是上过几年学吗，学到的知识哪里去了？"

"都拌饭吃了！"梁继亭毫不难为情地回答。

我不想再与梁继亭瞎扯，我说的有些正经话梁继亭不愿多听，梁继亭讲的那些破事我也不想多管。特别是谈恋爱找对象这种事，不能路过之后再回头，也不能缘分已尽再挽留。我只是为他和他原来的女朋友感到悲哀，两个人有缘相聚、无缘相守，说好牵手一起走，结果走到岔路口。不爱学习，已经成了梁继亭退伍以后的不良习惯，人们一般都不会讨厌自己的习惯。知识，是一种让求知者吃得越多越感到饥饿的粮食，学进去了，越学越想学，不想学习的人总以为自己什么都懂，盲目自满。

对于一个人，小事看素质，大事看品质。梁继亭这个人虽然不爱动脑筋，毛病多一些，但是本质不坏，希望他以后能够变得理性、成熟一些。

于胜利听我说了与张晓曼谈朋友的事，显得很高兴，并没有感到惊讶。他告诉我，在参谋业务培训班时，他就对分部卫生处的刘助理说过："培训班结束以后，请您在适当的时机探听一下张晓曼的口气，如果她心里有意，您就当一下她和秦参谋的红娘。"

让于胜利和刘助理没有想到的是，张晓曼回到医院以后，刘助理还没有找她，她倒是先给刘助理打来了表示自己愿意与我交往的电话。

婚恋和家庭又成了我和于胜利在宿舍里谈论的主要话题。

"我很羡慕你和张晓曼，你们基本上不受什么约束和限制，可以自由恋爱。"于胜利对我说。

我对于胜利的话有些不解，奇怪地问他："难道你和嫂子不是自由恋爱？"

于胜利苦笑着说："我有责任在肩，不敢奢望自由，一个人的生命中，有许多不想做却不能不做的事情，这就是责任；有许多想做却不能去做的事情，这就是命运。"

我说："田科长讲了，命运掌握在自己手中。"

于胜利摇摇头说："一个人在婴儿和幼儿时期，是无法决定自己命运的，只能在以后通过努力改变自己的命运。命运之神会以一种独特的方式来维系人世间的平衡，让富者多病、穷者健壮，使干部心力交瘁，让民众坦然处世。我们应当明白，现在拥有的不一定是当初想要的，但一旦拥有了，就有可能会成为以后难得的财富。比如谁也不愿意出生和生活在贫困的家庭里，但是有人说过，贫穷是一所无人愿意报考的学校，能够从这个学校毕业的学生都是强者，贫困生活的经历和环境，有可能成为一个人一生的宝贵资产。"

我点点头对于胜利说："你讲得有道理！"

于胜利又说："谈恋爱是一份很有意思的'工作'，对于一般人来说，轻松而又甜蜜。人们一旦结婚，就将失去这份'工作'，到一个叫'家庭'的'单位'去'上班'。领取结婚证实际上就是取得了可以处理家庭事务的营业证书，男人在家庭中的新职务叫'丈夫'，其工作的主要内容，就是指挥锅碗瓢勺，筹措柴米油盐，不是擦屎擦尿，就是刷锅做饭。丈夫按说是一项专业性很强、技术含量很高的工种，但是很多人没有经过培训就仓促上岗了。"

听了于胜利的话，我止不住笑起来，对他说："你结婚时间也不短了，应该算是熟练工了吧，准备收学徒吗？"

于胜利没有笑，有几分严肃地对我说："原来我们家里的事都是由我爸爸妈妈做主，我操心得不多，上次回去，看到爱人怀着将要出生的孩子在忙前忙后，除了照顾几位老人，还要照顾我，她怕我吃不好、睡不香，我才真正体会到家庭的意义和自己的责任。现在，我几乎把所有的爱都倾注到未出生的孩子身上了，不管将来孩子是男是女，我都寄予厚望。对孩子的事想得越多，越对爱人感到亏欠和愧疚，她在用自己的生命孕育我们共同的后代。对于一向看不上眼的她，我也在不知不觉中释然了。夫妻之间，除了互相理解，还要互相包容。有一段话说得非常好，等一下，我翻出笔记本来念给你听，里边是这么说的，'生活如海，包容如舟，泛舟于海，方知海之宽阔；生活如山，包容为径，循径登山，方知山之高大；生活如歌，包容是曲，和曲而唱，方知歌之动听'。在家庭生活中，苦和甜都是相对的，有时候苦里藏着甜，甜中含有苦。家庭是需要认真经营的，经营家庭是一门学问，关键是要学会去爱。一个家庭中，即使粗茶淡饭，有了爱作调味，也会觉得香甜可口。有一句话叫'哲人少虑，智人多乐'，关键的问题，不是因为所爱的一切他都有了，而是对于拥有的一切他都会去爱。这些道理，没有人可以教给你，你也无处可学，只能自己慢慢体会。"

我诚恳地对于胜利说："你讲的话很有哲理，但我一直在进行理论学习，你讲的有些道理是我经过实践也不一定能够体会到的。另外，我很高兴从你的话音里听出来，你现在是爱上嫂子了。"

于胜利听了我的话笑了，不好意思地说："我原来也没有明确说过不爱她，只是、只是觉得每个人都可以用不同的方式去爱自己的爱人。夫妻之间有了爱，才能相伴一生。人这一辈子，谁走进你的生命里，是由命运决定的；谁留在你的生命里，是由你自己决定的。"

我向于胜利介绍了陶伟和梁继亭的恋爱情况之后，于胜利说："每个人都是一个独立的个体，只要他不违反道德和纪律，都有权利按照自己的意愿选择不同的生活道路和生活方式，我们可以给别人善意地提出一些建议，但不能过多地评判他们的性格优劣和行为对错。也就是说，我们不要用自己的嘴去影响别人的生活，也不要用别人的思想来思考自己的人生。"

我会心地点点头。

四

听到郭秋林和安然两个人正在谈恋爱的消息时，我先是感到惊讶，心里边有一点像是猫鼠相爱、纯属意外的感觉。

安然的爸爸从省军区调到大军区政治部当副主任以后，分管宣传工作，身为军区后勤部政治部干事的郭秋林经常被抽调到军区政治部帮忙写文字材料，有几次都是在安副主任的直接领导下工作。

机关干部的一项重要工作，就是书写和修改文字材料，比如某个首长要在某个会议上做重要讲话，要组织一个写作班子提前很多天就开始起草，还要不停地修改。如果会议还有一个月召开，可能要修改三十天；假如会议还有半个月召开，就要修改十五天。这就造成有些领导干部不敢，也不会脱稿发言和即席讲话，几句慰问语、一段开场白，也要让秘书和有关职能部门写个稿子，拿在手里照本宣科。有些负责任的领导，则会亲自参与文字材料的起草和修改工作。

后来，我仔细想了想，觉得郭秋林和安然相恋，事出有因，不必诧异。随着时间的消逝和环境的变化，有些人，与你一起走着走着就走出了你的视线；有些人，与你一起走着走着就走进了你的内心。他们两个人，虽然曾经有过互相看不起，有时候还打打嘴仗的青春骚动期，但是他们都比较强势，一般情况下不轻易服输，遇事善于思考，应该说性格比较接近，在一起有共同语言。郭秋林只是在受过一次处分之后，才变得略微深沉，不随便向别人表露心迹，对于在大机关里工作的干部来说，这不算是缺点。

郭秋林目前在军区后勤部机关工作，发展前景不错，而且有安然爸爸的这个关系，只要不遇到特殊情况，他几乎不存在复员转业的可能性，不像我现在的境况，对有些问题不得不瞻前顾后、左思右想。

拥有从来是侥幸，人生起落最无常。我心里更多的是为郭秋林感到高兴，希望他在人生道路上越走越顺，与安然红线遥牵，心想事成。

关于郭秋林与安然谈恋爱的真实性，我还没有来得及向郭秋林求证，他倒先给我打来了电话。

敦秋林告诉我，安然的爸爸只是欣赏他的文字水平，安然的妈妈——军区机关门诊部的一名医生，见了他两次之后，觉得他出身贫苦、根正苗红、忠诚可靠、前途无量。从外表上看，郭秋林身材挺拔、五官端正，比较适合做自家的女婿。

"一个人选择和什么样的人结婚，就相当于选择了什么样的生活方式。假如我和安然成家，由于家庭条件不同、生活环境有别，我不是向对方的生活方式投降，就是将自己的生活方式强加于人。还有一种可能，就是两种生活方式勉强地融合起来，一起过'幸福生活'。"郭秋林不无忧虑地对我说，"我估计我们最好的结果是第二种。"

我劝慰郭秋林："你调到仓库工作之后，痛定思痛，自强不息，工作很有起色，让别人刮目相看。特别是你调到军区后勤部机关工作，接触面宽了，视野广阔了，提高得更快，你的很多情况安然都是了解的。你认识安然的爸爸妈妈之后，他们也会在安然面前说你的好话，让安然完全或部分改变对你的最初看法。也说不定安然早就看上了你，你们都是做宣传工作的，她更容易理解你。她对你，在心里可能有一团火，而你只看到了烟。安然是一个非常聪明的人，她看到了你的发展潜力。最深沉的感情，往往是以最冷漠的方式表现出来的，对于有些自尊心强的女人来说，尤其如此。安然现在表面上对你没有太多的热情，这也很正常。"

"你是在兜售别人的理论，还是在介绍自己的切身体会？"郭秋林笑着反问我。

"我……"我被问得一时语塞。

电话里传来一阵笑声。

我不好意思地说："就算是二者兼而有之吧，我只是想给你提点建议，你们两个人之间的距离如果有一百步，你可以朝她走九十九步，剩下的一步让她自己走，给她保留一点尊严。"

郭秋林说："你的话讲得很对，属于合理建议。"

应该说，我与郭秋林的通话，是在轻松愉快的气氛中进行的。

我们战备组的一项重要工作，就是根据部队作战任务和上级意图，拟制后勤分部保障区域内的反空降、防空袭和抗登陆作战等后勤保障预案，预案属于绝密等级，要派专人前往军区后勤部报送。

报送保障预案也是一件很辛苦的事，首先要保证文书万无一失。因为时间要求紧，临时买火车票多数时候都买不到座位，要站着去、站着回。一般情况下，如果没有其他的事情要办，都是上午去，下午回；也有个别时候是下午去，第二天上午回。每次往返乘火车，加上两头坐公共汽车，仅在路上就要十个小时左右的时间。

这一次的抗登陆后勤保障预案拟制完成以后，我向田科长提出，去军区后勤部报送，田科长同意了。

我把保障预案送到军区后勤部以后，已经是晚上七点多钟了，郭秋林在他的宿舍里等着我，并以面包、榨菜、白开水盛情招待，我们俩共进晚餐。

大机关的生活条件毕竟好一些，郭秋林一个人住一间单身干部宿舍，他借了一张行军床，我晚上就在他的宿舍里休息。

"今天晚上两个光棍住在一起，就是'双节棍'。"郭秋林开玩笑说。

"希望我们俩明年都能'脱单'，与相恋的人成双成对！"我也开玩笑说。

与张晓曼的恋爱情况，我已经在电话里向郭秋林进行了详细介绍，今天主要是我听他讲他与安然之间发生的事情。

郭秋林调到仓库当宣传干事，与在分部宣传科当干事的安然工作对口。刚开始，安然对郭秋林并没有多少好感，只是同情他的处境，平时通电话或偶尔见面，对他也只是多说两句关心的话而已，正是这星星点点的友好萤火，让郭秋林心中的感情废墟有了光亮。当然，这只是一厢情愿的单相思，他觉得自己不论从哪个方面讲，都配不上安然。

调到军区后勤部之后，郭秋林依然将自己对安然的好感埋藏在内心深处，对她不敢存非分之想。直到有一天，宣传处的一位领导在安然母亲的授意下，开始撮合他和安然的好事时，他如坠梦中，诚惶诚恐，并率先向安然伸出友好的触角——给她写了第一封信。

遣词造句写情书是郭秋林的长项，这也是他几年前经常给任凤仙写情书锻炼出来的过硬本领。不过现在写情书和那时写情书，开始的心情一样，后来的目的则完全不同了。

郭秋林给安然写信，妙笔生花，行文如流，聚集在心里的话，从笔尖上顺畅地淌出来，他谨慎地探索着通往安然内心的幽径，每一句话都带有令人感到舒适的温度。

"爱情似流沙，男人要会抓。"听了郭秋林的介绍，我笑着对他说，"老同学审时度势，果断出手，干得不错，我知道，你有能力撞开安然厚重的心灵之门。"

"你还应当知道，我这个人毛病比较多，刚开始她对我并没有多少好感。"郭秋林说。

"爱你的人会接受你的许多缺点，不爱你的人会排斥你的许多优点。如果她现在真心爱你，过去的事就都不算是什么事。"我对郭秋林说。我又接着问他："你们开始通信之后，一共见过几次面？"

"只见过一次，是上个月的一个星期天，她请假到她爸爸妈妈这里来，我们相处了一个下午。"

"处得还不错？"我问。

郭秋林点点头说："我们这一次，说话还比较投机，很多问题都谈开了。她肯定了我这几年的进步和成绩，也指出了我的缺点和不足，让我注意改正。有人说过，喜欢一个人，就是在一起很开心；爱上一个人，就是即使不开心，也想在一起。这次见面之后，我心里一直放不下她。"

"爱与喜欢是两回事，一个男人与一个女人一见面就有可能会喜欢上她，但是要爱上一个女人则需要较长的时间。对一个女人有欲望，那叫喜欢，对一个女人忍住欲望，那叫爱。真正的爱应该来自心脏。"我喜欢对一些自以为已经明白的事情下结论。

"你讲得很对！"郭秋林红了脸，稍微沉默了一下才说。

他大概从我说的话音里，联想到了当年他和任凤仙的那段恋情，说话的音调有些不太自然。他随后又说："两性结合，注重的是感觉的契合，而不仅仅是视觉的享受，我找女朋友不会因为愉悦了视觉而忽略了感觉。我看得出来，安然是真心实意要与我相伴一生的，我要把她对我的爱放在心中珍藏，让它成为醉人的佳酿。她这个人的个性强一些，但是我喜欢有个性的女人。就像是在同一座玫瑰园，有人看到了花中的刺，有人看到了刺中的花。"

"你的话很有诗意，我也不大相信所谓的一见钟情，对上眼的异性好像是你碰到的一颗流星，可以瞬间迸发出耀眼的光芒，但往往只是匆匆而过。你和安然从新兵连到现在，已经相识了五六年的时间，从战友到恋人，从友情到爱情，有深厚的感情基础，你们两个人一定会在生活的道路上幸福地走下去，我祝福你们！"

"我也祝福你们！"郭秋林对我说，"我们和女朋友都到了嘴说不想见，心里很想念的阶段，军人夫妻很可能长期两地分居，但我们还是希望能尽快生活在一起……咱们休息吧，你明天早上还要赶火车呢！"

我说："没关系，好长时间见一次面，总想多聊一会儿。'坐火车'其实是'站火车'，我已经习以为常，并不害怕，明天可以在火车上休息，参军以后，我学会了站着打瞌睡。"

郭秋林乐了，开玩笑说："杨箩筐是你的师傅吧！"

第六章　家庭生活

一

晓曼和我结婚后的第二年，就从她所在的野战医院调到了距离分部机关不远的驻军医院医务处工作，继续当助理员。

晓曼的调动，分部司令部的田碧野副参谋长，也就是原战勤科的田科长，做了不少工作。

我和晓曼结束夫妻分居生活半年以后，我们的女儿呱呱坠地。有位名人说过，婴儿出生后的第一声啼哭，绝不是一首好诗。但是对于初为人父人母的青年夫妇来说，自己孩子出生后的第一声啼哭，比任何高声朗诵的好诗都动听和感人。女儿来到这个世界上，给我们这个家庭带来了新的希望，增添了新的乐趣。

女儿从她妈妈肚子里出来的时候，才五斤多一点，非常瘦弱，而且总是不停地啼哭，好像对我们这个家庭有意见。我和晓曼给她起了"静谧"这个名字，希望她一生安宁，多些笑语，少些哭声。

在晓曼五十六天的产假期间，我的工作基本上没有耽误，只在她生孩子那天请了一天事假，还是在产房里一边照顾她，一边起草了一份呈批件。

按照晓曼她们医院的规定，同在本院工作的男女干部结婚之后，院方可以提供一间平房居住；一方是本院干部，配偶是外单位的，一般由外单位提供生活用房。晓曼能在医院分得一间平房，也是田副参谋长找了她们医院领导的缘故。

有了一间可以一家人居住的房子，就有了"家"的感觉，尽管十四平方米的小屋里，窄得只能放下几件破家具，此外就没有太多的空间了，但我和晓曼依然感到很温馨。

我把有限的空间用一个旧床单隔成了两部分，里边是晓曼从院务处借来的一张旧双人床，我和晓曼以及小静谧晚上睡。外边剩下的地盘很小，还放了一张窄窄的木板床，这是我岳母的卧榻，屋里这两张床的下边全都塞满了杂七杂八的家当。

我学着别人的样子，在我们住的房间门口用木条、油毛毡和两块石棉瓦搭建了一个小厨房，里边安了一个煤火炉子，堆放了几十块蜂窝煤，一摞砖头上放一个小案板，剩下的地方只够一个不太胖的人扭转身体进行操作，这样就可以把生食加工成熟食了。

医院院务处对于我们这样的"私搭乱建"不但不予以制止，有时候还帮助住户筹备一些材料。

各家自建的小厨房大小和样式都差不多，夏不避雨，冬不遮风，一家做饭，多家闻香，一家饭好，多人品尝。

厕所和水房都是公用的，早上起床后到上午上班前这段时间内，这两个地方都人满为患。妇产科刘医生有两个正在上小学的儿子。一天早上，她的大儿子在厕所的蹲坑大便，时间久了一些，二儿子在旁边提着裤子大声对他哥哥喊叫："你能不能快一点呀，憋死我了！"

婚姻生活中最值得记忆的，不是浪漫的花前月下，而是平淡的柴米油盐，特别是艰难岁月的经历，你终生都不会忘却。

为了帮我们照看孩子，岳母提前半年办理了退休手续。她从北京来的时候，带来了两纸箱子的东西，有大人吃的用的，也有给静谧准备的衣物，包括撕好、洗净、叠整齐，像一副大扑克牌一样的几十块尿布。与扑克牌不同的是，尿布上没有图案和数字符号，而是充满了长辈对后代的殷切希望。当然，岳母一起带来的，还有她和岳父满怀的喜悦。

我每周有两三个晚上可以回到医院的家里，帮助照看孩子。工作忙的时候，我加完了夜班，仍然和于胜利在单身干部宿舍里睡。

小静谧晚上睡得不是太好，哭声经常溢出小屋，在夜晚的天空中回荡，为了不影响我和晓曼休息，也为了不吵醒邻居，每当静谧哭闹时，岳母就会坐在小木板床上哄她入睡，有时候得抱她一两个小时，还得又摇又晃。

岳母到我们家一个月后明显消瘦，她除了照看孩子，还要顾及我和晓曼的吃喝。晓曼工作也很忙，她们医务处除了正常的医务管理，还要负责医院的战备工作，像组织野营拉练、进行野战救护所的开设训练等，有时候还要在外边住上几天，家里的很多事情顾不上管，只能交给岳母处理。岳母很辛苦，我和晓曼上班以后，她才能吃点剩饭，但随后就是照顾孩子、洗刷清扫。

以前总是听别人说丈母娘疼女婿，结婚后我才有了深切的体会。在我们这个四口小家里，有什么好吃的，岳母总是让我先尝；有什么要干的家务，一般都是让晓曼处理。

有一次，我对晓曼说，我想起有人说过的一句话：你永远不要想找一个世上最爱你的女人，最爱你的那个女人早已成为你爸爸的妻子。

晓曼点点头说："这句话说得好！"

"我觉得，世上最爱你的那个女人，可能是你的爱人，可能是你爸爸的妻子，也可能是你岳父的老婆。"我接着对晓曼说。

晓曼想了想，又点点头说："你讲得也对，一个女人，如果你叫她妈，在需要的时候，她可以为你割肝切肺、输血抽髓。"

我笑着说："你讲得不全对，儿媳妇把婆婆也叫'妈'，但是为什么还有那么多的婆媳不和呢？"

晓曼红了脸说："那是因为很多岳母把女婿当成了自己的儿子，只有很少的婆婆能把儿媳妇看成是自己的女儿。"

我觉得这时候该站出来维护一下婆婆们的声誉，一本正经地对晓曼说："你说得不完全对，这就好像有很多女婿把岳母当成了妈妈，而只有很少的媳妇能把婆婆看成自己的亲娘一样。"

我和晓曼有不同意见的时候，从来不吵不闹，总是能心平气和地进行沟通，互解互谅，最后也总是能达成一致。两个人有了不同观点，摆事实，讲道理，谁的论据更充分，谁就能说服对方。

我每周都有几天奔波于分部机关和驻军医院之间,一头是我在为国家尽义务,该加班时就加班,绝不影响工作;一头是我在为家庭担责任,只要不加班,或加班不是太晚,都尽量回家干些家务活。我并不觉得身体劳累,反而感到心里很充实、很幸福。

有时天气不好或加班较晚,于胜利会劝我在单身干部宿舍休息。我知道,我即使不回去,岳母和晓曼也能把家里的活干完干好,但是我想多看一眼女儿。不管外面的灯光有多么灿烂,能给你温暖的,还是家中的那一盏。

我每次上下班,更多的时候是挤公交车,有时候赶不上公交车,就借一辆自行车,一来一回骑行十几公里,夏天,身上的每个毛孔都成了流淌汗水的源泉;冬天,皮肤上的每根汗毛都为我抵御冷酷的严寒。骑自行车比坐公交车方便,可以自己把握时间,但是分部机关驻地附近虽然有个全国闻名的自行车制造厂,购买自行车的票证却不容易搞到手。

小静谧刚出生的时候,我怕她会像铁锚一样把我驶向理想之海的生命小舟泊在家庭的港湾。现在看来,家庭确实是一个人的港湾,但是它不仅可以让你停泊,还能够为你加油、充电。家庭生活让我切身体会到,人到了一定的年龄就应该结婚、生子。结婚就像是给自由自在的身体穿上一件棉衣,虽然行动不如以前方便,但可以让人感觉到温暖;养育孩子需要付出很多,但可以让一个人懂得肩负公和私的双重责任,拥有家国情怀。

二

于胜利的女儿都三岁多了,她的妈妈还没有带她到部队来过,崔长玲对于胜利说,她不忍心撇下家里的几个老人到部队里来"闲着"。

其实,我看到一些带着孩子来部队休假或探亲的干部家属,一般有工作的住一个月或二十天,无工作的住一个月或两个月,她们到部队并没有"闲着"。

我们科魏参谋的爱人每年从农村来部队探亲,都是选在冬闲时节。她来了以后,除了照料孩子、照顾丈夫,也给我们科里的单身干部们带来了福利。每天从早到晚，她不是给这个拆洗被褥、缝补衣服，就是给那个织毛衣、纳鞋垫，把对爱人战友的关心倾注在密密麻麻的针线之中。

我们一入伍就给每人发了一个针线包，但是男兵们不喜欢干穿针引线的活，有的战士图省事，衣服破了，里边就垫上一块白胶布并粘住。开始几天，看不出衣服破在什么地方，时间长了，从衣服外边就可以看到衣服里边胶布的轮廓，而且颜色与衣服的其他地方逐渐变得不一样，像是一块膏药，非常难看。

魏参谋的爱人星期天一般都会做四个菜，油炸花生米、醋熘土豆丝、白菜烩豆腐，再有一个肉片炒青椒或者肉片炒蒜薹，有时候还会有从老家带来的酸豆角、腌萝卜条，再加一瓶"直沽高粱"酒、一盒"恒大"牌香烟，就是一顿丰盛的家庭大餐，可以让我们这些总是在食堂用餐的单身干部们改善一下伙食。我们也总是吃得齿颊留香、余味无穷。在物资紧缺，很多东西都要凭票购买的情况下，有酒有菜吃一顿饱饭，我们觉得已经是很不简单的事了。

当一个军人的妻子着实不容易。女人嫁给军人，大多是两地分居，没有孩子的时候要承受相思之苦，有了孩子，就好比是生活在丈夫健在的单亲家庭里，主要由妻子承担家庭的责任，害怕生病，不敢倒下。普通的家庭里，女人是半边天；军人的家庭里，女人是顶梁柱，顶梁柱如果倒下，屋顶就要塌了。

崔长玲就是于胜利家的顶梁柱。

于胜利行政二十二级，每个月工资六十元，食堂扣除伙食费十五元，只剩下四十五元，他留下十元用作自己的平常开支，其他的都寄回家里去。崔长玲怀孕八个月的时候，就不再做民办教师的工作了，平时少赚不少工分，也少了每个月几块钱的补助。虽然生产队分的粮食基本够吃，但是老人吃药、孩子吃奶，全家人的柴米油盐开支仅靠于胜利一个月寄回家的三十多块钱，确实有些入不敷出、捉襟见肘。

有一次，我对晓曼说："与丈夫两地分居的妻子，生活在农村的比生活在城市的收入少、条件差，要受更多的苦，承担更多的责任。"

晓曼不同意我的说法，她说："在农村的军人妻子，的确是经济收入少、生活条件差，这是事实。但是，她们生活在农村，孩子有爷爷奶奶或者其他亲人帮忙照顾，可以少操一些心，购买生活必需物资的钱也不用太多，地里的粮食、蔬菜还可以作些补充。生活在城市里的军人妻子，有夫妻两个人的工资保障，经济上宽裕一些，但是其他方面的问题并不少。我给你举个例子，我们医务处冯助理的爱人在他们家乡县城的针织厂工作，他与妻子两地分居，久不相见，只能通过信纸倾诉绵绵情话。由于夫妻俩的家都在乡下，她爱人一个人带着儿子在县城里生活。有一次，已经四岁的男孩子怎么也不愿意跟着他妈妈进女澡堂洗澡，妈妈急得没办法，不知道怎么办。她的一个男同事看到了，对男孩子说：'小家伙，别不知好歹，再过几年，你想进女澡堂人家也不让你进，今天不想去女澡堂洗澡就算了，走，跟着叔叔进男澡堂，洗完澡我把你送回家。'"

听了晓曼的话，我止不住笑了。

晓曼接着说："冯助理是把这件事当成笑话讲给我们听的，但是我知道这里边包含了一个女人在城里单独带着孩子生活的艰辛和苦涩。冯助理还对我说过，他的爱人有一次夜里发高烧，躺在床上想喝口水，但难受得动不了，又不想叫醒孩子，只能干忍着，他的爱人当时不怕自己身体难受，就怕自己昏死过去孩子没有人管。冯助理给我讲这件事时，我听得眼泪都流了出来。我还曾经听到有人讲过这么一句话，就是'对妻子来讲，丈夫就是降落伞，如果需要的那一刻他不在，其他时间的存在就没有太大的意义了'。"

晓曼看到我想说什么，对我做了一个制止的手势接着说："我知道你不会同意这种说法，我也不赞同，不管是飞行员或是乘客，使用降落伞的时候都非常少，但是只要有了它的存在，不管用不用得上，心里都会踏实很多。而且这个说法也不能表明在夫妻的两地分居生活中军人丈夫没有发挥作用，军人的作用是创造一个良好的大环境，保障所有的飞机都能够正常地起飞和降落。"

我很欣赏晓曼说的这番话，连连点头。

三

根据军区后勤部的统一安排，我们分部要派四个人到济南军区组织的后方弹药仓库正规化管理现场观摩学习，分部王副部长带队，成员有田副参谋长和我。后勤分部机关除了司令部、政治部，还有七个业务处，其中一个业务处的一名负责后方弹药仓库管理的助理员一同前往。

出发前，田副参谋长把我叫到他的办公室，从口袋里掏出来二十块钱递给我说："你抽时间到城里去买一些适合老年人和儿童吃的食品，比如奶粉、麦乳精、水果罐头等，咱们出差的时候带着。"

田副参谋长可能是看到了我不解的神情，解释说："我们这次观摩学习的地方距离于胜利的家只有大约一百公里的路程，观摩活动结束之后，我替你向王副部长请两天假，你到于胜利家里去一趟，我们三个人先回来。"

田副参谋长还叮嘱我，这件事出发前先不要对于胜利讲。

这次观摩学习活动规模很大，活动结束后，为了不给兄弟部队增添麻烦，田副参谋长把于胜利家的详细地址告诉了我，让我悄悄去、悄悄回，他和王副部长，还有助理员先行回分部。

当天晚上，我到了于胜利老家的县城，住进一家宾馆。这个地方名字叫宾馆，进来一看像普通招待所，住了一夜之后，觉得与大车店差不多。餐厅饭菜里的油水不多，房间被褥上的油水不少，暖水瓶里的水冷冰冰，服务员的脸冰冰冷。

第二天早上，我随便在街边小店里吃了点热乎饭，觉得带的礼品有点少，就在汽车站旁边的副食店里，又用两块钱和一斤全国通用粮票买了一包点心。

我在于胜利家公社所在地的镇子上下了公共汽车，准备步行一公里多赶往于桥村。

夏末秋初，天高云淡，齐鲁大地中部的这块半山区景色不错，田里的玉米、花生，树上的苹果、香梨，都丰收在望，准备慰问辛苦忙碌了大半年的农民。

一条小路蜿蜒而上，山坡上植被不多，路边一块巨石耸然而立，石缝里生长着一棵苍劲的小松树，松树的根像是一只伸出五指的手，紧紧地抓着坚硬的山石。于胜利应该就是顺着这条小路上学、参军，走出山区的。这条小路也像是婴儿联结母体的脐带，不断地为他输送着营养，促使他不断地成长进步。

一个人不管外出走多远，家都是他最终的目的地，即便是战死沙场或客死异乡，也会魂归故里，叶落归根。我这时想起了自己每次回家时走过的那条小路，也理解于胜利为什么经常喜形于色地向我描述他们家乡这个与其他地方并无多大区别的小山村了。

路上的行人不多，我看到前面一个女人吃力地拉着一辆架子车，脑袋低垂，头发散落，身体弯得几乎与大地平行。我紧走几步追上去，腾出一只手，帮她往坡上推。

走到一个稍微平坦一点的地方，女人停下脚步，她应该是感觉到了背后有人帮她用力推，转过身来，不好意思地朝我笑了笑，点头致谢。

女人三十多岁的样子，满脸沧桑，很普通的农妇打扮。

农民的身份，不仅是户口本上的那张纸，还有黝黑的面孔、粗制的衣服，以及憨厚纯朴的表情。

"前边是于桥村吗？"我用手指了指坡下的山村，明知故问。其实，刚才在镇子上我已经把于桥村的位置问清楚了。

"对！"女人点点头，问我，"你要去谁家？"

"于胜利家。"

女人脸上泛起红晕，但在她黝黑面孔上，看起来似乎只是颜色突然加深了一些。

"于胜利是俺闺女她爸！"女人羞涩地说。

"您是嫂子，崔长玲？！"我惊喜地喊起来。

"您是？您从哪里来？"崔长玲有点疑惑地问我。

我刚介绍完自己，说了从部队来，崔长玲就瞪大眼睛，惊恐地问我："于胜利出啥事了？"

我连忙笑着说："没有没有，嫂子别担心，我是出差路过这里，顺便来家里看看，来之前没有顾上给于参谋说。"

崔长玲这才放下心来，不好意思地笑了，她为自己刚才在我面前一时的失态而难为情。

我把手里的东西放在崔长玲架子车拉的蜂窝煤上边，用两只手帮她推车往家走。

于胜利家的房子布局与我老家的差不多，三间堂屋、两间西屋，不同的是于胜利家三代同住，显得更拥挤一些。他奶奶住堂屋的东间，他父母住堂屋西间，当中一间是一个条几和一张饭桌，旁边摆着几张木头板凳。西屋大点的一间住着于胜利的爱人和孩子，小点的一间是厨房。

于胜利的父母听崔长玲说我是从于胜利服役的部队来的，高兴得手忙脚乱，又是倒水，又是递烟，不是碰翻了凳子，就是弄洒了热水。

我先到堂屋东间看了看于胜利卧病在床的老奶奶，老人家面容枯槁、脸色憔悴，当听到于胜利的父亲说"孙子委托部队上的人来看您"时，伸出瘦骨嶙峋的手拉住我，混浊的眼睛里竟然滚淌出几滴晶莹的泪珠来。

我对她说了几句安慰的话，不顾于胜利父亲的阻拦，硬是在她的枕头下塞了二十块钱。

出差前，我对晓曼说："于胜利家里生活比较困难，我这次去他家，准备给他的孩子二十块钱。"晓曼说："你想得比较周到，但是你如果把钱给了他的孩子，我们也有孩子，他知道了，以后会找机会把钱还回来，你不如把钱给他有病的奶奶，这样他以后就没有理由再还给我们了。"

还是女人心细，我觉得晓曼讲得有道理。

于胜利的女儿小眉很可爱，长得很像于胜利，我从带来的食品中拿出一袋鸡蛋糕递给她，小女孩接过去，很有礼貌地说了一声："谢谢叔叔！"

我听于胜利说过，他父亲小时候读过两年书。这个曾经当过几年生产小队会计的老人，身材高高瘦瘦，不过说话很有条理："自古忠孝两难全。胜利在部队服兵役，顾不上管家里的事，胜利姐姐的婆家离这里远，不能常回来。我和胜利妈妈的身体又都不是太好，他还有一个常年患病的老奶奶，家里的事全靠长玲了。我们这里有一种说法，儿子娶了一个好媳妇，你就好比多了一个女儿，否则，你会连儿子也失去了。我和胜利的妈妈很幸运，碰到一个好媳妇，也等于多了一个好闺女，长玲家里家外一个人忙碌，照顾我们比自家闺女都尽心，这是我们全家人的福分。"

我听到门外有鸡的惨叫声，探头一看，见崔长玲正在抓鸡，心里立刻明白了是怎么回事，连忙出门制止她说："嫂子，别麻烦了，我们都是北方人，喜欢吃面食，中午下点面条，随便来点什么菜就行了，我下午还要早点走，回城里赶火车。"

于胜利的父亲接着对我说："我知道长玲每年都可以到部队探亲一次，但是她不放心我们，一直都没有去过。我前几天给长玲说了，下个春节她一定要带着孩子到部队去一趟，家里的事我会想其他办法。"

吃过中午饭，我跟着崔长玲到她和女儿住的房间。房间里的摆设很简单，但是整洁、有条理。我感慨地对崔长玲说："这个家里的事真是难为您了，于参谋多次对我说过，他非常感谢您，是您在为他分忧解难。"

崔长玲苦笑了一下，让我坐在板凳上，自己坐在床上，沉默了几秒钟，对我说："秦参谋，我们虽然以前没有见过面，但是胜利给我写信不止一次地提到过你。我知道你们同住一间宿舍，关系也不错，今天嫂子给你说几句心里话，你不要见笑。我知道，于胜利是一个部队干部，娶我一个长相差的农村妇女当老婆有些委屈，我感谢他最终没有拒绝我。夫妻两个人，相识容易相处难，只有真心相守，才能天长地久。我一开始就希望、也相信我们两个人能经过长时间共同生活的磨合，了解沟通，相互包容，在人生道路上相扶相携，共度一生，因为我了解他这个人。"

崔长玲说话很会用词，我想起来她曾经是小学的民办老师。

"于参谋是我们机关的优秀年轻干部，每年的年终总结都会受到表扬或者嘉奖，他取得的工作成绩里面有您的一份功劳。"我由衷地对她说。

"我从来没有想过自己会有什么功劳，但是懂得一个道理，他现在是为国家尽义务，我现在是为家庭尽义务，我的义务尽到了，他才能尽好自己的义务。有一句话叫作'只要牵了我的手，天涯海角随你走'。可是，我现在还不能随便跟他走，即便是以后符合了随军条件，也暂时不会离开，起码要等到家里的老奶奶百年之后。这个家里还需要我继续承担责任，尽自己的义务。"

崔长玲的话说得我直点头，我进一步认识了眼前这个长相一般，但是心灵美好的女人。我祝福她和于胜利的婚姻生活幸福美满。

我心里清楚，于胜利对他和崔长玲的这桩婚姻，与刚开始相比，态度上已经有了很大的转变，他与崔长玲之间那道窄窄的怨隙，早已被流逝的时光填平。生活的实践使他懂得，有一个朴实无华、贤惠耐劳的妻子，是家庭生活幸福的基石。"假如你用生命去赌，我就不会让你输。"这是他曾经对崔长玲说过的话，我相信他们今后肯定会恩爱一生、白头到老。

离开于胜利家的时候，我抱起了于胜利的小女儿，小女孩在我的怀里依然有些怯生，扭动着身体想挣脱。但是听到她妈妈说我要回她爸爸工作的那个地方去的时候，她恐慌的眼神变得明亮起来，一下子搂紧了我的脖子，我只觉眼眶一热，连忙放下小女孩，挥手与于胜利的家人告别。

转身踏上归程后，我强忍着的泪水才放肆地倾泻而下，模糊了视线。

我三天不见自己的女儿就想得慌，于胜利一年才与女儿见一次面，谁能理解他心中的思念之苦？

四

我去于胜利家之后的第三个月，于胜利被提拔为战勤科副科长的任职通知就下发了。

田碧野提升为分部的副参谋长之后，战勤科的副科长晋升为科长，副科长的位置一直空缺。于胜利也算是破格提拔，成为分部司令部、政治部最年轻的副科长。

我接替于胜利成为战备组组长。

部队的干部到了副营职，爱人和未成年的孩子就可以随军，副科长当然更没有问题了。于胜利办理了爱人和孩子的随军手续之后，司令部管理科科长告诉于胜利，他的爱人有文化，又当过小学的民办老师，随军以后可以到机关的军人服务社上班。多年来，分部机关干部没文化或文化低的随军家属大部分都被安排到机关小药厂干活去了，小药厂劳动强度大、收入低，是容纳随军家属的橡皮口袋，人数可多可少。能够安排到分部机关军人服务社上班算得上是照顾了。

但是崔长玲并没有马上到城里来上班，她正在家里照顾于胜利生命垂危的老奶奶。

管理科给于胜利在单身干部宿舍筒子楼一层安排了一个房间，作为他爱人和孩子以后来部队生活的住所。我帮他简单地打扫了一下卫生，搬进去两张单人床和一张三屉桌、两把木椅子，买了一套锅碗瓢勺，又借了一个别人不用的小煤火炉子摆在房间门口，"家"就算建起来了，其简陋程度与我在驻军医院的家有一比。

单身干部宿舍楼一层的十几个房间，大部分成了分部机关办了爱人孩子随军手续干部的家，楼道里做饭时铲勺交响，烟雾弥漫，饭做好以后，苦辣酸甜，多味杂陈。

刚结婚不久的通信科参谋陶伟和卫生所的小李护士夫妻俩，也住在筒子楼一层，而且是于胜利的邻居。陶伟能够赢得小李的芳心，一是靠坦率真诚的心，二是靠能说会道的嘴，当然，家庭条件也是他们不得不考虑的重要条件。"真正爱一个人，就要不管他高与低，富与贫，帅与丑，都要与他同呼吸、共命运，恩爱一生。""我既然参与你的现在，就不会缺席你的未来。""不要说与我白头到老，我想让你永远黑发飘飘。不要说与我相伴百年，我想让你长生不老。"那些香喷喷、甜蜜蜜的话，好像句句都在油锅里炸过、在糖罐里渍过，满是柔情蜜意的小纸条，让渴望爱情的二十五岁的小李护士无酒自醉，无花自迷。陶伟和小李两个人在我和晓曼结婚后的第二年，也走进了婚姻的殿堂。

但是他们的婚后生活远不如恋爱季节的山花烂漫、阳光普照，夫妻俩的爱情历程，就像澡堂子里不合格的喷淋头，往这边一拧，滚烫，往那边一拧，冰凉，怎么都调节不到合适的温度。

很多男女青年，恋爱时总是看对方的优点，结婚后总是找对方的缺点。陶伟和小李夫妻俩也是这样。小李说，陶伟有些懒，不注意生活上的小节，马马虎虎，得过且过。陶伟讲，小李在生活上过于挑剔，有时候吹毛求疵，鸡蛋里面挑骨头。

我如果有哪一天没有回医院的家里，工作也不是太忙的时候，闲下来就会到他们的小家串串门。因为大家相互都比较熟悉，他们两口子也不避讳什么，都会在我面前泄泄怨气。

小李指着陶伟对我说："秦参谋你给评评理，他作为一个男人，是不是在家里应当多担当一些？谁洗衣服他与我掷硬币，谁刷碗他与我掷硬币，将来谁生孩子他是不是也要与我掷硬币？"

陶伟不同意小李的"指控"，反驳小李说："你不知道我工作比你忙吗，我每天上八个小时的班，有时候还要值班。现在上级反复强调要加强战备、战勤、机要、通信部门，也就是人们常说的'作、机、通'，工作要求高、时效性强，而且一点也不能马虎。我要首先保证把本职工作做好，你在家里家务活应该干得多一些，要任劳任怨，不要牢骚满腹。"

小李反击道："你的工作重要，我的工作就不重要吗？它们都是革命事业的一部分。我现在知道了，有个别男人对女人就是这样，恋爱时是孙子，唯命是从；订婚后像儿子，强词夺理；结婚后如老子，指手画脚。你现在在我面前不但想当老子，还想做祖宗，当初的诺言都被大风刮跑了？"

和平时期，个人生活中最大的危机，是来自家庭的"战争"。家庭也是唯一需要与"敌人"同床共枕、同餐共饮的"阵地"。不过，陶伟和小李不像是在打仗，更像是在游戏。我当着夫妻两个人的面，用开玩笑的口吻对他们说："你们俩在家里是闲得没事找事，等有了孩子，夫妻两个人会一起围着孩子转，天天忙得焦头烂额、屁滚尿流，就没有闲工夫打嘴仗了，即便有些小矛盾也会相安无事。而现在，家中无事则容易生非，希望你们尽快要个小宝宝，小宝宝是夫妻俩共同的财富，也是夫妻间弥补感情裂痕的黏合剂。"

我说的是实话，我还给他们两个人举了一个例子：婆婆与儿媳很少有机会同坐一条船，但是两个人一起掉进水里的故事被传诵了很多年，常常被某些闲得无聊的妻子拿来出题考验丈夫，但往往性格倔强的丈夫为了维护自己尊严，给不出妻子满意的答案。这样，吵架拌嘴就不可避免了。

陶伟到我的宿舍串门聊天的时候，我也劝过他，对他说："有些想借婚姻争取自由的男人和女人，最终都会发现，婚姻首先是使自己失去自由。失去自由的男人和女人，都会得到很大的补偿，那就是幸福的二人世界、温馨的家庭生活。一般情况下，夫妻两个人，婚前男人关心女人多一些，婚后女人关心男人多一些，这是常有的现象。但是，当两个人产生矛盾的时候，男人要有些肚量，要学会谦让女人，不要与妻子斤斤计较，不必非要论个你是我非，为一些小事互不相让，争的是理，输的是情，伤的是心，有些小事更不能长时间放在心里耿耿于怀。爱，不是没有争论，而是争论之后，依然还爱。夫妻两人产生矛盾，男人要主动自我检讨，承担责任。女人看丈夫爱自己的程度，不是浪漫的时候看你对她有多好，而是生气的时候看你能够让她几分。还有一点，在不少家庭，往往都是男人觉得无活可干，女人感到活干不完。因此，男人要眼里有活，主动去干，这样既可减少矛盾，也能加深感情。"

我用开玩笑的口吻对陶伟讲："夫妻俩吵吵闹闹也是一种生活乐趣，特别是有些年轻夫妻，结婚前见面就想亲嘴，结婚后见面就想吵嘴，相敬如宾、举案齐眉反而枯燥乏味。不过，寻找生活中的乐趣最好不要采取吵架这种方式，夫妻尽量少吵架，尤其不能上火互伤。"

我还给陶伟讲了我去于胜利家看到的情况和我的感受。陶伟听得也红了眼圈，他真诚地对我说："我长这么大，没有吃过多少苦，听了你讲的于副科长家里的故事，很受感动。我想起有人说过的一句话，'我穿过记忆的长河，身子却是干的，而我路过别人的故事，眼眶里却满是泪水'。原来我觉得于副科长这个人比较抠门，现在看来，人家是会过日子，懂得做人理家的大道理，我要向他学习。在我们部队，与两地分居的夫妻相比，两口子能够在一起生活是幸福的，我以后会好好工作，也要多干家务，关心自己，更要关心老婆。"

我与陶伟谈过话的第二天，陶伟见了我，笑嘻嘻地说："昨天晚上我对自己以前做得不当的地方，给小李说了一声对不起。小李说，夫妻之间用不着说对不起，因为对不起后边的一句话往往是'没关系'，没关系了两口子还在一起过什么？"

为了不影响别人，也不耽误我的工作，我曾经给梁继亭说过，让他不要随便往我的办公室里打电话，我哪一天要是没有回医院家里，又有空闲时间时，会打电话告诉他，让他到我的单身干部宿舍说说话、聊聊天。于胜利有了分给他的家属房之后，我住的单身干部宿舍还暂时没有安排其他人进来，所以来了人说话聊天也比较方便。

这天吃过晚饭，梁继亭又到我的宿舍来了，我见了他，首先问他女朋友谈得怎么样了。

"麻绳捆豆腐，不能提了，上次给你说的那两个吹了之后，最近歪瓜裂枣的又见了两个，但是没有一个能够打及格分的。"梁继亭嘻嘻哈哈地说。

我听了他的话有些生气，又开始数落他："你对婚恋问题的态度严肃一些好不好，说话的口气里充满了对女性的歧视，你说你这样能找到合适的女朋友吗？我们那些与你一样从部队转业复员的老乡，孩子大的上了小学，小的进了幼儿园，你三十来岁了还在打光棍，怎么就不着急？"

梁继亭满不在乎，反而劝我："你别生气，我刚才说话是用词不当、臭屁乱放，行了吧！我现在没有找到合适的女朋友，不结婚，很多个女人以后都有可能成为我的女朋友或者老婆，而与一个女人结了婚，孬好就得是她了，再想变也不容易，所以我不着急。"

"你要是这样想就不用着急了，现在先慢慢找，三十年以后，戴着老花镜、拄着拐杖再接着找。"

梁继亭听了我的嘲讽，竟然没心没肺地又笑了起来。

我接着开导他："刚才我是与你开玩笑的，以后再与别人介绍的女孩子见面，拿出点诚意来，该说的话要说，该花的钱要花。我给你讲个故事，一个小伙子带着女朋友逛街，快到吃饭的时候，路过烤鸭店门口，他的女朋友狠狠吸了一口气说：'真香啊！'小伙子认真地对女朋友说：'你要是喜欢闻这个味道，我带着你过个两三天就从这个烤鸭店的门口走一趟。'"

我看到梁继亭怔怔的样子，问他："我刚才讲的意思你听明白了没有？"

梁继亭愣了一下，连忙说："听明白了，听明白了，我的女朋友要是说喜欢闻烤鸭的味道，我会带着她每天都从烤鸭店门口走一趟！"

我失望，也无奈地对梁继亭说："你好好地在光棍的队伍里待着吧，不用担心'转业'，也不用担心'复员'。"

"那倒不一定，我看上了我们厂里的一个女青年，别人都叫她'厂花'，我发现她碰到我的时候总是抿着嘴偷笑，好像对我有点意思。"梁继亭有点想入非非了。

"你得了吧，人常说，'好马配好鞍，吕布配貂蝉'，你长得连董卓都不如，身上瘦得连皮带肉剔下来还不够夹个烧饼，还想打'厂花'的主意？"

我给梁继亭泼了一盆冷水，他还不觉得凉，迷惑不解地问我："董卓这个人又是谁，我怎么也不认识？"

第七章　军校学习

一

军队有些在"文化大革命"初期停办的院校陆续恢复教学之后，很多年轻的部队干部跃跃欲试，都希望自己能有一次深造的机会。我有幸被后勤分部推荐，经军区有关部门测试后成绩不错，顺利进入军校，进行为期两年的学习。

这所位于北京市西郊的军队院校是全军后勤的最高学府。我所在的参谋队的学员与其他学员相比，相对年轻一些，都在三十五周岁以下，职务为正副营职至副团职。学员大部分来自各总部和大军区、军兵种领导机关，其余的来自军以下部队的后勤机关。三十多个人分为三个班，我在一班，班长是来自某总部综合部计划处的参谋张致欣。

张致欣为人谦和，说话严谨，一副深沉不露的样子。班长主要负责本班学员的学习组织和行政管理，政治学习和思想工作由党小组长负责，各班都有一个党小组长，他们也是学员队党支部的支部委员。

与我住一个宿舍的崔贤是某大军区后勤部司令部的参谋，爱说爱笑，不拘小节。他在我们参谋队几十个学员中，是年龄最小，也是唯一一个没有结婚的。

"参谋队的学员除我还清醒之外，其他的，人人皆昏（婚）。"这是崔贤讲的玩笑话。

他还有自己的理论："我不着急结婚，是觉得恋爱是一份很有意思的工作，而结婚则意味着这项工作的结束。离职和下岗的人，都很难有再就业的机会。"

我知道崔贤与他现在的女朋友认识时间并不长，见面次数也不是太多，就用开玩笑的口吻对他说："你现在不忙着结婚是对的，树上的果子只有成熟了才是香甜的，如果急于品尝，只能尝到苦涩。"

与我从同一个大军区入学的学员陈晓刚，是我当年在军区参加参谋"六会"培训班学习时的同学，也是我的老乡，我们俩这次在参谋队学习又分到了一个班，而且他的宿舍与我的宿舍对门。

刚开学没几天，陈晓刚来我和崔贤的宿舍，难为情地对我说："与我住一个宿舍的尚长林呼噜打得太厉害了，声振四壁，让人心悸。"

"这就叫如雷贯耳！"崔贤在一旁开玩笑说，"你捡了个大便宜，每天不花钱就可以欣赏一场呼噜专场音乐会。我昨天中午午休的时候，路过你们宿舍门口，有幸聆听到他的高水平演出，抑扬顿挫，长呼短抽，好像还是美声唱法。"

陈晓刚哭丧着脸继续说："更可怕的是，尚长林还抱歉地对我说，他自己睡着了什么都不知道，控制不了，这几天不过只是试了试嗓子，更好听的还在后边呢！"

我忧虑地对崔贤说："你别净说风凉话了，咱们帮晓刚想想办法。如果请求队长给他调换睡觉的房间，会不会伤了尚长林的自尊心，影响学员之间的团结？"

陈晓刚接着说："我也不喜欢他总是开窗户，时值九月，淡暑新秋，天气开始转凉了，晚上开窗户睡觉容易感冒。"

崔贤同情地对陈晓刚说："这确实是个问题，我也害怕晚上开窗户睡觉。唉，尚长林如果以前在潜水艇或者战斗机上工作过，就不会有开窗户睡觉的习惯了。"

崔贤说完就去锅炉房打开水了，我对陈晓刚说："有一个生活习惯大体相同的室友是比较重要的，因为要在一起朝夕相处两年时间。但是学院的学员这么多，宿舍非常紧张，估计报告队里以后，队长也会为难，你不如先给张班长说一下，看他是什么意见，实在不行就慢慢适应。前天也有人给我说过，崔贤爱吹牛，有时连续吹一个小时中间都不会有一个句号，别人连插进去一个字的机会都没有。你知道我是一个喜欢安静的人，但是通过几天的相处，我觉得与他这样性格直爽、爱说爱笑的人住在一起也不错，可以活跃气氛，避免沉闷。"

陈晓刚笑了笑说："我也看得出来，崔贤是个很有意思的年轻人，快人快语，他是吹牛不打稿，说话少动脑，如果吹牛要上税，他早已是负债累累。"

陈晓刚把自己的苦恼给张班长讲了之后，第二天问题就解决了。张致欣提出的调整方案队长也同意——他自己与陈晓刚互换宿舍。第二天中午他就把被褥和个人用品搬到了尚长林他们宿舍。张致欣给队长解释说，他家就在学院对面。按照学员队的规定，每个星期六，在驻北京部队入学的学员可以回家住一个晚上。与其他学员相比，他与尚长林住一间宿舍，每周可以有一个晚上不用听他打呼噜。

通过这件小事，我对张致欣肃然起敬。

崔贤是城里生城里长的干部子弟，有几年时间，他的父母同时进"五七干校"劳动，他随爷爷奶奶生活，由于管束不严，养成了放荡不羁的性格和生活随便的作风。我与他一起学习、生活了一段时间，相互都比较熟悉之后，他诚恳地对我说："有些人，一年半载就跟着大人学会了说话，但是一生都不一定能够学会在适当的时候闭嘴。我有时候就是口无遮拦，为此挨了领导不少批评。另外，我生活上不注意小节，有些散漫，很多时候的很多事情，刚开始觉得'不着急'，后来都是'来不及'，当然，在这些方面也有过不少教训。我觉得你为人忠厚、稳重老成，以后我有说得、做得不适当的地方，请多多包涵，并注意给我提个醒。"

我也诚恳地对他讲："每个人都有长处和短处。我也有不少缺点，你也有不少优点，我们俩以后在一起取长补短、互相帮助。我欣赏有人说过的一句话，那就是，一个人时，要学会独处；两个人时，要善于共处。"

崔贤这个人很聪明，很多事情一看就懂、一学就会，只是有些犯懒，喜欢赖床，星期天一般不吃早饭，睡到上午十点钟才去洗漱，算是"早起"。

"我小时候生活在农村，没有钱买钟表，无法定闹钟，早上上学都是被公鸡叫醒的，从小就养成了天亮即起的习惯，如果我星期天起早了影响你休息，请你也不要在意。"我对崔贤说。

崔贤笑笑说："没关系，我小时候在城里生活，家里倒是有钟表，只是早上定了闹钟，再响我也听不见，每天上学都是被鸡毛叫醒的。"

"鸡毛会叫人？"

"我说的是鸡毛掸子，我小时候的抗干扰能力特别强，爸爸吼，妈妈叫，照样熟睡不醒，我爸爸最喜欢早上用鸡毛掸子打我的屁股，他去了'五七干校'以后，我的屁股才得以解放。当兵到了部队，听有人说'老兵怕哨，新兵怕号'，我是既怕哨，也怕号。听到这两种家伙的声音，我睡得再死也会醒过来，当然，熄灯号除外。"

学院规定，家在北京的学员，每个周六下午下了课可以回家，但是星期日下午四点以前必须回到学员队，不能耽误学员队的晚点名和班务会。京外的学员没有特殊情况，不能在外边过夜。

星期天吃过早饭，我向队里值班的干部请了假。回到宿舍后，看见崔贤还在睡觉，就悄悄地收拾了一下东西，去城里看望我的岳父，也就是晓曼的爸爸。

晓曼家在东城区的一条胡同里，北京市有许多金碧辉煌的古建筑，也有许多像县城背街小巷一样的小胡同，胡同里平房成片、低矮拥挤。一条胡同里会有若干个住家小院，一个小院里也会有若干个住户，白天煤烟缭绕，晚上灯光昏暗，但是里边充满了温馨祥和的气氛，一家做饭，十家闻香，一人有难，十人相帮。

岳父原来是工厂车间的领导，曾经是"抓革命，促生产"的模范，退休以后闲敲棋子，忙干家务。岳母去部队给我们带孩子，晓曼的妹妹在大学学习，不经常回家，岳父一个人在家里，也没有多少家务活，白天可以与老友、邻居说话聊天，但晚上只能与寂寞、孤独相伴。老夫老妻本来应该一起过漫步公园、闲逛商场的晚年生活，可是岳父岳母却为了我和晓曼的小家，两地分居、久不相见，我心里满是愧疚和不安。

刚入学的时候，岳父听说我要来北京学习两年时间非常高兴，没有特殊情况，我每隔两个星期就去看望他一次。这次来，我带了一些熟食和两瓶啤酒，翁婿两人边吃、边喝、边聊，直到下午三点钟我才离开。

二

我们入学以后，参谋队对新学员进行了一次摸底测试。测试的内容主要是军事地形学，除了识图用图常识，还给每个学员发了四幅五万分之一比例的军事地形图，要求学员拼接好以后按照教员提供的一个简单想定，将几十个军队标号标绘在地形图上，并做好注记。

参谋队里的学员原来并不都是做参谋工作的，有的学员是部队准备培养使用的后勤部战勤科或者训练科的副科长和科长，以及其他行政管理人员和团级单位的后勤处长。他们平时接触军事地形图比较少，认不全地形图符号，不会使用军队标号，甚至连图幅编号都看不明白，不知道四幅地形图怎么样才能够拼接在一起。

军事地形学是我的强项，也是陈晓刚的强项，在这次摸底测试中，我是第一名，陈晓刚是第二名。我们的班长张致欣虽然脸上表情不外露，但是难掩内心的高兴。

参谋队袁队长已经五十多岁了，是从野战部队的副师长岗位上调整到学院来当队长的。他长得有些老相，一张饱经风霜的脸上，印满了南征北战的痕迹，也写出了对无情岁月的诉状。我们听别人讲过一个关于袁队长的笑话。有一次，他带着参谋队的韩助理去商场购买学员校外演练所需的物资，一个年纪不大的女售货员问袁队长："解放军同志真有劲，一次搬这么多，您今年多大岁数了？"袁队长说："唉，我老了，已经是五十多岁的人了。"女售货员惊奇地说："您五十多岁呀，一点也不像耶！"袁队长以为女售货员要说自己像四十多岁，就笑着问她："你看我像多大岁数？"女售货员认真地说："我看着您像六十多岁！"

袁队长对我们要求非常严格。

"不管你原来是部队的科长、处长，还是领导机关的参谋、助理员，到了我这里就是普通学员，都要把架子放下来，把尾巴夹起来，守纪律，懂规矩，好好学习，老实做人。"学员队第一次晚点名，他就给了我们一个下马威。

每个周日的晚点名，袁队长都是讲成绩少，说问题多，表扬得少，批评得多："军队院校的学员要动如猛虎，静似卧龙，坐有坐姿，站有站相。我立正站着讲，你们稍息立着听，我的嘴动身不动，你们的两条腿可以动，上身要保持立正姿势不能动。第二排左边第一位同学，我刚说了上身不能动，你的身体晃什么，想跳摇摆舞？"

崔贤到了学员队以后有些畏难情绪，有一天对我说："我入伍前在学校学习时成绩就不是太好，在外边见到熟人难受，脸面发烧；回家里见到家长难受，屁股疼痛。现在到了学员队，如果学习成绩再不好，难受和疼痛都会集中在心里边。你知道，我在部队主要是负责综合协调工作的，整天跑跑颠颠，识图、用图、标图和战斗文书起草这些事情很少做，而这些又是参谋队学员要学习的主要内容。"

我给崔贤加油鼓劲："能够看到自己的不足，就是进步的开始。你刚才说的学习内容，不谦虚地讲，都是我的长项，而我所欠缺的，恰恰是你所具备的。我一当兵就在分部机关，对部队情况了解甚少，军事素质也比较差，我们俩可以取长补短、互相帮助，争取以后双双当优秀学员。"

"我知道你是在鼓励我，我也知道要趁现在年轻，抓住机会刻苦学习。一个人如果在应该吃苦的年龄选择安逸，那么等到应当安逸的时候就只能吃苦了。为了进军校深造，我把结婚时间都推迟了，就算牺牲某些利益，也想取得好成绩，当一个优秀学员，但是我觉得自己缺少当优秀学员的资本。"崔贤显得自信心不足。

我继续给他打气："我不同意你的说法，每个人都有自己的资本，你最大的资本，就是比我们队其他学员都小的年龄，还有每天醒来之后就可以支配的二十四个小时的时间。我们首先要坚定自己的信念，并坚信一定能到达终点。虽然现在还没看到终点，但是坚定信念后我们就有信心走好每一步。

我们还要懂得一个道理，就是要确立自己正确的奋斗目标，如果你当蚂蚁，再小的石头都是障碍；如果你是雄鹰，再高的山峰也会飞越。"

崔贤友善地与我开玩笑说："我发现你很会做思想工作，毕业以后不要当参谋了，留在学院当政治教员或者到部队去做政工工作吧！"

崔贤的话说得我有点不好意思，我问他："你是不是觉得我有点好为人师？"

"不是，不是！"崔贤笑笑，"同样的话，别人说出来就拖沓结巴，而你总是会用精练的语言进行概括。"

"这可能与我喜爱文学和看书比较多有关系，你没有看到吗，我会每天记笔记，把看到的名言佳句和自己的感受都记录下来。有时候，我是在引用别人的话，有时候是有感而发、脱口而出，表达的是自己的想法。"

崔贤点点头，表示赞同我的说法。他是个急性子，除了正常听课，课余时间里一会儿想学习这个，一会儿想掌握那个，抓不住重点。

我对他说："一个人要想学到很多东西，有一个诀窍，就是不要一次学很多东西。我们俩充分利用课余时间，我先向你学习队列动作，在宿舍里抽时间悄悄地练。你先学习军事地形学，识图用图从地物识别、地貌判读开始，标图绘图首先要熟记军队标号。"

学员们学习得都非常认真。我们学习的内容，除了军事课程，还有党史、哲学等课程，有些内容要靠死记硬背。每当要测验或考试的时候，有的学员像是着了魔，洗脸、走路、上厕所，嘴里都念念有词。

有一天晚上，我起夜上厕所，发现崔贤被窝里有光亮泻出来，我在他被子上轻拍了一下，悄悄地问："你是在给未婚妻写情书吗？"

崔贤关了手电筒，露出脑袋低声说："我在看复习题呢，小声点儿，别让值班的听见。"

最近学习的内容是师进攻的后勤保障和师防御的后勤保障。因为我没有在野战部队工作过，对这两部分学习内容都比较生疏，连续两个星期天都在复习补课，也没有到晓曼的爸爸那里去。

我今天又接到晓曼的来信，她说下个星期要来北京出差，到军区后勤部卫生部报送材料，想到学院来与我见个面，看看我的学习环境和生活条件。我赶快回信告诉她，除了星期天，学员平时不准许会客，让她有时间了回家去看看她爸爸，不要到我这里来。

有人说，思念亲人是一种温情，被亲人思念是一种幸福，我在这种所谓的温情和幸福中已经度过几个月的时间了。对晓曼和女儿，我不仅仅是思念，更是很想见，但是为了完成学业，也只有隐藏柔情、展现刚强。

三

我们的班长张致欣平时话不多，执行学员队的规定时都非常坚决。他要求我们做到的事情，很少用嘴巴说出来，而是自己带头去做，用行动影响和带动我们。

张致欣是我认识的第一个总部的参谋，他谨言慎行而不隐瞒观点，循规蹈矩而不墨守成规，给我留下了深刻的印象，也对我后来的行为产生了很大的影响。我有时候会想，是不是在高层领导机关工作的人员，都要具备他这样的素质和水平？

张致欣很欣赏我对崔贤说过的话：一个人要想学到很多东西，就不要一次学很多东西。他在学习上的观点与我一样，认为饭要一口一口地吃，知识要一门一门地掌握。一个人的能力和水平有限，就像杯子里的水有深有浅，如果涉猎太广，好比把杯子里的水倒进盘子里，看似面积很大，但难免流于肤浅，只有杯子满了，才能调换容器。

我们班在集中讨论和轮流发言的时候，崔贤都很积极，只是有时候词不达意。

崔贤告诉我，张致欣跟他谈过一次心，肯定了他的学习积极性，也指出了他的不足，让他以后说话简洁一些、内容丰富一些。并说简洁不是少，而是没有多余，丰富不是多，而是不可或缺，长篇大论不如点到为止，滔滔不绝不如言简意赅。

一个星期六的下午，张致欣问我星期天有没有什么安排。我本来打算去看望晓曼的爸爸，听到张致欣的问话，知道他肯定有什么事，就随口说还没有安排。

张致欣对我讲，总部最近要召开一个全军性的重要会议，需要准备很多文字材料和各种情况图，因为时间紧张，他的处长让他利用星期天回办公室加个班。"我看你标绘地图很熟练，明天能不能跟我一起回办公室加个班? 你不用在地形图上标绘内容，只是帮助我们的测绘参谋写写大标题，我已经给处长说了，他表示同意。"

我满口答应，提出吃过晚饭就跟着他回办公室。张致欣很高兴，要替我去向袁队长请假，让队长同意我晚上晚一些回来休息。后来我想了想，觉得总部的办公室不是一般人可以进去的，张致欣只是提出让我写标题，而不参与内容标绘，肯定也是出于保密工作的要求。我对张致欣说，不用他向队里请假，我从分部来学习的时候，带了直尺、指挥尺、毛笔、直线笔、曲线笔等常用的标图和写字工具，如果只是写标题，知道了标题名称和需要的大小尺寸之后，就可以在学员队宿舍里写好。

张致欣还是把我带到了他们的作战室，去取写标题用的图边纸。

我战战兢兢，这种地方在古代被叫作"白虎堂"，是军机重地。我看到作战室两端的大图板上粘贴的是两百万分之一比例的中国素图，几层推拉图板上、最外边一层粘贴的是两百五十万分之一比例的中国素图，素图上标绘有不同的军队标号，职业操守让我对图板上标绘好的要图不敢多看一眼。

测绘参谋姓周，年龄与我相仿，他加班好像不止一天两天了，两眼发红，显得有些疲惫。周参谋简单地向我交代了需要完成的工作任务和要求，我拿了一些图边纸和一瓶墨汁就赶快离开了。

标绘好地形图主要有两个要求，一是写好字体，字体要规整好看；二是画好图形，图形的线条要均匀实在。当然，标绘的内容也必须准确无误。周参谋让我帮他写三幅地形图的标题，标题字常用的有宋体、等线体，也可能使用其他字体。等线体最简单，打好格子用小排笔直接写，宋体要在格子里用铅笔画出轮廓，再用毛笔填实。我平时标图写标题字时，写一个等线体字大约五六分钟，写一个宋体字大约要二十分钟。我用宋体字写了两幅图的标题，用双立体写了一幅图的标题。

张致欣把我写的几幅图的标题取走之后，后来对我讲，他们处长对我写的字大加赞赏，特别是双立体字，通常只有出版社出版的中国地图、世界地图上才用，他们那里还没有人会写。

只有我心里清楚，我双手不停，平均一个小时才能写一个双立体字。星期六晚上学员宿舍没有规定熄灯时间，我从当天晚上的八点钟一直写到第二天凌晨的四点多钟，星期天吃过早饭又接着干到中午，才把三幅图的标题字写完。写字时直尺和三角板相撞会发出清脆的声响，以至于夜里睡觉像"狗熊冬眠"一样的崔贤都无法安枕，我只好抱着自己的被子躺到张致欣的床上，去欣赏睡觉时"雷打不动"的尚长林的男中音了。对此，我心里深感不安，午饭时去军人服务社给崔贤买了一瓶啤酒作为补偿。

我为张致欣他们处帮忙的事，之后又有过几次。在第二学年的第二学期，张致欣竟然给我办了一个只有在总部帮助工作的人员才有的办公区临时出入证，这让其他学员羡慕不已。

四

张致欣是个很负责任的班长，他不但自己学习非常认真，还要求我们班的其他学员在学习上不能落在别班学员的后边。他让我们每间宿舍同住的两个人，生活上互相关心，学习上互相帮助。

崔贤开玩笑地说："班长同志是想让我们继承和发扬'一帮一、一对红'的光荣传统呀！"

张致欣私下里对我讲："你比崔贤年纪大，当参谋的时间也相对久一些，你们两个人在一起，主要是你帮助他。"

我非常感谢班长对我的信任，但是嘴里只能说："我们俩应当是互相帮助。"

崔贤思想单纯，快人快语，他对我说："你嘴上有个站岗的，肚子里的话不会轻易说出来。我不行，我如果心里有想说的话，棺材板钉死了也要顶开盖子说出来，然后再躺下。"崔贤做事情很有热情，但是也有一个毛病，就是偶尔情绪会不太稳定，学习遇到困难时自信心不足，学会了又虚荣心外露。

他自信心不足时，我鼓励他："一个人，不是每一次的努力都有收获，但是要想有所收获，就必须一次又一次地努力。在学习知识的道路上，最快的脚步不是奔跑，而是持续不停；最慢的脚步不是幅度小，而是徘徊不前。"

他有自满情绪、骄傲时，我劝导他："当你认为自己天下无敌的时候，你自己就成了学习中最大的敌人。这个敌人与你有一样的智力、一样的体力，而且知道怎样才能打败你。一个人即使有了真知灼见，也不一定要讲那么多大话、空话，深刻的道理往往是可以用最简单的语言表达清楚的。"

对于我的批评，崔贤表现得比较虚心，话也讲得很直白。有一次，他毫不客气地对我说："你讲话很有道理，但你办起事情来，给人的初步印象却是深沉不露、城府较深，这两个'深'字往往会拒人于千里之外。了解你的人，知道你不苟言笑、处事谨慎；不了解你的人，认为你清高孤傲、不易接近。世上很多人与你相处久了，能逐步了解你，但更多的人与你只有一面之缘，他们没有时间了解你，这样就容易对你产生误解。"

崔贤的批评对我触动很大，我逐渐觉得，进军校学习，不仅是学习知识，而且是学习做人；在这里，我不仅可以提升军事素质，而且能够提高思想水平。

军校在职学习的学员，大多是部队推荐的优秀干部和准备提拔的人员，各方面条件相对较好。对于他们来讲，优秀不是一种行为，而是一种习惯。就比如"蓬生麻中，不扶自直"，与优秀的人在一起学习生活，可以促使优秀的人更加优秀，不太优秀的人也能够变得优秀，在充满竞争的环境中学习和生活的军队院校学员，更是如此。

在张致欣的带动下，我们班的学习成绩、组织纪律、内务卫生等方面一直位于参谋队的前列，大伙在一起有话直说，有事明讲，相处得也比较融洽。

崔贤生活懒散、讨论时跑题的毛病改了不少，也变得更有自信了，但是依然还是那样爱开玩笑。

有一次，他对尚长林说"你今天在课堂上的答题发挥不正常——"

尚长林有点不服气："是吗，我的自我感觉良好！"

"我是想说，你不是发挥不正常，而是发挥超常！"崔贤说完，坏坏地笑了。

还有一次，他调侃陈晓刚道："你好奇怪，教员提问时不爱发言，学习讨论时不爱发言，扁桃体倒是发炎了，你不是人……"

陈晓刚不高兴地朝他直瞪眼睛。

"别生气，我的话还没有说完。"崔贤嬉皮笑脸地接着讲，"我的意思是说，你不是人，你是神。高烧三十九度，不打针，不吃药，不请假，不缺课，往肚子里猛灌凉白开，自己硬是把烧退了下去。"

崔贤有时候取笑别人，有时候也喜欢自嘲，故意逗我们发笑。尚长林说他："你这样犯懒，要是在我们农村，讨饭吃都讨不到热乎的。"

崔贤说："那太好了，我这个人就是喜欢吃冷食！"

在一次班务会上，张致欣认真地说："袁队长点名时讲的不遵守学院有关规定的事，我们班也发生过，请崔贤同志以后注意一点。"

崔贤说："请班长放心，我以后一定注意，不能为咱们这个先进班抹黑。唉，都怪自己的遗传基因不好。我小的时候就有多动症，上课时捅这个同学一下，摸那个同学一把。我妈妈经常被老师喊到学校领人。有一次，我对老师说：'老师，你叫家长为什么只叫我妈妈，不叫我爸爸？每一次我妈妈从学校回家都会训我半天，烦死人了，我以后情愿让我爸爸打我，也不想听我妈妈训我。'老师说：'你爸爸小时候就是我教的，他也是个淘气包，曾把我气得心绞痛，现在还经常犯病，我这一辈子再也不想见到他了。'"

他说的话有时候能把表情严肃的张致欣弄得哭笑不得。

张致欣不像我那样喜欢咬文嚼字，也不像崔贤一样乐于夸夸其谈，他说话含蓄而又富有哲理。崔贤说，他整理了一份《张班长语录》，还把其中的一些段落读给我们听："有些人想享受登上成功之巅的快乐，他们更多的趣味存在于向上攀爬的过程中。""学习好比逆水行舟，不进则退；人心如同平原跑马，易放难收。""傻瓜交学费学习，聪明人用傻瓜交的学费学习。"

五

军校的学习生活虽然紧张，但是有寒暑假。第一学年结束后的暑假，大部分学员都离校回家了，有一部分外地学员没有走。他们的老婆孩子到北京来，就一家一家地住在学员队的宿舍里，反正学员队的房子空着也是空着。这样，既节省下了住招待所的钱，又有了一起游览玩耍的伙伴。放假期间，学员队食堂虽然关门了，但是可以在招待所的食堂就餐，住在学员宿舍里，也不用担心吃不上饭。

崔贤放假也没有回自己的家，他和未婚妻去旅行结婚了。

晓曼请了几天假，带着静谧住到了我和崔贤的宿舍里。晓曼是和妹妹在家里睡上下铺长大的，她上大学的妹妹放了暑假也住在家里，这样，她家里就没有我们住的地方了。我放假期间没有回后勤分部，主要是想给岳父岳母与晓曼和静谧创造一个团聚的机会，同时也让晓曼看看我在军校学习和生活的环境。白天，我和晓曼带着女儿去岳父岳母家，或者和她到附近的景点去玩，晚上再回到学院休息。

今天是星期天，我们一家三口在附近的商场里买了些东西就赶快回学院的学员宿舍了，下午哪里也没有去，等着与郭秋林夫妇见面。

我到军校学习以后，与郭秋林见过几次面，去过他的办公室，也去过他家里，他和安然的儿子比我的女儿还大几个月。安然在儿子出生前就调到了北京，在军区总医院政治部当宣传干事。

郭秋林身材还是那样挺拔，显得非常精干，一身便衣可体合身，干干净净，身上原有的农村孩子的印记早已荡然无存。安然依然是身材苗条，比生孩子之前稍稍胖了一点，我虽然数学不太好，但是也看得出来，她的腰围粗了一些、胸围细了一些，三围的比例略微有一些失调。

晓曼和郭秋林、安然夫妇以前只是见过面，不是很熟悉。"安干事，你还是那么年轻漂亮！"她拉住安然的手，像老朋友一样，说了一句很多女人都喜欢听的话。

"年轻漂亮什么呀，我都到了这个岁数，快成中年妇女了。"安然说着，在晓曼面前先用左手伸出三个指头，又用右手伸出两个指头，表示自己已经三十二岁了。安然的皮肤保养得很好，我觉得眼前晃动着的是五根纤细圆润的火腿肠。

郭秋林的儿子叫郭宏志，他与我的女儿一见面就玩在了一起，两个孩子蹲在地上垒起了积木。我和郭秋林分别坐在屋里仅有的两把椅子上，晓曼和安然坐在两张并起来的单人床上。

"郭干事还是那么有才华，我在军区的小报上经常看到您写的文章。"我怀疑晓曼今天偷吃了女儿的大白兔奶糖，嘴巴怎么这么甜！

郭秋林听了晓曼的夸奖，羞涩地说："我算什么呀，秦参谋才让人羡慕，他是后勤分部选派到军校深造的优秀干部，前途无量。"

"一个人长得漂亮，自己却不知道，这就是气质；一个人满腹才华，自己却没感觉，这就是修养。"晓曼的话说得恰到好处。

安然似乎要发挥宣传干事的优势，朝着郭秋林说了一句让我和晓曼听的话："郭秋林你学着点儿，总是看到别人比自己优秀，说明你正在走上坡路；总是觉得别人不如自己，则说明你正在走下坡路。秦参谋就是你的榜样，以后慢慢爬坡吧！"

我上次去郭秋林家里就发现，现在的郭秋林在安然面前有些唯唯诺诺，完全不像在新兵连时与她说话那样敢于针锋相对。安然刚才说的几句话，他听了心里肯定不太舒服，但是他什么也没有说，只是笑了笑。

我笑着对安然说："咱们今天的互相吹捧就到此为止吧，扯点别的好不好？"

安然附和着我说："好好好！咱们说点别的。秦参谋你发现没有，部队有一个比较普遍的现象，一些两地分居的干部，与其他干部相比，工作成绩更大一些，表现也相对突出一些，就像你们科的于副科长。这大概就像有些人说的，男人因孤独而优秀，女人因优秀而孤独，而女人的优秀要付出更大的代价，除了晚婚、晚育，还有刻苦学习，努力工作。"

晓曼说："安干事这个说法我赞同，不管是男人还是女人，如果没有家务缠身，就可以有更多的时间与精力学习和工作，自然也会显得更优秀一些。相反，承担家务的一方，其工作和学习则会受到不同程度的影响。东原在军校学习这一年时间，我天天忙得好像鞭子抽打的陀螺，要不是我妈到医院来帮忙，我真不知道日子怎么样才能过下去。看到有些夫妻能够在一起生活，相互照顾、分担家务，有时间复习功课，参加各种自学考试，我心里很着急。我们现在没有机会进军队院校学习，如果再不通过自学取得学历，那在部队很难待下去。"

郭秋林有一会儿没有说话了，他接着晓曼的话头往下讲："夫妻两地分居的，在目前军队干部中是比例很大的人群。多年两地分居，家务不能互相分担只是一方面，更多的是夫妻双方精神生活受到很大影响。我们曾经作过调查，与丈夫分居两地的军人妻子，生活在城镇的工作劳累，生活在农村的农事繁重，她们有的是身体状况欠佳，有的是思想负担过重。我曾经问过一个到部队探亲的干部家属，对夫妻聚少离多的爱情生活怎么理解。她是个小学教师，伤感地对我说：'什么爱情不爱情的，我与孩子他爸爸，有的只是相聚时的欢乐和离别时的惆怅。'"

郭秋林的话让我想起了于胜利的爱人崔长玲，心里对她的敬重又增加了几分。

天气有些闷热，空气中弥散着雨的气息，那是南风慷慨的馈赠。

郭秋林和安然站起身，准备告辞。

我连忙拉住郭秋林："吃过晚饭再走吧，你和安然都体验一下军校生活。"

在招待所吃的这顿晚餐很简单，每个大人一碗米饭、一盘配菜，两个小孩分吃一份成人餐，我买了两瓶啤酒，与郭秋林不用酒杯，一起"吹喇叭"。免费的菜叶汤很淡，但我与郭秋林、安然的战友情很浓，我们边吃边说，谈到了新兵连的训练场、警卫通信连的大食堂，还有那些仍在部队工作，以及转业、复员的战友们，交换了有些我知道、他们不知道和他们知道、我不知道的战友的通信地址。

在学院门外公交车站等车的时候，看着两个孩子在快乐地追逐嬉戏，安然无限感慨地说："我们身居大城市，每天能够遵循正常的生活秩序，保持正常的生活状态，是幸运的，也是幸福的。据我了解，我们警卫通信连的其他战友，所处的地点和单位不同，有的工作上压力很大，有的生活上困难较多，我们真是应该珍惜眼前的一切。"

我和晓曼一起点头，表示赞同。

郭秋林和安然带着孩子上了公交车，两家人依依不舍地挥手告别。

七八点钟的夏夜是炎热白昼的继子，依然维持着太阳的威严，似乎举手可触的铅云，让人们有些喘不过气来。

"先别回房间了，屋里太热，咱们在外面走一走！"晓曼提议。

因为有可能下雨，大街上行人脚步匆忙，我和晓曼牵着孩子，不紧不慢地走在马路上。

"与郭秋林见了几次面，我越来越觉得他不像你原来说的那样争强好胜、清高孤傲了。他现在不轻易讲话，好像成熟了。"

我笑了笑，说："有些人所谓的成熟，不过是在向世俗低头；真正的成熟，是具有鲜明的个性，能反映真实的自我，是一个人一生中最珍贵的品质。"

刚才似乎是要落下来的雨绕道去了别处，让等待清凉的人们空欢喜一场。

宁静融化了最后的喧嚣，大都市在燥热的夏日里睡熟了，静谧接连打了几个哈欠，我们一家人也开始往学院的方向走，准备回去休息。

六

我们迎来了在军校学习的最后一个学期。

初春的阴冷是冬季严寒的延续，但它已经无法保持冬天的威严了。

这是室外比屋内舒适的季节，被寒风蹂躏了一个冬天的树木，在春风的抚慰下渐渐恢复了生机，开始舒展筋骨、孕育新绿。

星期五吃过晚饭后，我与崔贤漫步在大操场的深灰色跑道上。

"我昨天晚上没有休息好。"崔贤对我说。

我问他："是不是我又影响了你？"

"不是，不是！"崔贤连忙说，"是我爱人来了。"

"啊，我怎么没见到？"

"我一眨眼，她就走了。"

"你是做梦想媳妇！"

崔贤笑了笑说："两地分居的滋味可真是不好受。"

"你与爱人才分居几天？部队里夫妻长年分居的大有人在。"

"我向他们致敬！"崔贤说。

"你与爱人暑假旅行结婚去泰山，一定留下了很深的印象。我听说泰山的日出很漂亮，美好的回忆一定会陪伴你度过这个学期。"

"我也听说泰山的日出很漂亮，可惜没有见到，因为我和爱人在那里每天都是睡到日上三竿。"

"睡觉太多，会错过很多机会；只是做梦，会一事无成。要实现梦想，必须醒过来、站起身、走下去。"

崔贤止不住又笑了起来，说："将来毕业以后，我听不到你说的这些话——客气点叫理论，直白讲是说教，一定会感到很寂寞。"

我不好意思地说："唉，没有办法，这已经成了我的习惯。我一直认为，每个人都是造就自己习惯的父母，每个父母都不会轻易丢弃自己的孩子。"

"别当真，我是与你开玩笑！"崔贤说，"哎，对了，忘记告诉你一件事，前天学院训练部一个熟识的参谋对我讲，院里今年可能要从我们这批学员里挑选一部分口才好、有部队工作经验的学员留校当教员，问我有没有这方面的意向。"

"你是怎么回答他的？"

"我没有明确表态，还在犹豫。我怕留校以后，爱人不容易往北京调动，夫妻可能要长时间两地分居，但在院校当教员又是我喜欢的工作。"

"距离我们毕业还有一段时间，如果学院只是征求你的意见，你可以反复权衡一下再答复。"

崔贤听了我的话说："你讲得对，现在是有人说了就算，有人算了才说，还有的人说了就算了。他作为一个参谋，不代表院方，可能只是第三种情况。"

接着，崔贤又神秘地对我说："我看咱们班长对你很信任，也让你去他们那里多次帮忙，你可以向班长表达一下个人意愿，争取毕业后也留在北京，最好到总部机关工作。他在领导机关工作多年，应当能够与有些领导说上话。"

"有些话我不能与班长直接讲，因为这不符合我的原则。我一直主张，身着军装，就要服从命令、听从安排。你别笑，我说的是实话，如果能到总部工作，发展前景当然会好一些，职务提升得也可能快一些。但是，我对培养我的后勤分部又有很深的感情，毕业后是回原部队还是另行安排，我相信组织，顺其自然。在人生道路上，快一步，慢一步，步步都能前进；在个人发展上，顺时走，逆时飞，时时都有机会。"

崔贤听了我说的话，哈哈大笑，指着我说："你看你，又开始讲大道理了！"

我没有难为情，真诚地对崔贤说："我觉得，每个人的出身不一样，境遇有差别，职务有高低，成就有大小。但是在人格上都是一样的，不管是现在或是将来，我都不会为了自己的利益去乞求别人。"

崔贤也认真地说："咱们俩朝夕相处将近两年的时间，我相信你说的是心里话，你这种行为会得到很多人的赞誉，但也会遭到有些人的非议。"

就在我与崔贤在操场谈话的两个月以后，张致欣悄悄地告诉我，他们处里有两个参谋因为个人问题确定转业，处里正缺人，他已经向处长推荐了我，处长与我见过几次面，对我的印象不错，同意我毕业后先到他们处里帮忙。

参谋队毕业的学员大部分是哪里来哪里去，回原来的单位，做原来的事情，只有少数几个学员的单位有变动，工作有调整，我和崔贤都在其中。崔贤的原单位已经接到上级的商调函，准备让他留院当教员，而我还要在张致欣他们处度过半年的试用期，才能确定是否往总部调动。

晓曼在电话里听说我要到总部机关帮助工作，显得很兴奋。她说我试用期满以后如果能留在北京，她就也可以调回父母身边服役，忠孝两顾。她还说真正到了那一天，如果有需要，可以请安然的爸爸帮忙说句话。

我追问晓曼："上次我们与安然夫妇见面的时候，你那样的热情，说了那么多的好话，是不是已经考虑到了这一步？"

晓曼在电话里笑着否认。

第八章　初到总部

一

军校的学习生活时间不是很长，但对于我来讲，意义重大。假如人生是一本书，那么参军入伍和军校学习是我人生这本书中最精彩的两个插页。

组织上明确我到总部机关帮助工作之后，我回到后勤分部办理临时组织关系，田副参谋长和于副科长都相信我帮助工作之后就会是正式调动，他们尽管显得有些不舍，但还是向我表示了祝贺。

田副参谋长在与我临别谈话时可以说是语重心长："革命工作的每一个岗位都是重要的，但是在领导机关工作比在基层部队工作接触范围广，视野较开阔，也更能锻炼人。有时候，站位决定眼光，走不出去，眼前就是你的世界；走出去了，世界就在你的眼前。"

田副参谋长看到我拿着笔记本边听边写，制止住我，接着说，"我今天给你说的话，只想让你记在脑子里，而不是写在本子上。组织为你搭建了更大的平台，也需要你以更大的付出回报组织，抓紧学习，努力工作。人生没有等出来的成就，只有干出来的辉煌。你在后勤分部的工作，领导和同志们都比较认可。到了总部机关，你不但要发扬以前的精神，还要勇于创新。说一句你可能不爱听但是客观实际的话，你继承方面做得不错，创新方面略显不足。记住一句话，总是踩着别人的脚印，永远走不到最前边。到了新单位，要手上装马达，嘴上加把锁，少说话，多做事，只有了解了情况以后才有发言权、才能做好事。最后提醒你，世上最怕的两个词，一个是认真，另一个是执着，认真的人可以改变自己，执着的人能够改变命运。"

田副参谋长的话，每一个字都像是一记重锤，持续叩击着我的心弦。

我向于胜利讲起田副参谋长与我的谈话，于胜利说："老科长对你比较了解，他的话讲得是对的，如果一个人不能花一些时间去创造你想要的生活，就将花很多时间去重复你习惯的生活。我理解他说的'创新'两个字，更多的不是要你标新立异，而是让你机动灵活，他是希望你到了新的工作岗位以后，能尽快适应新环境、应对新变化。田副参谋长对你的评价也很客观，你在后勤分部工作的十多年时间里，掀开的日历里每一页都是一片奋进的风帆，但活动范围一直都在'近海'。如今你这艘人生的航船就要驶向'远洋'了，在那里，你不但能学会很多东西，还能看清很多东西，甚至看透很多东西。"

于胜利的话同样让我深受启发。

陶伟对我有可能调走有些失落，他黯然的神色使我也有些伤感。我在军校学习期间，我们俩通过多次信，他一直期待着我学习结束返回分部。

我很喜欢与陶伟交往，他思想单纯，性格直爽，待人诚恳，办事热情。由于从小就生活在优越的环境中，在自主自立上，他患有严重的营养不良症。参军以后，特别是最近这几年，他由学员到参谋，为人夫，为人父，比以前成熟和老练了很多，就像少女出阁那样，告别青春时光，迈向成人岁月，嫁妆则是对重要问题的深思熟虑和对自身行为的理性控制。

如果说田副参谋长和于副科长的话是对我的鼓励和鞭策，陶伟的话则是给我施加了一些思想上的压力。他是从军区通信教导大队直接分到后勤分部来的，对大机关的情况更了解一些。他对我讲："部队本来应当是一块净土，但是在特殊年代的特殊环境里，很多事情将部队牵涉其中，现在大机关里边'机关'多，你心眼实在，遇事不善于变通，我觉得你这样性格的人更适合在基层做具体工作。总部是更大的机关，我早就听说那里以前，也就是'文革'之后，派别斗争比较厉害，现在不知道怎么样，可以说是'水比较深'，而你又是一个不善于'游泳'的人。"

陶伟的话让我警戒起来。

尽管最近两年我与梁继亭联系不多，但还是给他打了一个电话，告诉他我要到北京帮助工作的消息。

我有些生梁继亭的气，因为他不争气。与他一起转业的老乡，在不同地方的不同岗位上，现在不是工厂领导者，就是部门负责人，听说连杨箩筐在老家当炊事员都连续当了几年先进，而梁继亭在这座充满机遇的大城市里，稀里糊涂地生活了十多年，只留下一大串没有太大意义的空白岁月，占据着他宝贵的人生时光。

在人生道路上，梁继亭不想动脑筋，也不想出力气，奇异的想法可以把他带上没有尽头的旅程，"爪哇国"是他经常去的地方。沉湎于不能实现的梦想，会消磨掉一个人所有的斗志。他经常独自躺在木床上，任由自己凭着想象在虚无缥缈的世界里漫游。

我上军校后不久，梁继亭就结婚了，他最后选择了一个带着三岁孩子的寡妇。

二

张致欣毕业以后仍然回综合部计划处的保障组上班。我很希望与张致欣在一个组工作，但是处领导安排我在战备组给组里的几个老参谋当下手，谁忙不过来我就给谁帮忙，谁请假或者有事，我就到他的位置上顶班，临时接管他的工作。我更多的时间是协助测绘参谋标绘地形图，因为我就是以这个优势被借调到处里帮助工作的。

我觉得自己在处里今天干这个，明天干那个，似乎是无足轻重。张致欣告诉我，到机关帮助工作的人，一般都要经历这么一个过程，这样便于了解全面情况，弄清楚不同工作岗位的性质。

由于总部机关住房也很紧张，宿舍不够用，我一直住在办公室里。周一至周五，每天两点一线，除了吃饭，其他时间基本上都在办公室，上班、加班、睡觉。有时候利用星期天去看望一下晓曼的爸爸，或者到郭秋林和安然的家里吃一顿饺子，改善一下生活。

这种状态维持了三四个月，我觉得自己了解了不少情况，很多工作的办事程序都知道了一些，当然，这只是初步表面的了解。我发现总部机关的一些老参谋、老助理员确实厉害，他们有的一辈子职务后边也没有带过"长"，但却是某一个方面的专家，将与自己本职工作有关的各种规章制度背得滚瓜烂熟，讲起分管的某一个项目或者工程的前因后果，头头是道，滔滔不绝。在鉴定会、验收会等场合，他们发言不紧不慢，语调抑扬顿挫，一串专业术语、像链条一样严丝合缝的语句无懈可击，就连处长、副处长或更高职务的领导，对他们的意见或者建议都不敢小觑。

总部的机关干部都是好中择优，从全军各大单位选调上来的，比如综合部的参谋，要求整体素质好，尤其是要有一定的文字水平和组织协调能力，能够独当一面。听张致欣参谋讲，有一次，总部机关有关业务部（也被称为二级部）抽调人员组成工作组，去某工地了解工程进展情况，发现问题并提出解决意见。综合部是综合协调部门，理所当然地起组织作用，计划处派张致欣带工作组前往工地。通过几天的调查研究，情况基本明了：整个工程基本是在按计划进行，但预算经费明显不足，致使个别环节滞后。

业务部参加调查的人员有助理员，也有副处长，在调查结束的协调会上，张致欣归纳了他们的意见，提出了追加工程经费的初步意见，请他们回到总部机关以后，分别向各自的业务部首长汇报。这些人员多数对张致欣提出的解决意见没有异议，但有个姓包的助理员，对追加经费分摊比例有不同看法，认为他们部不应当出那么多钱。张致欣耐心地对他讲，他们部是业务主管部门，前期投入经费就不是太多，这一次理应多出一些。包助理是机关里有名的老资格，他对张致欣的解释不太满意，说话也不太好听："张参谋，你还年轻，不大清楚机关各部门的职责和应当承担的义务。这种事情我经历得比你多，希望你重新考虑分摊经费的比例。"

眼看着无法达成一致意见，一向谦和、矜持的张致欣毫不客气地对他说："包助理，我对您一直非常敬重，也重视您提出的每一条意见，但是决定今天集中意见和提出初步解决问题方案的人，是看他的职务，而不是瞧他的年龄。我是综合协调部门的参谋，如果不能集中多数人的意见，拿出一个初步的统一方案，回机关以后就无法向首长汇报，下一步工作也就无法开展。您所说的业务部的职责和义务，这次工作组下来之前，我在机关里又认真地学习了一遍，相信这样做没有违反原则。"

协调会开过之后，张致欣亲自到包助理住的房间，对自己在协调会上过于直率的话语向他致歉，但对解决问题的方案不作任何让步。

张致欣对我说，为了履行自己的职责，他在协调会上对包助理必须那样说；为了尊重老同志，他在会议之后应当对包助理那样做。

综合部计划处工作非常忙，有专门的战备值班室，处里的参谋要二十四小时轮流值班。加班的时间也非常多，每个人手里好像都有干不完的活，办公室里，每天都有人加班，这变成了常态，若哪天没有人加班，才是意外。

计划处的处长姓崔，名良田，表情严肃，话语不多，让我这个在直言快语的田碧野手下工作多年的人有些不太适应。

张致欣对我说："崔处长的性格不像钢板而如铁丝，柔软得可以随意弯曲，坚硬得无法折断，我们敬畏他的威严，也钦佩他的人格。"

不久后发生的一件事情，见证了张致欣说的话。

计划处作战室每天上午上班时会进行一次交班会，处里除出差、请假的干部以外都要参加，交班会主要是由前一天的值班参谋介绍部队当天二十四小时内发生的重大事项及处理情况。

有一天，值班参谋正在介绍情况，分管综合部的总部林副部长表情严肃地进入作战室，崔处长连忙起立，问林副部长："首长有什么事吗？"

"昨天谁值班？后方基地通用物资仓库战备物资被盗的事情为什么不先对我讲，而是直接报告了总部的主要领导？刚才领导问我情况时，我莫名其妙，非常被动。"

林副部长是直性格，犟脾气。昨天的值班参谋柳青是刚调到处里不久的年轻参谋，他看到总部首长亲自问罪，也连忙从座位上起立站直，吓得脸色都变了。

"你们还有组织观念吗？懂得机关的办事程序吗？"林副部长的责备还没有完。

柳参谋刚想张嘴辩解，崔处长对他做了一个制止的手势。

面对林副部长的训斥，崔处长立正站好，频频点头称"是"。

崔处长经常对参谋们讲，听取领导批评，是下属人员职务上附带的义务，不管什么原因，只能耐心听取，不能当众反驳。对于首长的指示，要无条件服从，理解的要执行，不理解的也要执行。

看到首长火气消了一些，崔处长对林副部长说："请首长放心，这件事情我一定了解清楚，随后当面向您汇报。"

后方基地战备物资被盗这件事，柳青凌晨三点十分接到报告后，立即打电话告诉了崔处长。崔处长让柳青注意掌握情况，上午上班后将综合情况整理后逐级上报。

总部主要领导的秘书吃过早饭，在大家都还没有上班的时候，为了一件未办结的事情到战备值班室查看前几天的值班记录，正好发现柳青在起草战备物资失盗情况的报告，回去后就报告给了自己服务的首长。

崔处长了解了事情的经过之后，找到林副部长。林副部长知道自己错怪了柳青，让崔处长通知柳青到他的办公室，他要亲自向柳青解释误会。崔处长不同意，他要林副部长在全处干部面前向柳青进行解释。

"你的要求太过分了吧！"林副部长生气地说。

崔处长毫不退让："如果首长下命令，让我像有些烈士那样去堵敌人的机枪眼，我会毫不犹豫地冲上去，并事先请示您，是用前胸堵还是后背堵。在平常工作中，您有什么指示，我们也会照样坚决执行，下达指示是您的职责，执行命令是我们的义务。您做指示和我们尽义务的时候，要互相尊重，虽然您是首长，我们是您的部属，但是在人格上，我们是平等的。"

林副部长听了崔处长的话，面红耳赤，沉思了一下，有些不高兴地说："那好吧，我听你的！"

"我们都听'道理'的！"崔处长平静地说。

崔处长走出林副部长办公室的时候，后边的一句话追上了他："崔良田，我今天算是服你了！"

我们一开始都不知道崔处长去找林副部长说这件事。第二天上午上了班，我们看到林副部长亲自到交班会上当着计划处全体人员的面，向一个年轻的参谋道歉。这件事让我们真正领教了崔处长性格中刚正强硬的一面。而林副部长的这次道歉，也让我们非常感动，从此对林副部长敬爱有加。

三

冬天雪如花，春天花如雪，此时北京的街头，花团锦簇，草木葱茏，行人们衣服鲜艳，脚步匆匆，处处充满了生机。

半年试用期结束了，我被正式调到总部机关当参谋。

任职命令下达之后，崔处长把我叫到他的办公室，直率地说："今天和你谈话是在走程序，我是老生常谈，你听了别烦，我有告知的责任，你有遵守的义务。每一次与新调来的参谋谈话啊，我都非常羡慕你们，你们年轻，有朝气，年轻是一种资本，也是一笔财富。我们这里是一个非常有助于年轻人成长的平台，平台是一代又一代在这里工作的人员搭建起来的，每个人在这个平台上演出什么样的剧目，主要由他自己决定……"

我认真地听崔处长讲话，忽然想起了在我离开分部前田碧野副参谋长与我的那次谈话。尽管此刻我口袋里装着笔记本，但我并没有掏出来记录，我想像田副参谋长要求的那样，把首长的谆谆教诲刻在脑子里，而不是记在本子上。

"人不要因为年轻而虚度光阴、蹉跎岁月。在前进的道路上，人人都在争相奔走，你要选择一种适合自己的速度，不因快走而不堪重负，不因慢行而空耗时光，我对你提三点希望。"崔处长接着对我讲。

我知道，崔处长要给我讲实质性的内容了。

"一是认真学习。我们这里有很好的学习条件，不是院校里的那种理论学习，而是在实践中学习和提高。可以这么说，我们处里的每一个老同志都有值得你学习的地方。你的优势是在后勤分部工作多年，有一定的部队和下层机关工作的经验，对于参谋业务，特别是军事地形学比较熟悉。劣势是没有在军区机关工作过，缺少中间环节的经历，更不了解总部机关工作的要求和程序。你要发挥优势，补齐短板，不断地充实和提高自己。有时候，我们不是在自己的劣势面前裹足不前，而是在自己的优势面前故步自封，因为劣势常常给我们提醒，而优势往往让我们麻痹。"

我认真地聆听着崔处长讲的每一句话，慢慢领悟着每个字的意味。

崔处长看我认真在听，接着往下讲。

"二是努力工作。当参谋，最忌讳的是参而不谋，参谋的意见能够影响首长的决心。参谋要不折不扣地执行首长的指示，准确无误地反映部队的情况，但不能墨守成规，不能只会当传声筒、复读机，要能够向首长提出具有真知灼见的建议。我这儿有一个故事很能说明问题，一个制鞋公司老总让两个下属去某少数民族地区调研市场情况，一个回来说，那里的人没有穿鞋的习惯，鞋子在那里不会有市场；另一个回来说，那个地方的人没有穿鞋的习惯，如果改变他们的习惯，将会有一个很大的市场。后来公司老总采纳了第二个人的建议，开辟了一个新的市场。你刚调过来，工作中肯定会遇到一些困难，要放开手脚，勇对挑战。面对困难，奋力拼搏的人不一定能成为赢家，但畏缩不前的人肯定是输家。"

说到这里，崔处长突然用疑惑的眼光看着我说："你好像是与我进行新任参谋谈话中，唯一一个没有做记录的人。"

我感觉自己的脸热了一下，平静地对他说："您如果向我交代业务工作，我会认真记录；您的谆谆教诲，我会永远铭记在心里。"

"好，你很有个性！我接着往下说。"

崔处长大概相信了我说的话，接着讲："三是注意团结协作。总部不像分部，总部的参谋要具有很强的独立工作能力。在这里，领导对你的要求不会那么具体，分工明确之后，有很多事情要靠你自主完成。但是你要想完成自己分管的工作，需要有多个部门和个人的支持与配合，在前进的道路上，要办成大事，没有哪一个人能够长期单独行走，都需要团结协作，这一点，对综合部门的参谋人员来说尤其重要，因为我们要与很多单位打交道。尽管每个人都追求完美，但这个世界上并没有完美的人，追求完美的人走在一起，互相取长补短，注意发挥优势，才能组成一个优秀的团队，把各项工作做得趋近于完美。在工作和生活中，要做最好的自己，才能遇见最好的同伴。我们希望别人怎样对待我们，我们首先就要怎样去对待别人，做人不一定要风风光光，但一定要堂堂正正。在组织协调工作中，要注意谦虚谨慎，尊重别人。人多时，要管住自己的嘴；人少时，要管住自己的心。有时候，与人交往，说话的语气比说话的内容更重要。"

"你是不是觉得我今天说得太多了一些？"崔处长突然问我。

"不、不！"我连忙回答，"我觉得自己是在听良师讲课，醍醐灌顶，受益匪浅。"

崔处长笑了笑说："合格的领导不是靠嘴巴去教育部属，而是用行动去引导群众。我给你讲的这些道理，不是说我自己做得怎么好，而是要与你共勉。我们以后在一起工作的时间还长，虽然职务不同，但也可以相互学习、相互支持。我希望，也相信你，能够把事做好，把人当好。做人不成功，做事成功是暂时的，做人成功，做事不成功也是暂时的，怎样做人比怎样做事更重要。你已经是我们处里的正式成员，从现在开始，明确目标，确立定位，一个人明白自己能做什么、应做什么，远比自己想做什么更为关键。"

崔处长讲的后边这句话，我听了不太明白，但也不好意思再问。

崔处长与我谈话的当天晚上，我就在办公室往张致欣家里打了个电话。

张致欣的爱人在部队医院当护士，也是经常加班、值班，夫妻两人带一个刚上小学的孩子，天天都是办公室和家里两头忙。

张致欣刚刚辅导孩子做完作业，他听了我说的与崔处长谈话的情况，对我讲："你到处里帮助工作半年时间，对崔处长也应当有所了解。处里的参谋人员对他都很敬佩，机关业务部的同志对他也很尊重，这都缘于他的为人。坚持原则、机动灵活、善待他人、理解包容，是他的特点。人格的力量是无穷的，一些矛盾较多、不好协调的事，有的人办不成，他能办成，因为别人信服他的人品，支持他的工作。当然，个人的人品和别人的信任，都只能是组织协调能力的一部分。崔处长平时话语不多，工作上是个言传身教的严师，生活上如同促膝谈心的知己。记得有人说过一句话，当品德高尚的人站在你面前的时候，你会觉得他比你还要低矮，只有滥施淫威的人才会在群众面前耀武扬威、趾高气扬。"

　　我赞同张致欣说的话，很庆幸自己能够又一次在一个众人称赞的领导手下工作。

　　这天晚上，我又久久没能入睡。我心里在想，聪明的领导者是让部属成为英雄，自己才能成为统帅；不太聪明的领导者把部属当成"阿斗"，自己也不一定就是诸葛亮。一个团队就像是一列火车，领导是火车的一头，总是牵挂；群众是火车的另一头，总是跟随。一个领导的水平，有时候决定着一个团队的整体素质。当然，跟随不是盲从，而是自觉的行动，只有有才华、有能力、被人信服的领导，才能把他的指令变成群众的自觉行动。在后勤分部工作时，我就曾经有过这样的感受。好的领导，应该临危不乱、处变不惊，胸怀宽容似海，脸上风平浪静。崔处长就是这样的领导。我没有当过领导，有些想法也不知道对不对，也许只是在胡思乱想。

　　我是怀着美好的愿望进入梦乡的。

四

　　计划处又调整了一次工作分工，我被调整到了基地组。计划处共有三个组——战备组、基地组和保障组。崔处长说，战备组的测绘参谋忙不过来的时候，我可以去帮帮忙，但是我以后的主要工作内容是在基地组分管后方仓库的建设与管理。

　　这项工作我很熟悉，因为这也是后勤分部的重要工作内容之一。让我暗自惊喜的是，基地组的组长升任副处长以后，张致欣由保障组调整到了基地组当组长。

　　"组长"不是行政职务，也无须任命，是由处领导根据参谋的能力、资历和整体素质指定的。

　　有一天，张致欣告诉我，总部的林副部长要带工作组去直属的后方基地检查仓库库房整修和部队管理工作。二级部一名姓邱的副部长陪同，他带一名本部的助理员，综合部首长指派崔处长带着我一起前往，我主要负责活动计划、上下联系和承办首长交代的临时事项。

我第一次跟随总部首长外出，心里不免有些紧张，张致欣说，他第一次跟随首长出差也有些紧张，这是计划处一项经常性的工作，习惯就好了。张致欣还告诫我，首长率工作组外出，计划处如果有参谋随从，一般要负责组织协调工作。这项工作要求很高，要严密组织、万无一失，避免出现任何差错。

我请教了处里的其他几个老参谋，向他们了解跟随首长外出的工作程序、主要职责和注意事项，还打电话向后方基地机关索要了一些有关后方仓库建设方面的素材。也悄悄地找到林副部长的秘书肖军，通过他了解首长的工作、生活习惯和个人爱好。肖军对我说，林副部长以前在野战部队工作，说话喜欢直来直去，办事讲究干脆利落，工作之余没有太多爱好，喜欢看武打录像片，打得越乱、越热闹越好，高兴时也会甩几把扑克牌，最不喜欢去的地方是歌厅、舞场。

根据多年参谋工作的经验，我知道，许多事情失败的原因，不是行动前没有计划，而是缺少计划前的行动。为了安排好这一次的出行计划，我煞费苦心，每天花费十几个小时认真准备。几天之后，当我把准备好的资料呈送给崔处长的时候，他吃了一惊。

我按照林副部长的意图和这次检查工作的时间安排，在两百万分之一比例的局部中国素图上，标绘了从北京出发，到后方基地机关和所属四个有整修任务的后方仓库，共五个工作地点之间的距离、乘坐的交通工具、路途上所耗的时间，以及在每个单位的活动日程和检查内容，地图上边有图形符号，也有文字注记。另外，我还收集整理了各个后方仓库的历史沿革、已完成和在建工程投资数量、在任领导简历、近年来主要成绩和存在的问题等文字资料。

"小秦，准备工作很充分，你辛苦了！"

崔处长的表扬并没有让我感到丝毫轻松，我知道，后边要做的事情还有很多。

我做的其他准备工作没有给崔处长讲，包括找政治部文化工作站借了几部武打录像片，买了两副扑克牌，并在机关食堂预订了出发那一天随身携带、符合首长口味、火车上方便食用的干粮。

按照规定，林副部长一个人可以享受一个软卧包厢，肖秘书当然和林副部长一起，剩下的四个人正好再订一个软卧包厢就够了。

上了火车，林副部长对我们几个人说："你们不用四个人挤在一个包厢里，崔良田同志可以到我和小肖这个包厢来。"

崔处长连忙摆手："不，不，还是邱副部长我们在一起比较好。"

"你对我有意见，所以敬而远之？"林副部长开玩笑道。

"哪里，哪里，我是怕影响首长休息，要不，让邱副部长陪您吧！"

"不行，我就是喜欢你，机关的处长里只有你敢挺着脖子跟我讲道理，有时候还给我出点小难题。"

崔处长听了林副部长的话，"嘿嘿"地笑了起来："首长是批评我还是表扬我？要是批评我，我尽量……我争取改正，要是表扬我，我今后继续发扬。"

"是表扬是批评你自己琢磨。"林副部长故作严肃地说，"小肖，把崔处长的旅行箱搬到我们这边来，老邱的铺位安排好了以后也过来一下，带上秦参谋标绘的地图，有些事情我们几个人先商量商量。"

这边的包厢里只剩下我和邱副部长的下属陈助理，陈助理年纪不大，是军校毕业的研究生，调到总部机关的时间比我稍早一些，在他们部的综合计划处也是做组织协调工作的，我和他已经有过几次接触。

"林副部长有意思，有个星期六下午下班的时候，我去你们处值班室取材料，发现他在楼层中间来客等候的沙发上招呼几个参谋打扑克。"机关干部一般不在私下里议论首长，陈助理可能觉得与我已经熟识了，说话有些随便。

"是呀，听说去年夏天有一天吃过晚饭，他穿便衣在大院里散步，看到篮球场上警卫连的几个小战士在玩球，就与他们配对打半场比赛。战士们不认识他，还以为他是管理局的职工。打球时，有个小战士还嚷嚷着指责他：'你刚才带球撞人，严重犯规，进球无效！'"我附和着陈助理说。

"一个领导最难做到的，就是放下架子，与地位比自己低的人交流沟通，打成一片。"陈助理感慨地说。

"你们邱副部长也不错，说话直爽，对人亲切和蔼。"我随便说了一句。

"邱副部长资格很老，他比林副部长还年长几岁，明年就该退休了。他是个好领导，工作认真，关心部属，就是有时候爱提意见。爱提意见的人一般在人生道路上都不太顺利，因为容易得罪领导；爱讲好话的人大多提升得比较快，因为上级领导爱听；不爱提意见，也不爱说好话的人，就很难说了，虽然很少得罪人，但也不容易被别人信任，谁会提拔自己不信任的人呢！"

"咱们不说这些了，现在在领导面前，有些人不愿意说假话，有些人不敢讲真话，都可以理解。应该像伟人讲的，说话的人'知无不言，言无不尽'，听话的人'有则改之，无则加勉'。其实，会说话的人并不是要说出肚子里所有的话，而是只说应该说的真话。"我觉得陈助理的话说得有点离谱了，便转换话题，笑着对他说，"我来机关工作的时间不长，而且是第一次跟随总部首长出差，你们是业务主管部门，经常到后方仓库检查工作，想请你给我介绍介绍这次要去的几个单位的工程情况。"

陈助理点头表示同意。

五

我们凌晨下了火车，在后方基地匆匆吃过早饭，上午听了两个多小时的情况汇报，又早早地吃了午饭，就乘坐汽车去要检查的第一个后方仓库，在基地机关只停留了半天时间。

陪同工作组检查工作的基地陈司令，是从总部机关二级部副部长位置上调过来任职的，与林副部长、邱副部长和崔处长都比较熟络。

"部长，您下部队检查工作怎么还是马不停蹄、人不歇脚的老传统？这一次的日程安排又是这么紧张。"在开往后方仓库的面包车上，快人快语的陈司令对林副部长说。

　　林副部长听了陈司令的话，看了一眼崔处长，笑着说："我借用崔良田同志的一句话，你这是批评我还是表扬我？"

　　"不是批评也不是表扬，我们对您是敬佩。"陈司令哈哈大笑起来，"您多次到我们基地检查工作，许多官兵都知道部长作风扎实、生活简朴、关心群众。"

　　林副部长忍住笑，故作认真地问陈司令："你一连在我身上用了三个赞美词，是不是太奢侈了？"

　　"不是，不是！我刚才说的话是言为心声，脱口而出。"陈司令连忙解释说，"比如您今天在我们基地机关吃两顿饭，早上是五谷杂粮，红薯面汤；中午是四菜一汤，大大方方，我们在各个方面都贯彻您的指示不走样。"

　　林副部长说："你们做得还可以，机关不走样，就怕仓库变花样，这一次你还得给我把好关。现在上边要求很严，出发前部长还叮嘱我，下部队要注意生活作风。"

　　今天首先要去的是一座后方军械仓库，资料显示，这个仓库除几栋地面器材库房以外，其他的枪、炮、弹和雷达等物资全部都储存在洞库里。工作组在基地有关人员的陪同下，坐汽车行驶了两个多小时，才看到了军械仓库的大营门。

　　按照林副部长的指示，我们的车队要直接开进库区的库房整修现场检查，之后，再听取仓库全面汇报，汇报结束以后吃晚饭。

　　仓库的主任、政委都在大营门外迎候，我们的车队没有停留，跟着仓库主任、政委的吉普车直接就进了仓库储存区。

　　后方仓库的生活区和储存区都是军事禁区，经过一代一代官兵的植树绿化，这里植被茂密、林木高大，春来生机勃勃，夏至繁花似锦，秋到硕果累累，冬天银装素裹。仓库官兵的生活看似非常单调，但可以欣赏美丽的自然景色。如果他们能以保卫战备物资为荣，与大自然和谐相处，就不会感到孤单寂寞，而会觉得充实自豪。

　　正值初春季节，储存区公路两侧的山坡上满是绿色，大片大片的绿色中，点缀着黄一片、红一点，如同大师手下一幅风景优美的油画，让人看了直想框下来挂在客厅里。

开挖洞库是一项艰苦而危险的工作，青山埋忠骨，顽石铸英魂。林副部长以前在野战部队工作，没有参与在战备形势紧张的情况下后方仓库大规模建设的过程，但是从别人的介绍中，他多次被工程部队动人的故事感动和震撼。每次下部队检查工作，只要时间来得及，他都会到有烈士陵园的后方仓库祭拜英灵。

库区公路两侧的每一个洞库门外，都站立着两个干部或战士，他们向我们的车队敬礼、注目。各个洞库的大门基本相同，从外边只能看到洞库的防护门，而看不到里边还有不同作用的另外两道门——通风门和防鼠门。防护门的锁需要两个人同时用两把钥匙才能打开。

林副部长让肖秘书打开面包车两边的车窗，向每一个洞口的干部战士挥手致意。

我们的车队在一条正在整修的洞库外边停了下来，洞口边有一群人在干活，仓库主任介绍说，这条洞库的穹顶上面有大面积塌方，石块将被覆层砸穿了多个大窟窿，要清石补漏。

林副部长刚在邱副部长和陈司令陪同下下了汽车，一个穿着旧军衣、满身灰尘的人跑过来，在林副部长面前立正敬礼，高声报告："首长同志，军械仓库副主任余国兴正在组织施工，请您检查。"

林副部长止步还礼，也高声回答："请接受检查！"

个头不高、面孔黝黑的余副主任说了一声："是！"刚要转身离开，林副部长喊住了他。

"你们现在有多少人施工？"

"报告首长，我们仓库一共有四个整修项目，除了基地安排的工程技术人员，还有六十三人参与施工，其中民工二十七人，仓库干部战士三十六人。"

林副部长听了余副主任的回答，回头问仓库主任："你们除了正常的物资保管和收发工作，还能抽出这么多人来参与施工？"

"是的！"仓库主任肯定地回答，"我们在不影响战备值勤和收发物资的前提下，从仓库机关、保管队和勤务连抽出一些人与民工一起干活，这样可以减少开支，弥补整修经费的不足。我们仓库的随军家属和稍大一些的孩子放了学，也会主动抽出时间来，在营区干涸的河床上捡石子、筛沙子。我们仓库的库房整修工作由余副主任具体负责，其他领导都会给他出主意、想办法。"

林副部长听了仓库主任的话，似乎有些感动，主动伸出手去和余副主任握手。余副主任匆忙将沾满泥土的双手在身上快速蹭了几把，伸出来握住林副部长的手。林副部长这才注意到余副主任的手背上骨节处有几个皮肤磨破后结的黑疤，手心里有几个破了皮和没有破皮的泡，分别呈现出白色和紫色。

林副部长动情地说："谢谢你们，辛苦了！"

在会议室听取仓库工作汇报时，林副部长对军械仓库的工作大加赞赏，也提出了让他们注意的问题。他还临时决定，军械仓库的其他几个现场不再看了，省出半天时间到距此不远的通用物资仓库检查一下管理情况。

通用物资仓库不久前发生过战备物资失盗事故，尽管后来被盗物资被追回，只是驻地附近几个半大孩子的恶作剧，但是仓库的有关领导还是受到了轻重不同的处分。

由于通用物资仓库没有整修任务，不在这次检查的计划之列，陈司令一听工作组要去该库检查，就有些着急，对林副部长说："首长，他们没有一点准备，要是突然去了……"

林副部长听了陈司令的话不太高兴，正色道："准备什么，准备应付上级检查？存放战备物资的仓库，一天二十四小时、一年三百六十五天，都应该处于准备状态，要准备随时接受战备物资收发任务！"

陈司令意识到自己的话讲得不太恰当，连忙检讨："首长批评得对，我们简单安排一下，明天在这里吃过早饭咱们就直接过去。"

军械仓库的主任很听话，在招待餐厅里，晚饭的餐桌上确实没有备酒，只准备了四菜一汤和大米饭，不过，菜不是用盘子盛的，而是用盆子装的。

　　林副部长让仓库主任把招待餐厅两张餐桌上的八盆菜，一起端到隔壁机关食堂的几张饭桌上。他让我们这些从总部和基地来的人员分散到各个饭桌上，与仓库机关的干部战士们一起吃一顿饭。

　　我和陈助理也搬过来两个板凳加进一张坐了几个战士的饭桌上。仓库的战士可能还没有与大机关下来的人一起吃过饭，显得有些拘谨，不管我怎么不住地劝他们"吃菜、吃菜"，他们都把脸埋进碗里，只扒饭，不夹菜。我连忙几大口把饭吞进肚子里，站起身来对战士们说："我吃好了，你们慢慢吃！"并用眼光示意陈助理也早点离开饭桌。

　　我和陈助理放下饭碗，站在饭桌的一旁，看墙上贴着的食堂伙食账目公示。只过了几分钟的时间，我们俩再回头一看，刚才我们俩吃过饭的那张饭桌上的菜，已被战士们一扫而光，盘盆皆空。

　　我在分部当战勤参谋的时候就养成了一个习惯，跟随首长外出，要让首长晚上就寝前看到的最后一个人是我，早上起床后看到的第一个人也是我。

　　黎明的曙光消融了大地上闪烁的点点灯光，也揭开了黑暗中隐藏的所有故事。我摸黑悄悄地起床，看到仓库招待餐厅的灯光已经亮了，餐桌上提前摆放好了油条、小菜，车场的司机们正忙着给汽车加油、加水，我便走到了林副部长住的房间门口。林副部长昨天晚上找仓库的两个干部谈话，之后又看了一部录像片，睡得比较晚，今天起床可能会稍晚一些。

　　崔处长用耳机听着收音机也走了过来，他看到我已经在林副部长的门口，点点头表示满意，轻声对我说："我在这里等林副部长，待他洗漱完了，我们一起去饭堂。你去告诉邱副部长和其他人，抓紧时间洗漱，我们七点钟吃早饭，七点半准时出发。"

　　通用物资仓库的主任姓廖，昨天晚上接到陈司令的电话以后，他的心情应当是又惊又喜，惊的是上级领导临时决定来仓库检查，仓库有点措手不及，没有更多的准备时间，可能会暴露仓库在管理上存在的问题；喜的是这是一个向上级机关反映情况、要求解决问题的好时机，因为上级机关的领导下部队，一般都会给基层解决一些具体问题。

　　廖主任不久前因为战备物资失盗受过一次处分，对于那起事故，他现在想起来还心有余悸。军事上常有一种现象，那就是在重兵防御的地段，你可以利用敌人的麻痹大意轻易取胜，而在兵力薄弱的地方，则可能被神经紧张的哨兵发现而功亏一篑。仓库的围墙、铁丝网是第一道安全防线，廖主任每个月都要安排人员检查一遍，坏了的维修，薄弱的加固。想不到的是，库区围墙的排水孔修得大了一些，仓库驻地附近两个十来岁的孩子从那里钻进了库区，用棍子将通风门上的钢丝网撬开一个洞，进入库房偷走了几样自认为好玩的东西。

后方仓库的库房大门，一般洞库是三道，地面库是两道。但是通风季节都是只关闭一道门，那就是通风门，其他的大门都要打开。这个时候，固定哨要注意观察，流动哨要加强巡逻，发现异常情况及时报告或就地处理。廖主任忽视了这个环节。

眼圈发红、略显疲惫的廖主任估计昨天一个晚上都没怎么睡觉。他见到林副部长，抖擞精神，如数家珍，进入库区以后，不厌其烦地向首长们介绍他们看到的每一处设施和正在运行的设备。他并不了解林副部长，但是陈司令在昨天晚上打给他的电话中，告诫他在首长面前要实事求是，不要夸大成绩，也不要隐瞒问题。因为陈司令清楚，有些基层的领导喜欢把单位的成绩当成肚子里的肥皂水，在首长面前吹出泡泡来，这样的基层领导，林副部长非常不喜欢。陈司令也明白，如果一个单位的领导在上级首长面前说话办事不显得过于聪明，那他就是一个聪明人。他害怕廖主任在总部首长面前要小聪明，就给他讲了这个道理。

通用物资仓库的管理工作看来比较有条理，库区环境整洁，设施配套齐全，这让林副部长对眼前这个刚刚受过处分不久的仓库主任有了一些好感。

廖主任没有夸大仓库管理工作的成绩，也没有隐瞒存在的问题，而且把有些现实问题说得还比较严重，比如库区围墙较低，存在安全隐患，需要增高；山体经常滑坡，危及库房安全，必须加固；排洪水道太窄，应当拓宽。他还强调，这些问题的解决，都要有一定的财力支持。

林副部长当然明白廖主任的意思，通用物资仓库不在这次仓库整修之列，有整修任务的仓库都按项目下拨了相关经费，总部虽然留有一定的机动经费，但是机动经费只能用于预算不足的整修项目或特殊情况的处理，没有整修任务的仓库不能使用。廖主任提出的需求让林副部长感到为难，心里也有了一丝不快。

看了一条洞库、两栋地面库之后，在禁区外边一个比较开阔的地方，林副部长停下脚步，问身后的邱副部长："你是行家，说说看过库区以后的想法。"

邱副部长看了一眼陈司令，表情严肃地说："仓库的管理工作总体上还算不错，没有发现大的毛病。但也能看出一些问题，地面库房门口消防沙池的沙子都是湿的，也许是临时突击补充的，平时是什么样我们不清楚。洞库里的通风机、吸湿机都在运转，说明我们来之前并没有达到'三七线'。存放战备物资的仓库都要严格管理，严格管理就是严在格中、管在理中，形成严格的制度，成为平时的自觉行动。"

我知道，邱副部长讲的"三七线"，是指储存物资的库房内，温度不能超过三十摄氏度，相对湿度不能超过百分之七十，这是储存战备物资的基本要求。

邱副部长不客气的精准评价让廖主任汗颜，也让陈司令不太自然。

一向对部属要求严格的林副部长今天反而表现得比较平静，他用和蔼的口气对廖主任说："我知道后方仓库的自然环境在初建时期都不是太好，又要地形隐蔽，又要少占耕地，这是客观事实。但是人们对待环境的态度不同，产生的效果也不一样。有两种人比较多，一种是有能力的人，善于利用环境；一种是一般的人，只能适应环境。还有另外两种人比较少，一种是积极改造环境，一种是总在抱怨环境。经过多年的建设和发展，现在后方仓库的环境差别很大，有的景色秀美，有的依旧是穷山恶水，这里边起决定作用的，是人的因素。环境的变化呈现的是一种结果——管理者责任和水平投射出的结果。"

现场鸦雀无声，都在听林副部长讲话。

林副部长用半开玩笑的口吻接着对廖主任讲："你刚才反映问题的意思我明白，解决目前仓库存在的问题，主要需要三个基本条件，第一是经费，第二是资金，第三是什么？好像与钱有关系。也就是说，所有的问题都需要一定的财力才能解决，这一点我心里也十分清楚，回到机关以后，我们会认真研究。但是，不要忽视了人的主观努力在仓库管理工作中所产生的效能。"

一个人脸上的表情往往比语言更能反映他内心的想法，看到廖主任羞愧难当、无地自容的样子，林副部长没有再说什么。

"怎么样，咱们出发去下一个点吧？"林副部长问陈司令。

"不，不！"陈司令连忙回答，"现在是中午十二点多了，仓库已经准备好了午餐，我们在这里吃过饭再走。"

崔处长也走过来对林副部长说："首长，这里距离下一个仓库还比较远，我们吃过饭再走吧！"

林副部长点头同意了。

到了仓库机关食堂小餐厅，林副部长看到餐桌上摆好的饭菜，不太高兴，问陈司令："我们不是说好了中午、晚上都是四菜一汤吗？"

陈司令看看餐桌，愣了一下，有点不知所措，问廖主任："是呀，老廖你……你怎么……"

廖主任上前一步，笑嘻嘻地说："我们是准备了四个菜，四个热菜，四个凉菜。"

"你的意思是四加四还等于四，我们又不喝酒，准备凉菜干什么？"林副部长没有笑，表情严肃地问廖主任。

廖主任依然是满脸堆笑，刚要说什么，陈司令批评他说："犯了错就不要再辩解，辩解是再次犯错，把多准备的菜端到机关食堂给战士们吃去！"

"陈司令，总部首长的批评我们接受，不过，机关食堂已经开过饭了，咱们下不为例好不好？"廖主任指了指几个餐桌上摆着的军用搪瓷缸子，接着说，"我们仓库管理处有个干部的家是四川的，他会土法造酒，我想让首长们尝尝我们自己酿造的不花钱的酒是什么味道，体验一下基层官兵的生活。"

林副部长没有再坚持，对邱副部长说："出发前我向部长承诺这次下部队不动酒，你们谁要是想喝就喝一点。"

首长们还没有吃完饭，我就到食堂的管理员那里把总部来的几个人的伙食账结了，照例是每个人每顿饭四两粮票、两毛钱。

离开通用物资仓库以后，邱副部长在面包车上悄悄地对林副部长说："部长，这个仓库餐桌上的'自制酒'我喝了两杯，有一股茅台味！"

林副部长脸色凝重，什么话也没有说。

陈司令看出林副部长看过通用物资仓库以后不太高兴，解释说："在仓库当个领导也不容易，正常的收发储存物资任务很重，还要应付今天的评比、明天的检查，竞争很厉害，谁都不甘心落后，应当说工作很辛苦、责任很重大。上级机关来人，他们也总是想表现出一定的热情，给首长们留下一个好印象。"

林副部长不动声色地说："各行各业都有竞争，而且有些竞争还是激烈的、残酷的，部队也是这样。这对于各单位的工作和干部战士的进步都是必需的。只有通过激烈残酷的竞争，工作水平才能不断提高，优秀人才才会脱颖而出。我个人觉得，如果军械仓库的余副主任到通用仓库来当主任，这个仓库的管理工作，特别是设施建设，可能会更好一些。"

陈司令听了林副部长的话，若有所思地点点头。

六

时至九月，不觉夏已逝，转眼秋伊始。

我正式到总部机关工作还不到一年时间，晓曼就被调到北京，在军区的一个驻军医院医务处当助理员。晓曼调动这件事，综合部计划处的领导操了心，郭秋林和安然也帮了忙。

综合部办公室的行政秘书说是"照顾我"，在五十年代建造的筒子楼里分给我一间南屋，大约有十四五平方米，里边能放下一张双人床和几件小家具，另外还有一间小厨房。小厨房很窄，夫妻如果都不是太胖，可以两个人一起进去，一个稍微胖一些，就要出来一个，才能再进去另外一个。当然，厨房里做出来的饭菜是不是好吃，不在于面积大小，也不在于厨房便不便于操作，主要在于用什么原材料，以及做饭的心情和氛围，情淡肉无味，和谐青菜香。

住在筒子楼里边，不方便的地方是各个家庭几乎没有多少隐私可“隐”，放屁的声音大了点，别的人家都能听得见，更别说拌嘴吵架了；方便的地方是谁家有了难事急事，可以互相帮忙：“秦参谋，借棵葱，下班时忘记买了。”“小赵，正炒菜发现没盐了，支援我两勺。”俗话说的“好借好还，再借不难”，在这些事情上基本上是不存在的，借了不还，再借也不难，因为你借我的，我也借你的，一般都不会还，主要是不值得还，还了反而显得小气。

我的邻居小赵是机要处的参谋，住在筒子楼的一间北屋里，这也是他和妻子的婚房。有一天晚上，我和晓曼正要哄静谧睡觉，隔壁传来小赵两口子吵架的声音。刚开始好像是恶语相向，后来又似乎在大打出手，同时还伴有清脆的摔打东西的响声。

我和晓曼丢下孩子，赶快过去，敲门劝架。我们到了他们夫妻俩的房间一看，人家只是斗嘴，并没有打架，屋里白天刚从窗户上换下还没来得及扔的一块破玻璃被敲得粉碎，其他的东西都完好无损。晓曼用开玩笑的口吻对小赵的爱人说：“你们两个人趁没孩子，多说些悄悄话，好好享受一下二人世界，刚才演的是哪出戏？”

小赵看到我，有些难为情，气呼呼地指着妻子说：“我们家现在不是没有孩子，她就是个孩子，天天跟我耍脾气，还总想着要别人哄。”

小赵的爱人是附近商场的售货员，身材苗条妙曼，说话奶声奶气，噘着小嘴埋怨小赵：“你哄过我几次？天天不是加班就是值班，把我一个人丢在屋子里就不管了。”

第二天吃过早饭，我准备送静谧去幼儿园。刚出门，就看到小赵的爱人挽着他的胳膊，两个人说说笑笑，也锁好门准备出门上班。他们两个人看到我没表现出不好意思，我看到他们俩反而不好意思了。昨天晚上，人家小两口不过是打闹取乐，我和晓曼不是自作多情、瞎管闲事吗！

　　我提干以后，工资级别多年没有调，每个月五十二块钱拿了七八年，作为单身干部，自己开销，加上关照老家的老人，也够用了。到军校学习前，我被调为二十二级，每个月涨了八块钱，反而觉得钱不够花了，因为既要照顾老家，还要保障小家，想着两边兼顾，结果顾此失彼。我在总部帮助工作和办理调动手续之后的一段时间内，总在机关食堂里买饭吃，炒白菜、烩豆腐之类的素菜，八分钱一份，炖排骨、烧带鱼之类的荤菜，两毛四分钱一份。我有时想改善一下伙食，就一次买半份素菜、半份荤菜。

　　晓曼调到北京之后，我觉得家里的生活水平一下子提高了很多，每天都可以买一点猪肉自己做些菜吃。那时候机关军人服务社的猪肉不是你想买哪一块就割哪一块的，而是切开称好以后摆在案上论块卖。三毛钱一块的都是肥肉，我们叫它"白天鹅"；五毛钱一块的，肥肉上边有一点点红色的瘦肉，我们叫它"丹顶鹤"；花一块钱以上才能买一块肥瘦相间的五花肉。

　　晓曼上班的地方离家远，早出晚归，两头不见太阳。去幼儿园接送孩子的事主要由我负责，如果我出差或者值班，就得让晓曼的爸爸或者妈妈过来，他们老两口是我们家里的"战略预备队"，有了什么应付不了的情况就需要他们过来支援。但是远亲不如近邻，有时候碰到急事，两个老人赶不过来，还得靠邻居帮忙。邻居之间对互相帮忙都觉得很自然，也没有那么多的客套话，最多说一句"谢谢"，就完了。

　　我们机关结了婚的年轻干部，根据资历深浅，在生活区都有一间或两间组织上分配的住房，另外每家还有一个地窖。各个业务部的行政秘书秋冬季节的主要任务之一，就是帮助干部们冬储，想方设法充实他们的地窖。各家各户分到的用砖头砌好的地窖，不到两米深，里边有三平方米大小，个头不太高的人进去能直起腰，身体不太胖的人进去能转开身。可不要小看地窖的作用，小半年的蔬菜、水果都要在里边集中储存、零星取用。每个干部每个冬季可以储备两三筐苹果，每筐六十斤左右，有时候还有一两箱梨或者芦柑，都由各业务部自行筹集、分发。冬储大白菜时候的场面最为壮观，各个业务部筹集的大白菜一般都要十辆八辆大卡车才能拉完，每户几百斤。分白菜的时候机关大操场里像是赶庙会，各家的大人孩子齐出动，各种工具一起用，有的骑着三轮车，有的推着两轮车，还有的使用儿童车、自行车，人人精神焕发，个个喜气洋洋。有一年分大白菜的时候，小赵正好出差在外，他爱人对着一大堆白菜干着急，不知道怎样才能弄到自家的地窖里去，她带着哭腔对行政秘书说："能不能找个人帮我……"

行政秘书正忙得焦头烂额，不客气地对她说："我手下的这几个公务员现在连首长家的菜都运不完，你自己想想办法吧。"

话虽是这么说，行政秘书看她可怜的样子，后来还是喊来公务班的一个战士给她帮忙。我在一旁看到后，让公务班的战士去忙他自己的事，我停下了手中的活，与机要处的另外一个参谋一起，帮小赵的爱人把白菜运到了她家的地窖旁。

七

晓曼调到北京之后，郭秋林和安然到我们家里来过几次，上个星期天他们带着儿子郭宏志又来了，夫妻两个人的情绪都不是太好。那天，晓曼和安然逗孩子们玩的时候，郭秋林悄悄地对我讲，安然的爸爸今年刚退休没几个月，他的主要领导就换了，这个领导对他不太赏识，总是挑他的毛病。

我警惕地问："他是不是与安然的爸爸关系不太好，所以牵扯到了你？"

"这个问题，我不是很了解，也不想多打听。"郭秋林说，"我觉得主要还是我自己的问题，你知道，我这个人个性比较强，喜欢坚持自己的见解，在处理某些问题时，不到迫不得已，不会轻易屈从于别人，这就决定了我在生活中会吃亏。我不埋怨现在的领导，同样的一个人，有的领导看你是一朵花，有的领导看你是豆腐渣。他们都有自己的用人标准和处事准则，你可以适应他，但不能改变他。"

我安慰郭秋林："人常说'是金子总会发光的'，时间久了，他会发现你是一个有才华的人，你要不要找机会向他解释一下。"

郭秋林摇摇头，苦笑着说："没有必要，有些事情，对于信任你的人，不用过多解释，因为他懂你；对于不信任你的人，解释了也没用。再说了，那样做也不符合我的性格。有人站着办事，有人跪着求人，我不会为了取悦领导而违心地表白自己。"

我半开玩笑地继续开导他："你的性格在一定的时候也要改一改，法国人喜欢戴高乐，中国人喜欢戴高帽，在领导面前说几句好话又不会扣工资，你怕什么？河流的水能够到达目的地，是因为它知道怎样避开障碍，不然你以后的路会不太好走。"

郭秋林依然和以前一样固执，不以为然地说："有些领导看人有一个不好的习惯，就是先入为主，以偏概全。我刚才讲了，我不想再在领导面前作让他改变对我印象的努力，没这心思，也没有工夫，还不一定有用。比如有的人喜欢讲空话，因为地位高，别人却以为他在讲实话；有的人喜欢说实话，因为地位低，别人会认为他在说空话。而且当领导和做群众是有很多区别的，区别之一就是有些时候的有些领导，话讲得不对，群众也必须点头说很对；很多时候的很多群众，话说得很对，领导也可以摇头说不对。"

"那你下一步怎么打算？"我不解地问他。

"世上最痛苦的事，莫过于让你天天对不喜欢的人笑脸相迎，特别是每天都要阅读你领导那张永远也无法理解的脸。我与安然商量过了，趁着她爸爸的老关系还在，转业去地方，此处不容人，自有容人处。"

我吃了一惊。

郭秋林不为我的吃惊表情所动，接着平静地对我说："咱俩是老同学、老战友，我才对你讲这些事，别人我是不会说的。对于我的行为，你不必同情，也不要惋惜。人的成长过程，如同蝴蝶破茧，生命在痛苦中得到升华。当你从痛苦中走出来时，会发现自己拥有了翅膀，正像有人讲的，人生道路上，顺风适合行走，逆风适合飞翔。"

我无奈地说："选择决定格局，一个人在关键时刻的选择，是他人生的最大变数。重要的选择决定一生，一般的选择决定心情。过去的选择造就了现在，现在的选择影响着未来，对于你的选择，我也作个选择，那就是尊重你的选择。"

郭秋林在不该笑的时候笑了起来，对我说："你好像又在说绕口令。"

我也笑了笑说："水到绝处是飞瀑，人到绝处是重生，希望你通过这次选择，会在人生道路上看到更美好的风景。"

郭秋林敛起笑容说："希望是那样，何况我现在还没有走到绝处。"

夜深了，晓曼和静谧早已坠入梦乡，只有我在台灯下伏案挥笔，在字里行间穿行。有一份文字材料明天上午上班时要交稿，由于白天郭秋林夫妇造访，我和郭秋林交谈了很长时间，只有利用晚上开夜车突击了。

我已经逐渐适应了在总部机关起草文字材料的工作，初步掌握了书写大机关公文材料的一般规律。起草一篇一万字的文字材料，我可以三天交稿，也可以一个月完成；可以临时突击，也可以反复推敲。上次跟随林副部长出差，一份六千字的调查报告，我一个白天加两个夜班就赶出来了，呈送给崔处长以后，他略加改动，便获得了林副部长的认可。

文字材料脱稿以后，已过午夜，我关了台灯，脱衣上床。

自从当了战勤参谋，晚上在灯下学习和加班就成了常态。因为灯光可以使白天延长，将夜晚缩短；灯光可以让人视野开阔，眼界放宽。

躺在床上，我才有时间慢慢消化白天郭秋林对我说的那件事。性格决定命运，郭秋林走到这一步，我本来不应觉得惊奇。

面对云封雾锁的人生之路，郭秋林从未停止过前进的脚步，即便是在后勤分部受了处分之后，他也没有一蹶不振，而是自强不息，从基层仓库干到军区机关。我早就知道，他做事时有种必胜的信念。一个人要想不被击垮，必须信念坚定，信念是一种巨大的力量。但是，你的信念如果不符合客观规律，就难免遭遇挫折。有人说，挫折的苦果是人生的补药，希望郭秋林能在新的挫折中再次奋起。唉，有什么办法呢，现在最厉害的"法"，不是宪法，不是刑法，而是领导对你的"看法"，既然领导对你有了不好的"看法"，还是早走为好。一个单位的领导不会决定你的命运，但可以在一定时期改变你的命运。喜欢你的领导，觉得你处处都好，讨厌你的领导，认为你事事不行。在不喜欢你的领导手下做事，不仅没有什么好的出路，而且心里还会一直不痛快。

　　两个月以后，我接到郭秋林的电话，他的转业报告已经获批，可能要去的新单位，是国家某个部的某个司。当然，这只是双方意向，办理转业手续还需要较长的时间。

　　如果郭秋林能够转业到这么好的单位，那我觉得也很自然。他的岳父虽然退休了，但原来的关系网还可以利用，这张网不能捉鱼、不能捕鸟，安排一个普通的军队转业干部还是绰绰有余的。

第九章　再回故里

一

孩子，是父母的心肝。孩子成人以后，年纪越大，越会清楚地发现，在这个世界上，父母是不论何时何地都始终惦念着你的人，他们关心你的冷与热，心疼你的苦与累。小时候，父母是我们的世界；长大后，父母的世界是我们。我们年幼时，都希望父母能抱一抱自己；父母年老时，最希望儿女能看一看他们。

我已经两年多没有回老家了，晓曼还是在我们结婚那一年，与我一起回去过一次，静谧六岁了，还没有呼吸过家乡的空气。

父母对子女的爱是终生的，他们年轻时总是担心自己的孩子，年老了又怕孩子担心自己。已经步入老年的父母知道我工作很忙，平时不敢轻易说让我回老家，最近由于思念孙女心切，忍不住两次往部队写信，让我们一家三口一定要抽出时间一起回老家看一看，哪怕只住上三天五天。

"每逢佳节倍思亲"，在外地工作的人最希望春节与家人团聚。而在部队，这样的机会一般都给了夫妻两地分居的干部和战士，像我这样年轻时就能一家几口人在一起生活的不多。几乎每年的春节，我都要参与处里的战备值班，把春节回家的机会让给两地分居的干部。为了满足父母的愿望，我只有在春节以外的其他时间，请假回老家探亲了。

我的老乡和战友，也是我在军事院校学习时期的同学陈晓刚，一年前已经调到家乡省军区后勤部当参谋。他的爱人在省城工作，担心随军到部队以后，丈夫转业时无法再回到省城上户口，而且她也不想丢掉当时待遇较好的工作，但又难以单独照顾同时来到人世间的双胞胎女儿，只有动员陈晓刚想办法调回驻在老家的部队或者是转业到地方了。

部队干部非正常调动是一件非常困难的事，陈晓刚能够调回省军区机关工作，有组织照顾的因素，也有比较过硬的关系帮忙。

陈晓刚开着借来的汽车，一大早到火车站接上我们一家三口，利用星期天休息时间，亲自开车送我们回老家。

深秋季节，风吹落叶满地金，冷霜盖地一片银，乡下的原野总是随着气候的变化而展现出不同的色彩。不管什么时候，苦也好，乐也好，我觉得家乡的风景都是那么美，花开是诗，落叶成词。

想当年，十九岁的我就是从这块土地上，踏上父母和乡亲们用期望的目光铺成的路，走向令无数年轻人向往的火热军营。

一路上，陈晓刚谈笑风生，眼睛盯着前方的路，嘴巴说着过去的事，双手灵活地转动着方向盘。我和晓曼耐心地听着晓刚讲话，不断地附和着他，静谧把面孔贴在车窗玻璃上，兴致勃勃地看着空旷的田野，为一个个不起眼的新发现而惊呼。

陈晓刚询问了我最近的情况，也介绍了他的现状，接着对我说："我们常说，家是割不断的血脉亲情，家是放不下的牵肠挂肚，家是生你养你的根，家是使你流长的源。特别是家有年迈的父母，那是见一面少一面的双亲，他们给予我们生命的起点，却不能陪同我们走向生命的终点，与我们相处的时间也有限。我知道你工作比较忙，但是也不能几年才回来一趟呀！"

我惭愧地对陈晓刚讲："你批评得很对，小时候，我们觉得父母是生命中的大树，热时可以乘凉，冷时能够避风。长大以后，我们常年在外，热时开风扇，冷时生炉子，容易忽视他们的存在。"我看了一眼晓曼接着说："但我并不是'娶了媳妇忘了娘'，实在是身不由己。我一直觉得，不管什么时候、在什么地方，哪里都不如家里的木板床舒坦，什么都不如故乡的家常菜香甜。这次回来，我准备在家里陪伴父母十几天，与老婆孩子一起尽尽孝心。"

汽车沿着广阔平原的乡间公路，在天地间奔驰。也不知是谁用地平线把蓝天和大地缝合得不留一点痕迹。只用了一个多小时的时间，我就看到了远处自家村庄的影子。

这里是生我养我的地方，这块土地上有我儿时的梦，有我成年的魂。我似乎又看到父辈们一步步走在并不肥沃的田野上，他们身后的串串脚印像是动人的诗行，这诗行只有当儿女的后辈人才能读得懂。

以前回来，村前水流潺潺的小河，会荡漾着笑窝，欢奏着乐曲，欢迎久出归来的游子。现在的小河早已干涸，"常在河边走，就是不湿鞋"这句话适用于此时这里的每一个人。

家乡人民的生活水平提高了，但是自然环境变差了，化肥农药的过量施用，破坏了土壤的结构；垃圾乱倒、脏水乱排，污染了水源和空气。

秋风渐起，路边小树的枝条挥舞着挂在自己身上的白色塑料袋，像是在向老天诉说人类的粗暴。

我家就在村子边上，透过车窗玻璃，我远远地就望见了自己的家。再近一些，我又隐约看到褚色的门框里镶嵌着爸爸妈妈的身影。我写信告诉过他们今天上午要回家，不知道他们"倚门盼儿归"，已经等候了多长时间。

看到有汽车驶近，父母连忙迎出来，走到跟前，我看到岁月的风刀在激动不已的两个老人脸上又雕刻了几条清贫生活的印痕。看到儿子和媳妇、孙女一块回家，爸爸妈妈都笑大了嘴巴，笑小了眼睛，他们脸上的沟沟坎坎都被无限的喜悦填平了。从院子里颤巍巍地走出来的年过九十的老奶奶，更是乐得眼睛都眯成了一条缝。我们家大门口一会儿就聚集了一群人。

秋忙过后，乡亲们本来就没有多少大事要办，只要天气不是太坏，他们，主要是年岁稍大一些的爷爷奶奶们，都会在村口路边，三五个人一堆，对看到的每一个人品头论足，对听到的每一件事说长道短。当然，爷爷们最喜欢的话题还是农事、收成，奶奶们口中讲得最多的话是媳妇如何、孙子怎样。

乡亲们矮的欠脚、高的延颈，熟悉和不熟悉的男人们都想与我打个招呼，见过和没见过晓曼的女人们都想一睹她的芳容。他们对城里生、城里长的静谧更是显得喜欢和好奇，家乡话似懂非懂，问得静谧不知怎么应答。

我让弟弟把陈晓刚领进院子里休息，自己忙着给男人们递烟，给孩子们分糖。

陈晓刚在我们家院子里坐了不到半个小时，就起身告辞，开车回去了。他走前一再叮嘱我，定了回程的时间就赶快写信告诉他，以便他能尽早预订我们返京的火车票。

在我的印象中，以前家里都是奶奶在厨房里忙活，尽管她总是向爷爷抱怨缺少做饭的原料，但是总能为我们做出可口的饭菜。我甚至相信，她把几个菜团子放进锅里，过一会儿也能从厨房里端出一盘肉丸子来。

如今奶奶老了，妈妈接替了她在厨房的工作。现在生活条件比以前好了一些，做饭的原料比原来的也丰富了许多，但我总觉得原来奶奶从厨房里端出来的饭菜，比妈妈现在做的更好吃一些。

早已嫁到外村的姐姐和妹妹早就得到了消息，也带着孩子回来看我。

农村人结婚早，与我年龄相仿的同村人的第一个孩子如今一般都十几岁了，有的差不多都该找对象了。妹妹结婚也早，她的小女儿秋菊比静谧还大两岁，静谧刚才还无所适从呢，转头没一会儿就和秋菊成了好朋友。妹妹吃过中午饭就回婆家去了，秋菊留了下来，她要在姥姥家陪着静谧玩几天。

我原来想回老家后，带着静谧到野外的庄稼地里看一看，让她认识一下农作物，免得像戏里唱的"麦苗韭菜分不清"。可现在时值深秋，地里光秃秃一片，愿望无法实现了。

静谧由秋菊领着，在村里瞎转悠，她最喜欢看的是牛马猪羊、鸡鸭猫狗，这些动物到处都可以见到，与它们近距离接触也不用花钱买票。

走到一户人家门口，静谧指着院子里边好奇地问秋菊："姐姐，那是什么鸟？"

秋菊认真地说："妹妹，那不是鸟，是鹅！"

夕阳西下，月亮召唤星斗，在天幕上变幻出亘古不变的图案。

我和晓曼与家里老人说了大半天的话，好像还都兴致盎然，意犹未尽。

农民们晚上七八点钟就要上床睡觉了，因为第二天凌晨，鸡鸣破晓时，他们就会早早起床，开始一天的忙碌。

都快夜里十一点了，静谧还兴奋得不想睡觉，与秋菊嘻嘻哈哈地在床上闹腾。

二

近些年来，我每次回老家，都要到爷爷的坟前烧些纸钱，寄托哀思。同时，也会到老支书的坟前祭拜一下，当年是他赶着大马车，把我们几个体检合格的年轻人送到县城，看着我们换上军衣被部队征兵的人接走的。

老支书耿直刚正，以身作则，自己家里有一瓢面，就不想让群众饿着；自己家里有一桶水，就不愿让群众渴着。遇到难事、累活，他总是冲在最前边，"党员干部要成为不怕火炼的真金，而不是只会发光的铜牌"，这是他警示自己和要求村里其他干部的话。老支书用自己高尚的品德为村民们树起了一杆标尺，当时村里风气很好，村民的生产积极性也高。我清楚地记得，村里开大会时，他最喜欢说老百姓爱听的大实话，最喜欢讲老百姓最关心的身边事，所以他讲话时，总能赢得群众的掌声。

时光如水，岁月似刀，我与晓曼刚结婚、一起回老家的那一年，老支书的身体已经大不如前。由于长期操心和劳累，他的体形成了一张弓，用他的话说，自己的身高"用卷尺量一米七一，用直尺量一米六八"。

那次探亲两年之后，我出差路过省城，又单独回来过一次，当时老支书已经有些神志不清，手脚也不太灵便，完全不见了过去干净利落的形象。他拉住我的胳膊好一会儿没有松开，只知道傻笑，却想不起来我叫什么名字。

也就是那一年的冬天，老支书走了，山悲尽戴孝，河痛泪长流，村里只要是能走动的人几乎都参加了送葬的队伍，绵延几华里。

老支书一颗心为群众着想，天天在外边奔波，晚年的生活并不如意，有人说他是"肥了别人家的田，荒了自己家里的地"。他的女儿远嫁外地，一年回不了两趟娘家。儿子缺少家教，不爱学习，四处游荡，有一次爬树时掉下来摔伤了一条腿，生活勉强自理。老支书作为一村的领导人，能够带领群众战天斗地；作为一家之长，却管束不了自己的儿子。

老支书的儿子叫铁头，老支书去世后，我每次回老家都会去看看他，有时给他带点吃的，有时给他一些零钱。听家里人讲，乡亲们心里都还记得老支书在世时的好处，也时常接济他。

铁头的小儿子因为患病没有及时医治，不久前夭折了。天下父母谁最痛，清冷墓前哭儿声，铁头看到我，指着墙上儿子的遗像，满脸的胡须哭成了一片沼泽地。

死者是不幸的，但更不幸的是活着的亲人。

铁头的媳妇有些矮胖，扁平的脸上嵌着塌鼻子、肿眼泡。她下身穿一条黑裤子，上身穿着一件淡绿色上衣，猛一看像个肉粽子。

铁头的媳妇见了我，哭喊得抑扬顿挫、有声有色，好像不是在表现丧子的悲痛心情，而是在展现高超的表演艺术。她们家两间空空荡荡的房子很快就被哭声填满了。

我放下手中的礼品，又塞给铁头二十块钱，安慰了他们夫妻几句，心情沉重地离开了。

铁头和他媳妇在村民们心中的印象并不好，父辈的行为可以对儿女产生一定的影响，但是儿女的人生道路，主要还是靠他们自己去走。

农民不像城里人，不是每天八小时工作制，而是因季节而定劳作和休息的时间，忙挥耧耙，闲敲棋子。秋末冬初，地里没有多少农活，家里也没有太多事，串门聊天是常见的消遣方式。

从铁头家里出来，我来到秦富贵家。他是我的本家哥哥，也是我们村第二村民小组组长。秦富贵身长一米八七，在村里也算是个"高官"。大小是个干部，说话就有底气，秦富贵对村里的发展有信心，对今后的生活也很乐观，精神状态与铁头相比大有不同。

"后村的秦瑶现在怎么样？"我问富贵哥。

"你那个老同学呀，怎么说呢，他现在是医药公司的总代理。"

"是吗，他主要经营什么药？"

"老鼠药！"富贵哥笑笑说，"镇子上逢集的时候，他会在街道两边抢占一个摊位来卖。"

富贵哥看着我失望的样子，依然笑着说："想当年你们上小学的时候他还当过你的班长呢，想不到会混成现在这个模样吧！告诉你，在农村，以前是靠勤劳致富，现在是靠智慧发财，只靠种庄稼能赚几个钱？要多种经营，适应市场。秦瑶主要是心眼太死，跟不上发展，要命的是他还好吃懒做、不动脑筋，做梦都想着赚钱。他不喜欢贫穷，但贫穷偏偏喜欢上了他。有一次，我对秦瑶说：'你也是上学时当过班长的人，现在天天蹲街沟子，见到原来的同学，嫌不嫌丢人？'秦瑶说：'那怕什么，脸皮薄，吃黑馍；脸皮厚，吃大肉。'其实，他根本吃不上大肉，凑合着能填饱肚子就不错了。东庄的赵拴柱你认识不？他小时候上学和我在一个班，经常在教室门口被老师罚站，现在养长毛兔赚了大钱，已经成了'万元户'！"

"秦瑶家的日子肯定过得很艰难！"我心里还想着秦瑶，有些伤感地说。

"那当然！"富贵哥说，"他自己的脑袋不开窍，娶了个媳妇也不着调，人称'三乎'，黑乎乎、胖乎乎、傻乎乎，好吃懒做，而且说话刻薄，天天阴沉着脸，把一张拉了两天磨、没吃一把草的驴脸给人看。有一次她竟然当着很多村里人的面对秦瑶的妈妈说：'你要是晚上不带着我儿子睡觉，我晚上就不让你儿子跟我睡觉。'"

秦瑶家距离我们的小学比较近，秦瑶的妈妈我以前就认识。有时候我们放了学跟着秦瑶去他家里玩，他妈妈总是把家里煮熟、蒸熟的红薯、萝卜之类的食物拿出来，安慰我们空瘪的肠胃。只可惜秦瑶的爸爸去世得太早，他一个人躺在坟墓里享受清闲，全然不顾在人间受苦、受难、受气的老伴。

天上无云，地上无风，炊烟依依不舍地环绕在各家厨房的四周，久久不肯散去。

临近中午，我不想，也不便于再到别的人家去，一包香烟刚才已经给村里碰面的乡亲们散发完了。此时口袋里没有了香烟，心里感觉就像是打仗时枪里没有子弹一样不踏实，于是便向富贵哥告辞回家了。

静谧还跟秋菊在院子里玩耍，晓曼腰里系着围裙在厨房做饭。忙惯了一天三顿饭的妈妈，一下子闲下来反而有些手足无措，不知道自己该干些什么。不过，她的脸上充满了喜悦。

三

窗外还是灰蒙蒙一片，雄鸡就用庄严的啼声宣告了新一天的开始。

母亲早就起来了，在院子里窸窸窣窣地忙碌着，开始为我们准备早餐。她好像长年累月都是这样，每天让她早起的，不是鸡鸣，更不是闹钟，而是责任和义务。

起晚了的太阳连忙从村子东边的树梢上探出头来，在勤劳的人们面前羞愧得满脸通红。我赶快起床洗漱。

县城是我儿时向往的地方。县城里有电灯、楼房，还有只要肯花几分钱，就每天晚上都能看电影的电影院。当时觉得我家距离县城是那么的遥远，站在公社所在地集镇的小街上，看到砂石路面一直向前延伸，好像只要踏上这条路，就可以走出去探寻世界的边缘。而现在，只需要花费几毛钱，在集镇坐上长途汽车，半个小时左右的时间，县城就到了。

县城地理位置很好，西边与国道相邻，东边有河流途经。这条河流是我们村前小河的上游，这里的河道没有干涸，但污水横流、白沫泛滥，似乎是大地的伤口已经化脓感染。

杨箩筐转业以后与我联系得不多，在新兵连的时候我们俩是"一对红"，白天在一起训练执勤，晚上在一个宿舍睡觉休息，接触最为密切。他很少给我写信，我猜想可能是我教过他认字，但是他没有记住几个，写信写不好，怕我笑话，不好意思写。

如今，杨箩筐已经不在机关食堂干了。他与长大成人的儿子一起，在县城外的国道旁，开了一个小饭馆。

刚一见面，杨箩筐就拉着我的手，激动得语无伦次，哆嗦着嘴唇说："秦文书，你、你咋来了？晌午在、在这吃饭！"

小饭馆门口的对联引起了我的兴趣，上联是"我给你留下好印象"，下联是"你给我留下人民币"，横批是"公平买卖"。

杨笭筐见我在看门口的对联，不好意思地说："这是我儿子写的，上边的四个字本来是'顾客之家'。结果有一天，一个客人吃完饭就走，我追到门口问他：'你怎么吃了饭不交钱？'他指了指门上边的四个字说：'这里不是顾客之家吗？我就是顾客，对吧，顾客在自己家里吃饭还要交钱吗？'所以，我就让儿子把原来的四个字改成了现在的四个字。"

我禁不住笑了起来。

小饭馆不大，里面一个操作间，外边摆六张饭桌，杨笭筐掌勺，他儿子打下手，还雇了两个女孩子当服务员。杨笭筐的儿子是他结婚时媳妇带过来的，小伙子高高大大，十七八岁的样子，因为不是亲生的，自然与笭筐长得一点也不像。

早餐时间已过，午餐尚未开始，饭馆里食客不多，靠门的一张饭桌旁坐着三个人，应该都是开大货车的司机。

杨笭筐胖了不少，脸面红润，气色不错。他告诉我，除了眼前的这个儿子，家里还有一个女孩子由媳妇带着上学。他家除了他父母，还有媳妇家的两个老人需要供养，在机关食堂的收入难以应付，就辞了职。自从开了这个饭馆，经济上宽裕多了。

杨笭筐还说，他与严班长一直有联系，严班长也不跟着别人干了，在县城里也开了一家饭馆，还把自己中学刚毕业不久的儿子送到北京，跟着自家的一个远房亲戚学习烹饪。

我很内疚，严班长转业后，我们见过面，我也要了他的通信地址，但很少给他写信。

我谢绝了杨笭筐让我留下吃饭的好意，到城里找到了我中学时的同学罗长生。罗长生和我一直保持着书信联系，相互的情况都比较了解，他高中毕业以后在村里小学当民办教师，后来转为公立教师，现在被调到县城城关小学教书，并且被评为高级教师。

罗长生的家虽然在农村，但是距离县城只有几公里远，他爱人的家是我们公社的，与罗长生也有点沾亲带故，当然是十八竿子也打不着的那种，并且她与我们村曾经暗恋过我的赤脚医生秦月娟是初中同学。

我在北京时已经写信告诉罗长生最近要回来，所以他见到我并不感到突然。

三十多岁的罗长生一脸菜色，这是一张白酒和香烟共同糟蹋过的面孔。不过，他还是那么健谈，嘴里吞云吐雾，丝毫不耽误与我侃侃而谈，向我介绍一些老同学的情况，他说得兴致勃勃，我听得津津有味。我之所以选择星期天到县城来，就是想利用罗长生的休息时间，与他聊聊天，叙叙旧，也了解一些其他同学的信息。

罗长生的小儿子刚上小学一年级，子肖其父，他不仅长得像罗长生，听说学习成绩也很好，与他的哥哥一个样，都是学校的尖子生。他抱着我给他买的书包和文具，兴高采烈，爱不释手。

"郭秋林现在怎么样？就是那个当代陈世美！"刚见面罗长生就这样问道。看来，罗长生对郭秋林与任凤仙谈了几年恋爱，后来又移情别恋的事一直耿耿于怀。

"他一路走来坎坎坷坷，最近又遇到不顺心的事，准备转业。"我不想与罗长生过多谈论郭秋林的事，就用了一句话敷衍他。之后故意岔开话题，扭头问罗长生的爱人："秦月娟后来怎么样了，我一直觉得自己有愧于她。"

罗长生的爱人在我面前的杯子里续了些开水，笑着说："秦月娟只能算是我的'生'前好友——我们俩原来经常通信，后来各自有了孩子之后，就只顾着各忙各的家务了，没有再联系。不过听别人讲，她远嫁新疆之后，与丈夫的关系并不好。唉，人这一生真是很难说，当初你们两个人要是能组建一个家庭，她会是另外一种命运。"

我苦笑着摇摇头，没有说什么。

我中午是在罗长生家吃的饭，菜少味香，汤淡情浓，两个老同学叙旧话新，欢谈甚久，一壶老酒不知不觉间耗去了大半。

罗长生不愧为语文老师，说话依然妙语连珠，幽默风趣。他眼里充着血丝对我说："咱们班的团支部书记你肯定还记得，那真是个好人，高中毕业以后，他'三结合'进了公社领导班子，后来当上了公社的党委书记，带领群众农业学大寨，战天斗地，把身体累垮了。十多年前，他的身体就开始'减负'，先是拿掉一个肾，后来又切掉半个胃，前几年把经常发炎的扁桃体也割掉了，无法坚持正常工作。他在位的时候帮人不图报，办事不收礼，以至于后来家庭生活都有些困难，咱们班几个生活条件稍好些的老同学现在还经常接济他。"

我的酒量本来就不大，几杯酒下肚，觉得身体里不是血液在流动，而是火苗在燃烧，但头脑还算清醒。我不禁感慨道："他的情况我在部队也知道一些，有的同学写信对我讲了，他的身体虽然残缺不全，但是拥有完美的人生，他是我们全班同学的骄傲。"

罗长生看到我额头上冒汗，打开房门，对我说："当然，我们的同学中也不是当了干部的表现都好，樊长乐你也应当记得，就是高高瘦瘦、爱打篮球的那一个。"

一只苍蝇从外边院子飞到屋里来，在饭桌上边盘旋，嗡嗡地发表着议论，表示对主人吝啬的不满。罗长生对苍蝇没有一点同情心，一边与我说着话，一边挥舞筷子，一次又一次击退苍蝇对饭菜的轮番进攻。

罗长生面红耳赤地接着对我讲："我现在最苦恼的事情就是，我能教孩子们学习知识，却无力教他们正当做人。现实的反面事例对他们的影响太大了。一个人当官了，有权了，巴结他的人就会很多，家里边出了一点什么小事，送礼的人就会排成长队。樊长乐能吹会送，后来在县里当了局长。有一次，他老婆看到副局长住院收了不少礼，非常眼馋，半个月之后，樊大局长也闹起肚子住了三天医院，当然也收了不少礼品和礼金。他怎么也想不到，价值几千元的礼品和上万元的礼金，是他老婆把一包泻药偷偷倒进他茶杯里换来的。"

我吃惊地对罗长生说："你说得太夸张了吧？是不是语文老师的想象力太丰富了，会有这种事，樊长乐能容忍他老婆胡来？"

罗长生摆摆手说："有些事你不清楚，樊长乐身材像一根扁担，他老婆如一只水桶，夫唱妇随，两个人挺配套。樊长乐当局长以后的那张嘴，吃进去的食物是香的，说出来的话却是臭的，老百姓都不爱听。他当然也听不进群众的意见，但是他对他老婆的话那叫一个洗耳恭听，唯命是从。外人有一个传说，说他老婆有一次问他：'我七块钱买了个洗衣板，你说贵不贵？'樊长乐吓得连忙说：'不跪不跪，我以后再干坏事，你扇我的脸都中。'"

我忍不住笑了。

罗长生说："这种事你觉得不大可能？我认为很有可能。他的老婆矮、胖、丑，你是没有见过，脸上不成比例地分布着大大的嘴巴和小小的鼻子，一双眼睛像是被人用刀划出来的，又细又短。前几年中青年女人以苗条为美，她也拼命减肥，结果只有胸前的两坨肉瘦了下来，其他地方的肉反而越来越厚。他老婆应该怕他才对，可他偏偏怕老婆。他肯定有什么把柄在他老婆手里。"

我对罗长生说的话倾向于相信，因为樊长乐原来不是这样的，他家在农村，也是苦出身，当初纯洁的心灵被小城的不良风气污染了。

不知不觉，空酒瓶摆满了桌子，罗长生口齿已经不清，舌头越来越短，我也头脑发胀，害怕再喝下去当天无法回家，便起身告辞了。

四

寒风作为冬天的信使，已经悄悄地光临中原大地，月亮冻得躲在厚厚的云层里不愿意露头，夜色渐浓，黑暗想掩盖一切光亮，结果却引出灯火一片。

回到家里的这些天，我主要是在外边探亲访友，剩下的几天时间里，我准备好好陪伴家人。

晚饭后，静谧在堂屋的灯光下给爷爷奶奶表演在幼儿园学习的歌曲、舞蹈，两位老人看得眉开眼笑、合不拢嘴，晓曼在一旁悄悄地对我说："孩子回来几天了，还没有出过村，听她爷爷说，明天镇子上逢集，我们带她去玩玩吧。天已经冷了，我也想再给家里的老人们买几件冬天穿的衣服。"

我内疚地点点头，表示赞同。

窗外还是灰蒙蒙一片，雄鸡就向我吹响了起床号。我和晓曼带着孩子到老家来以后，母亲依旧是每天早早地起床，在院子里忙这忙那，奏响一天生活的晨曲。我虽然也早早地起了床，却帮不上她的忙，因为她什么活都不让我干。

我们小家三口人，早早地吃过饭，便准备去公社所在地的镇子上赶集，静谧显得比在城里生活时上公园、去商场还兴奋，穿好衣服站在院子门口，高声喊叫着，让我和她妈妈赶快走。

院子外边向阳的墙角已经站着几个中年妇女在说闲话了，其中一个啃着蒸红薯，我应当喊嫂子的瘦女人，看到我们一家三口要出门，嘴里边嚼边问："东原，带媳妇和孩子去街里逛啊？"

我连忙回答："成林嫂正吃早饭呢？我们上街赶集买些东西，顺便带着孩子去玩一玩。"

在我们这里，老头子和老太婆在村头街口聚集几乎是"全天候"，他们夏天在树荫下乘凉，冬天在背风处取暖，清风不收费，太阳不要钱，既省油又省电。半老婆娘们就不一样了，她们农忙的时候像牛马一样负重，汗水能够砸肿脚面，农闲的时候则会凑到一块，找个离村口、路边稍微远一点的地方，有的手里做着针线活，有的手里端着饭菜筐，什么东家长，西家短，北家的婆子凶，南家的媳妇懒，看热闹不嫌事大，说闲话不怕声高，一点事情就会让她们大惊小怪、兴趣盎然。她们手里干着活的，不耽误眼睛四处看；嘴里吃着饭的，不影响说闲话，有时候吃进去的饭菜是素的，说出来的话语是荤的。她们什么话都敢讲，包括男女间的一些私事和情话，所以村里有些年轻人说她们是"黄色娘子军"。

农村的文化生活贫乏，村口路边是她们的活动场所，谈天说地是她们的活动内容。

按照老家的习惯，村里熟识的、当嫂子的，可以和当弟弟的随意开玩笑，我怕成林嫂给我开起玩笑来让一旁的晓曼感到尴尬，应付她几句便赶快离开了。

刚出了村口，过了小河，我看到旁边岔道上走过来一个头发花白的老太婆，她的胳膊上挎着一个柳条编的篮子，篮子里应该是装有东西，看着沉甸甸的，上边盖着一条灰色的破毛巾，大概是要到集市上卖掉赚钱。尽管老人家满脸皱纹，像是一张诉状，在控告着岁月的无情，但是她熟悉的面部轮廓依然引起了我的注意，我又定睛看了她一下，止不住惊讶地喊了一声："婶子，婶子，我是东原！"

这是秦瑶的妈妈，听到喊声，她吃惊地看了看我，没有认出我来。

经过一番解释，她终于弄明白了我是谁，不知是出于什么情感，她从口袋里掏出一团不比擦桌布干净多少的破手绢，又是抹眼泪，又是擦鼻涕。

她年龄应该不是太大，但口腔里担负咀嚼任务的工具多数已经下岗，她也没有资格再对别的人"咬牙切齿"，秦瑶不好好过日子，她只有用干瘪的嘴巴细数儿子的种种不肖。

老人的眼窝里像是贮存了流不尽的泪水，它们在极度悲伤的时候尽情泼洒，这是她纾解不良情绪的主要方式，我这个晚辈应当耐心地倾听她的含泪诉说。

我不顾把我甩在后边的静谧的催促，任由秦瑶的妈妈前言不搭后语的倾诉声刺激耳膜。陪着老人走了几步路，我悄悄塞给她十元钱，说了几句安慰的话，才与她告别。

路边的枯草衰木在秋风的指挥下奏着合乐，小时候，我和小伙伴们最喜欢在秋收后的庄稼地里撒野玩耍，玩累了，就躺在大地的怀抱里，枕着草毯，盖着阳光。现在，我没有心思欣赏秋天原野的风景，也没有了刚从家里出门时的兴致，心情复杂地大步追赶着已经走在前面的晓曼和女儿。

自由集市是一个地区的橱窗，它反映了当地人民群众的生活习惯和风土人情。家乡的集市很小，只有两条小街，小街两边都是恨不能从眼睛里伸出一只手来抓你钱包的小商贩。

我们一家三口在人声嘈杂的集市上游逛了一个多小时，晓曼和静谧对家乡的市井文化很感兴趣，对很多东西都表现出好奇。我小时候在集市上见到的高声叫卖的现象，现在已经不多，取而代之的是一个又一个高音小喇叭，在那里张着大嘴、扯着嗓子，代替主人推销商品、招揽顾客。

晓曼给我爸妈买了几件御寒的棉衣，乡下集市的衣服，质量差得让人摇头，价格低得使人吃惊。静谧买了几样小玩具，有袖珍葫芦、柳条编成的粉色小篮子等等。

我在一间店铺里偶遇了我一个初中女同学，不知她是老板还是老板娘。我们一起上学时，她爸爸就在街上做小生意，家里比较有钱。在学校学习期间，她是有名的"三好"学生：好吃零食、好打瞌睡、好看连环画。现在她穿金戴银，一副贵妇人模样。她没有认出我来，我认出了她，但是没有与她打招呼。

几条卖东西的小街小巷还没有逛完，我就催促晓曼和静谧回家，我怕再逛下去会碰见卖老鼠药的秦瑶，到时候双方都会感到难为情。

快要走出市场的时候，我看到一个老大爷在路边放了一篮子红薯在卖，没问价钱就蹲下去挑了几块。老大爷用一杆断了头的破秤称量一下说："你给六毛钱吧！"

我把五块钱递给他，他为难地说："这么大的票子我找不开。"

"不用找了！"我提上红薯就走。

老大爷在我身后高声喊："那不中，那不中！"

走在回家的土路上，晓曼奇怪地问我："我看到你家厨房旁边的空房子里有一大堆红薯，你是不是看着老大爷可怜才又买了一些？"

"不完全是，现在农村人可以说都不缺红薯吃，即便是有的人家不种红薯，亲戚或邻居也会送一些给他们。老大爷把红薯拿出来卖，说明他们家已经没有能够到集市上换钱的东西了。另外……"我沉吟了一下说，"他长得有点像我爷爷。"

说完这句话，我觉得眼眶发热，晓曼看了看我，默默地点了点头。

临近中午，从集市上回家的人们匆忙地在原野上赶路，阳光在悄悄缩短他们的身影，静谧一路上蹦蹦跳跳，我和晓曼都没有再多说什么。

我这次回老家，一共住了八九天，一家人在一起其乐融融的氛围，让我暂时忘记了办公室还有一大堆等待着完成的工作任务。

静谧回老家以后，大部分时间是秋菊陪着她玩，听说我们要回北京，两个小女孩依依不舍，静谧还掉了眼泪，说以后希望还能在一起玩。她们盼望着明天，明天也在等待着她们。

要离开家乡的这一天早上，妈妈不听我的劝阻，让爸爸把那只她最喜欢的、差不多一天下一个蛋的老母鸡杀了，说是炖烂了给静谧下鸡汤面条。结果静谧起床后看到自己喜欢的老母鸡变成了一锅汤，伤心得还哭了一阵子，弄得妈妈很不好意思。

陈晓刚给我们订的是晚上从省城到北京的硬卧火车票，他下午三点准时开车到达我家接我们一家三口。

我们回家时带了两个满满的提包，里面主要装的是香烟、糖果和给老人的礼物。走的时候也带着两个满满的提包，里面除了家乡的土特产，还有家人的牵挂和思念。

汽车启动，驶上乡间公路，我从汽车窗户探出头来，看到一家人站在院子门口为我们送行，母亲扬起一只手，高声喊着，我只听到秋风过滤后留下来的几个字："明——年——还——回——来……"

我的眼睛湿润了。

我心里清楚，父母亲会一直站在大门口，在不断拉远的距离中，用深切的目光追随着自己的孩子，直至我们的汽车消失在天地之间。

记得有人说过一句话：儿时天天想离开，老了经常想回去的地方，就是故乡。我还没有老，但月是故乡明，人是老家亲，故乡已经是我魂牵梦萦的地方，因为故乡是我的根，它牵扯着我的心。

有些很小就随军到部队或者是在部队营区出生的孩子，似乎没有"故乡"的概念，故乡只是停留在这些孩子户口登记表上的"籍贯"，或者人们口中的"老家"，他们也没有打算寻觅归途，父辈的故乡被他们弄丢了。

我想到了有人写的一首诗里的几句：

> 不要等到母亲节才想起妈妈
>
> 不要等到父亲节才想起爸爸
>
> 不要等到春节才想起回家
>
> 家里的老人等待你

从秋到冬，从春到夏

他们所期待的，也许只是一声问候、一个电话

　　几乎所有的人都觉得小时候离不开父母，但很少有人认为父母老了也离不开自己。孩子大了，可以走出父母的视线，但是永远走不出他们的思念。

　　我有自己的工作，而且是在主管战备工作部门，公务忙，责任大，不是在什么节日都能够回家，而是能够回家的时间才是节日。

　　我只有在工作允许的时候才能回到故乡捡拾童年往事，用美好的回忆填充愈来愈深的故乡情怀。

第十章　情系京城

一

1988年恢复军衔制度的时候，我是正团职参谋，被授予中校军衔。张致欣是副师职参谋，被授予上校军衔。

总部业务部的"处"，后来也都改称为"局"，我们的崔良田处长自然就成了局长。不过，他改任局长时间不长，就被调到总部某直属军级单位当副职了，进入准备提升将军的行列。张致欣则由副师职参谋改任副局长，虽然两个职位都是副师级，但他现在属于综合部的局室领导。

我与原来工作过的后勤分部的一些领导和战友还保持着通信，老科长田碧野已经在分部副部长位置上离休。遗憾的是，他这个1965年取消军衔时的大尉，没有等到这一次授衔就脱下了军衣。

于胜利现在是后勤分部司令部的参谋长。他的爱人崔长玲带着女儿小眉随军以后，一家三口人一起过日子，其乐融融。

部队干部复员转业回原籍的政策已经改变，陶伟是受益者，他与爱人小李一起转业到北京，并且都被安排了不错的工作。

我的老科长田碧野多年前从军区机关调到后勤分部任职以后，一直没有搬家，老婆孩子都还在北京生活，他离休以后，自然也回到了北京。老科长离休以后的这几年，我和晓曼每年的春节都要去给他拜年，他的老伴是从农村出来随军的家庭妇女，一辈子没有参加过工作，朴实勤恳。令人惊讶的是，她瘦弱的身体竟然酿造了供养五个孩子成长的奶水，让老科长有了儿女成群的骄傲。我们每一次去，老科长和他的老伴都很高兴，老科长的老伴接待客人的最高礼节大概就是吃饺子了："中午别走了，咱们包饺子！""下次把孩子也带来，我给你们包饺子！"

她包的饺子一定很好吃，但是我和晓曼一次也没有吃过，主要是包饺子太麻烦了，不想麻烦他们。

我在分部警卫通信连当战士和在分部机关当单身干部期间，最喜欢在大食堂里吃饺子，但是每年也就只有那么几次机会。司务长和食堂管理员一般会选择在节日或星期天，让大伙一起去食堂帮忙。饭堂里喜气洋洋，充满了欢声笑语，有的专门擀皮，有的负责包馅，我们那时候的"包饺子"叫作"挤饺子"更合适，就是在饺子皮上放点馅，两只手像是抱拳的动作，用几根手指使劲一挤，就是一个元宝形状的饺子。陶伟身材瘦小，平时食欲不佳，但是爱吃饺子，一次吃两碗都不够。安然开玩笑说他是操场上的绵羊、食堂里的饿狼。

陶伟每次在食堂包完饺子吃饱喝足之后，都会说："向炊事班广大指战员表示衷心感谢！"

陶伟饺子挤得不好，但是行动很积极，挤饺子每次都少不了他，有一次他挤饺子时，双手没有捏紧，中间漏了个小口，使劲一挤，一团饺子馅正好飞到对面一个女干部的脑门上。

我觉得，在大食堂里包饺子，既是一次义务劳动，也是一项娱乐活动。那时候，我们之中出了一批包饺子的高手，有的一分钟能挤十来个饺子，有的擀皮速度极快，饺子皮如同魔术师手中的扑克牌，会一张接一张地从手下飞出来。

总部机关好像没有让大伙到食堂一起包饺子的习惯，我觉得不但一年少了几次吃饺子的机会，也少了很多乐趣。

一个星期六上午刚要下班的时候，机关生活区大营门的警卫战士给我的办公室打电话，说是有个姓严的客人来找，让我到门口接待室领人。

我到营区门口一看，原来是严班长！他是我在分部警卫通信连当战士时的炊事班长，也就是我在分部跟随田碧野科长出差时，与他在山区饭馆见过一次面的那位，他复员后在家乡的一个餐馆里给别人打工。后来我们俩通过两次信，再后来，相互觉得没有多少话要说，也没有什么事情要办，各忙各的，就断了联系。

我见到严班长非常高兴，他却感到有些难为情。

严班长告诉我，他儿子在北京开了一家餐馆，距离这里不远，他在餐馆帮忙已经有几个月时间了，是通过分部的老战友打听到我在北京的工作单位和地址的。

"我今天上午九点多钟就出来了。"严班长说，"结果坐地铁下错了站，这边的部队大院太多了，我找了一个多小时才找到这里。"

"辛苦你了，中午时间短，咱们先到食堂，有话边吃边说。"我对严班长说。

"真是不好意思，本来是想让你到我们那里去吃饭，现在反而让你管我的饭。"

我看到严班长显得那么不好意思，止不住笑了，对他说："以后有机会了再到你们那里去，今天先请你回忆和体验一下部队大食堂的伙食。"

我经常加班、值班，出差也比较多，晓曼上班路途远，早出晚归，岳母现在大部分时间在我们家买菜做饭，照顾放学回家的静谧，星期天才回到城里与岳父团聚。

机关的行政管理部门每隔几年就会根据房源和干部职务变化情况调整一次公寓住房，我现在住的是七十平方米的团职单元，有三间卧室，我和晓曼住一间，已经读初中的静谧住一间，还有一间岳父岳母来了住。房子面积不大，但是我和晓曼觉得已经是非常理想了。

我往家里给岳母打了个电话，平时的中午我们两个人都是下点面条或者吃昨天的剩饭。我告诉她今天中午不回家了，要陪客人到食堂吃饭。

我与严班长边吃边聊，他听说郭秋林和安然都在北京工作，感到很高兴。

食堂要关门了，我们才离开，严班长说他下午还要上班，谢绝了我让他去家里坐坐的邀请，让我在适当的时候约着郭秋林与安然，一起去他儿子的餐馆就餐，我爽快地答应了。

二

于胜利当了后勤分部的参谋长之后，到北京来的机会就多了起来，他来北京之后，有时候通过电话给我打个招呼，更多的时候是来也匆匆，去也匆匆，连电话都顾不上给我打。

昨天接到于胜利从分部打来的电话，他说今天上午要到北京来，参加军区后勤部组织的读书班，学习时间是两个星期。

今天是星期天，吃过早饭，我坐地铁赶往军区后勤部，为了我们俩的这次见面，于胜利提前半天报到。

我一直觉得，我与于胜利之间是一种超乎寻常的关系，我们俩既是战友，也是朋友，我还把他当作自己的兄长和老师。

人与人之间，不管是哪一种关系，他不一定与你相处得很久，但他在进入你的内心之后，就不曾离开过，这才是真挚的感情。我和于胜利平时各自忙碌，又互相牵挂，不用经常想起，因为从未忘记。我们相处或分离时的感情，不会浓烈如酒，不会疯狂似醉，深情的话平淡地说，悠长的路慢慢地走，如春风化雨，似润物无声。

"你胖了，肩膀刚扛上两杠三星，肚子就当上将军了，要注意控制体重。"于胜利比我早到招待所四十分钟，刚安顿好自己住的房间，见了我的面就开玩笑。

我也笑着说："人们常说'心宽体胖'，我并不觉得怎么心宽，但身体却胖了起来。"

"在大机关工作压力大吗？"于胜利曾经在电话里问过我，今天又当面提起。

"不是太大。"我回答，"大机关工作规整，不像基层那么琐碎，有时候一项工作，比如近几年的边海防大调查、后方仓库大调查，参与一项就得半年甚至一年时间。有人说'大机关里机关多'，我没有这种感觉，大机关里的干部都是经过部队层层筛选才被调到上边来的，整体素质比较好，相互间的关系也比较单纯。"

"你能胜任工作，这一点我不担心，一个人只要爱学习，肯吃苦，什么困难都可以克服，什么工作都能够适应。在人际关系的处理上，相信你也能够得心应手，你一切随缘的性格、与人为善的态度，像是一种流质，见缝钻进去，遇坑流进去，融入群体之中。"

我很喜欢听于胜利讲意味深长的话，不仅仅是因为他在表扬我。

于胜利接着说："你走了以后，分部有几个人问过我，'一个基层干部怎么会一下子调到总部机关'，我对他们讲，世上没有从天而降的奇迹，只有努力奋斗的轨迹；没有自然到来的运气，只有克难攻坚的勇气，很多必然孕育着偶然，很多偶然是必然的结果。"

"参谋长过奖了！"于胜利的话说得我有点不好意思。

"不，我们这种关系，我不会对你过分夸奖，当然也不会有意贬低，而只是想与你进行实事求是的思想交流。"于胜利说，"在人生的道路上，选择和追求都非常重要，不同的选择会把人引入不同的道路，不同的追求能让人收获不同的果实，从某种程度上讲，每个人都是自己人生的设计师。"

我听了于胜利的话忍不住笑起来，由衷地对他说："参谋长，我欣赏您的业务能力，更佩服您的思想水平，我觉得，您当政治部主任比任司令部参谋长更合适。"

于胜利的脸"唰"的一下红了，他不好意思地说："你不要以为当参谋长就是只抓战备训练和部队管理，也有许多思想工作要做。在平时的生活和工作中，我注意把握住一点，就是正人先正己。要求部属做到的，自己首先要做到，勇于责己，可成他人之善；总是责人，能长自身之恶。对于手下的参谋，你不要认为经常与他们在一起就很了解，一个领导者，观察人的角度往往比距离更为重要，一个单位的领导，要善于根据部属的不同特点分配工作，人尽其才，注意发挥每个人的优势。我记住了一句话，录长补短，则天下无不用之人；责短舍长，则天下无不弃之士。把不同类型的人凝聚成一个强有力的团队，关键是领导者怎么去教育和引导他们，公平合理地安排人与事。"

通过分部其他战友的反映，我相信于胜利今天是这么说的，以前也是这样做的，便感叹地对他说："能够在参谋长手下工作是一个人的荣幸。有人说，名利，是一把尺子，可以测出人的正直与卑劣；风格，是一面镜子，能够照出人的高尚与卑下。您淡泊名利，发扬风格，为属下做了表率。我虽然是个团职干部，但是在大机关里只是普通一员，更多的时候是自己管自己，要做到像古人说的，芝兰生于深林，不以无人而不芳。不管是领导者还是被领导者，都应该向您学习，弯下腰办事，抬起头做人，谦虚谨慎，这样才能不断进步。"

于胜利听了我说的话，哈哈大笑起来，止住笑以后，他认真地对我说："我们还是回归到实事求是，不互相贬低，也不互相吹捧。人生在世，要做真实的自己，听得进各方面的意见，但也不要总是被别人的议论左右。一个人，头昂得太高，腰弯得太低，都看不清楚，也无法走好前边的路。"

于胜利的话说得我又有些不好意思，便岔开话题问他："您当了分部司令部的首长，家里又有孩子需要照顾，还有时间像以前那样读书吗？"

"读书肯定要坚持，书的作用是让爱学习的人长知识，让有知识的人充满智慧，以书为伴，终身受益，我每天晚上大约读书一个小时，一般都在十点钟之后。不过，现在文学作品看得少了，我们俩悄悄藏起来的那箱子书，有的我已经读了两遍。现在市场上出版的书籍种类多了，我根据需要和兴趣，各方面的书都读一些。"于胜利回答完，接着反问我，"我知道你肯定也会坚持读书学习，你现在还给报刊投些稿子吗？"

我诚实地回答："读书，我现在也算是在坚持，不过读书的量比以前少多了，我发现现在读书的人越来越少，很多读者都被电视抢走了。前几天，陶伟给我打电话说，他转业以后去的那个单位工作清闲，没有多少事情要办。我劝他多读书，陶伟开玩笑说，他最近看过不少书，比如《金光大道》《艳阳天》，还有《李自成》——的封面，当然都是路过新华书店的时候在橱窗里看到的。"

于胜利禁不住笑了起来，说："陶伟这个人思想很单纯，工作比较认真，是个好同志，就是不怎么爱动脑筋，有一点自由散漫。他转业前，我想留他在部队，觉得他还能够有更好的发展，但他去意已决。陶伟的爱人小李与我们家崔长玲说话比较投机，崔长玲也不想让他们夫妻转业，劝说过小李几次。对于陶伟的选择，我不太赞成，但能够理解，我知道他是怕他爸爸退休以后，再转业时难以安排理想的工作。有些人以家人的地位为台阶，攀爬自己想要达到的目标，这种借别人的光照亮自己的做法，是在某种程度上否定了自身存在的价值。但这是摆在许多人面前的现实问题，现在不少人有一种不好的心态，就是觉得'有权不用，过期作废'，将党和人民赋予的权力在谋取私利上发挥得淋漓尽致。人事关系是一种网，人们不能利用它捕鱼捉蟹，但确实能够捞取到一些好处。"

我附和于胜利说："参谋长的话讲得很深刻，利用人事关系办自己的事，已成为一种越来越严重的社会现象，让人担忧的是，这种现象不仅很少受到谴责，反而让不少人羡慕；不仅很少人阻止，反而有不少人效仿。"

于胜利听了我说的话，微微点头。

我接着说："您刚才还问我练习写作和投稿的事，我这些年也一直在坚持，陆陆续续在几家报刊的边边角角上发表过一些火柴盒、豆腐块一样的小文章，被同事们戏称为'火柴大王'和'豆腐老板'。"

于胜利安慰我说："写文章、投稿件主要是练练笔，提高文字水平，能坚持读书和经常写作就不错了。"

我们两个人一直谈到临近中午，于胜利留我在招待所的食堂吃饭，饭后我问于胜利："您说准备去看看老科长，安排什么时间合适？"

"等我们这期读书班结束之后吧！"于胜利回答。

三

严班长的儿子开的饭店位于城乡接合部，分楼上楼下两层，一层餐厅摆有十几张桌子，二层是七八个包间。饭店的装修虽然不太华丽，甚至有些俗气，但由于饭菜口味好、价格相对低，加上邻近交通要道，在就餐的高峰期，仍然是顾客盈门、一座难求。

看来朴素的外表是靠实在的内容挺起脊梁的。

这样的饭店在北京市区周边比比皆是，根本不起眼，但是比杨箩筐在县城的小餐馆要气派多了。

今天算是战友聚会，严班长委托我联系了郭秋林和安然。严班长复员以后，陶伟才调到分部机关，他与陶伟并不熟悉，但他听说陶伟和他的爱人小李都在分部机关工作过，也让我邀请他们夫妻二人一起参加。

聚会安排在二楼最大的一个包间里，严班长与张晓曼是第一次见面，晓曼多次听我讲起过严班长的故事，与严班长见了面，就像是熟人一样打招呼，严班长见了晓曼反而有些拘谨。

陶伟虽然喜欢凑热闹，但因为暗恋过安然，本来这次不想与郭秋林见面，可是小李与安然在分部工作时是好朋友，她不想错过这次与安然夫妇见面的机会。小李转业后在一个农业研究机构工作。

已经当了处长的郭秋林比我年长几个月，是我的同学、战友，也是兄长。他经历过很多大场面，所以我有意让他主持这次聚会。他说话不多，但举止得当，显得老成持重，把现场气氛调节得相当融洽，像二八月的春秋天一样让人感到舒适。

"李医生，好久不见，您还是那么年轻漂亮，听安然说，您在后勤分部卫生所工作时与机关干部、战士都相处得很融洽，业务技术也很精湛。转业以后在地方上班，融入得非常快，上下左右的关系也处理得不错。"

陶伟听了郭秋林的话，看了一眼妻子，笑着说："她技术精湛什么呀，开始是'李十针'，后来才成为'一扎准'的，不知道有多少人的屁股成了她练习技术的靶子。"

小李听了郭秋林的话显得很高兴，陶伟取笑的话又让她有些不开心。她嗔怪地瞪了陶伟一眼，对郭秋林说："还是郭处长会讲话，听安干事说，您转业以后在新单位工作出色，威信很高，不像我们家陶伟，本事不大，毛病不少。"

陶伟在生活上比较随性而为，觉得在部队有些受约束，不失时机地转动罗盘，选择转业，将人生的航船驶向别的地方。今天，他对于小李的嘲讽毫不在意，一点也不感到难为情，依然嘻嘻哈哈地同别人讲话。

距离吃饭还有一段时间，严班长指了指餐桌上摆放的水果瓜子，让大伙边吃边聊。

陶伟刚要伸手去抓苹果，小李按住他的手，制止住他说："你先去把手洗一洗。"

"不想洗，懒得动，我现在是病号！"陶伟嬉皮笑脸地说。

"你有什么病？"

"毛病呗，你刚才不是说我'毛病不少'吗！"

安然与陶伟原来在分部工作的时候就经常互相开玩笑，现在两个人见了面，依然是说话很随便，一点都不拘束。

安然一见到陶伟，就开玩笑地问他："许久不见，陶参谋还是那么精干、苗条，是不是睡眠不好呀？"

"确实是睡眠不好。"陶伟假装正经地说，"我晚上九点钟上床睡觉，第二天早上不到七点钟就醒了。"

"那是吃饭不好？"

"我吃饭挺好的呀，在我们家，论饭量，小李第一，小花猫第二，我第三，属于前三名。"

安然笑着说："我们向你学习，你是节约粮食的模范。不过，我建议你七级以上大风别出门，会很不安全。"

陶伟嬉笑着说："你讲得很对，脂肪和金钱一样，太多了都能成为人的负担，我现在是无官一身轻，瘦弱不禁风。"

"听李护士说，你现在工作很轻闲，在办公室关上门睡觉，错过了下班时间都没有人知道？"安然问陶伟。

陶伟回答："我们单位不仅工作轻闲，还是清水衙门，你只要不把办公室的桌子椅子搬走，公家就没有什么便宜可以占了。有油水的地方是最滑的，而且在这些地方滑倒的人还不容易站起身来，有些人以权谋私，总有一天会被清算，我现在没有这方面的担忧。转业以后我才知道，北京这个地方，迷人眼睛的，不仅有沙尘暴，还有金钱、美女、官位、权力——"

小李指着陶伟对安然说："他就是这么个人，饱食终日，无所事事，马马虎虎把三百六十五天凑成一年，一辈子也没有什么远的理想和大的抱负，混了几十年，才是个小职员。"

郭秋林在一旁插话说："陶参谋刚才有些话讲得是对的，在有权有势，特别是管理经费和掌管物资的部门工作，犯错误的概率就高一些，'清酒红人面，黄金动道心'，有些人思想不坚定，就经受不住诱惑。还有一句话叫'物必先腐也，而后虫生之'，讲的也是这个道理。因为很多单位、个人有求于你，想通过你获得一些好处，香饵之下，必有死鱼，重金诱惑，少有清官，把握不好就容易出问题。一个人在什么样的单位工作是组织的安排，但是，组织只负责洗牌，玩牌的是我们自己，同样的工作单位，同样的环境条件，有的人河边走不湿鞋，有的人河边过一身水。"

"处长同志说得对，清廉干部是党和人民培养出来的好儿女，贪腐官员是官僚主义和利己主义勾搭成奸的私生子。"陶伟说。

陶伟好像在卖弄名词，不枉他曾经也是一个文学爱好者。

陶伟接着说："当官的人也是从老百姓中走出来的，但是有的人当上官就觉得自己与老百姓有了很大的区别：我说得对的你听，说得不对的你也得听；我错了你也要说对，你对了我也可以说错；我的是我的，你的也是我的，公家的更是我的。他们都是一个德行，不得志时，别人不知道他是谁；得志后，他不知道自己是谁。"

几个人正在热火朝天地说话，严班长拎着两瓶白酒走进包间，他身后的几个女服务员端着大盘小碟，一会儿就摆满了一桌子。

这个饭店的招牌菜是烤羊肉、老鸭羹，飞禽赴汤，走兽蹈火，食客络绎不绝。

我们几个人当中，严班长年龄最大，但是他拒绝坐在首席，我与郭秋林推让半天，最后才把他按坐在主位上。

严班长的开场白很简单："过去我们都是老战友，现在你们有的是地方领导，有的是部队首长，今天能聚在一起很高兴，大伙别客气，吃好、喝好，来，干杯！"

严班长酒量很大，站着与我们几个人一起干了三杯，我们坐下吃菜的时候，他又要单独给每个人再敬一杯。

晓曼和安然坐在一起，两个人边吃菜边说悄悄话。

郭秋林与我一样，职务升得不高，脂肪增长得很快，体态都有些臃肿。不过，他在性格上好像比我变化更大，现在似乎没有了过去的傲气和锐气，有点谨言慎行，说话字斟句酌，行动循规蹈矩。

陶伟还是那样大大咧咧，口无遮拦。我知道他平时饭量不大，酒量较小，但是遇到机会就爱喝几口，有时候把握不住自己，酒杯一端，说话无边。只过了不大一会儿，高度白酒便染红了他的双颊。

"郭处长，我们俩虽然没有见过几次面，但是我觉得你是个当官的料，有风度，有内涵，待人热情，办事实在。"

陶伟的脑袋还能够指挥口舌，面红耳赤地朝着郭秋林说话，没有显得太出格。他接着对郭秋林讲，"现在有一种说法，说把别人演得惟妙惟肖的是演员，将自己演得冠冕堂皇的是官员，很多时候，有些当官的，嘴里说的、心里想的、手里干的，根本就不是一回事儿。来，咱俩再干一杯，我给你说说我们单位的那些领导。"

郭秋林似乎不想与陶伟过多议论社会上的一些现象，在他面前的茶杯子里续了一些开水说："白酒一会儿再干，来，老弟，先喝些茶水。"

"我这种身材吃喝无忌，不怕有脂肪肝，不怕得肥胖病。对于喝酒，您富态有顾虑，我瘦弱不在乎，您要是不想喝就算了，我不勉强。"

小李在一旁看不下去，把陶伟面前的酒杯子拿走说："郭处长说得对，我们好不容易聚在一起说说话，灌那么多白酒干什么，喝点茶水吧！"

小李知道，有时候，喝多酒的人，餐桌上嘴里说的，就是平时心里想的。陶伟私下曾经对她说过，分部机关里有人告诉他，郭秋林提干以后抛弃热恋的女友，是"薄情郎""负心汉"，她怕陶伟再喝下去，把肚子里的这些话讲出来。

陶伟悻悻地说："小职员的夫人不让喝，我也就不喝了，来吧，以茶代酒。郭处长，您不知道，我在老婆面前总是打败仗，女人与男人打仗，进攻和防御使用同一种兵器，那就是眼泪，她眼泪一淌，我缴械投降——"

郭秋林看到小李被安然叫到一边说话，就笑着对陶伟讲："夫妻之间的战争，一般的只是打打嘴仗，只动口、不动手，不争不吵，矛盾不少；争争吵吵，白头到老。有一句话叫'夫妻争吵无输赢'，打嘴仗时不要非争个我对你错，有时候似乎是一个人赢了，其实是两个人都输了。听安然说，你最害怕小李的泪水，这是你对她的一种心疼和保护。小李喜欢你的口水和汗水，很多时候是你让她感到了幸福和感动，就像安然说的，你们面前有两个鸡腿，一个你让小李吃，另一个你会看着小李吃，自己馋得流口水也舍不得尝一口；家里有什么活，该你干的你干，不该你干的，你替小李干，心甘情愿，毫无怨言。"

陶伟听了郭秋林的话，不好意思地说："安然同志毕竟是做宣传工作的，真会总结。说实话，我原来比较懒惰，现在被小李训练得在家里看见活就想干，整天像是一只不停运转的时钟，而小李就是那个不断拧紧发条的人。我们两口子吵吵闹闹半辈子，感情还算可以，我最不喜欢的是她在我耳边唠叨。前几天的一个天晚上，她又说个没完没了，我困得实在受不了，一狠心，干脆——"

"离婚？"郭秋林想逗逗陶伟，故作一本正经地问他。

"不，用被子蒙住头。"

陶伟的话说得我们几个人都笑了起来。

郭秋林刚要再说什么，严班长的儿子端着酒杯走进了包间。

严班长的儿子在我们来的时候已经打过招呼，现在正是就餐高峰，楼下人声嘈杂，他忙里偷闲，抽空上楼来向我们一一敬酒。

严班长的儿子只有二十五六岁，看样子就知道是个精明能干的小伙子。听了我们对他的夸奖，他感慨地说，自己初中毕业以后，不想像父亲一样土里刨食，也不想给别人打工，而是要闯出自己的一片天地。刚来北京那段时间，举目不见熟人，侧耳难闻乡音。由于没有找到合适的事干，口袋里剩下的钱只够买几瓶矿泉水，但人的肚子仅靠矿泉水是无法充饥的，饿急了的时候，他就在副食店外面，隔着玻璃窗用眼睛饱餐一顿面包饼干，但肚子里会更觉空虚。直到找到了自己开饭店的远房亲戚，他才在北京稳定下来。四年之后，他就利用自己刻苦学习的技术，在那个亲戚的资助下，开办了这个饭店。

有些话小伙子没有给我们讲，严班长在电话中告诉过我，他家那个远房亲戚的独生女儿，现在是他儿子的未婚妻。

吃过饭以后，我和郭秋林抢着买单，严班长和他的儿子坚决不同意。最后我和郭秋林与严班长达成一致意见，这次算是严班长请客，以后我们还会再来，但是只可优惠，不能免单。

陶伟喝得多了一些，眯着眼睛斜靠在沙发上，小李看他好一会儿没有动静，有些担心，伸出两个手指放在他鼻孔处，刚好陶伟这时候放了一个响屁。

安然在一旁开玩笑说："没事，没事，他还在喘气呢！"

我和郭秋林担心陶伟一会儿不便于回家，严班长劝我们两家人先走，他说等忙完这阵子，他让儿子安排辆车送陶伟和小李回家。

从饭店出来，我和郭秋林夫妇挥手告别。

路上的行人已经没有几个，只有路灯睁圆警惕的眼睛，守护着入夜的城市。

在等公交车的时候，晓曼悄悄地问我："你今天在餐桌上说话不多，是不是知道有人讲过'水深不语，人稳不言'这句话，在故作深沉呀？"

"当然不是！"我笑了笑回答，"浅薄的人才喜欢故作深沉，而真正深沉的人是不轻易显山露水的。深沉是一个人的内在气质，故作深沉是一个人虚伪的表现。我今天讲话不多，是觉得他们几个人，除了安然，其他的都先后复员、转业，想多听听他们讲一些社会上我们不了解的情况，觉得这很有意思，我倒是想问你，你与安然在一旁嘀咕半天，都说了些什么？"

晓曼平静地说："也没有说别的，无非就是扯些家务琐事，比如孩子学习什么的，她说她们家宏志的学习成绩不是太好，她和郭秋林都非常头痛。安然开玩笑地问我，咱俩采用了什么科学配方，生产出来一个那么优秀的女儿。我对她说，我们的女儿如果称得上优秀，那主要是她姥姥的功劳，她是教师出身，在教育孩子方面有较为丰富的经验。噢，对了，安然还对我讲，她弟弟安稳刚刚调到你们机关一个业务部的某个局当副局长。"

我惊奇地说："我听说有个业务部刚来了一个年轻的副局长，只知道他姓安，原来是安然的弟弟，他才多大年纪呀！"

"他比安然小三岁，应该是比你小四岁。"晓曼说。

"提升得这么快，可能是他特别优秀，也可能是他爸爸的老关系在发挥作用？"

晓曼听完我说的话笑了起来："一个人提拔得快了，总会引来其他人猜测原因。"

四

国庆节将至，似乎只是一场秋风，路边的花草树木就连忙脱去绿色夏装，换上色彩斑斓的秋衫，准备参加盛大的庆典了。

我和于胜利出了地铁站，在田碧野副部长家胡同外边的副食店里买了不少的礼品。

"老科长的涌泉之恩，我们仅能以滴水相报。他离休以后，我仅在每年春节时来看望过他，想来真是惭愧。"我感慨地对于胜利说。

"你还不十分了解老科长，在他面前最好不要讲这种话。"于胜利对我说，"他培养我们，认为是应负的责任，不想、也不会接受任何人的感恩和回赠。如果你在他面前说感恩的话，或者送贵重礼品，他会认为这是对'责任'两个字的亵渎。他最喜欢看到的，是自己培养出来的部属有才华、出成绩。"

我点点头说："我相信您说的话，老科长从来不居功自傲，也不好为人师，他心里想的、手里做的，都是为部队和部属创造良好的工作和生活条件，为他们谋取利益最大化。像他这种眼睛向下的领导，不仅没有降低自己的身份，反而激发了我们这些部属对他的尊重。"

"这就是老科长的聪明之处，品德可以填补智慧的缺陷，智慧却无法弥补品德的不足，有些人看不到这一点，总是为了身外之物而丢失自身的价值。"于胜利肯定了我说的话。

"平时也没有见他读过多少书，但是他的知识面很广，道德修养也为人称道。"我对于胜利说。

于胜利笑了笑说："人的道德高尚与否，与读书有关系，但没有太大的关系，关键在于读书的人从书中汲取了什么，效仿了什么，同样读一部《三国演义》，有些人学到的是义气，有些人学到的是奸诈。"

我觉得于胜利讲得有道理，他的话很精练，人人意中所有，个个口中难言。这时我想起了陶伟给我讲过的一段开玩笑的话，他说，有的人长得帅要多读书，这样可以长知识，他们追求的是才貌双全；有些人长得丑也要多读书，争取赚大钱，他们要攒够资金去整容；长相一般的人如果没有太多的追求，读书多少都没有关系，凑凑合合就是一辈子。

可悲的是，真的有些人在印证着陶伟的玩笑话。

后勤分部有些转业的老战友写信告诉我，梁继亭还是与原来一样，不喜欢看书学习，也不爱动脑筋。他最近从工厂下岗了。因为非亲生孩子的事，也经常和现在的老婆吵架，一吵架就着急上火，小便发黄，时间不长，他不但小便发黄，连婚姻差一点也黄了，这也差一点应了我多年前说他的那句话，搞不好又要回到"光棍汉的队伍"。后来为了生计，梁继亭在马路边开办了一个"自行车修理厂"，老板和员工都是他一个人，主要设备是两把钳子和一只打气筒。

老科长昨天接到我的电话很高兴，今天见到我和于胜利一起看望他，非常热情。于胜利是第一次到老科长家里来，他很有兴趣地参观了一下老科长家的几间平房，老科长和他的老伴应该是作了充分的准备，屋子里收拾得干干净净，厨房里案板上包好的饺子上盖着报纸。

老科长很关心后勤分部现在的情况，于胜利告诉他，分部的各项工作开展良好，今年又被评为军区的先进单位，分部机关老一些的干部都希望他能经常回老部队看一看。

老科长说，他在分部工作和生活了多年，也很想回去看看熟悉的环境和一起工作过的同志，但是因为害怕麻烦别人，一直没有成行。

他的老伴在一旁说："老部队你不想回去，怕给别人添麻烦，回老家住几天也不同意，我们两个家庭的老人虽然都不在了，还有兄弟姐妹呀！"

老科长摇摇头说："这事你还不懂吗，父母健在，兄弟姐妹是一家；父母不在，兄弟姐妹如散沙，各过各的，各自安好，我们回去也是给他们找麻烦。"

"现在不回去，以后也要回去，我是想，等我们过世之后，与父母埋在一起，活着不能尽孝，死后得陪着老人。"老科长的老伴有自己的见解。

"这事不能听你的！"老科长坚决地说，"水流千里归大海，人走万里被土埋，当兵的人南北转战，四海为家，生有扎根处，死无葬身地，我的墓地是整个中华疆域，死在哪里就葬在哪里。青山处处埋烈士，万里国土有忠魂，我在工程团工作时那些牺牲的战友们，他们都回家陪父母了吗？"

看到老两口互不相让的认真样子，我和于胜利连忙劝解。

刚刚还一脸严肃的老科长笑了起来，对我和于胜利说："你们两个都还年轻，不要少见多怪，我们的孩子都独立生活了，整天就是我们老两口在家，看电视眼睛酸，逛公园腿脚疼。在职时忙得要死，退休后闲得要命，如果时间太多了无法打发，就会变成一种负担，而拌嘴磨牙也是一种消磨时间的方式。有时候老两口在一起拌起嘴来，看似唇枪舌剑，其实心内坦然，可以这么说，唾沫星子是强化老夫老妻情感的黏合剂。"

我和于胜利都会心地笑了起来，于胜利说："田副部长的话讲得很有意思，婚姻是一首诗，没有千篇一律，只能说各有千秋。家庭生活像做汤，各种调料自己放，文火慢炖情意浓，是咸是淡共品尝。只要夫妻和谐，互亲互爱，忙有忙的乐趣，闲有闲的安逸，自己认为合适的生活方式，不管哪一种，都是营造幸福家庭的材料。"

"你说的话我很赞同！"老科长对于胜利说，"和谐的夫妻关系不一定非要见面相敬如宾，说话你恩我爱。有人说得好，幸福的家庭就是吵架声音比别的人家小一点的家庭。"

老科长接着又问我："小秦最近怎么样？"

我不知道他问我什么"怎么样"，无非就是工作生活呗，便说："生活上没有什么问题，张晓曼的父母给了我们很大的帮助，工作也算顺利。与您在职时不同的是，人们更讲究实际，风气也有些变化，我没有什么社会背景，心眼又实，思想上已经作好了当一辈子参谋的准备。"

老科长笑了，很自然地说："社会在进步，人们的思想也在进化。社会背景会在一个人的成长中发挥很大作用。不过，在人生的竞技场上，每个人都有一张入场券，都有拼搏向上的权利，靠自己的努力取得成就的人，才会让人羡慕和尊重。"

他看了看我，接着表情有些严肃地说："心眼实不是缺点，诚实是一种力量的象征，它显示了一个人的尊严与自信，表明他走在诚实正直的道路上，你会有一个问心无愧的归宿。大机关关系复杂，说话要有度，办事要谨慎，凡事应三思，重要的是'而后行'。"

老科长又转向于胜利说："你就不同了，当了一个单位的参谋长，就要张扬自己的个性，爱憎分明，大胆管理，不要怕有些人对你有意见，大葱清白一生，辛辣一世，并没有人说它不好。我今天对你们俩说的这些话，是经验之谈，也是老生常谈，在一般人的面前我不讲，以免别人说我好为人师，倚老卖老。"

老科长的老伴在厨房里忙活了好一阵子，吃饭的时候，不仅端上来两大盘饺子，还有四个热菜、四个凉菜和几瓶啤酒。

这顿饭味道很好，我吃得齿颊留香，余味无穷。但是，味道更好的是老科长和于胜利说的那些富有哲理、发人深思的话。

第十一章　层级之间

一

在部队多年的工作和生活中，于胜利和张致欣是对我影响比较大的两个人，他们的共同点是心地善良，为人直率，工作有能力，思想有水平。不同的是，于胜利性格外向，敢说敢为，我一直相信，他能够成为某一个单位称职的领导。张致欣有点深藏不露，平时说话不多，做事认真细致，在高级领导机关，应该说是一个理想的参谋人员。

我佩服张致欣，不仅是因为他是我现在的直接领导，还在于他有高尚的品德——至少我认为是这样的，以及以春风待人、秋风对己的作风。我没有听说他占过哪个部属的便宜，侵犯过哪个同事的利益，也没有听说他给过领导什么好处，托过什么关系办私人的事。一个刚正不阿、适合当参谋却成为部门领导的人，在有些问题的处理上又只讲原则、不懂变通，这就注定了他在工作和生活上，都不可避免地会有一些曲折和坎坷。

我给他下这样的结论，是考虑了时代环境的不同和人们观念的变化，现在有些方面对他这样的人有些不利。还有一点，就是我们属于同一种性格的人，有一样的价值取向，在有些事情上，我能够感同身受。

有一次，总部一位副部长召集有关人员开会研究后方基地建设问题，因为属于战备方面的工作，会议的准备工作自然要由我们局来做，张致欣和我参加会议，他介绍有关情况和回答首长提出的问题，我负责会议记录。开会前，我向张致欣建议，在会议室挂一张标绘好全军后方基地部署的两百万分之一比例的全国素图，以供与会人员观看参考，张致欣迟疑了一下，点头同意了。

会议快开始的时候，副部长端着茶杯进入会议室，他好像碰到了什么不愉快的事，脸色不太好，看到我正在张挂地图，不高兴地说："你们也不想一想，基地的问题都在我们的脑子里，又不是研究部署调整，挂地图干什么？"

我停止手里的动作，一下子愣在那里，不知如何是好，在众人面前显得有些尴尬。

坐在一边的张致欣连忙站起来说："对不起，部长，之前没有请示您，是我让秦参谋挂的，首长们谁想看就看一看，不看也不碍事。"

我感激地看了张致欣一眼，挂好地图，悄悄地坐在了会议室的最后边。

会议结束之后，张致欣可能是怕我受了批评有什么情绪，把我叫到他的办公室说："昨天副部长因为一份文字材料出了问题，受到总部主要领导的批评，今天情绪不是太好。你工作一向积极主动，如果地图不应该挂，挨批评的应当是我，是我同意挂的。不过，今天会议的休息时间和散会之后，有不少同志对地图很感兴趣，都凑到跟前去看。"

我淡然道："张副局长不要多虑，对于一个老参谋来讲，这不算什么事。随时接受首长的批评和指责，即便是误会也不能解释，这是参谋工作内容的一部分，我能够做到像毛主席他老人家说的'有则改之，无则加勉'。"

张致欣点头笑了笑说："一般来说，首长批评你，是对工作负责，也是对你本人负责，他是希望你以后能做得更好，我们要充分理解这一点。当然，也有个别领导，他看不起忠诚能干的下属，只欣赏能说会道的部下，有时还会为一些微不足道的小事板着面孔对前者训斥半小时，而对后者的工作失误只是轻描淡写地说不了一分钟。"

张致欣的话把我逗笑了，我也毫不避讳地说："人上一百，形形色色。很多单位都是这样，有不一样的领导，也有不一样的部属。我是想说，社会上有些人的行为，已经形成了一种比较普遍的风气和现象。人们非常善于领会领导的意图，领导放个屁、打个嗝，他也要听声辨音，揣摩半天。有人说，仕途，仕途，多说'是'，才有'途'。他们对领导唯命是从，只说

'好、好、好'，不敢提意见。他们对于自己认为没有多少利用价值的同事，走路撞到身上，都懒得多说一句话，而对于能够影响自己仕途的领导，离老远都会跑上前去打招呼，奴颜婢膝地握住对方的手摇个不停。"

"你讲得更形象，不过，社会上确实存在这样一个现实，就是想在下属面前当爷爷的人，一般都在上司面前当过孙子。"张致欣听了我说的话，止不住也发起了感慨，"我们俩可能永远都不会成为那样的人，青山不改，绿水长流，心里怎么想就怎么做，该怎么样就怎么样。现在你是参谋，我这个副局长平时的工作与参谋也差不多，有时只是起个组织协调作用，我们要靠努力做好自己的工作，用刻苦取得领导的信任。记住一条，获得领导信任的技巧，就是不要在领导面前使用技巧，而是在工作中施展自己的才华、拿出真正的本事。"

"您讲得很对！"我点点头，表示赞同张致欣说的话。

张致欣接着说："你现在是参谋，而且是在总部工作多年的老参谋，知道自己在什么时候、什么场合、什么人面前，应该说什么、做什么。你将来很可能也会成为领导，大道理不用我多讲了，记住诸葛亮说过的一句话'勿以身贵而贱人，勿以独见而违众'。"

有一件事印证了张致欣那种怎么说就怎么做的坦荡劲儿。

那是一年的夏天，某后方仓库存放战备物资的地面库房发生火灾，库存的部分野营帐篷受损。主管业务部门派出了由安稳副局长带队的工作组，赴现场了解情况，查找事故原因。

业务部的调查报告认为，库房门窗完好，排除人为破坏因素，确定是防雷设备老化，又遇上雷击所造成的，属于意外事故。

时隔不久，张致欣与有关业务部的同志去该库检查战备物资储存情况，看到那栋被局部烧坏的库房正准备维修，干部战士都忙着往外倒运物资。张致欣看到烧毁的野战帐篷感到非常痛心，他仔细查看了现场之后，突然想到曾经的一个案例，这引起了他的警觉。他马上把自己的想法报告了有关部门和首长，库房维修的准备工作很快被叫停。

由总部机关工作人员和专业技术人员组成的工作组再次到该库调查，最后认定，火灾的起火点不是在房顶，而是在堆垛的物资！

原来，为了防止运输和使用时破碎，有些野营帐篷的窗户不是使用透明玻璃，而是使用了透明且富有弹性的赛璐珞，它是由一种易燃的化学物质做成的。在以赛璐珞作为窗户的帐篷库房，如果不经常倒垛、通风，物资长期积压，达到一定的温度后，赛璐珞就会自燃，引发火灾。

第二次派出的工作组推翻了安稳所带工作组的结论，这次火灾不是意外事故，而是一起严重的责任事故。

后来，当事人受到应有的处分，安稳和涉及这个事件的一系列领导都受到了严厉批评。

令我不解的是，一年半之后，安稳由副局长提升为局长，张致欣则被调到了总部在北京的一个直属单位的正师职位置。这个位置几十年都没有提拔起来一个军职干部，如果没有特殊情况，张致欣将在这里工作到退休。

也就是张致欣调走的这年年底，我任正团职参谋三年半，被调为副师职参谋，时间比机关正常的参谋调职多了半年。

张致欣在走之前，我们俩曾经有过一次长谈。

有些事，不想发生，却不得不面对；有些人，不愿分别，却不得不离开。张致欣由副师调为正师，我觉得并不是一件值得庆幸的事，所以没有对他表示祝贺，只是真诚地对他讲："走过的路，方知有长有短；处过的人，才懂是真是假。您是我的领导，也是我的同学和朋友，我们俩有超过同事之外的情感，我很感谢您对我多年的帮助，您对待他人的真诚和对待工作的认真，值得我终生学习。"

张致欣坦然一笑说："你不要这样讲，人生如同四季，各有不同风采。每个人都是一道风景，风景不在于美不美，而在于你能不能给人留下值得回味的记忆。你的话让我感到欣慰，也让我有些惭愧，盛名之下，其实难副。我不像你讲得那么好，你也有很多地方值得我学习和效仿。我们有一个共同的认识，就是人生有尺，做人有度，美好的东西，就要坚持和发扬，要守住做人的底线。我要去的这个工作岗位相对清闲，我会静下心来，做好工作，完善自己，有人说，真正的平静，不是避开车马喧嚣，而是在心中修篱种菊。这次工作调整，等于给了我一次这样的机会。"

"一个人的品格在关键时刻显露得最清楚，一个人的品格又总在平平淡淡的日子里形成，我相信您的以后，正如我相信您的以前。"我由衷地对张致欣说。

二

张致欣调走之后，我们基地组的组长被提升为副局长，我被局长提名为组长。副局长是行政职务，要由上级任命，而组长本质与参谋一样，由局领导指定。总部机关有些局室的组长只是起个组织协调作用，有些局室的组长则有一些"实权"，可以根据局里的工作计划，安排参谋的工作，也可以对有些经费、物资的分配提出意见。

我在参谋队的同学崔贤，在张致欣调走以后由总部机关对面的学院调到局里当参谋。崔贤与我的性格不同，他爱说爱笑，心直口快，我们俩一个宿舍两年，相处友好，关系融洽。军校毕业以后，我与他经常电话联系，有些外地工作的同学来北京，我们也会在一起聚一聚。

"我并不太乐意到大机关来搞行政，这一次来，属于非正常调动。"崔贤对我说，"我自己觉得，在学院当教员，工作性质比较单纯，没有那么多的关系要维系和处理，看着学员一批一批地离校，不少都走上了领导岗位，我很有成就感。但是，我们家老爷子不这么认为，退休了就好好在家待着呗，可他偏偏总是为我的前途操心，今天托这个老战友，明天找那个老部下，总想把我的事情安排得好一些。老干部退休以后可以发挥余热，但不要施展余威，我一点也不会承老爷子的情，反而认为他干预了我的正常成长。父母给你安排好的，那叫靠山；自己打出来的，才是江山。你说说，我都四十多岁的人了，他还总想把我抱在怀里，口里再塞个奶嘴，真是烦透了，我根本就不想拿着别人的路线图，去走自己的人生路。你们家乡一位有名的县委书记说过一句著名的话，叫'吃别人嚼过的馍没有味道'，吃别人嚼过的馍不仅没有味道，还让人觉得恶心。更让人不解的是，我妈妈、我老婆与我爸爸持同样的观点，觉得在大机关工作，以后的路子会广一些，职务也可以调整得快一些。我就不明白，现在当个官就那么有吸引力？"

我非常欣赏崔贤的直率，笑着对他说："很多人求之不得的事情，反而成了你烦恼的根源。有些人，就像成熟的蒲公英，看似自由，却身不由己，风吹到处跑。有些事，发生了就只能接受，没有选择的余地，人生就是这样的无奈。"

我们俩谈到张致欣时，崔贤说："我们的老班长绝对是个好同志，品在竹之间，格在梅之上，但是有的人不喜欢竹子有节，有的人不喜欢梅花傲雪。"

"这没有什么不好！"我对崔贤说，"老班长在电话中对我讲，他现在有了更多的时间看书报、写文章，与部属的关系处理得也不错，自己觉得很充实。有人说：'生活就是这样，你以为失去的，可能在来的路上；你以为拥有的，可能在去的途中。'尽管有人说他是'明升暗降'，他却不以为然，坦然面对，现在很多人清楚自己一生想要得到什么，却很少有人懂得应当丢掉什么。"

崔贤点头说："你讲得有道理，人生的道路就像心电图，有曲折说明你健康，一条直线就完蛋了。人生的道路也像环形跑道，一圈终了的时候，也是下一圈的开始。一个人不要害怕改变现状，改变现状可能会失去一些你认为美好的东西，也可能使你得到一些更好的东西，这是我刚刚来总部机关工作时得到的启示。可惜的是，有些我想得到的东西却没有得到，不想得到的东西反而不请自来。有人说，理想是美梦，现实是闹钟。现在想一想，我们在军校学习的时候，有些想法很可爱，有些想法也很可笑，还是面对现实比较实际。"

"我突然发现，崔贤同志比以前成熟多了，说话比较严谨，而且学会了辩证地看问题。"我给崔贤开玩笑说，"我和你有同样的感觉，失去是一种不幸，也是一种幸福。失去了太阳，可以欣赏月亮，失去了春花，可以收获秋实，失去了灿烂青春，可以收获成熟人生，人应当享受收获的潇洒，也应当具有失去的豁达。"

崔贤的脸红了一下，笑着说："老同学讲得有道理，希望以后能经常与你倾心交谈。你说咱们俩现在是谁跟谁呀，还记得在学院一起学习的时候我说过的话吗：'假如有一天我身上一文不名，能借到五块钱，就去吃一碗方便面；能借到十块钱，就请你也吃一碗方便面。'"

"你当时说过的很多话我至今都记忆犹新，你还说过，'咱们学院的女理发员真漂亮，我每次理完发都想在她身边坐上三个星期，等头发长出来，让她再接着理'，你现在成家立业了，不会再想别的女人了吧？"我开玩笑地说。

崔贤说："那个女理发员不仅漂亮，而且很会说话，确实讨人喜欢。我们毕业后不久，那个女理发员就调到别处工作去了。后来听说她结婚不久就离婚了，她老公是一个地方单位的小干部，人品还算不错，但在单位与群众打成一片，回家与老婆'打成一片'，而且经常是打得头破血流。"

"幸亏你当时只是喜欢她，没有追求她。有人说过，一个女人嫁给一个男人，希望他会改变，但他常常不变；一个男人娶了一个女人，希望她不要改变，但她往往改变。有些女人的变化，会出乎你的预料。"

崔贤听了我的话，认真地说："两个人结合，不要试图改变谁，谁也不会轻易为谁改变，除非他愿意为你而改变。每个人在结婚前都要有对方不会轻易改变的思想准备，如果你接受不了，就找一个与你相同点比较多的人结婚。"

崔贤看我在认真地听他讲，接着说："我的情况你了解，我老婆是我爸爸老战友的女儿，我们俩很多地方都差不多，工作上认真负责，不偷懒、不耍滑；生活上'臭味相投'，不讲究、不在乎。当然，我们俩在生活上也有很多不是很融洽的地方。我们俩与商场的关系比较好，经常去买东西；与银行的关系比较差，从来不去存钱。有一次我问我老婆：'存折的颜色是绿的还是黄的？'我老婆说：'应该是花的，而且装帧很漂亮，要不然怎么会有那么多人喜欢它呢！'"

听了崔贤夸张的话，我忍不住笑了，对他说："你和你老婆是天生一对，地设一双，趣味相投，幸福和谐。有人说，时间是改变人们容貌的魔术师。她好像把时间打败了，与你结婚十几年了，依然是那么的年轻漂亮、单纯可爱。"

"你看到的是表面现象，她那张脸是'妆'出来的，"崔贤笑了笑说，"爱情的悲剧缘于挑剔，婚姻的完美缘于宽容。两口子在一起生活，对方的优点你要用放大镜去看，对方的缺点你要用显微镜去瞧，有时候对有些事还要学会视而不见、装聋作哑。我现在担心的是，我和我老婆这一叶生活的小舟，一直是在风平浪静的内河上行驶的，还没有在大江大海里经受过风浪的考验。"

我不想预测和评价别人的家庭和婚姻，便岔开话题对崔贤说："张致欣走了，你来了，我很高兴，又有了一个可以推心置腹的朋友。"

"能够和要好的老同学在一起工作和生活，也是我向家庭妥协，同意到总部机关来工作的原因之一。不过，现在你是组长，我是组员，我们俩除了老同学关系，还是上下级关系。"

我不好意思地说："组长又不是一级领导，但是既然领导信任我，我就要负起责任。我以后对待你，就像张致欣以前对待我一样，生活上可倾心交谈，工作上会不留情面，到时候请你不要见怪。"

"这一点请老同学放心！"崔贤很认真地说。

三

综合部的成部长是"文化大革命"前毕业的大学生。

"文革"前的大学生是一批人的标签，部队各级领导机关都不乏他们的身影，他们也被誉为"有真才实学的一代人"。

成部长是这批人之中的佼佼者，他被总部机关里的有些人称为"儒将"。

我钦佩成部长不仅因为他文字功夫深、理论水平高，还由于他的人格高尚。

我随同出差多次的总部林副部长已经退休，接手他工作的是一位姓高的副部长。高副部长在总部工作多年，决策能力强、处理问题快，在机关有一定威望，只是在有些方面缺乏适可而止的分寸，群众对此有所反映。

综合部办公室一名副主任调走后，高副部长对成部长说："装备局的龙正飞任正团职参谋快三年了，他办事灵活、协调能力强，我觉得是办公室副主任的合适人选，你们部里可以研究一下上报。"

成部长知道龙正飞是高副部长从他的老部队选调到机关来的，听了高副部长指令性的话，心里有些不快，但依然客气地说："您是分管首长，我们应该尊重您的意见。但是龙正飞办事过于灵活，办事灵活是优点，过于灵活就是缺点了。他有时候办事不讲原则、说话口大气粗，在机关工作中和下部队检查时，都有人反映过他的问题。办公室是直接保障和服务总部首长的部门，也在机关起一定的综合协调作用，主任和副主任都应当由作风正派、脚踏实地的同志担任。"

成部长刚才的不快藏在了心里，高副部长现在的不快反映在了脸上，他正色道："你是说龙正飞作风不正派？"

"对！"成部长肯定地回答，"我知道他为了达到自己的目的，给领导送过贵重礼品！"

"送给谁了？"高部长红着脸问。

"送给我了！"成部长平静地回答，"我刚当部长时，他给我送过贵重礼品，具体是什么我就不讲了，但是我拒收了。几个月后，我出差在外，他又往我家送更贵重的礼品，而且是放下就走。我出差回来后，就让司机又送他家去了。"

高部长的脸色不太好看，无奈地说："那好吧，报谁合适，你们部里自己决定。"

"有些人给领导一些物质上的好处，领导会记住你，关键时候能帮你说几句好话。如果有人给我一些物质上的好处，我也会记住你，但是决不会为你说半句好话，因为你是想通过不正当的手段谋取个人私利。我希望综合部干部给我的'好处'就是努力工作，取得好的成绩，表现出自己的优秀品质，让我这个部长脸上有光。别的单位什么样我管不了那么多，在综合部这'一亩三分地'上，不把心思放在工作上，投机取巧、偷懒耍滑的干部，决不会捡到任何便宜！"

成部长在综合部干部大会上的这番话，让个别人面红耳赤、心虚气短，也让多数人精神振奋、扬眉吐气。

领导的秘书是一个特殊的层级，他们的职责范围有明确规定，主要是当好领导的助手和参谋，为领导做好工作提供必要的保障。社会上有人用调侃的话语给秘书定位：领导没到我先来，看看谁坐主席台；领导没讲我先讲，试试话筒响不响；领导讲话我鼓掌，带动全场一片响；领导未吃我先尝，看看饭菜凉不凉；领导喝酒我抵挡，不怕喝成胃溃疡。其实，秘书的工作很辛苦，不仅要了解、熟悉领导分管单位与部门的工作职责和基本情况，处理好方方面面的关系，还要经常加班搞文字材料和参与各种活动，当然，不同的领导也会给自己的秘书附加不同的义务或赋予一定的权力。

总部的参谋、干事、助理员都是从部队干部中精挑细选的，而首长的秘书，又是从他们之中挑选出来的优秀者，属于好中选优。总部首长的秘书离开首长时，一般的都要安排机关副局长一级的职务，所以能够在首长身边当秘书的人，既是机关干部的佼佼者，也是幸运儿。机关的年轻干部也以能到首长身边工作为荣，因为能够成为首长秘书的人毕竟是少数。

每个人面前都有很多条路，但是很多人都想走的那一条，肯定是最挤的。

葛玉杰是从综合部参谋的位置上进入秘书队伍的，他给总部的高副部长当秘书已经三年。

葛玉杰脑瓜灵、笔杆硬，上上下下的关系都处理得不错，可以说是左右逢源、八面玲珑。他以生花之笔流淌出来的文章，逻辑合理、结构紧凑，像是正在运转的齿轮，严丝合缝，如果不是有些条件的限制，他可以轻易地让公鸡下蛋、太阳西升。尽管机关里有人觉得他出手的有些材料华而不实，虚词和形容词太多，但是高副部长非常欣赏他。

有一次，葛玉杰拿着一份文字材料到成部长的办公室，很随便地对他说："成部长，你们综合部上报的这份材料有些问题！"

"综合部上报的材料如果首长认为有什么不合适，我们会认真修改。"

成部长因为高副部长总是用命令的语气对自己讲话和对应当由综合部决定的问题干预过多，心里一直不是太痛快。机关干部对于葛玉杰平时说话口气大、待人不热情的反映，他更是早有耳闻，今天看到葛玉杰居然也居高临下地和自己说话，非常生气。一股无名之火从他的心里腾然升起，他变了脸色对葛玉杰说："你刚才讲的'你们综合部'是什么意思？难道你不是综合部的一员，想把自己凌驾于综合部之上？"

葛玉杰虽然在总部首长身边工作，但是他的编制却在综合部办公室。

看到成部长愤怒的表情，葛玉杰吓了一跳，猛然意识到自己刚刚说错了话，连忙承认错误："对不起，成部长，我刚才说得不对！"

"你在别人面前说错了话，也会说'对不起'吗？"成部长看到葛玉杰想辩解，不容他解释，又正色对他说，"我们家乡有一句俗语，说出来不太好听，叫'哈巴狗咬太阳——不知道天高，老母猪喝井水——不知道地厚'。你要把握好自己的定位，不要把自己看得太重，过分看重自己的人，别人往往也会把他看轻。"

葛主杰无地自容，满脸通红地说："部长，您批评得对，我以后注意！"

成部长训斥葛玉杰的事在综合部传得很快，很多人私下里拍手称快，大加赞赏。成部长的老伴知道以后劝成部长："有句古话说得好，宰相家里七品官，沾点神气就是仙。葛玉杰虽然只是个正团职秘书，但是他有机会经常在总部首长面前讲话，你知道这样做的后果吗？"

"当然知道，凭我的智力，判断其中的利害关系还是够用的。葛玉杰原来不是这样的，他当秘书以后变了，变得目中无人。他给总部首长当秘书是综合部推荐、首长考察以后同意的，出道有人扶，成名便自负。对这样一个办事不知轻重、说话不知深浅的人，应该好好地教训他一下。"

不知道葛玉杰在总部首长面前说过成部长什么话，但是有一点是肯定的，就是他身上以前别人公认的毛病改了不少。

四

有一段时间没联系的严班长给我打电话，他说他刚从老家收秋回来，给郭秋林、陶伟我们几个人带了一些他们自家树上的核桃、板栗，想在星期天送给我们，问我去找他们的路线都怎么走。

盛情难却，我答应分享他的劳动成果，但后来想了想，觉得让严班长分别给我们三个人送太麻烦，就建议他等着我与郭秋林、陶伟商量一下，最好星期天我们一起过去，在他儿子的饭店再聚一聚。

刚被提拔为副司长的郭秋林和依然是普通职员的陶伟都同意我的建议，战友们星期天一起见个面。我与郭秋林约定，去的时候，我给严班长带一盒茶叶，他给严班长带两瓶好酒。

秋天是北京最好的季节，天高云淡，空气清新。有人说，秋天是一年中的第二个春天，它与春天一样气候宜人，不同的是，当初的花已经成了果。

我下了公交车，走在北京近郊宽阔的大道上，可以看到稍远一些的山坡上的一株株柿树，有果实的枝条低着头，默默无闻，无果实的树枝昂着脖，趾高气扬。道路两边杨树上泛黄的叶片被秋风吹得沙沙作响，像是翻动纸页，准备书写关于这个季节的新的篇章。

郭秋林和陶伟都比我先到。因为是星期天，饭店的客人非常多，严班长先帮他儿子招呼客人，我就与郭秋林、陶伟围着一壶茶水、一盘瓜子闲聊，聊得最多的是当前社会上的一些不良现象。

"我现在虽然还是个小职员，但是觉得自己的地位越来越高了。原来与处长和团职干部聊天，现在与司长和师职干部谈话。"陶伟调皮地说。

郭秋林好像越来越有涵养，谦虚地纠正陶伟说："我是副司长。"

"我没有当过官，但是知道副职比正职好当。正职讲完话以后，副职可以说'很正确、很全面，我再补充一点'就行了。正职已经讲得很正确、很全面了，你再补充一点不是废话吗？但副职就是讲废话的角色，你正经的话讲多了，正职会不高兴。所以有人说，现在是商人说假话，富人说狂话，穷人说气话，官员说套话，套话就是废话。"陶伟的话说得郭秋林红了脸。

陶伟接着说："我转业到地方以后，真心实意是想少说些空话，多干些实事，当一个遵纪守法的公民。前些年在工作上和生活上还算是顺心如意，但是后来心里感到越来越不痛快。在有些单位，做事的还不如混事的，干事的还不如吹牛的，前者在前面流汗出力，后者在后面说三道四，更可气的是不干事的还看不起干事的。还有个别干部在群众面前趾高气扬、狐假虎威，高傲得像一只长颈鹿；在领导面前却是言听计从、唯唯诺诺，忠实得像一条哈……后边的话再说就不好听了，我不讲了。"

郭秋林听了陶伟的话，笑了笑说："总体上看，中华民族的优良传统还没有丢，人心向上，人心向善。陶老弟说的社会上一些不好的现象当然不是没有，但不是太多。别的地方不敢说，在我们部里，公务处理有原则，问题解决按规定，谁也不能随心所欲。当然，也有个别人总是想钻政策的空子、找规定的漏洞，想方设法为自己谋私利。我当过一年多挂职副县长，知道官场的规则和群众的苦衷，基层存在的问题可能会更多一些。"

陶伟对郭秋林的解释似乎不太认同，悻悻地对我和郭秋林说："你们都是革命的领导干部，当然要为干部阶层说话。我是普通老百姓，主要是管好自己，咱没有能力改变'环境卫生'，就认真搞好'个人卫生'。但是如果周围的环境很差，一个人很难做到洁身自好，就只能希望有些当官的不要忘了，干部和群众的关系是鱼水关系，水能养鱼，也能煮鱼。我始终认为，每个人肚子里都应当有一个道德天平，那就是良心。如果一个人没有良心，就什么缺德的事都干得出来。现在总有一些人说自己缺钱缺物，但从来没有人说自己缺良心。而事实上，有些人什么都不缺，缺的恰恰就是良心。"

我对陶伟说："现在一些地方的群众对干部不满意，有埋怨情绪，很正常。有些干部确实有些心浮气躁，作风不实，致使一些地方假货泛滥、伪造成风。当弄虚作假能够获得丰厚的利益时，合法经营的人就少了。部队也有个别干部觉得自己的工作枯燥无味、待遇不高，热衷于转业复员、下海经商。也有人劝我脱军衣、做买卖，我说我当了一辈子兵，对商界的事一窍不通，别说下海，连蹚个水沟都害怕。"

陶伟听了我说的话，点点头说："我相信你说的话，世界其实很简单，复杂的是人心；生活其实很轻松，沉重的是诱惑。有些干部就是个人的事想得太多，在有些方面经受不住诱惑，犯了错误，甚至走上犯罪道路的，但是我也相信大多数的干部是好的。"

我表示赞同陶伟说的话，向他和郭秋林介绍了成部长刚正不阿、公平办事的一些事例。

郭秋林羡慕地对我说："你真是幸运，总是能遇到好领导。在通情达理、理解下属的领导手下工作，做起事情来，心无所载，轻松自如。而在自负的领导手下干事，必须事事顺从，投其所好。"

"我最讨厌你说的后一种领导！"陶伟对郭秋林说，"有的领导总以为自己一贯正确，说什么话都想让你洗耳恭听、唯命是从，很多时候，他可以在别人的自尊心上插一把刀，但不允许别人在自己的自尊心上扎一根刺。就说我们单位的一把手吧，派头十足，水平不高，手有多大权，话有多大胆，口气特别大，魄力非常小，承诺的很多事情都不落实。由于有了头上的职务光环，他这样的人居然也成为多人相向的太阳，众星相捧的明月，但是我就不吃他那一套，在他面前，绝不低三下四、奴颜婢膝。可是有的人不一样，总是屈从于领导的威严，在他面前点头哈腰，时间长了，就不怕成为罗锅？还有的人想在领导面前摇尾乞怜，得到一些好处，可惜他妈生他的时候，屁股后边少了一样东西。"

郭秋林听了陶伟说的话笑了起来："陶参谋说话真形象，你讲的有些话我同意，在一个单位，若批评无自由，则赞美没意义。对于有的领导，一些人说他好，并不一定是他真的好。有的群众过分巴结和恭维领导，等于在贱卖自己。"

我插话说："你们两个人讲的话都有一定道理，所在的单位不一样，碰到的领导不一样，可能会改变你对有些问题的认知。在我们综合部，部长与下属之间，有话可以畅所欲言，办事可以放开手脚，上下级在思想上好像并没有什么隔阂，在沟通上也没有什么障碍。"

"东原的话我相信，少数人才是高尚的，一般的人都是平凡的，有些人因为知道了这一点，反而成为不平凡的人。而没有自知之明的领导者，如同置身高处，他小看别人，别人也会小看他。一个好的领导会带动他属下的许多人努力工作，一个差的领导会对他手下的许多人产生负面影响。"郭秋林的话总是那样耐人寻味。

陶伟说："我现在也学得聪明了一些，在单位按时上班，到点回家，多干事、少说话。有些话，放在心里是哑剧，说出口来就成了悲剧，在与人交往时，假话全不说，真话不全说。"

我笑着问陶伟："就你那脾气，肚子里有话能憋住不说？"

"原来憋不住，现在憋得住。"陶伟一脸无奈地说，"我现在想通了，祸从口出，有些话不能随便讲，心里想想是气体，说出口来是液体，形成文字就成了固体，想改都困难。所以，有些事，看明白的最好少管，看不明白的不要多问，更不能在书面上留下把柄，自己心里有数就行了。现在的主要领导变一次，下属人员换一批，你都不知道周围谁是谁的人。我们单位还有一个奇怪的现象，群众认为应当提拔的人，总是不能升迁；不应该提拔的人，总能得到重用。有人说，现在两种人吃香，一种是有关领导的人，一种是与领导有关的人。有的领导在一个重要领导岗位上工作多年，提拔了很多部属和老乡，这些被提拔的人像铁屑遇到磁场一样，紧紧依附在他的身边，他会觉得很受用，很有成就感。我觉得，领导也可能会好心办坏事：谁提拔了一个道德低下的人到关键位置上，谁就阻碍了一个德才兼备干部的正常升迁。"

陶伟看到我和郭秋林都在认真地听他讲话，不好意思地说："我今天的话讲得太多了，不怕你们笑话，我在办公室经常挨领导批评，是个专业窝囊废；在家里天天听老婆埋怨，是个业余出气筒。肚子里憋着一口气，今天放出来，觉得很痛快！"

我笑着对陶伟说："你要是觉得肚子里有怨气憋得难受，就在今天这个场合再放一放，但是在其他人面前尽量少讲，不是所有的人都理解你。还有一点，就是要尽量做到乐观地生活，多往好处想，不要对什么人都看不惯，对什么事都不满意。你刚才有一句话，咱们可以倒过来说，大家都把个人卫生搞好了，环境保护就好做了。"

陶伟感激地对我点点头说："我一直把您当作自己的兄长，小弟感谢大哥的理解，也尊重您的意见。有时候想想也是，人活百年，转眼即逝，没有必要自己跟自己过不去，把人生当旅程的人，遇到的都是风景；把人生当战场的人，碰到的都是争斗。我以后会尽量多看别人的长处，多想别人的好处，比如我们单位的主要领导，其实也算是个不错的干部，别人给他写的讲话稿，他一般都不太满意，总要自己再反复修改。据说他有时候会在办公室加班到深夜，我们说他是一个'自己晚上不睡觉，让群众白天睡觉'的人。因为很多时候，他在主席台上读他修改的讲话稿，台下听众中的一些人打着呼噜为他伴奏。还有人开玩笑说，他的讲话可以制成录音带，放到药店里当安眠药出售，一定能治好不少人的失眠症。"

我和郭秋林听了陶伟的话，都笑了起来。

我们正聊得起劲，严班长带着服务员送来了饭菜。

今天饭局比较简单，我们三个人加上严班长，喝了不到一斤白酒。

吃过饭以后，严班长怎么也不同意郭秋林去结账。我对严班长讲，我们有言在先，如果来这里吃饭不结账，以后就不好意思再来了。

最后，女收费员给我们的餐费打了个八折。

虽然说"出门老婆有交代，少喝酒多吃菜"，陶伟因为酒量小，还是觉得有点头昏脑涨，我和郭秋林怕他一个人回去不安全，坚持让他在包间的沙发上闭着眼躺一会儿，缓过劲来以后我们再一起走。

严班长又到楼下给儿子帮忙去了，我和郭秋林接着聊天。

"你和安然的弟弟安稳常见面吗？"我问郭秋林。

"不常见面！"郭秋林摇了摇头说。反过来又问我："他在你们机关的反映怎么样？"

我沉默了一下说："你想听实话吧！"

"那当然！"

"只能说反映一般！"我不加掩饰地说，"他有些傲气，眼睛向上，无视下属，这在机关是很忌讳的。我第一次见他，我说我是他姐姐的战友，他表现出一副无所谓的样子。"

郭秋林笑了笑说：“他不仅对你，对我也是那个不亲不疏的样子，安然家的事你真不知道？”

“安然家什么事？”我奇怪地问他。

郭秋林平静地说：“安然和安稳是异父异母的姐弟，安然的亲妈因病去世以后，她的后妈带着安稳嫁给她爸爸，所以安然和安稳的感情并不是很深。”

我恍然大悟：“现在明白了，我说安然和安稳怎么、怎么——听两个人的名字像是双胞胎，看两个人的长相连表兄妹都算不上。”

郭秋林又笑了笑说：“你还应该明白一点，就是对这种从心里看不起你的人，久处令人贱，频来亲变疏，我和安然与安稳平时一直联系得不多。安然还有一个姐姐，安然的爸爸非常喜欢安稳小时候的聪明伶俐，他自己一生育有两个女儿，但是没有儿子，所以对安稳视同己出、娇生惯养，当然，他对安稳的成长也比较关心。安稳很会来事，想方设法讨安然爸爸的欢心，特别是到了部队之后，把老爷子的‘剩余价值’发挥到了极致，该用和不该用的关系都用上了。”

我和郭秋林正说着话，严班长的儿子进屋来了。

严班长的儿子让饭店的司机把我们三个人，还有严班长带给我们的土特产，分别送到了每个人家里。

我平时不怎么爱吃核桃，觉得太费事。但严班长今天送给我的核桃，我回家以后砸了一堆，与晓曼和女儿一起，吃得津津有味。她们吃出了新摘核桃的香甜，而我吃出了战友之间的亲情。

五

安稳调到总部机关之后的这些年，可谓春风得意，由助理员到副局长，再由副局长到局长，强硬的后台使他青云直上，一直升到了与他的能力和品德不相匹配的地位。

安稳所在业务部的魏部长是他继父的老部下，更重要的是，据说安稳

"上边还有其他人"。

干部部门有一套干部任用的程序和准则，但是有些单位的领导，总是有办法按照自己的意志改变正常的、似乎是无法改变的铁律。

每个领导都有一个磁场，你有什么样的磁场，就会吸引什么样的人，提拔什么样的干部。

魏部长在机关的威望不是太高，总是给人一副盛气凌人的样子。在一个自负自傲的领导手下工作，常说奉承话被提拔的普通人和爱提意见被冷落的能人一样多。对下轻蔑不屑，对上投机取巧，安稳乐于此道。

需要你的人，才是你需要的人，你依附他，他才能任用你，藤蔓柔弱，攀缘树干就可以爬得很高。

安稳懂得这个道理。

说实话，我不想过多地关注别人，也不想过多地议论别人，只想干好自己分管的工作，不太注意，也不愿意多想这些问题。而实际上，很多时候的很多事情，不是你想明白了才觉得自然，而是你觉得自然了之后才能明白。

安稳是总部一个业务部的局室领导，他任局长以后，为部队办了不少好事、实事，为基层解决了不少具体问题，有些人反映他办事大方、爽快。他的职位不高，但是握有一定的财权、物权。在为部队解决问题的同时，他自己腰间的荷包也像妇女怀了宝宝的肚子，一天天大了起来。

有些人权大欺众，有些人财大气粗，安稳身上这两种毛病好像都有。母亲改嫁给安然的爸爸以后，他一直生活在条件优越的高干家庭，继父的娇生惯养在他幼小的心里埋下了养尊处优和自以为是的种子。对于下级，他脸上的肌肉好像是没有接受过微笑训练，总是冷峻得如同一块钢板，只有见到比自己职务高的直接领导，他的面孔才如春风融雪，喜笑颜开。

安然的爸爸虽然后来意识到，自己的放纵会给继子的成长带来不良影响，但已为时过晚。个人主义温床上培养出来的骄傲情绪，是不需要肥料的。它像田里的杂草一样，一旦生长出来就不容易铲除了。

有一次，成部长根据总部首长指示，召集机关有关业务部的同志开会，协调为一个大型工程项目追加经费问题，准备待初步意见形成以后，再报总部首长审批。

根据工作职责，会议由我们局组织，局长让我承办会前的准备工作，通知参会部门和通报会议议题，统计参会人员，会中做好记录，会后起草呈批报告。

有关业务部有的是部领导参加，有的是负责本部综合协调工作的局长参加，魏部长让他们部计划财务局的安稳局长与会。

在成部长提出经费分摊方案之后，多数业务部没有提出异议，安稳发表了不同意见："我们部在这个项目上已经投入了大量经费，如果再按分摊方案实施，将难以承受，并有可能影响本部其他业务工作的正常进行，请综合部再慎重考虑一下。"

成部长早就对魏部长和安稳在几次业务工作协调会上的本位主义有些看法。他听了安稳的话，有些不太高兴地说："这个项目对未来作战的后勤保障有重大作用，各业务部都应当积极支持。现在各项业务经费普遍不足，上级要求过紧日子，我们就要压缩其他开支，保障重点工程。当然，你们部也存在业务经费不足的问题，我感到不解的是，既然这样，你们为什么还花费几千万元，建造一个什么什么'培训中心'？"

成部长的话让安稳红了脸，当众被揭了短处，他心里有些恼怒，但是在成部长面前，他不敢发作，只是悻悻地说："报告部长，我们建培训中心用的是计划外收入。"

成部长正色说："计划外收入也是部队的钱，它是利用部队的资源赚取的，为什么可以作为小团体的开支，就不能用于大集体的建设？"

"那好，开完会我向魏部长汇报！"

"不行，今天各业务部不管谁来开会，都代表自己部里的意见，你们还有什么想法现在就讲，不能我回去汇报，你回去商量，他回去研究。如果要是那样，今天总部首长交代的任务就无法完成。"成部长的态度很坚决。

协调会开过之后的第四天，成部长把我叫到他的办公室。

总部二级部首长的办公室都比较大，既是办公室，也是小会议室，他们经常在办公室召集本部的局室领导研究工作。办公室里照例都有几个摆满了政治和相关业务图书的书柜，我见到过地方领导的办公室尤其如此。级别越高，书柜越大。他们看不看书不好说，但必须有些书在那里摆放着，这是他们在政治舞台上演出的道具。

成部长对我说："前几天你起草的协调会的会议报告，总部主要领导已经看过，改了几个字，并批示在下次的总部办公会议上研究。报告原件我已经退给部办公室，让他们按首长意图修改后，印成办公会议文件发给其他总部首长和有关部门。另外，你再给我准备几份素材。"

成部长递给我一个纸条，上面是一份要准备的素材单子。我刚要转身离开，他又叫住了我，让我在他对面的沙发上坐下来，停顿了一下说："魏部长前天给我打电话，对我在上次协调会上的态度有些意见，我向他解释了半天，他好像还有些余怒未消，你觉得我那天说的话过分吗？"

我知道成部长一向信任我，经常与我个别谈话，聊一些与工作相关或不相关的事情，他相信我能够反映一些他想知道的真实情况。于是我便毫无顾虑地直接对他说："我觉得不是过分，而是恰如其分，综合协调部门的领导在有些问题上必须坚持原则。魏部长给您打电话有些意见，我个人觉得，可能是与安稳回去的汇报有关系。不瞒您说，通过工作上的几次接触，我对安稳有一些不太好的印象，相信您也听到了别人对他的异议。我有个战友是他异父异母的妹妹，我这个战友的爸爸，也就是安稳的继父，是一位德高望重的老首长，但是他对安稳这个继子有些放纵。安稳有些不太恰当的做法，将来会影响到他自己的进步，也直接影响了他继父的威望。这应了有些人说过的那句话，就是'老子是儿子的通行证，儿子是老子的墓志铭'。"

我看到成部长在认真听我说话，便接着讲："社会上流传着一种说法，叫'现在不是有钱人的社会，也不是有权人的社会，而是有心人的社会'，安稳是个有心计的人，在他的心计中，算计个人的问题多一些。与社会上其他单位相比，部队有严格的组织纪律和规章制度，但是也会有那么一些人，总想找一些漏洞，搞一些变通，办公事的时候掺杂私人感情。如果安稳这一次不能如实地向魏部长反映情况，那是他想发泄对一个领导的不满，也是想拉近与另一个领导的距离。在机关工作，实事求是很重要，要客观看待事物，正确认识自己，正像有人说的，一个人的野心别太大，不然肚子装不下。"

成部长听了我讲的话，笑了笑说："我们俩是随便聊，今天的话题到此为止。"

我会心地点点头。

与成部长谈过话的当天晚上，我心里有些不安，就给张致欣打了个电话。张致欣安慰我说："如果一个人有些事情做得不错，你在领导面前说他不好，这是讲他的坏话；如果一个人有些事情做得不好，你向领导反映对他的意见，这不算是讲别人的坏话，而是实事求是。"

第十二章 希望在前

一

自从有了双休日，每个星期休息两天，我觉得业余时间太宽松了，生活质量好像一下子提升了很多。

今天是星期六，岳父最近身体不是太好，晓曼带着静谧到她父母家去了，晚上不回来，我白天一直在办公室加班，准备明天也过去。

我自己一个人的晚饭很简单，先炒点大白菜，然后加水煮挂面，里边再卧个荷包蛋，十分钟做好，五分钟吃完。今天晚上没有加班写材料的任务，用过晚餐，我不想一个人在家里"独坐窗前月似钩，寂寞深夜锁暮秋"，便下了楼，出营区，在院外马路的人行道上散步。

天气有点凉，云团被冷风催促着，匆忙地赶路，不知道它们要奔向哪里。无数乌鸦在杨树上栖息是这里的一景，傍晚时，它们像是有人指挥的合唱队，齐声鼓噪，凌空飞翔，到了夜里，又像是阵地上潜伏的士兵，无声无息。让人讨厌的不仅是它们毫无欣赏性的叫声，还有把马路当成了公共厕所，随空大小便的习惯，使人行道上全是一片片灰白间杂的粪便，像是劣等山水画画家的习作。

我始终不明白，大地上有的地方是绿水青山，有的地方是四季如春，乌鸦为什么不去那里居住、繁衍、生息，非要都挤在这里，为已经十分拥挤的都市再添一份嘈杂，与人们一样，听闹市噪音、闻汽车尾气。

我到总部工作这么多年，目睹了北京的建设与发展，觉得变化最大的是高层建筑明显增多，大楼一栋挨一栋，到处是钢筋水泥的悬崖峭壁。高楼大厦的峡谷里，白天涌动着川流不息的人群和车辆，晚上又冷清得让人心悸和发慌。

我曾经不止一次地设想过，假如有一天，我退休赋闲，回老家，住乡间，建两间草舍，种三分薄田，静坐庭前看花落，动向原野忆流年。

当然，这只能是想象。真正到了那一天，晓曼和静谧不会跟我回去，我也不能离开妻子女儿。

我绕开乌鸦粪便多的地方，慢慢往前走，脑子里全是昨天成部长与我的谈话。

成部长平易近人，在工作之余，喜欢与部下在不同的场合聊天，得到一些自己想了解的真实信息。但是，他昨天与我谈话的气氛不同于以往，尽管我心里清楚他想给我说什么，但依然有些不安。

我在成部长办公室的单人沙发上坐下来，他没有像以前一样，坐在自己的办公桌前随意地与我讲话，而是离开办公桌，在我旁边的三人沙发上坐下来，猛抽了两口香烟，似乎是在斟酌自己准备说出口的词句。

"有件事本来想让你们局长对你讲，我后来与他商量了一下，还是由我直接给你讲比较好。"成部长说这话时语调缓慢，"你在综合部工作多年，当副师职参谋已经几年，各方面表现都很好，群众评议也不错。"

我心里很清楚，成部长的这番话，不过是让我把苦药丸吞咽下去的白糖水。

成部长接着说："我们部本来想把你的职务调整为副局长，虽然副局长的级别也是副师，但是改任副局长以后，还有提升空间，你已经四十七八岁，这一次可能是最后的机会了。总部刚开过党委会，你们局缺编的副局长由高副部长的秘书葛玉杰回来担任。我今天跟你谈话的意思，一是你要正确对待职务上的提升，二是要支持葛玉杰的工作。"

听了成部长的话，我心里很坦然。

党委研究干部的事项，在任用通知下达前，参会人员是没有传达任务的。也许是这方面的事情过于敏感，有些人总是想向他人透露一些信息，也有些人总是想提前了解一些情况。崔贤信息灵通，前天他就告诉我，计划局缺编的副局长位置，综合部报的是由我填补，但是在总部党委会上，最终的人选变成了葛玉杰。

成部长看了看我，又说："这件事即便我不对你讲，你可能很快也会知道。组织的决定我们无法改变、必须服从，我只能以个人的名义向你说一声'对不起'。"

对于计划局副局长任用这件事，我知道可能会有领导向我解释，但是没有想到是成部长亲自出马，而且他说话的语气让我有点诚惶诚恐、心有不安。

我的心情很快就平静下来，并且觉得，在这个时候，自己必须给首长一个明确的表态。

"感谢综合部首长对我的信任和厚爱，也感谢其他同志对我工作的支持。"我也缓慢地说，"我在综合部工作这么多年，只能说是尽力而为，没有偷懒，但是工作成绩和办事水平不一定符合首长要求。我是一个农民的儿子，能够成为总部机关的副师职干部，虽不是心安理得，但已是心满意足，不敢再有更高的奢望。有一句话说得好，繁华历尽，方知平凡是宝；回首沧桑，只想平淡如水。我喜欢在平静的环境中工作和生活，也一直觉得自己就是当参谋的材料。作为局里的老同志，我现在需要做的，主要是发挥好老参谋的作用，给年轻参谋做好样子，将来在工作上平稳地交接。不管是谁，只要他当了我的领导，我就会服从他、支持他，不仅是对葛玉杰，对其他人也是一样。"

成部长点点头，由衷地说："我相信你，你说的话让我感到高兴和欣慰，我以前没有看错你。"

马路上的行人越来越少，我身上感觉到了阵阵寒意。在大杨树上夜栖的乌鸦不声不响、一动不动，像是一团团被暮色染暗的花朵。

我在人行道上折返，沿着原路往家里走。

前面漫长的人行道在昏黄的路灯下延伸，就像我无尽的思绪。

我想起了田碧野老科长原来带我们祭拜过的那些长眠在荒山野岭的烈士，想起了与自己一起参军、后来复员回农村清贫度日的战友，觉得自己已经非常幸运。我参军以后，没有爬冰卧雪的超强训练，没有开山挖洞的艰难施工，一直工作和生活在大都市里，一直在部队机关相对舒适的环境中，从战士成长为副师职干部，还有什么理由不知足呢！

二

我几乎又是一夜未眠，翻来覆去，木床板在我身下痛苦地呻吟着。

拂晓时分，我才把自己哄睡，觉得好像刚刚迷糊了一会儿，就被警卫连战士出操的口号声吵醒了，睁眼一看，已是无光大亮、风摇树影。

昨天晚上我散步还没有回到营区，在办公室加班的崔贤就用 BB 机呼我，让我给他回电话。我回家以后与他通话，他幸灾乐祸地告诉我：安稳"栽了"，而且"栽"得不轻。

崔贤对安稳印象不是太好，他们两人曾经有过一次不愉快的交往。那次，计划局组织机关有关部门对一个刚完工的工程项目进行验收，计划局的局长在验收现场听取大家的意见之后，谈了自己的想法，几个业务部参加验收的人员，有的是局领导，有的是助理员，包括安稳，都没有提出什么异议。

验收结束以后，安稳当着计划局长的随员，也就是崔贤的面，出言不逊，对项目验收的组织工作兴师问罪，讲了很多"这不该""那不好"的话，崔贤当场对安稳的说法予以驳斥，两个人发生了不愉快的争执。

"他说的有些话等于放屁，我才不怕他是谁，该顶就要顶。作为机关的一位局长，明明自己讲的话不恰当，嘴巴还那么硬。"崔贤后来气愤地对我说。

我开玩笑地说，"放屁和说话都是一口气，本来就没有多大的区别。他的话你听见就算了，没有什么原则问题。这事你最好别给咱们局长讲，免得影响团结。"

崔贤听从了我的劝告，忍下了一口气。

为了弥补经费不足，部队广泛开展生产经营。在不影响正常工作、训练的前提下，闲置和空余的机场、码头、库房、营房都可以对外出租，有条件且办理了合法手续的，还可以开采金矿、煤矿。

生产经营的收入，确实解决了部队一些建设和生活上的问题、弥补了经费的不足，但也产生了不小的副作用。有些单位利用部队资源获得的收益，没有纳入严格的财务管理，收入不透明，开支不规范，出现了一些漏洞。既然有漏洞，就会有人钻。

安稳对经商做买卖的事情比较感兴趣，并如愿以偿地成为生产经营管理机构某个实权部门的领导。安稳所在业务部的魏部长本来不想让他走，觉得部队搞农副业生产，改善官兵生活，可以算是发扬优良传统，经商做买卖就有点不伦不类了，好像是不务正业。但安稳后来还是走了，我和崔贤都认为他是受到经济利益的引诱，才到生产经营单位去的。再说他在他们部的群众反映不是太好，是一向信任他的魏部长发挥的作用，才让他三步两脚就登上了局长的位置，但是魏部长再有几个月就退休了，他在现在的位置上再提升一级非常困难。

生产经营管理机构掌握着大量的部队资源，很多部队和地方的单位与个人都有求于他们。安稳是个比较顾及脸面的人，有些人为了达到某种目的，每天用好听的话喂养他的耳朵、拍他的马屁。当局长以后，他不爱听别人的不同意见，但是拍马屁的话他是越听越爱听。他的感官和虚荣心在吹捧与奉承的人声中得到满足。

安稳喜欢唱歌跳舞，他穿着那双闪着亮光的"老人头"皮鞋，在这个区域的几个装修豪华的歌舞厅都留下过脚印。安稳还有一张喜欢发号施令和品尝美味佳肴的嘴，附近的宾馆酒店经常可以看到他的身影。

部队从事生产经营的人，与社会上和部队内部的有些人，交往都非常多。与客户们在不同的场合交流互动，是他们工作内容的一部分。白天一起就餐，夜晚共同娱乐，不仅可以加深感情，也便于洽谈业务。

有一次，安稳出差在外，某经贸公司的崔老板在一家饭店请他吃饭。安稳见到崔老板的随从曹小姐，眼前一亮。曹小姐不仅貌美如花，脸不涂自白，唇不点自红，而且谈吐不俗、声如银铃，在主宾之间倒酒点烟、插科打浑，一袭白色长裙在饭厅里飞来飞去，越发显得风姿绰约。

晚餐很丰盛，饭桌上摆满了多种动物的尸体和各种颜色的液体，安稳却是吃了不知其味，喝后不觉其甘，视线的另一端被曹小姐牢牢地牵在了手里。

在给安稳敬酒的时候，曹小姐连连夸奖安局长年轻有为，并且说，和平时期的军人就应该成为多面手，能说会讲、能写会画、能文能武、能工能商。她还说姓安的人一般都有福气，像安然无恙、安之若素、安全可靠、安居乐业、安定团结，这些好听吉祥的词语都是"安"字打头的。

晚餐过后，曹小姐给安稳留了自己的传呼机号码，并告诉了他她住的房间号。酒壮怂人胆，安稳夜里怎么也睡不着觉，便拨通了曹小姐房间里的电话。两个人都有相见恨晚之意，在电话中开怀畅谈。

安稳的爱人是安然爸爸老战友的女儿，他们夫妻两人门当户对，但不是情投意合。刚结婚时的热情消退，哺育孩子的专注力也在下降，两个人感情上开始出现裂痕，并不断扩大，以至于后来到了貌合神离、同床异梦的地步。安稳总是想在家庭之外找回一些感情上的补偿，以前只是没有机会而已。

有些男人的形象很伟岸，其实他是冰雕的、雪堆的，一遇到女人的热情就会融化、坍塌，平时自视甚高的安稳就是这样的男人。他的眼睛里容不下一粒沙子，但是金钱和美女再多都盛得下。

有人说，一个人的价值，往往在遭受诱惑的一瞬间被决定。安稳不是一瞬间，而是两天之后才拜倒在曹小姐的石榴裙下的。

在与安稳第三次见面的时候，曹小姐就委婉地提出让安稳帮助她们公司搞到运送物资的二十个火车车皮的指标。

"我知道部队有这个特权！"曹小姐说，"还希望您能再帮忙安排五千平方米的库房存放东西，最好是洞库，我们按你们规定的标准付租金，有一些优惠更好。"

安稳对曹小姐主动亲近自己的意图已经非常明白。对这个颇有心计，以后可能会得寸进尺的漂亮女人，他也已经拆除了心理防线。

安稳与曹小姐各取所需、一拍即合，他答应了曹小姐的条件，曹小姐也懂得投桃报李，除了感情投入，物质上也没有含糊。经过必要的客气和适度的推辞，安稳把她表示的"意思"都笑纳了。

安稳答应为曹小姐解决的问题，都在自己的业务范围之内，只要经过一定的呈报和批准手续，就不会有什么问题。让安稳没有想到的是，曹小姐她们公司运输和贮存的货物属于走私物品，公安局查封这些物资的时候，才知道他们与部队的关联。

这个问题不难查清，安稳被开除党籍，由正师降为副师。安稳在宣布开除他党籍的大会之后，向党组织递交了一份悔过书。有些人说，这不过是他结束自己政治生命的遗嘱。

安稳后来才知道，曹小姐原本是某个小公司的文秘人员，二十一岁那年，认识并嫁给了一个大她十多岁的运输公司老板以后，就像是一条青翠欲滴的长青藤，攀附在一棵枝叶枯黄的老树上，过上了富足惬意的生活。不幸或者说幸运的是，结婚两年多，老板就遭遇车祸去世，她继承了丈夫的部分财产。为了不坐吃山空，当了几年阔太太之后，她又应聘为某储运公司的公关小姐。

曹小姐是畸形婚姻家庭孕育出来的怪胎，她对自己的声誉已经无所顾忌，身体的各个部位搭配上良心，都可以明确地切块标价。出卖色相和良知，成为她公关工作的重要组成部分。

三

严班长的爱人身体不是太好，家里的土地和果树无人打理，他就不再在北京给儿子帮忙，回老家去了。我和郭秋林、陶伟也有好长一段时间没有相聚了。

陶伟与小李正在为孩子高考的事情发愁，我便与晓曼商定，利用这个双休日，抽时间到郭秋林家里去一次，与他们夫妻俩见个面。

孩子大了，就不愿意再参与大人们的活动。两对夫妻，四个战友，在郭秋林和安然家的客厅里，足足聊了两个小时。主要的话题是安稳受处分这件事。

安然对安稳犯错误的事并没有感到突然，但依然气愤地对我和张晓曼说："他像一列火车，必须有两条铁轨的制约才能正常运行，你要是非让他这列火车在公路上行驶，他就肯定要'出轨'了。他走到今天这一步，是我爸爸过去娇惯的结果，也是他后来放纵自己的必然。现在社会上有一些人，不仅是'斤斤计较'，而且是'两两计较'；不仅是'向钱看'，而且是'向物看'。甚至把一枚硬币看得比磨盘还重，有钱便是娘，无钱看作狼，四棱子脑袋专往钱眼里边钻。我们并不是缺钱花的家庭，但是他竟然像有些贪图小便宜的人一样，把个人利益看得那么重。他做出这样的事情，让我们一家人都跟着他丢人现眼。"

晓曼劝安然不要生气，安慰她说："一人做事一人当，这种事虽然说起来不光彩，但别人不会将他与你们联系起来。不过，有一句话值得我们所有人记取，就是，做人，情不可陷得太深，财不可看得太重，事不可做得太绝，人不可做得太过。"

提起安稳的事情，郭秋林也有些生气，不平地说："安稳出事以后，把我岳父气得要死，这能怪谁呢？我们都是爱面子的人，把个人的声誉看得比生命还重要。有些人就不同了，只要是自己能捞到好处，管他名声不名声，个别领导甚至在他们单位臭得逆风千里尚有味，浊得顺流万里未能清，自己也满不在乎——你说你的闲话，他占他的便宜。我们部有个直属单位的领导，年龄也不小了，平时喜欢写写画画，最近出版了一本书法作品集。这本集子刚一出版，就被他的下属单位一下子'抢购'了几千本。当然，时间不长，这些书画作品集就有相当一部分就到各地的废品收购站报到去了，十来万块卖书的钱则进了这位领导的腰包。"

看到郭秋林气呼呼的样子，我想帮他消消气，开玩笑说："我们身边确实是有不少的好干部，位高常思群众苦，权重不变公仆心。当然，鼠猫共存的环境下，不知道什么地方就会出现那么几粒老鼠屎。那位用书法集敛财的领导还不算太过分，他毕竟也付出了劳动。你平时不是也喜欢练习写字吗，可以从他手里买一本当字帖学习临摹。"

郭秋林说："哼，他写在纸上的东西让印刷厂印出来，一般的人不会买；如果让印钞厂印出来，说不定会有很多人喜欢。当然，这是说笑话，他写的字我见过，有几分功夫，我对他的书法集不感兴趣，主要还是看不上他的人品。我最看不惯他的是，在下级面前耀武扬威，像是虎踞天下；而见到自己的直属领导，恨不能浑身长出毛来，变成一只犬科动物。"

我附和郭秋林说："你讲得对，有的人把自己当成了货物，炫耀自己好比给货物注水，巴结他人好比货物贱卖。很多人都应当明白，最好的是做真实的自己，与其花精力讨好他人，不如靠实力武装自己。"

安然一脸凝重，担忧地对郭秋林说："安稳到如今全是他自作自受，我现在最担心的还是咱爸，他对安稳一直寄予厚望，没想到安稳跌了跤。"安然转向我们接着说："还有一个严重的现实问题，就是我弟媳最近一直在与我弟弟闹离婚。开始我想，如果我弟媳与我弟弟离婚，把我侄子带走，那真会要了我爸爸的老命。我侄子是在我爸爸身边长大的，十四岁了，非常懂事。他安慰我爸爸说：'爷爷，您别担心。我虽然听到有人说过，父母离婚的孩子，宁可跟着要饭的妈妈，也不要跟着当官的爸爸，而我爸爸确实也有很多地方做得不好，但是我不想离开您、姑姑和宏志哥哥。'我爸爸听了我侄子的话，搂着心爱的孙子哭成了泪人。在一个黄昏，我弟弟和弟媳的事彻底黄了，他们两个人谈好了条件，孩子由男方抚养，女方负担孩子一半的生活费。尽管这样，我爸爸还是大病了一场。"

我们不由自主地把话题转到了孩子身上。

郭秋林和安然的儿子郭宏志学习成绩一直不是太好，高考时没有达到本科录取分数线，最后去了民办大学学习。我的女儿静谧从重点高中毕业后，去了北京师范大学学习。我之前对晓曼讲过，在郭秋林和安然面前，不要主动提孩子学习的事，免得让他们夫妻难堪，也以免显得我们炫耀。

郭秋林首先说："有人说'儿女是冤家'，还有人说'无冤不成父子'。我原来不知道这两句话是什么意思，现在是彻底明白了。我那儿子学习不好，自己努力不努力先放在一边，他可以说自己智商不高，或者说是父母遗传得不好，但你的学习成绩不好，其他方面好也行啊，可他样样差劲!
学习上参考资料买了不少，总想费钱，不想费心；生活上非常挑剔，总想吃饭，不想吃苦。脾气还死犟，说他什么话都不愿意听，总想与我吵架，他如果是我的部下，我早就把他调到一边去了。"

安然听了郭秋林的话，不太高兴地说："你不要总是抱怨儿子，也要反省一下自己。儿子不是你以前当处长时的干事，也不是你现在当副司长的办事员，你不能用行政命令那一套去对待他，让他什么事情都按你的要求去办，要动之以情、晓之以理、换位思考、互相理解。我爸爸有些旧观念，总觉得外孙是人家的人，孙子才是自家的人，对宏志没有像对我弟弟的孩子那样用心。我们俩天天忙于工作，对孩子关心得也不够，平时不注意与他沟通，不知道他心里在想什么，想做什么。这才造成他对我们，特别是对你的误解和敌对情绪。"

郭秋林不服气地说："外因通过内因起作用，关键还是他自己不努力。你要是一粒良种，被人踩在泥里，也会生根、发芽，长成参天大树；你要是一棵杂草，给再多的阳光雨露，也是匍匐在地上，一季荣枯。你不要总是说我，你自己对他平时也是一直娇惯，让他养成自以为是的毛病，不能正确地认识自己。我想起了有人说过的一句话……"郭秋林欲言又止。

"你还有什么委屈，今天当着秦参谋两口子的面都讲出来。"安然追问他。

郭秋林看了我一眼，不好意思地说："有人讲过，一个妻子如果爱丈夫，就为他生一个女儿，让他老了有人疼；一个妻子如果恨丈夫，就为他生一个儿子，让他老了有人气。"

安然不干了，站起身来，红着脸，指着郭秋林说："生儿子还是女儿，是我一个人能决定的吗？"

我和晓曼看到郭秋林和安然为孩子的事马上就要吵起来了，觉得有些尴尬。晓曼连忙对面前的夫妻俩说："我觉得宏志这孩子不错，主要是本质好。从现在来看，他将来会不会有大的成就难以预料，但是不大可能会犯大的错误。家里有这样的孩子，有些事情会让你们操心，但有很多事情也会让你们放心。"

我接着晓曼的话头往下讲:"孩子是我们未来的希望,他们也在不断地发展变化,要积极促使他们向好的方面转变,你们对他的将来有信心,他今天才会有动力去努力。俗话说,顺的好吃,横的难咽,如果你对他态度不好,或者语气过重,对于叛逆期的孩子来说,什么话他可能都听不进去。我们家闺女学习成绩虽然很好,但是个性也很强,对她的想法和做法,我都不敢轻易否定。我自己觉得,我们现在的想法很多都过时了,自己的脑袋像是女儿扔在抽屉里的旧硬盘,成了一个退化了的存储器。"

郭秋林在食堂订的饭菜送来了,我们开始就餐,这顿饭吃得不是那么轻松。

从郭秋林家里出来,我看到西边黛色的山峰正在一点一点地蚕食着橙红色的夕阳。当我们把明天的希望寄托在孩子身上的时候,我们自己已开始变老了。

四

罗长生的儿子在北京工业大学学习,今年就要毕业了。罗长生还是送他儿子读大学的时候来过一次北京,这是他第二次来,主要是想帮儿子出出主意,商量一下,确定他是继续深造考研究生,还是本科毕业以后就找工作。

我现在住的房子宽敞了一些,想让罗长生来北京以后不要再找旅馆,就住在我家里。他坚决不同意,只是答应在儿子那里住几天之后,走的时候到我家吃顿饭,与我和家人见个面,并拜托我想办法帮他买一张回老家的火车票。

罗长生让我给他买的是大后天晚上的硬座车票,我找到机关订票室的熟人,给他订了一张硬卧车票,当然没有准备要他的车票钱。

罗长生前年满了五十周岁,就不再当小学教师了,每个月拿几百块钱的退休金,回到农村家里种地。

星期天不上班,我一直在家里等着他。下午四点钟的时候,我接到营区门口的电话，赶快把头发灰白、满脸沧桑的罗长生接到了家里。

张晓曼见到我向她多次谈起过的老同学来了，格外热情。她让我和罗长生好好叙叙旧，自己则忙着做饭。

罗长生告诉我，他吃过中午饭就离开了儿子学校门口的旅馆，刚才去看了看任凤仙的女儿任飞飞，也就是他的表侄女。

任飞飞从首都经济贸易大学毕业以后，在一个经贸公司工作，据罗长生说，她在那里干得还不错。

"这孩子小时候吃了不少苦，任凤仙与她的丈夫离婚以后，生活的正常开支都难以保障。"罗长生说，"我一直教书，有一份工资收入，生活条件比她家好一些，可以时而接济她们娘俩一点。也因为穷，任飞飞小时候有一点自卑，我对她讲：'贫穷不是你的错，艰苦生活的经历会成为你一生的财富。'"

"我相信你说的话，穷人的孩子早当家，没有几个孩子甘愿吃苦，而一旦在艰苦环境中长大，就有可能成为生活中的强者。另外，我还想给你说，下次你再来北京，咱们一起与郭秋林坐一坐。我们毕竟是初中和高中六年同窗的老同学，这么多年过去，有些事情你也应该释怀了。"我对罗长生说。

罗长生还像过去那样爱说爱笑，风趣幽默："我估计郭秋林不想见我，我是他的克星，他现在是副司长，害怕我'撕'了他。"

"郭秋林年轻的时候有些事情处理得草率，经过与任凤仙那场恋爱风波，他变得稳当多了。最近这些年，我们聚了好多次，也交谈过好多次，我觉得他很有正义感，看不惯官场的陋习和社会上的不正之风，总想为群众办些实事。他有时候自视清高，孤芳自赏，不愿意与人同流合污。他当副司长时间也不短了，因为不愿意趋炎附势，不受些领导的待见，估计以后也就在现在这个位置退休了。"

罗长生听了我说的话，点点头，认真地说："要真是那样，我为他高兴。当官的就是要为民着想，不谋私利，廉一分，则民多受一分赐；取一分，则官不值一分钱。当官的要是都像樊长乐那样，老百姓就别活了。现在别人一说他是我的同学，我都觉得丢人。"

"他现在还在县里当局长吗？"我问。

"当屁的局长，去年就给撤了。我们上学的时候，能够知道一个人的性格和爱好，看不到灵魂深处的东西；走上社会以后，面对各种诱惑和考验，人的本质就暴露出来了。对物质的贪婪和对民情的麻木，是樊长乐当官以后堕落的方向。他生活的方向盘，始终指向'捞钱'的那个点，把当前的缺少监管当成了可以随意多'捞'多得的机会。刚当局长的时候，他还有些收敛，很贪，但又让别人看不出贪得无厌。他会从你送给他的一万元或者两万元的现金中，抽出两三百元，去参加你儿子的婚礼或者你父亲的寿诞，把身份折合成金钱再还给你。他还会不花成本地给手下的工作人员一个节日问候或者是病中慰问，让你感激涕零。后来私心膨胀，他就有些肆无忌惮了，你知道，在自私自利的温床上培植毒苗，不仅不需要肥料和养分，而且毒苗生长得还非常快。他不仅贪婪，而且奢侈，他的奢侈不仅仅是住大房子、开小卧车，还喜欢游荡于花前月下，迷醉在舞厅酒吧。有一次他喝酒喝多了，被两个小姐扶着走出饭店的大厅，天空雷鸣电闪，他眯缝着眼，结结巴巴地说：'掌声雷动倒没什么，不要乱、乱照相，闪光灯让人睁、睁不开眼……'"

"这可能又是演义！"我止不住笑了起来。

"有人讲得更玄乎。"罗长生接着说，"他有一次对一个想通过他提拔的部属说：'你有什么想法明天上午到我的办公室来谈，八点钟我还要开会，你要'提前'去！'后来那个部属当真是'提钱'去了，想解决的问题就解决了。"

以前回去探亲，我听到过罗长生反映樊长乐的问题，但今天听了他的话，依然觉得有些惊讶，笑着问他："你刚才说的话，我觉得是一个语文老师的修饰和夸张。当初还是学生的时候，他可是找别人借东西或者是与女同学一讲话就脸红的人。"

罗长生说："人都在变化，他也在变。他依靠在市里当领导的舅舅的权势，青云直上，先转干，再提升，直到当了局长，德不配位，低下的工作能力和浅薄的思想品质，与担当的责任极不相称。他也由开始的痛恨别人腐败，到痛恨自己没有机会腐败，再到有了条件就抓紧时间腐败。有的人腐败得不顾及名声，不懂得名声与玻璃瓶子一样，是易碎且无法修复的一次性物品；有的人腐败得比较注意精心伪装，既想做婊子，又想立牌坊，为了钱可以不要脸，为了脸可以不要命。樊长乐的所作所为，让我懂得了从循规蹈矩到肆无忌惮、从遵纪守法到腐化堕落，并不需要特别的训练，也不需要太长时间的过渡。有些人的占用欲和性本能，到了适当的时候就会发泄出来。理性的沦丧、道德的败坏，有时候要蓄谋很久，有时候只在一念之间。"

"作为老同学，你就没有劝说过他？"我的问话里含有一些埋怨的成分。

罗长生生气地说："我这种脾气，肯定劝过他，而且不止一次。但是，他的耳朵只能享受歌功颂德的吹捧，无法承受真实逆耳的忠告，心肠硬得能够划火柴，脾气大得如同炸药包。每当我与他见面，想从侧面劝说他时，他的脑袋就摇得像小便没有尿干净似的。有一次，任凤仙为了女儿的事找他帮忙，他摆官架子，说话还很难听。我后来有一次碰到他，当着众人的面说他'子系中山狼，得志便猖狂'。他扯着嗓子与我吵，说我不通情理、不像话。我对他说：'我不像话，你像画，应当把你的画像挂墙上、加个黑框，让后人瞻仰！'我和他现在是车船难同路，水火不相容，我们再见面就是路人，我根本不想搭理他。"

我和罗长生说着话，晓曼已经在餐桌上摆好了几盘热菜、凉菜和一瓶白酒。我邀罗长生边吃边聊，罗长生说他晚上还要坐火车，不喝白酒，我尊重他的意见，赶紧撤了白酒换啤酒。

我举起酒杯对罗长生说："部队不是生活在真空里的，也有腐败和不正之风。长此以往，国将不国。相信我们的国家肯定不会容忍这些现象长期存在，以后一切都会好起来，我们现在凑在一起唱咏叹调，将来会聚在一块奏交响曲。为了美好的未来，喝酒！"

罗长生一口喝下半杯啤酒，放下杯子对我讲："我相信你说的话，在世上做人，除了遵纪守法，还要有良心。良心是我们身旁的哨兵，每天二十四小时执勤站岗，监视着我们的一举一动，提醒着我们不做违反社会公德和道德伦理的事。但是，有些人的良心被狗吃了。"

"说说孩子的事吧，你与儿子商量好了吗？他快毕业了，以后是考研还是工作？"我岔开话题问罗长生。

"考研！"罗长生坚定地说，"儿子原来想，他读大学家里已经花了不少钱，认为我虽然每个月有几百块钱的退休金，还有几亩土地上的收入，但要赡养爷爷奶奶、供养读高中的弟弟，比较困难。所以他要是再继续深造，怕我在经济上负担不起。这是孩子心疼我，我坚持要他考研，只要能考上，我就是摘肾卖血也要供养他。现在农村的孩子有两条路可以走出去，一是当兵，他当兵的机会已经错过了，而且当了兵也不一定能够提干；二是上学，他虽然大学本科快毕业了，但是现在工作不太好找，考上了研究生，毕业以后就业的压力要小得多。"

我点点头对罗长生说："你帮他出的主意是对的，但是不要把以后的生活想得那么悲惨，儿子可以勤工俭学，我也可以帮你一把。你儿子不仅学习好，而且很懂事，我虽然只见过他几次，但是对他的印象非常好。"

罗长生高兴地说："我儿子确实不错。我这次来，住在他们学校门口的一个小旅馆里，他让我去学校看看他们的学习环境。我说不去了，我来的时候虽说穿了件新买的衣服，但天天在家干农活，依然是面黑肌瘦，一身土气，怕同学们笑话。儿子对我说：'爸爸不能这么讲，您就是戴着烂草帽、扛着破锄头到学校来，我也会骄傲地喊您一声爸爸，谁会笑话我？别忘了，他们每天吃的粮食就是你们种的。您也不要自卑，城市的父母培养一个大学生算不了什么，农村的父母培养一个大学生才了不起。您教过的学生有不少都考上了大学，应该感到自豪。'"

我对罗长生儿子说的话表示赞同。

罗长生接着说："穷苦人家的孩子一般都是比较懂事的。任飞飞，也就是凤仙的闺女，读小学、中学的时候就是品学兼优的好学生。为了减轻家里的负担，她本科毕业就没有再考研，选择了上班赚钱，听说在工作单位表现得非常好。任凤仙与丈夫离婚后就没有再婚，后来患有严重的哮喘病，基本丧失了劳动能力，飞飞现在每个月都给家里寄钱。待下次任凤仙来北京了，咱们几个老同学，包括在北京学习和上班的孩子们，一起见个面。你与飞飞还没有见过面，她具有贫困家庭孩子的早熟和智慧，也有现代知识女性的干练和精明，参加工作时间不长，但在单位威信很高。想来她已经克服了自卑情绪，用朴素的内在美和出色的外在表现，在人们的面前挺直了脊梁。"

"你说的老同学在北京见面，不包括郭秋林？"我问罗长生。

"那当然！"罗长生说，"我原谅他，凤仙也不会原谅他，更别说主动与他见面了。"

"那倒不一定！"我对罗长生说，"在任凤仙的记忆中，'郭秋林'这个名字是与一段痛苦的经历紧紧联系在一起的。但是，如果郭秋林能够当面向她忏悔，她也许会原谅他，有时候，恨，只是爱的另一种表现形式。"

罗长生好像没有认可我的说法，轻轻摇了摇头，接着自己刚才的话题继续说："农村长大的孩子也不是表现都好。樊长乐的儿子高中毕业以后，樊长乐把他安排在县招商局工作，现在也在北京，小小的县政府居然也敢在这里的宾馆里租两间客房，搞个'招商办公室'，几个人利用公家的钱，吃喝玩乐，招摇撞骗。我说过，他们那个办公室不过是本位主义与利己主义相结合的肥沃土壤，凡是在这里生根发芽的种子，都不会长成好苗。有人总结说，现在有些人就是这样，想尽办法投机钻营，总觉得自己缺钱，包括那些不缺钱的人；总觉得自己不缺德，包括那些缺德的人：樊长乐父子俩都是这样的人。"

我听了罗长生的话，笑起来："咱们不要再谈论樊长乐了，聊聊自己家里的事吧！"

罗长生额头上已经冒出汗来，严重"荒漠化"的大脑门毫无顾忌地在电灯下闪着光亮。他放下酒杯说："酒不喝了，闲话也不说了，我吃个馍就走，在火车站的候车室等着更放心。你和弟妹明天还要上班，不多打扰了，我走了以后你们可以早点休息。"

五

我办公的大楼北边就是西长安街的延长线复兴路，喧闹的城市通过窗户这个"荧光屏"为我直播着丰富多彩的节目。遗憾的是，我并没有多少时间去欣赏，更多的时候是埋头自己的工作。

暮霭降临，大地上的万物渐渐模糊了轮廓。现在让我忧心的是，明天上午一上班要交给局长的文字材料还没有脱稿。

晓曼已经来过两次电话，催我赶快回家，今天是刚上大学的女儿二十一岁生日，她买了一个蛋糕和一些熟食，又准备了几个热菜，要在家里庆祝一下。

静谧平时住校，每周只有星期六才在家里住一个晚上。想到女儿，我心里感到非常愧疚，她从出生到长大成人，我给她的陪伴太少，不是不想与她在一起，而是工作实在太忙。综合部计划局是机关里公认的最忙碌的部门，除了正常工作时间的事情多，还经常出差，值班、加班也是常态，就像有人总结的，每天是"白加黑"，每周是"五加二"。

好在岳父岳母成了我和晓曼的坚强后盾，静谧不管是上幼儿园还是上小学，主要由他们接送，家里买菜做饭的事，也是他们干得最多。晓曼的妹妹开玩笑地说，我岳父岳母是把外孙女当成了又一个女儿养。

最难能可贵的是，岳母退休前是学校的教师，她不仅在生活上能帮我们照顾孩子，还会辅导孩子学习、引导孩子成长。静谧从小就很讨人喜欢，我感到最幸福的事情，就是有时候加班晚回到家，她会用稚嫩的小手抚摸我的面颊，似乎是要用手掌熨平我脸上由于辛勤工作被沧桑岁月刻下的折皱。她还会在晓曼工作遇到困难的时候，用天真的笑声为妈妈驱除脸上的愁容。

静谧稍微长大，懂得了一些事情之后，与姥姥姥爷显得更为亲近，与爸爸妈妈，特别是与我，好像没有多少话讲，有时候还显得有些陌生。因为我平时对她照顾得不多，很少参加学校的家长会，甚至连她的班主任换了几个月都不知道。我自己时常在心里想，我在她眼里，可能只是一个可以在自己家里吃饭睡觉的解放军叔叔。晓曼在部队医院里走的是"双轨"，就是既有行政职务，也有技术职称，一次一次的业务考核有时候也让她应接不暇，她对静谧的管教也不多，不过，比我稍好一些。

从小学到高中，静谧学习成绩优秀，在班里一直是尖子生，我和晓曼从来没有像有的学生家长那样，整天为孩子的学习犯愁。

静谧上了高中以后，好像才理解了我，也应该是原谅了我，与我有了亲近感，心里有什么话都能够对我说。她有一次对她妈妈说："爸爸在我的成长中是影响最大的人，他教会了我堂堂正正做人、勤勤恳恳办事。"

苦难的生活能够将岁月拉长，顺畅的日子可以把时光缩短。不知不觉中，女儿长大成人、上了大学。

静谧特别喜欢读书，从学校回到家里，除了完成作业，更多的时候是一人独处、与书为伴。

"闺女，我看你对书比对爸爸还要亲，你很少与爸爸相对而坐一个小时，却能抱着书本一看就是小半天。"她读高中时，有一次我笑着对她说。

女儿不好意思地说："读书学习应当成为一个人一生的习惯，斗室里看书，能够了解整个世界；小桌前静坐，可以求教多个老师。古人也说过'腹有诗书气自华'，书读得多了，不仅可以让你增长知识、开阔眼界，还能使你提升自身气质、改变精神面貌。"

我赞许地说："你讲得很对，一日劳作能获得一分收获，一世学习可让人终身受益。我也想多看些书，只是抽不出多少时间。"

已经是晚上七点钟，星星眨着眼睛，月亮挑起明灯，连风都屏住了呼吸，看着我匆忙地往家赶。走出办公大楼，冷风从裤管里、袖筒里把凉凉的手伸进我的衣服里，抚摸着我发热的肌体，让我感到舒适。

饭菜已经摆上了餐桌，晓曼和静谧已经等了我不短的时间。现在终于一家三口高高兴兴地坐在一起，我们先共同举杯喝了啤酒、可乐，祝贺女儿生日。静谧从盘子里往我碗里拨了一些我最爱吃的五香花生米，对我说："爸爸，与我住同一个宿舍的女孩子小莉的家是北京郊区的，这些花生是她们家自己种的，不施化肥、不喷农药，属于绿色食品。"

我开玩笑地说："花生米明明是红色的，你非说是'绿色食品'，把爸爸当色盲了？"

晓曼笑了，静谧也乐了，她对我说："爸爸，我觉得现代生活节奏很快，两代人如果不注意沟通交流，中间的鸿沟会越来越深。有个笑话说，一个年轻人的老爸让他'上班时加油'，年轻人不耐烦地说'我上班的事你就甭管了'，结果他上班时汽车开到半路上就没油了。我们班有个男同学对我讲，他最不喜欢双休日回家，每次回家，妈妈做的可口饭菜填满了他的肠胃，而爸爸的老生常谈塞满了他的耳朵，他宁愿不回家在学校待着，也不想回家吃妈妈做的可口饭菜，听爸爸的刻板说教。"

我点点头，边吃边说："从老年人的角度讲，随着社会的进步和发展，我们要更新知识，改变观念，理解和支持年轻人，对年轻人的行为不要无端指责和横加干涉。老年人要当年轻人前进道路上的填坑土，但不要弄脏了他们的鞋；老年人要当年轻人前进道路上的铺路石，但不要硌疼了他们的脚。"

"爸爸，您才五十岁出头，不要总是以老年人自居。"静谧往我碗里又拨了一些花生米，笑着对我说。

晓曼停下筷子说："用现在的眼光看，五十多岁的人还比较年轻，按照过去传统的说法，过了五十岁就进入老年人的行列了，这叫'年过半百'，往后还有年近花甲、年逾古稀……一个台阶一个台阶地往年龄的高峰走。"

静谧说："我同意刚才爸爸说的话，年轻人要随着不断变化的情况更新知识，老年人更应当适时转变观念。小莉的姐姐大学毕业以后在北京城里工作、成家，她妈妈到她姐姐家里来，过去总是说她姐姐家楼上的房子小，现在总是夸她姐姐家楼下的广场大。因为小莉的妈妈在农村住惯了，刚到城里来，住在单元房里总是觉得憋屈，感到活动空间太小。后来她来得多了，在楼下的小广场里，和别人一起跳舞，与邻居聊天，感到在城里生活还是比在农村丰富多彩。"

"不过，小莉的妈妈多年形成的观念在头脑里根深蒂固，很难一时改变。"静谧看我与她妈妈听得有兴致，接着说，"小莉最怕她妈妈不管去超市还是去商场，买什么东西都喜欢讨价还价，总是怕自己被城里人骗了。有一次她陪妈妈给姐姐家买菜，妈妈问超市的售货员：'一斤大白菜怎么又涨了两分钱？'售货员耐心地对她讲：'阿姨，现在好多吃的东西都涨价，猪肉都四五块钱一斤了。'小莉的妈妈说：'我买大白菜是炒着吃，又不是炖猪肉，它与猪肉多少钱一斤有什么关系？我只问你大白菜的价格为什么涨了！'售货员无言以对，非常尴尬，在一旁的小莉连忙拉着妈妈走开了。"

一家人欢声笑语，边吃边聊，我只喝了半瓶啤酒，怎么感到有一股醉意？或许是餐桌上的温馨气氛让我有些飘飘然了吧。

六

身为后勤分部部长的于胜利做人比较低调，生活上很多事情都非常注意分寸，比如自己女儿的婚礼，也只是想请少数的亲朋好友聚一下，走走形式。我因为与他有言在先，让他在女儿结婚的时候一定要告诉我，所以我在被邀请的人员之列。

于胜利的女儿叫于俊眉，高考落榜以后，整理行囊，告别父母，独自一个人到离家不是太远的本市滨海新区去经历人生道路上的风雨坎坷。

当陶伟来电话邀我坐他的车一起去参加于胜利女儿的婚礼时，我吃了一惊，我和陶伟与于胜利虽然同在分部机关工作了很长时间，在单身干部宿舍楼，陶伟与他们科王参谋住在于胜利我们俩宿舍的对门。陶伟与小李刚结婚和于胜利家属随军后，他们两家也搁过邻居，但是他与于胜利的交往好像不是太深，特别是我调走以后，他与于胜利应该只是纯粹的上下级关系。

"你是不是觉得我去参加于部长女儿的婚礼很奇怪，我是想巴结当官的，对吧？"陶伟可能是听出了我疑惑的口气，直截了当地问我。他在电话里一时没有听到我对这话的否认，紧接着又说："有些情况我之前没有对你讲，在我转业之前，我们家小李与于部长的爱人很谈得来，小李欣赏她的朴实，她喜欢小李的直率，这些你是知道的。我和小李转业到北京工作以后，小李与于部长的爱人还一直保持着联系。去年小李知道于部长的女儿没有男朋友，就介绍了她单位同事的儿子，也在滨海新区工作的一个工程师，与已经二十五岁的俊眉相识。结果两个年轻人一见钟情，互有好感，等于是小李促成了这桩婚姻。”

“原来你们家的小李是一对年轻人的红娘！”我恍然大悟。

“那当然！”陶伟骄傲地说。

这一天是星期六，天气非常好，城郊大地一片翠绿。当初被秋天拿走的，春天又还了回来，空中的柔风剪裁着云彩，为蓝天做嫁衣裳。

陶伟的朋友开着车，我坐在副驾驶的位置上，陶伟和小李坐在后排座位上，小汽车载着我们谈笑风生的几个人，朝着太阳升起的方向一路疾驰。

北京的婚礼一般都安排在上午，而距离北京不远的这个城市则是下午举行婚礼。我和陶伟夫妇早来了半天，小李是想帮崔长玲做些准备工作，我是听说梁继亭现在混得不太好，想去看看他。

陶伟的朋友把我放在梁继亭上班的工地，又开车拉着陶伟夫妇去了于胜利家。

梁继亭从工厂下岗以后，在马路边摆小摊修了一年多自行车。修理自行车虽然上班下班很随意，偷懒耍滑没人管，但是赚得太少，勉强够自己抽烟喝酒，养不了家。他就又在建筑工地上找了一份事干。

工地上的工人们正在地上蹲着吃中午饭，他们的饭菜是白菜、豆腐“大锅烩”，看起来淡而无味，空中的扬尘和脸上的汗水是饭菜的调料。

梁继亭不在工地，他的工头说他去附近医院了，一会儿就回来。

“他得了什么病？”我吃惊地问工头。

“没得什么病。”工头好像很有涵养的样子，说话不紧不慢，条理清晰，他平静地对我说，“你说你是老梁的战友，我就多说几句话，你要劝劝他，一个人不管干什么事，都要有点志气、有些恒心。老梁这个人心眼不坏，但是他身上已经看不到一个曾经当过兵的人的影子。我们工地上也有几个退伍军人，他们能吃苦、爱学习，都是工人中的骨干。我也当过几年兵，比你们晚一些，当工头好几年了，也是从工人中干出来的。老梁生活上好像没有什么目标，有时候把自己浸泡在酒杯里，不停地用香烟去熏烤。前天吃过晚饭，他躺在工棚的床铺上，边抽烟边想心事，一会儿就睡着了——"

我看到工头停顿了一下，连忙问："然后呢？"

"'燃'后？燃后工棚就成了一团火球。"工头苦笑着说，"好在别人发现得及时，经济上没有太大的损失，他也只是轻微烧伤。"

我与工头正说着话，梁继亭额头上贴着白胶布、鼻尖上涂着红药水，从医院回来了，显得有些狼狈。

梁继亭没有想到我会来工地看他，从他尴尬的表情中看得出来，他心里现在比刚被烧伤时好受不了多少。梁继亭更瘦了，似乎没有那张蜡黄色的皮肤包裹着，身上的骨头就要散架。

我心里感到一阵酸楚，工头转身离开后，我把随身带来的两条"红塔山"香烟递给梁继亭，不安地问他："你身体感觉怎么样？"

"不怎么样，前天从工棚往外跑的时候摔了一跤，现在除了没人疼，浑身哪都疼。"梁继亭接过香烟，不好意思地对我说。

"怎么没人疼，你老婆现在不是对你不错吗？"

"不错什么呀，她就知道找我伸手要钱，让我一个五十多岁的老头子还在工地上受罪。我对在城里的生活要求不高，可是现在什么都达不到。不过，那也比在农村强，我有个亲戚比我们晚两年当兵，复员后先在城里上班，后来嫌工资低回农村发展，今天干这个，明天干那个，折腾几年欠了一屁股债。"

我生气地制止他说："我真佩服你，自己到了这个份儿上，还有心思讲别人的风凉话。我刚才与你们的工头聊了一会儿，觉得他对你好像还不错！"

"对，他知道我也是当过兵的人，对我比较关心。"梁继亭说，"我刚到工地上来的时候，老板不同意接收我，说我：'你这样的身材还想到我们这里来干活？把工地当废品收购站了吧！'是工头向老板求情才把我留下的。前天失火以后，老板要让我赔两千块钱，也是他向老板求情，只是扣了我半个月的工资。"

"不管做什么工作，都要好好干。你也是五十多岁的人了，要考虑自己以后的出路和前途。"我耐心地劝他。

"我现在不管什么出路，能走人的地方就往前挤，也不管什么前途，干什么事都是图钱。"梁继亭对我的忠告满不在乎，嬉皮笑脸地说。

"如果你现在没有为你想得到的去努力，将来肯定会为得不到的而后悔；你现在笑着经历的事情，总有一天会哭着说出来！"

自强者打不倒，自弃者扶不起。梁继亭现在就是一条扶不直的麻绳，我给他留下了两百块钱，也给他留下了两句话，尔后悲哀地转身离去。

于胜利女儿的婚礼安排在一个不起眼的饭店里，我猜想这肯定是于胜利的主张，他也快退休了，宁可委屈自己的孩子，也不想被别人说闲话。

婚礼进行前，我见到了身着婚纱的于俊眉和她的妈妈崔长玲。母亲变老了，女儿长大了，时光用神奇的手，在母亲的脸上涂了一层蜡，在女儿的脸上抹了一层粉。崔长玲满面笑容，因为施了淡妆，比我想象中的模样要显得年轻一些。于俊眉早已不是当初我见到的那个羞涩腼腆的小姑娘了，站在我面前的是一个成熟自立的女性。

落座以后，别人对我说，于俊眉很懂事，也很好强。崔长玲虽然当过几年小学老师，但是繁重的家务劳动并没有给她留太多教育孩子的时间。于俊眉由于小时候在农村没有打好文化的基础，到城里上学以后，功课一直跟不上，没有考上大学。参加工作以后，她依靠自学，先后取得大专和本科函授文凭。

看到于俊眉在婚礼上礼貌得体的举止，听到她说的恰如其分的话语，我替于胜利感到高兴，他养了一个好闺女。于胜利在女儿的生活中，是现实与梦想之间的一道屏风，在虚掩着的传统之幕后面，有父亲对女儿的言传身教与殷切希望，但是缺少应有的温情和眷顾。伸展在于俊眉面前的，是一条漫长、艰辛而宽广的人生之路。

第十三章　回望岁月

一

这天上午上了班，局长把我叫到了他的办公室，以难掩兴奋的语气告诉我，昨天召开的总部党委会，研究通过了综合部上报的调整我为正师职研究员的报告，任职命令经过一定的程序报批后才能下达。

"成部长曾经说过，对于从来不提个人要求的干部，组织上要考虑他个人的既得利益。在我们综合部，不能让老实肯干的干部吃亏。"局长情绪平复下来之后对我说，"你已经五十多岁了，能够再往上调整一级职务，是你自己努力的结果，也与成部长的据理力争有很大关系。正师职研究员虽然不是领导职务，但是退休以后与正师职领导干部拿一样的退休金。你只是占用了一个我们部可以调整为正师职非领导职务干部的名额，以后还在我们局里做参谋工作。这次综合部要调整职务的干部不仅仅是你一个人，还有另外两名同志，成部长今年年底就要退休了，他说在综合部干部任用问题上，自己不想留有遗憾。"

听了局长的话，我从内心感谢成部长，他对我的真诚关心和深刻影响，让我终生难忘。成部长不仅能够考虑部属的既得利益，要求部属做一个一心扑在工作上的合格参谋，还会教育部属成为一个廉洁奉公、作风正派的机关干部。"要先做人，后做事，只有做人做到位了，才能将事做成功。"是他曾经对我说过的话。

我的任职命令下发之后，崔贤与我有过一次谈话。

"像成部长这样的首长当然是越多越好，可惜的是，有越来越少的趋

237

势，希望他不要成为一个时代优秀领导干部的活化石。"崔贤不愧是教员出身，说出来的话总是那样深刻。他接着讲："成部长对我们是言传身教，而不是一般号召。我不知道他用了什么办法，能够很清楚地了解每一个部属的不同特点，并因人而异，进行启发和教育。我调来之后，他与我也有过一次谈话，我从他的话里听得出来，他不仅了解我的工作经历，也知道我的家庭背景。他告诫我：'做人要知足，做事要知不足，做学问要不知足。''低调做人，你会一次比一次更稳健；高调做事，你会一次比一次更优秀。'他的话，对于我这样一个出身干部家庭、性格外向、个性较强，而且喜欢出些小风头的人来讲，可以说是一针见血。"

我赞同崔贤说的话，对他讲："成部长知道我是农民的儿子，对我说的话与对你说的话不太一样，他让我'抬头做事，低头做人'的同时，也鼓励我'做人要像一棵树，没有人可以依靠，也要站成自己的风景；做人要像一朵花，没有人欣赏，也要展现自己的艳丽'。"

"老牌大学毕业生嘴里说出来的话就是有水平！"崔贤赞叹说。

我无限感慨地对崔贤说："可惜成部长很快就要退休了。我在他的领导下工作时间虽然不是很长，但是在他身上学到了不少东西，最重要的一条就是他让我懂得了，一个人可以不会做官，但不能不会做人。说实话，现代人进化得越来越复杂了，处理人与人之间的关系要浪费我们很多的精力。有些人很享受，也很会利用这种环境，处理各种关系得心应手、游刃有余，以至于有些人有了太多的社交面具，连他自己都弄不清哪一张脸才是真正的自己。而像我这种心眼太实的人就不太适应现在的社会了，做人有时觉得真的很累，有时累得真的不想做人。"

崔贤听了我说的话笑了起来，劝导我说："我承认，当制度不能完全体现公平的时候，老实人是最大的受害者。但是，你对有些事情也不要太过于悲观了，有些可能只是暂时的现象，群众不会拥护，上层不能容忍。作为个体来讲，改变可以改变的一切，接受不能改变的一切，是人生的最高境界，希望你能审时度势、随遇而安。"

我点点头说："你讲得对，我能够走到今天这一步也算是不错了，应当知足常乐，不当领导就管好自己，有些事情不该自己问的少问，不该自己想的少想。人生是个大舞台，每天都有不同的节目上演，或真或假；每天都有想不到的事情发生，或喜或悲。有坦然自若的态度，才能演好自己的戏，静观别人的剧。我们很多时候需要自我安慰，就像有些人总是喜欢欺骗自己一样，因为欺骗自己比欺骗别人更容易。有一条原则我会一直坚持，就是不管现在还是将来，我不会停止追求上进的脚步。有人吃不了前进路上的苦，有人在吃苦中不断前进，我更愿意当后者。即便是退休以后，我也会努力争取实现以往的梦想。我觉得，积极向上是一场长跑，它不属于某个年龄段，而应该贯穿于整个人生。"

"你刚才说的话好像是党小组政治学习时的发言。"崔贤笑着说，"我也有梦想，只是受有些条件的限制暂时无法实现而已。说实话，有时候我非常羡慕退休干部。在法律和政策允许的范围内，他们可以干自己愿意干的任何事情，站在人群之外说人，置身事情之外评事，没有工作压力，不受领导管束，有话就说，有屁就放，那多痛快。"

我摇摇头说："我不同意你的观点，你爸爸退休以后，生活待遇与在职时可能没有太大的变化，仍然有专车保障，有专人服务。我岳父也是退休干部，他原来是企业的车间领导，在'工人阶级领导一切'的年代，他对自己的身份和从事的工作引以为荣，但是现在企业退休人员成了社会的底层，他们中的很多人原来上班的工厂都不存在了，有些生活中的问题没有人负责解决，平时要用很多时间计算那点退休金怎么花。有的人退休后怕被人管，有的人退休后怕没人问，这是由他们所处的地位决定的。我的意思是说，世界是什么模样，完全在于一个人看它的角度。"

二

在天气晴好的时候，在市区才能看得到北京西郊的山峰，它们每天在晨曦中显现，又在暮色中隐退，像是悬挂在天际的一幅山水画。而今天，天公不作美，到处都是灰蒙蒙的一片，空中的云彩低得触手可及，里面应该是储存了足够的水分，好像随便揪一块下来，就能攥出半碗水来。

我顺着复兴路往西步行，脚步匆匆地赶往解放军总医院南楼。

计划局老局长崔良田住院做手术的消息是正在某研究所当所长的张致欣电话告诉我的。

不知不觉中，我们这代人的人生之路已经走了大半，五十岁之前得到的好消息居多，谁的女儿考上了大学、谁的儿子准备结婚；五十岁之后听到的坏消息不少，谁得了重病、谁离开了人世。一个人到了一定的年龄之后，才会真正懂得，时间过得飞快，人生异常短暂。一天很短，短得来不及拥抱朝阳，就已星月交辉；一年很短，短得来不及欣赏春光，就已雪花纷飞；一生很短，短得来不及享受青春，就已两鬓斑白。

对于生老病死这些事，我心里很坦然，张致欣也是快退休的人了，有些事情也很看得开。我们俩经常在电话中进行思想交流，他的有些观点与我差不多，虽然我们不是"英雄"，但是很多地方都是"所见略同"。我们都觉得，天地间，有艳阳高照的丽日，也有风雨交加的夜晚，有畅通无阻的坦途，也有荆棘丛生的曲径。自然界是这样，人生也是如此，有身强力壮的青春，也有疾病缠身的晚年。因为有了年老，才会理解年少；因为有了死亡，更会珍惜生命。世界是美好的，也是令人留恋的，但它不因你年轻而与你一同开始，也不因你年老而与你一起结束。我们所能做的，就是安排好有限生命里的每一天，在这个世界上潇洒地走一回。

南楼是副军职以上领导干部就诊和住院的地方，设施设备和医疗水平自然比普通病房都会好一些，由于病人比较少，比普通病区也安静了许多。

我到病房的时候，张致欣正与老局长的老伴说话，老局长的老伴姓赵，是退休的部队医生。老局长躺在病床上，显得有些虚弱，他听到我的声音，睁开微闭的双眼，有气无力地告诉我，他的胃癌幸亏发现早，只是胃被切除了四分之三，感觉还算可以，现在就是觉得身上没有劲，打不起精神来。

我对崔局长一向敬重，他平时话说得不多但合乎情理，服从领导但不趋炎附势。对于他的说法和做法，有些领导不是太欣赏，多数群众却是很赞赏。五六年以前他做甲状腺切除手术时，我也与张致欣一起来医院看过他一次，那时候他还没有退休，病房里堆了不少鲜花和水果。这一次就显得有些冷清，床头柜上面的玻璃瓶里插着一束垂头丧气的康乃馨，果篮、礼品盒之类的东西一样都没有见到。

赵医生扶着老局长坐了起来，在他背后放了一个靠垫，让他喝了几口水，与我们慢慢说话。

"一个人得一次重病，就多一次对生命意义的理解。"老局长对我和张致欣说，"你们两个还相对年轻，到了我们这个年龄，就不能再以为来日方长、岁月无限了。有时候一闭双眼，便是永远，我不知道我距离西天的路还有多远，但是心里非常清楚，再往西边走两站就是八宝山。"

赵医生嗔怪地说他："你瞎说什么呀，现在主要是安心养病，不要胡思乱想。"

老局长不理会老伴，继续说："我现在不是胡思乱想，而是正视现实。隔壁的汪政委与我同一天住院，当时我们俩见了面还互祝平安，结果昨天他没有下手术台就走了。我已经是六十多岁，向七十岁迈进的人了，从现在的健康状况来看，暂时还没有生命之忧，但是身体已经开始'精简机构'了，五年内拿掉了两个器官。机关精简机构是为了提升战斗力，人体精简机构是出于不得已。退休这几年的时间里，我看了不少的书，弄懂了不少道理。时光残酷，岁月无情，很多事情，年轻时无法懂得，懂得时不再年轻。老年人的长处就是容易看透世事，处变不惊。三千年读史，不外功名利禄；八万里悟道，终归诗酒田园。我们虽然还到不了某种超脱的境界，但是已经可以达到随遇而安、任人评说的地步。据说北京大学老校长马寅初家里曾有一副对联，很能说明一些老年人的心态，就是：'荣辱不惊，闲看庭前花开花落；去留无意，漫观天外云卷云舒。'我唯一感到欣慰的是，自己戎马一生，无悔今世，做了组织让做的工作，干了自己该干的事情，特别是看到有你们这样的接班人，我可以含笑九泉了。"

赵医生看到老局长说话有些吃力，用开玩笑的口吻轻声对他说："你怎么总是讲一些让人丧失自信心的话，别说那么多了，病房不是会议室，现在也不是理论学习交流心得体会的时候。"

老局长不好意思地看着我和张致欣说："一个人在生活中，很容易忘记自己想记得的事情，却不容易忘记自己想忘掉的事情。我非常高兴你们今天来看我，一高兴就不知道自己已经是身体多病的退休老头了。"

张致欣恭敬地对老局长说："看来老首长近几年确实是读了不少的书，讲出来的话富有哲理、耐人寻味。我会始终记住您曾经对我说过的话，人要悟透自己，得志时不沾沾自喜，失意时不气馁自卑。希望老领导坚定信心、早日康复，以后我们还都有很长的生活道路要走，好日子还在后头。"

看到张致欣净挑让老局长高兴的话讲，我也接着说："老首长在职的时候有很高的威望，我们都很敬重您。您现在虽然退休了，大家说起过去的一些事情来，对您还是非常钦佩。有人说过，一个人真正的价值，不是看他在位时有多少欢呼和掌声，而是看他退位后能赢得多少赞扬和尊重。我和张所长距离退休的时间也都不长了，做官是一阵子，做人是一辈子。如果我们退休以后还能够像您一样让人提起来就交口称赞，才算是无悔今生。"

老局长听了我说的话，面上含着笑，微微点点头，慢慢地垂下眼帘，似乎要关闭与外界沟通的渠道。

我和张致欣看到老首长明显有些疲倦了，便赶快起身告辞。

张致欣的家已经从总部机关搬到了研究所，距离医院比较远。我看到天空很快就要下雨，就催促他喊了一辆出租车赶紧回去了。

我出了医院大门不一会儿，天色就变得更加灰暗，风和雨互相勾结、狼狈为奸，挥动着耀眼的闪电长鞭，抽打着大地上的万物。我出门时幸亏听了晓曼的话，带了一把雨伞出来，才没有受到风雨的摧残。也好在路途不远，我抓紧雨伞，紧走一段路就到了家。

三

田碧野副部长去世前没有任何不祥征兆，只是洗澡时在卫生间摔了一跤，家里其他人没能及时发现，后来被儿子送到医院没几天就走了。

他摔倒的第二天，就住进了重症监护病房。我赶到病房看望他时，他躺在床上已经不能言语，听到我的喊声，费力地睁开混浊的双眼，看了我一下，没有任何反应，当时我的心如同刀割般的疼痛。

他似乎是已经没有了记忆。我在心里默念着：也许您会忘记我，但我永远记得您，因为我心中铭刻着您对我的关爱。

老科长的病床旁全是医疗器械，医疗器械没有生命，它们在行使人们赋予的使命，尽量延长病人的生命。

胃不消化食物，肝不制造血液，老科长肚子里的几个主要零件几乎全都出了问题，人体的许多功能已经丧失。生命对于这位老人来说，不过是一个呼吸器官。

老科长的遗体告别仪式安排在解放军总医院的地下小殡仪馆，他因为是新中国成立前入伍的，属于离休干部，从工作岗位上退下来之后没有移交到地方政府管理，告别活动由部队的干休所负责组织。

天气阴沉，细雨蒙蒙，这是老天爷制作的悼念老科长的最佳背景。

仪式还没有开始，殡仪馆门外有几个佩戴着白花的军人在维持秩序，更多的是穿着便衣的老人在一旁等候。他们之中，有的可能是很长时间没有见面了，互相悄悄地打着招呼，轻声地问候一两句话。

我和从老部队后勤分部坐汽车赶来的于胜利，还有与他同来几位分部领导，先到家属休息室看望了老科长的亲属。

老科长的一生，南北转战，东征西讨，克服了不少工作中的困难，完成了领导交给的各项任务，其不断前行的足迹交织成生命的经纬。但是，他在生活上却是个不称职的丈夫、父亲，与家人不在一起生活的时候，他在大食堂吃饭，只会凭票就餐；与家人在一起生活的时候，他是甩手掌柜，饭来张口，衣来伸手，好多事情不会做，甚至不知道开水下面条、油热炒鸡蛋。他爱人是随军家属，没有工作，养育孩子、打理家务几乎全靠她一个人，几十年如一日地任劳任怨。

两年前，老科长的老伴因病去世以后，老科长像是塌了天、陷了地，生活陷入无序状态。

老伴去世以后，孩子是他最大的寄托，也是他失去安慰后的安慰。

但是，他的几个孩子，从客观上来讲，各有各的工作，各有各的家庭，不能天天陪着他、照顾他。尽管部队的干休所时常会来人或者打电话过问一下他的生活，但是他大部分时间还是一个人待在家里。尽管离休费不少，但是生活得并不顺心。一个人坐在沙发上回忆往事和幻想未来，是他最好的精神享受，他有时候想儿子、想女儿，有时候想孙子、想外孙，一颗心在几个地方游荡。

老科长的生活道路在他这批老兵中很有代表性，他们之中很多人的爱人都是随军家属。"随军家属"是一种特殊的职业，也是无法归类的"工种"，不领工资且非常劳累。在家庭生活上，她们是丈夫的全部，若是有一天她们有人突然不幸离开了，她们的丈夫会在一堆家务活面前束手无策，就像我的老科长田碧野。

我去医院看望老科长的那一天，他的几个孩子竟然都不在身边，只有一个被称为"护工"的小伙子在照顾他，这让我无限感慨。

老年人到了一定的时候，是不是都会遇到情绝缘断的无奈、曲终人散的悲哀？有个作家说过："你的儿女，是生命对于自身渴望而诞生的孩子。他们借助你的力量来到这个世界上，并非因你而来。他们在你身边长大，却并不属于你。对于长大的孩子来说，他们属于他们自己。"许多父母为孩子付出很多，但还总觉得对孩子有所亏欠；有些孩子为父母付出很少，但他们仍感到自己已经是孝心一片。有一句俗话叫："不当家不知柴米贵，不养儿不知父母恩。"现在有些年轻人，当家了也不知柴米贵，养儿了也不知父母恩。他们不理解父母的良苦用心，他们与父母中间隔着的不仅仅是一条代沟，还有一座高山。父母家有什么好吃的，给儿女留着；儿女家有什么吃不完的，给父母送去。父母为儿女省钱，儿女说父母抠门；父母为儿女节俭，儿女说父母小气。父母想念儿女，像山间溪流，常年不息；儿女想念父母，如天空云朵，雷鸣电闪之后，才落下几个水滴。父母老了以后，其实与婴儿一样，孤独无助，渴望关怀，但婴儿前面是生长的希望，老人面前是衰老的绝望。婴儿一会儿见不到父母可以大声哭喊，老人长久见不到儿女只能默默无语。父母对儿女的爱像空气，儿女依赖他们生存，却又往往忽视他们的存在。

当然，也有不少孝顺的儿女。他们的行为，说起来让人动容，听起来使人感动，但这样的儿女似乎是越来越少。

我同时想到，人生之路，主要还是靠自己走，老年人更是如此。组织的关心、儿女的照顾，不可能包揽你的一切。不会你哭就有人哄，你痛就有人疼。

我在医院看望老科长的那一天，思绪万千。病房里床头柜上的小钟表不紧不慢地走着，嘀嗒作响，一秒一秒地扣除着我和老科长相聚的时光，也计算着我眼前这个垂暮老人还要度过多少难挨的时光。

我在无声有息的老科长的身边想这么多，是因为听到了别人对他儿女的一些负面传闻。父母因事业而对子女造成的感情缺失，并不是对孩子成长的忽略，而是换了一种方式的付出。在与老科长共同工作的那段时间里，我深知他埋在心里的对儿女的爱。

在与老科长最后告别的时候，我和于胜利都掉了眼泪，而且是止不住地哭出声来。

愿逝者安息！

四

这个周五的上午，严班长打电话告诉我，他又来北京了，就在我家附近。

"那就过来吧！"我高兴地对他说，"一会儿我就下班了，中午咱们一起去食堂吃工作餐。"

严班长说："不用了，我想请安干事、陶参谋你们几家人明天中午过来吃饭，我儿子的饭店在这里又开了一个分店，就在你家住的这条街的南延长线上。听我儿子说，这里距你家只有两三站地。"

我爽快地答应了，并向他承诺会动员其他两家人一起前去。

我放下严班长的电话就给郭秋林打电话，他的手机关机，大概是在开会或做其他重要的事情。

我又打安然的手机。安然觉得在医院做行政工作没有太大的发展，在部队调整为相当于正团职的职务以后，毅然转业到地方，被安置在街道办事处任工委宣传部部长，仍然干她的老本行。安然是个爱凑热闹的人，听说老战友又要聚会，当时就高兴地表示要与郭秋林一起参加。

到了晚上，我又给陶伟打电话。

"在家忙什么呢？"我问他。

"前天泡了一盆衣服，昨天没有舍得洗，这项光荣的任务今天再不完成，家里就该有臭味了。"陶伟在电话里嬉笑着说。他好像每天都无忧无虑，生活的天空总是云淡风轻。

"老战友好久不见，非常想念，有机会聚会见个面，我肯定要参加。"陶伟听完我的话，高兴地说。接着他又补充了两句："现在的什么总结会、动员会、表彰会，我都不感兴趣，但是宴会、晚会、庙会、茶话会我喜欢去，尤其老战友聚会，特别喜欢参加。"

北方的冰雪过早地闯入了京城大地的暮秋，天气比较冷，连太阳都躲进了厚厚的云层里不肯露脸。

张晓曼出门前刻意打扮了一番。她在医院走的是双轨制，现在是技术七级，退休前调为技术六级应该没有多大的问题，这与在医院只有行政职务的安然相比，以后的发展和待遇都会更好一些。

我和晓曼都穿上了棉衣，出门以后，依然感到有些凉意，但是心里觉得热乎。

我们几家相聚在一起的时候，安然最喜欢拿陶伟开玩笑。她一见到陶伟和小李的面，就带着夸张的表情说："陶高参今天真精神，越活越年轻了！"

陶伟更喜欢在安然面前要贫嘴，嬉皮笑脸地说："安大部长说得很对，我今天起床以后，先去卫生间撒了一泡'童子尿'，又对着镜子梳了梳'少白头'，一看表，呀，时间不早了，来不及换上开裆裤和戴上尿不湿就赶快出门了。"陶伟的话说得我们都笑了起来。

几年时间没见面，严班长好像又苍老了不少，流逝的时光用一条条皱纹在他脸上刻下了几十年的艰辛，岁月的犁痕让他显得更加沧桑，黑中透红的皮肤吸收了足够的日月精华，透出典型的农民本色。

严班长和他的儿子热情地招呼我们在餐桌就座，边喝茶边聊天。

"听说你转业以后不但当了领导，还是下属几个社区舞蹈队的教练，教他们跳民族舞、交谊舞、现代舞、古典舞，我这一辈子算是当不了舞蹈家了，连'二百五'都不会跳，一点特长都没有。"陶伟喝着茶，没有忘记与安然开玩笑。

安然也笑着说："你的特长也不少，不是还会抽烟吗！"

"我就这么一点本事，我们家的小职员太太还不让我尽情地发挥，多次劝我戒掉，还说什么抽烟是慢性自杀，照她这么说，我天天都是自杀未遂了？而实际上，我不仅没有自杀倾向，而且对未来的生活充满了自信。"陶伟说着，瞟了小李一眼。

小李用胳膊肘轻轻顶了一下陶伟，嗔怪地说："你现在老大不小了，还和以前一样，说话没心没肺的！"

我与郭秋林一直没机会讲话，这时我插空说："小李，有人说'没心没肺，活着不累'，我就喜欢陶参谋这种性格的人。"

小李也是五十来岁的人了，二十多年前的妙龄红颜，如今有些憔悴，听陶伟讲，她在单位工作认真负责，在家里教育孩子也很用心。小李听了我说的话，不好意思地笑着说："我知道秦参谋多年来对我们家陶伟关心帮助，对他影响很大。不过，您以后不能再喊我'小李'了，我家闺女都该找男朋友了。"

小李叫李月娟，但我从来没有喊过她的名字。我们村暗恋过我的那个赤脚医生的名字就叫"月娟"，不过，她的全名是"秦月娟"。

"对不起，叫习惯了就不好改口，我以后就叫你李医生吧！"我也不好意思地对小李说。

"叫我老李！"李月娟可能是看我的样子比较好笑，开玩笑地说。

郭秋林找到了说话的机会，对李月娟说："男人喜欢装老，让别人说他成熟；女人喜欢扮嫩，叫别人说她年轻。我们以后不叫你小李，但是也不能叫你老李，叫你李医生最合适。"

摆好了凉菜，倒好了白酒，严班长让我们举杯共饮。他今天情绪很好，见我们聊得开心，也感到高兴。

晓曼在旁边听我们说话，一直抿着嘴笑，这时候也对李月娟说："每个人都有自己的特点，都可以张扬自己的个性，李医生以后多给陶参谋一些活动的空间，让他随意发挥。我觉得陶参谋的心态很好，听我们家老秦说，他生性乐观，什么事情都不放在心上，与别人在一起，走一路笑一条线，坐下来乐一大片，别人都喜欢和他交往。"

陶伟一副谦虚的模样，微笑着说："感谢你们认可我的想法和做法，我这个人没有太大的志向，也没有多大的本事，但是主张挣干净钱、睡踏实觉、做老实人。我不喜欢投机钻营、巴结领导，也不喜欢别人对我管束太多。我们单位那个男上司退休以后，又来了个女上司，她几次批评我，说我说话太随便，作风太散漫，头脑太简单。我心里想，你又不是我太太，凭什么指责我这个'太'那个'太'的！"陶伟的话又把大伙逗笑了。

"其实我们这个新来的女领导还算不错，对下属的生活非常关心，人长得也比较漂亮，很有气质，就是喜欢管闲事，说话有些嘴碎。原来单位开会，领导讲话时男员工都爱打瞌睡，自从她当了领导，做报告的时候，我的那些男同事总是在会场上失眠。"

陶伟还在口无遮拦地瞎侃，他今天特别高兴，觉得别人对他个性的理解和认可，是今天这个饭局上最好的一道菜。

安然在一旁取笑他："你刚才说的话就不怕李医生听了以后回家让你跪搓衣板？竟然敢说对女上司有好感！"

陶伟红了脸说："我对我们家小职员太太的爱，那是死心塌地、始终如一，这辈子爱不够，下辈子还准备娶她当老婆。"

李月娟也红了脸，没好气地对陶伟说："我下辈子可能托生成一个男的！"

"你要是托生成男的，我就争取托生成女的，咱们正好还配一对；你要是托生成男的，我也托生成男的，咱们俩就搞同性恋！"陶伟一本正经地说。

李月娟一副哭笑不得的样子，但是看得出来，她听了陶伟开玩笑的话，内心是幸福的。

安然可能觉得陶伟说话很好玩，对他说："陶高参真会讲话，李医生感动得都有些难为情了。"

李月娟瞪了陶伟一眼，对安然说："安干事别撩他，他是个没脸没皮的人。"

安然笑着对陶伟说："李医生想让你安静一会儿，那您老人家就等会儿再说，来，上汤了，咱们先喝口汤！"

"汤太烫，我一会儿再喝。"陶伟意犹未尽，还想说些什么。

安然假装认真地问他："你怎么也怕烫？"

"我也是人，我为什么不怕烫？"

"有一句话叫什么、什么，什么不怕开水烫！"

我们都笑了，陶伟用自嘲的口吻说："安部长也会挖坑捉弄人。不过，我知道，嘴上不饶人的人，心地一般都很善良；心里不饶人的人，嘴上可能会很甜蜜。很多时候，我们不能只喜欢别人的嘴甜，看不见别人的心善。有一句俗话叫'打是亲，骂是爱'，你对我是——郭司长，我理解得对吧！"

随着年龄的增长，郭秋林显得更加老练和成熟。他听了陶伟的话，笑了笑，意味深长地说："到了我们这个年龄，心态好，生活质量就高；老来乐，身体就会很棒，我就喜欢老战友们在一起无拘无束地说笑。我们现在年纪虽然还不是太大，但是也要注意，过去拿得起的事，现在也要放得下；过去想不通的事，现在定要想得开。除了稳妥地做好自己的工作，还要培养新人、准备交班，在很多地方都应当洒脱一些。很多人的苦恼就是源自对过去的事看不透、对现在的事放不下，看不透喧嚣中的平淡、繁华后的宁静，放不下现在的人与事、过去的是与非。严班长是我们几个人中的老大哥，复员回老家以后生活上遇到不少问题，也克服了不少困难，在这方面可能比我们有更多的感受。"

郭秋林给了一直坐在旁边听我们闲聊的严班长一个说话的机会，并敬重地朝他点点头。

严班长感动地说："郭司长说得对，人生不是花，败了还能开，人生不是草，枯了还能荣。人一辈子只活一次，一旦闭眼，便成永远。很多事，我们要看得开，要珍惜眼前的每一天。"

安然的话说得与一个党务工作者的身份相符："严班长刚才讲得很对，我们这些老战友们在一起，可以回忆过去，但回忆只能是回不去的记忆，无法重复和复制，最多可以给我们某些启发。我们不要忘记过去，但更要重视当前。都是年过半百的人了，不为模糊的未来担忧，只为清楚的现在努力，人生之路，不是百米冲刺，而是万里长征，要顺势而为、随遇而安。在生活的道路上，放平心态、积极向上，不是年轻人的专利，而是贯穿于人生的各个阶段的。年龄不会带走一个人的精神和自信，而会使我们有更多的人生阅历，抓紧时间工作，淡然看待生活。也就是说，人老了也要保持良好的心态、树立正确的观念，在不同的年龄段，展现不同的时令风景。"

陶伟听了安然的话，用调侃的口气说："安部长刚才是对我们今天话题的总结性发言，我们回去以后，要做好传达、认真宣传、组织学习、深刻领会。安部长，您说话这么生动、这么有水平，我估计平时在台上一讲话，台下的听众会感动得鼻涕眼泪一起流。不过，我提个建议，咱们下面还是聊一些让人感到轻松的内容吧！"

安然红了脸，笑着对陶伟说："我同意陶高参的建议，咱们今天是战友聚会，多聊一聊家务事。嘿，陶参谋，我想起来了，你女儿考上大学以后还没请客呢！"

"对，应该补上，吃过饭我请你吃冰棍怎么样？"

"陶高参真抠门，大冷的天请我吃冰棍！"

"我抠门干什么，又不是没有钥匙，抠门会手指头疼。听秦参谋说，你们在警卫通信连当战士的时候，最好的享受就是星期天在外边悄悄地买一根冰棍吃，我请你吃冰棍能勾起甜蜜回忆。不过，我女儿考取的不过是普通大学，人家秦参谋两口子的女儿考上了重点大学，你怎么没有说让他们请客呢！"

"教育孩子的时候你不想下功夫，都交给李医生，现在倒忌妒人家孩子考的学校好了？"安然说。

这一次是陶伟红了脸，朝着安然辩解说："什么忌妒，一季度还是二季度，我这是羡慕！秦参谋的孩子是父母的遗传基因好，考上重点大学是很自然的事。我这个人不怎么爱动脑筋，在学习上对孩子帮助少，她能考上一般大学就不错了。"

"你们俩以后搭伙说相声吧！"我在他们两个人中间笑着插话。

陶伟假装正经地说："这个主意不错，我拟同意，最后请郭司长审定。我有个不成熟的想法，以后说相声不要总是两个男人往那里一站，一男一女最好，男观众喜欢看女演员，女观众喜欢看男演员，所有的观众买票时都高兴掏钱。这样对演员也有好处，男女搭配，说久了也不累。"

在说说笑笑中，一瓶白酒又见了底，李医生怕陶伟喝多了再出洋相，建议大伙吃些主食、结束聚会。

由于严班长的儿子后来坚决不同意我们聚餐付费，我们几个人这一次来，都又带了一些烟酒之类的礼品。严班长说，他在北京还要住一段时间，欢迎我们有时间再过来，下次来的时候，他要亲自下厨，给我们做几个他当年在警卫通信连炊事班时的拿手菜。

第十四章　退休以后

一

社会上流传着一句话："爱怕变，情怕偷，身居要职怕退休。"但是，总部的高副部长退休了，而且是先免去职务，再提前退休。

高副部长提前退休是因为犯了"在分管工作中利用权力谋取私利"的错误，与他的退休命令同时下达的，还有"党内严重警告"的处分。他的不当行为导致他过早地结束了自己的政治生命，中将成为"终将"。

原来公职人员退休，前边都要加上"光荣"两个字，现在的一些退休人员已经享受不到这种荣誉了，特别是领导干部。所谓"光荣退休"，过去的光荣是因为你完成了使命，结束了工作；后来的光荣是你退休时没有犯错，安全着陆；现在的光荣是你退休以后一段时间内，仍然没有人追究你的责任，而且在评价你在职时的业绩时，多数人能给予肯定。

高副部长还有半年多时间就要到规定的退休年龄了，他这架飞机在快要降落的时候出现了机械故障。

高副部长的原秘书葛玉杰，因为在我们局当副局长时群众反映不是太好，就被调到综合部其他局当副局长了。高副部长受了处分提前退休以后，他并没有受到多大影响，只是自己觉得面子上不太好看，平时高昂的头低了几公分。

崔贤在谈到干部退休问题时，语言犀利，一针见血。他说每个人的身上都有好多种标签，这些标签代表了一个人的身份和特质，并约束着他的行动。有的人按照标签标注的内容，尽职尽责，遵纪守法，走该走的路，办该办的事；有的人尽管标签也挂在身上，但是做了一些与标签上标示内容不相符的事情。有些人的标签是不怕火炼的真金做成的，而有些人的标签只不过是闪闪发光的铜块儿。

"我觉得现在有些干部不像以前那样守规矩了，特别是手中握有财权、物权、人事权的个别干部，肆意妄为，目无法纪，我相信党和政府不会放任不管的。法纪是块铁，谁碰谁流血，法纪是块钢，谁碰谁遭殃，总有一天他们都会受到惩处。高副部长提前退休是好事，免得他在错误的道路上越走越远。应当说，他以前是个有能力、有魄力的干部，不然，也不会达到这么高的地位。但是他到了一定的位置、拥有了一定的权力之后，在对金钱和物质的索取上，就缺少了适可而止的分寸。我记得有人说过的一句话，叫'贪如火，不遏则燎原；欲如水，不遏则滔天'。机遇只是偶尔敲一下你的门，而诱惑喜欢按住你的门铃不放。如果经不起诱惑，不知道什么时候、在什么地方，遇到什么事情，你就成了金钱的俘虏！"

崔贤是个有正义感的人，他说这番话的时候有些气愤，但是我觉得，他评价高副部长的话，似乎是对首长的不尊重。这又能怨谁呢？懂得尊重别人，应该是所有人都应当具有的美德，但是不懂得尊重自己，也不懂得尊重别人的人，永远也得不到别人的尊重。

我赞同崔贤说的有些话，对他讲："记得清代一个名人说过一句话：宽一分，民得益不止一分；取一文，我为人不值一文。这应当是针对所有当官的人讲的话。一个人，特别是当过官的人，不管他活到七十岁还是八十岁，在时间的长河里，只是短暂的一瞬，有的载入史册、光耀千秋；有的声名狼藉、千夫所指。心里装着人民的人，人民才会记得他。绝大多数的人会像我们一样，有职无权，无声无息，循规蹈矩一辈子，如一滴水融入大海，似一粒尘埃落入土地。但是，即便是小人物也要有做人的准则，回首以往，不负年华，起码自己要感到问心无愧。"

崔贤说："你讲得对，我们在职的时间也不会太长，管好自己就行了。高副部长提前退休以后，可以有更多的时间撰写回忆录。不过，我认为，有些退休干部写回忆录，检讨自己的少，炫耀自己的多；在脸上除灰的人少，在面上贴金的人多，他们好比是在提前为自己整理遗容。"

综合部成部长的退休命令是在他满六十周岁的第二个月下达的，比高副部长晚了几个月。综合部副局长、副主任以上的部门领导参加了总部首长宣读综合部老部长退休、新部长任命的会议。

我没有资格参加会议，只是听说成部长在会上发表了自己的退休感言之后，热烈的掌声经久不息，他在主席台上几次起立、敬礼，掌声才停下来。

在宣布退休命令的当天，成部长让秘书安排了一辆面包车。为了不影响别人办公，在下午下了班之后，他将自己在办公室中午小憩的被褥和喜欢看的几捆书收拾好，让公务班的战士帮助装上车，准备悄悄回家。他走出综合部办公楼，看到楼门口聚集了本部的几十个参谋、秘书，也有局室领导，他们自发地站成一排，默默地肃立路旁，在为自己送行。

我和崔贤也在送行的人群中。

成部长红了眼圈，他没有讲一句话，与自己曾经一起工作过的部属一一握手告别。

成部长在政治舞台上谢幕的形式和效果，与高副部长形成了鲜明的对照。我们都应当懂得，自己是很多事情的根源。你现在收获的，是由你以前的行为决定的。

崔贤在成部长手下工作的时间比我短得多，但对成部长也是心悦诚服的，他对成部长的评价只有八个字：一身正气，两袖清风。

"为成部长送行的人员的心情我想象得到。他们的心中，有留恋，也有遗憾。"在送走成部长后回生活区的路上，崔贤对我说。

听了崔贤的话，我没有说什么，应该说是心领神会，我知道他话中的含意，但还是看了看他，等待着他的进一步解释。

"不管从哪个方面讲，我觉得成部长都应当接高副部长的班，领导我们再干三年。"崔贤说，"群众的眼睛是雪亮的，但群众说话是不算数的。听说总部新来的这个副部长姓'送'，在他们军区官兵中反映就不是太好。"

"他不姓宋！"我纠正崔贤。

"是姓'送'！"崔贤神秘地笑笑说，"是送礼的'送'。"

二

又到了一年辞旧迎新的时候，空中飘扬的雪花，是老天爷送给人们的贺年片，老人家似乎是在祝福每一个人，新的一年都有好运气。

我退休命令的日期是当年的十二月，直到第二年元旦过后，快过春节的时候才传达。部队干部的退休年龄依据不同的职务而有所不同，什么时间退休，每个人心里都有数。退休是人生一个重要阶段的结束，不管昨天发生了什么，都已成为过去，无法改变，以后的每一天都是崭新的开始。

脱下军装的那一天，我心有不舍，无限感慨，在笔记本上写了仍然不敢称为"诗"的几句话：

军装

脱下穿旧的军装，

把戎马生涯珍藏。

尽管以后身着便衣，

也不在军营在职在岗。

但自己依然是个军人，

因为八一军徽早已镌刻心上。

生死豪情仍在，

鲜血依旧滚烫。

没当过兵的人，

不知道军人的责任。

没扛过枪的人，

不知道钢铁的坚强。

如果祖国一声召唤，

我会重新穿上这套军装。

英勇杀敌寇，

誓死保边疆。

一个人退休以后的命运主要掌握在自己手里，以前有些想做不能做的事情，现在可以去做了。

退休以后的生活，我考虑过多种方案，但后来都以"到时候再说"的理由拖延下来，而一直没有定论。

"退休以后干什么还没有想好呀！我看你天天忙忙碌碌的，好像还要工作很久似的。"在我的退休命令下达前，崔贤对我说，"按照有些人的想法，退休的人如果再想做事情，就要充分利用自己的优势资源，提前进行筹划。你没有听说吧，最近猪八戒在高老庄开了个乡村一日游，还代销花果山的桃和梨、流沙河的大鲤鱼，最让人不可思议的是，他还开了个特色荤菜馆。"

"他在卖猪肉？"

"什么呀，他卖人造唐僧肉！"

听了崔贤的话，我摇摇头，禁不住笑了起来，对他说："我怀疑你是电风扇变的，真能吹！"

"你才是电风扇变的呢，听了我说的话净摇头。"崔贤说着，也笑了起来，他接着讲，"有些事你不能不相信，有些人你不能把他想得太好。听说高副部长退休以后，好几个单位请他出山，有的让他当高级顾问，有的让他当名誉会长，别人看重他的，是他头上那个'总部退休副部长'的招牌。当然，退休以后让人敬佩的老同志也不少，我原来的教研室有一个享受正师级待遇的技术五级教员，他退休以后，告别在城里生活的妻女，把自己一生的积蓄拿出来支援家乡建设，带领乡亲们脱贫致富。奋斗了五六年之后，群众富裕了，他累垮了，身患多种疾病。他去世以后，我参加了他的遗体告别仪式，他们村有十几个村民代表也到北京来了，在他的遗体前长跪不起，泣不成声。"

崔贤说到这里，眼圈居然红了。

我也被崔贤说的教员的事迹所感动，对他讲："我没有高副部长那样的资本，也做不出你们教研室那个教员的壮举，但起码不会损人利己，也不会利用在部队的关系退休后赚钱。我们上班时候的压力非常大，每天都像千斤顶一样工作，只是希望退休后能适当放松一下，做一些力所能及的事情。"

我给比我先退休的张致欣打了个电话，询问他退休后的生活状况，希望从中受到一些启发。

张致欣退休后，帮助朋友打理一家以慈善为宗旨的咨询公司，他说起话还像在职时一样，有条不紊，论据充足。

"比起地方干部，军队干部的退休年龄相对较小，地方的司局级干部六十岁才退休，部队的师级干部一般五十五岁就退休了。我们退休以后还有很长的生活道路要走，如何合理地安排退休生活，决定了后半生的生活质量。退休干部主要是休养生息，过去上班，现在遛弯，过去领导让干啥就干好啥，现在自己想干啥就把啥干好。但是，如果整天无所事事，消磨时光，也会感到孤独和无聊。退休干部，特别是机关的退休干部，可以充分发挥自己爱动脑、勤思考的潜能，多一种爱好，学一门知识，不仅能够培养高尚的情操、提高个人的素质，也可以愉悦心情、树立自信、获得成就感和幸福感，而且还能够强身健体、延长寿命。英国一位著名哲学家就说过：'强烈的爱好可以抗衰老。'我理解他这句话的意思，就是有强烈爱好的人，总有一种力量在支撑着他，让他顽强地活下去，把自己想做的事情做好……"

张致欣的话没说完，我就笑了起来："您刚才讲的这番话，可以记录整理出来，投给某个老年杂志，刊登出来以后对许多退休人员都有普遍的指导意义。"

张致欣也笑了起来，对我说："我是心里怎么想的，嘴上就怎么说，这叫有感而发，随口道来。我之前也想过，退休以后，游览祖国大好河山，承担部分家务负担，想走的路就走，该干的事去干。后来禁不住战友的劝说，就去了他的公司，为他出谋划策，结果他说我对他的帮助很大，我自己也觉得每天忙忙碌碌很充实。有人说，人最能感到幸福和自豪的有两件事，一是做到了自己原来认为做不到的事情，二是做到了别人认为你做不到的事情，我对于这两点都有很深的体会。人老了，想干好一件事情，要有不甘落后的心态和行动，这是一种个性的舒展，是对自己生命的尊重。人生之路不是短途行走，而是万里远足，积极的人生态度应当贯穿整个人生，当然也包括退休之后的岁暮时光。"

我觉得张致欣讲得很有道理，便对他说："您的话让我受益匪浅，感触很深。我明白您的意思，一个人退休以后，也要拥有积极的人生态度，面朝阳光，努力生长，保持微笑，一如既往。我也是打算退休后找点事情干，但不是以获取经济利益为主要目的，而是要充实提高自己、丰富晚年生活。"

张致欣高兴地说："你的想法我表示欣赏，我们的退休费已经能够保证衣食无忧、满足基本的家庭生活开支需要，我们今后更多的是追求精神层面的东西。人生各有路，知足乐最长，到了一定的年龄就要降低欲望，适当取舍。有人说，把心放平，生活就是一潭平静的水；把事看轻，人生就是一朵自在的云。清心寡欲是一个人的无形资产，真正的财富是一种思维方式，而不是手里的金钱数目。"

听了张致欣的话，我很受启发，尽管也有几个退休早的战友约我出去一起做事，但是我都没有答应，做生意、搞经营的事我肯定不干，没有那个"天赋"，用晓曼的话说就是"你买东西连讨价还价都不会，心肠软得自己赚了钱比别人赔了钱还难受，有的人下海经商能行船，可是你蹚条河沟都会呛着"。晓曼说的话有点伤我的自尊心，但是我又觉得她说得有道理。

已经大学毕业在一家出版社上班任编辑的静谧对我说："爸爸，您不要再为退休以后干什么事情纠结了。我们出版社现在正聘请社外编辑，只看文字水平，不论年龄大小。我给您报个名，如果考核合格，您可以只在家里校稿，不去社里坐班，休闲、工作两不误。"

我表示可以考虑。

退休命令下达后的第三个月，我被女儿所在的出版社聘请为社外编辑，审核校对待出版图书，主要是纠正里边的文字差错。

我觉得自己好像又接受了新的任务，要参加新的战斗，为了不打无准备之仗，我到新华书店买了几本工具书，先进行岗位练兵。

已经在计划局接替我担任基地组组长的崔贤打电话向我表示祝贺，他也说我文字功夫好，适合当编辑，并且开玩笑让我"发挥余热"，但不要"头脑发烧"，不能像在职时候一样拼命，要注意保重身体。

三

树上的鸟儿在枝叶间开着演唱会，庆祝春天的到来，和风也在窗外开始朗诵春天的诗句。感受到春天气息的人们，心情似乎也愉悦起来。窗外的行人脚步轻盈，笑语欢声。

这一天，我正在家里审校书稿，张致欣给我打来电话，说刚从省军区后勤部副部长位置上退下来的陈晓刚要到北京来，问我知道不知道。我说他前几天给我打过招呼，说自己现在不再公务缠身了，要带着父母到北京来玩几天，崔贤负责帮他安排食宿。

"晓刚后天上午到，当天晚上我想为他和他的父母接风，你和崔贤陪一下，咱们几个老同学也利用这个机会见个面、说说话。"张致欣说。

张致欣给朋友帮忙的公司虽然是非营利性机构，但他每个月也能领到几千块钱的辛苦费，手头宽裕了，会经常请战友和同学们聚会、吃饭。

我欣然答应了老班长的邀请。

陈晓刚的爸爸曾经当过县里的政协主席，七十多岁了依然精神矍铄、满面红光，看样子身体保养得不错。陈晓刚的妈妈原来是一所小学的校长，温文儒雅，举止端庄。

晓刚的爸爸大概是一位比较健谈的老人，刚入座，他就无限感慨地说："虽然你们都是退休或者快退休的人了，但在我们的眼里还是孩子。长江后浪推前浪，一代新人胜旧人，当初你们取代了我们，现在别人又取代了你们。新陈代谢才能保持正常的血液循环，人生是这样，社会也是如此。"

张致欣看到服务员给每个人都倒好了酒，端起自己的杯子对晓刚的爸爸说："陈叔，我们几个晚辈先给您和阿姨敬一杯，祝你们在北京玩得愉快。刚才听您说话，不用介绍，就知道以前当过领导干部。"

陈晓刚的爸爸干了我们敬他的酒，爽朗地笑了起来，晓刚的妈妈在一旁说："他这个人呀，'职业病'治不好，总是喜欢讲一些大道理。七老八十的年纪了，还天天读书看报，关心时事，赶时髦，学新词。"

晓刚的爸爸正色说："老年人在物质方面的欲望不高，主要是追求精神生活的丰富，读书看报应当成为晚年生活的重要内容。有人说，年轻人幻想多，老年人回忆多，有些老年人，把对以往岁月的回忆，看成风烛残年的精神食粮；对未来生活的企盼，当作岁暮时光的精神寄托。我与他们不完全一样，更多的是寄希望于未来，挺胸抬头往前看。每一个人都有过去，不一定要忘掉过去，但一定要放下过去。学会放下过去，是一个人思想境界的升华。让心归零、笑对将来，是老年人都应该具有的胸怀。"

听了老人家的话，我们几个人都点头称是，晓刚的妈妈反而有些不好意思了，嗔怪地对晓刚的爸爸说："我越说你越来劲，把在位时给群众做报告的架势又拿出来了，晓刚的这几个同学，你别看他们资格没有你老，人家都是部队的师级干部。"

晓刚的爸爸听了老伴的话，有些不高兴地说："我可不是摆老资格，而是在谈退休后的体会。告诉他们人老了也要有良好的心态，也要对生活有追求。人生好比四季，不论什么时候，都有它独特的美，春有山花烂漫，夏有绿树成荫，秋有满地金黄，冬有银装素裹。到了一定的年龄，就要用欣赏风景的心情迈开晚年生活的每一步。"

陈晓刚与他爸爸的关系看起来非常融洽，总是逗老爷子开心。他看到爸爸听了妈妈的话有些不高兴，便开玩笑地说："我爸爸说话不但有水平，而且还能够把握分寸。在位时就以口才好而著称，他在台上一讲话，哑巴赞不绝口，聋子听得入神，连瞎子都投去敬佩的目光。"

听了晓刚的玩笑话，满桌的人都开心地笑了起来。

酒过三巡，一直没有怎么说话的崔贤对晓刚的爸爸说："陈叔，我佩服您的豁达大度和宽阔胸怀，老年人该放下的要放下，该看开的要看开，特别是不能为一些蝇头小利斤斤计较。我们这里有一位总部的副部长，退休后别人请他当什么顾问、会长，他觉得丢面子没有去，而是经常参加社会活动，今天拿点出场费，明天收个小红包，他还喜欢给这个人出版的诗集作序，为那个人发行的画册题词，接受别人的报酬和赞美。按说他的职务那么高，别人给他的钱，他不会怎么在乎。说实话，他也确实没把别人给他的钱放到眼里，而是——放进了口袋。"

张致欣笑着对崔贤说："我们几个都退休了，只有你还在职，说话注意一点，不要随便议论别人，特别是自己曾经的首长。你别忘了，他虽然退休了，但他提拔的人还在当着你的领导，他们可以决定你的命运。"

崔贤满不在乎地说："讲过的话就不怕别人计较，做过的事就不怕别人检查，我敢于对我说过的话和办完的事负责。快退休的人了，也没有幻想着当局长，怕什么？看不惯的就说，尽管也起不了什么作用，起码嘴巴可以痛快一时。我刚才的意思是，现在有的人缺钱，有的人'前（钱）缺'，缺钱的人可以去赚，前缺的人容易成为罗锅，直不起腰，让别人看不起。"

我在一旁劝崔贤："张所长说得对，我们少评论别人，不知道什么时候的什么话，就传到了什么人的耳朵里。人各有志，不能强勉。你可能也听说了，我们总部先前退休的林副部长，退休后与一些老革命组织了一个'救助春苗基金会'，实际上是一个慈善组织，主要帮助失学儿童重返校园。林副部长在职的时候经常下基层、跑边防，他对边远艰苦地区儿童失学现象感到痛心和震惊。目前他们已经捐建了五所希望小学，前几天我听说咱们部的成部长也参与其中，天天忙得不亦乐乎。"

陈晓刚说："东原讲得不错，我们省军区的廖司令退休后也是这个基金会的成员。他们为了帮助贫困家庭的儿童上学多方募捐，有的老首长自己不但不取报酬，还倒贴了不少积蓄。"

晓刚的爸爸接着儿子的话头说："部队的干部退休早，身体好，水平高。我认识的几位部队退下来的领导，都没有闲着，为社会作贡献，给自己找乐趣。地方干部退休以后，在社会上再找事干的不多，多数像我一样在城里读书看报、安享晚年，也有的告老还乡、隐居故里，过着山中不记年、野花自开落的日子。我主张有条件的退休干部，尽量做些对社会有益的事，爱别人比被别人爱有更多的乐趣。我退休后也资助了两个贫苦人家的孩子上学，后来他们一个考上大专，一个上了中专，毕业参加工作后还经常来看我。一个人的善良，会在不知不觉中积累福报，给你带来意外的惊喜，而一个人的感恩，会在无意之中偿还。所以，善良的人总是感到快乐，感恩的人总是觉得富有。"

老人家说到高兴处，满面生辉，眼角跳动着欢快的鱼尾纹。

一桌子人饭吃得不多，酒喝得不少，眼看一瓶白酒就要见底。看到饭桌上气氛融洽，谈笑风生，张致欣也显得非常兴奋，他高兴地招呼大伙再吃些主食，对刚才众人关于退休生活的话题，用结论性的语言说："人在世上，都是匆匆过客。荣华草上露，富贵地上霜，生不带来，死不带去。但是，人在世上又都有表现自己的机会，有的人雷鸣电闪，有的人风平浪静。师职干部在北京与普通老百姓差不多，退休以后更是头上无衔、手中无权、身上少钱，平凡得如同路边的一棵草、树上的一片叶。但是，默默无闻地生活，也应当发挥自己应有的作用，活出人生的精彩，努力实现人生价值。今天，陈叔结合自己的行动，用谆谆教诲给我们这几个相对年轻的人上了一堂课。"

晓刚的爸爸听了张致欣讲的话，笑着对晓刚的妈妈说："你不要总是说我说话的口气怎么样，听听张所长讲的话，这水平、这逻辑，不用介绍，就知道他也曾经当过领导干部，经常给部队官兵做报告。"

桌上的人又都笑了起来。

崔贤对张致欣的话似乎有不同的看法，斟酌了一下字句说："我没有你们那么高的思想境界，觉得退休了就要好好休息。我们以前忙于工作，有些想做的事没有做，有些想去的地方没有去，错过了春暖花开，就不要再错过秋风红叶。每一个人都要对独一无二的自己负责，在遵纪守法的前提下，尽量满足自己的愿望，不要留下太多的人生遗憾。"

听了崔贤的话，晓刚的爸爸首先点头说："崔参谋的话有一定道理，可以理解。退休以后，每个人都有权利选择适合自己的生活方式。"

四

晓曼在被医院调为技术六级之后不久也退休了。

技术六级和我一样，拿正师职干部的退休费，这让提前转业地方的安然羡慕不已。

"我们现在都有空闲时间了，回老部队看看吧！"晓曼对我说，"我和刘雪菲大姐好几年没有见面了，特别是她和爱人双双患癌之后，我也只是打过几次电话，我们现在的日子过好了，不能忘了婚姻介绍人。"

晓曼提到刘助理，我也深感内疚，连忙说："好呀，我们这几天就去！"

晓曼说："这个星期六让我妹夫开车送我们去，我们在分部招待所住一个晚上，第二天再回来，我现在就给大姐打电话约一下。"

于胜利退休以后就与崔长玲回家乡长住了，用于胜利的话说"要照顾好两家尚且健在的几位老人，弥补多年没有在他们面前尽孝的亏欠"。于胜利已经成家的女儿在分部附近的居民小区买了房子单住，偶尔回后勤分部，到她爸爸的公寓房里看一看。

回到老部队而见不着于胜利，对我来说，是一个很大的遗憾。

我心里还有一个想法没有对晓曼讲，就是回到老部队以后，找机会再去与梁继亭见个面。我对他是哀其不幸、怒其不争，他没有手机，我不知道怎么样与他联系，也没有从别人那里了解到他的情况。

晓曼的妹夫开着车，好不容易从拥挤的车流中挤出北京市区，才在高速公路上尽情地奔驰起来。车窗外边，小河里芦花飞白，公路旁树叶飘黄，冷风在广阔的原野上唱着凄婉的歌，苍凉大地上正在举行秋天即将离去的告别演出。

每一次回到老部队，触景生情，睹物思人，我都会心潮澎湃，思绪起伏，似乎忘却的往事、不常惦念的战友，都会被记忆的游丝牵扯出来，呈现在自己的眼前。

这一次回到分部机关来，看到熟悉的一切，我依然感慨万千。

花开意味着凋谢，瓜熟意味着蒂落，秋天把累累果实奉献给人们的时候，面临的是枝枯叶落，但它不会拒绝季节的周而复始，而是义无反顾地完成自己的使命。人的生命也像四季，不同的是，它只有一次春苗、夏秧、秋实、冬枯，无法进行第二次循环。

进入分部机关大院，环境是熟悉的，人面是陌生的，我认识的人已经不多。好在招待所所长有一次跟着于胜利去北京，我们在田碧野老科长家里见过面。他当时给我留过电话，让我什么时候回分部先与他联系，我和晓曼这次回来，就是他给安排的食宿。

刘雪菲助理是转业到地方工作以后查出来患乳腺癌，前年退休以后复查发现已经转移到肝上，她爱人患的是结肠癌，也是退休以后老干部查体时发现的。夫妻俩没有住在医院里，也没有躺在病床上，见到我和张晓曼，兴高采烈，话锋犹健。

刘助理的老伴姓武，多年前我们就认识。他比我大几岁，但入伍比我晚两年，是地方大学毕业以后直接穿四个上衣口袋干部服，分配到分部组织科当干事的。前几年，他在分部副政委位置上与刘助理差不多同时退休。

几年未见，岁月之铧在夫妻俩的脸上又犁出了几道沟痕。他们的精神状态都不错，我和晓曼真希望他们患癌症是假消息。

"我和老武今年已经外出旅游两次了，到了年底还准备再去海南一趟。"在沙发上坐下来，一阵寒暄之后，刘雪菲平静地对我和晓曼说。"我和老武现在不是同病相怜，而是同命相惜，我们会珍惜眼下的每一天，安排好余生有限的时日。生老病死是自然现象，生下来就不要怕老，有病了就不要怕死，到了我们这个年龄，有些事不仅要看淡，更要看开。人生是一条没有回程的单行线，不管是谁，都拿不到返程的车票。既然早走晚走都要走，早走几年、几个月又有什么关系呢！我们俩商量好了，活着要讲体面，死时要有尊严，将来不给组织添麻烦，也不给孩子增负担。两个人身体尚可时，互相照顾；一个人身体不行时，另一个人负责照顾。两个人身体都不好了，我们会提前留下遗嘱，让孩子们不要等到我们身上插满管子、骨瘦如柴、痛苦不堪了，还在那里进行没有意义的抢救。在适当的时候应当放弃治疗，国家少花钱，孩子少受累，我们少受罪。人生一世，草长一秋，我们只想悄悄地来，静静地走。"

刘助理说的话，听得晓曼眼中含泪，她动情地说："大姐，我今天真不想听您讲这些话！"

刘助理坦然地笑了起来，劝晓曼说："你和秦参谋回来一趟不容易，我是想把有些话挑明了讲给你们，让你们日后心里有数。"

武副政委在一旁也乐呵呵地对晓曼说："不要那么伤感，只要穿过军装，终生都是战士。我们虽然退休了，也要像在职时一样，以军人的作风和胸怀，面对现实，克服困难。对于病痛，你乐观、坚强，它就害怕；你悲观、胆怯，它就猖狂。我和雪菲都准备以乐观的人生态度，勇斗病魔，笑对死亡。悲观的人与乐观的人，生活态度不一样，以后的结果也不同。面前有一根绳子，有人用它攀爬向上，登临绝顶；有人用它上吊自杀，结束生命。生活就是那么回事，走过的是人生，看过的是云烟，经历的是沧桑，回味的是甘甜。我们觉得在部队这大半辈子，做了该做的事，走了该走的路，备感欣慰，无悔今生。"

我对武副政委说："我同意您的观点。对于生命来说，时间是无情的，对于历史来说，时间是有情的。我们这些人，走过万水千山，经历千难万险，刚当兵时喊得最多的一句口号就是'一不怕苦，二不怕死'，过去更多的是不怕苦，现在要做的是不怕死。连死都不怕的人，生活中什么困难就都能够克服。"

晚上，我和晓曼在分部招待所请刘雪菲夫妇吃饭，几个人有说有笑，轻松愉快，没有再说白天那些沉重的话题。不过，刘助理和武副政委饭前都先服了药片，不敢多吃咸、硬和辛辣的食物，只是喝了一些汤、尝了几小块甜点，让人看了有些心酸。

张晓曼对刘助理讲，她与武副政委什么时候再去北京玩，一定要提前告诉自己，自己退休后有充足的时间给大姐夫妇当"业余导游"。

刘助理听了晓曼的话爽朗地笑了，听得出来，她的笑声里并没有多少愉快的成分。

我心里有些酸楚，刘助理和武副政委什么时候能够再去北京，我不知道，我和晓曼什么时候再回老部队也很难说。也许这一次见面之后，便是"你不在，我不再"的情况了。

吃过晚饭，送走了武副政委和刘助理，招待所所长悄悄地告诉我，受我的委托，他通过分部的一个转业干部了解到，梁继亭两个月前已经去世了。

"什么？"我愣在那里，惊得好一会儿都没有缓过劲来。我向招待所所长要来那个转业干部的手机号码，直接向他了解情况。

后来我知道，梁继亭生命最后的时日，过得很不好。病痛的折磨，让他对生活完全丧失了信心，他对这个世界已经没有丝毫的留恋之意，只想早点走。

在病床上躺了两个多月之后，虚弱、多病、缺少锻炼的身体，以及悔恨、自卑、随心所欲的性格，像一副棺材的六块木板，把他的骨灰装殓起来，送他进入另一个世界。

与梁继亭一起转业的几个战友，协助梁继亭的老婆处理了他的后事。按照梁继亭生前的遗愿，他的亲属把他的骨灰接回了老家安葬。他的妻子不是原配的，孩子是为别人代养的，不论生死，在外边都好像是孤身一人。最后，他回到家乡陪伴自己早已去世的父母，也算是魂归故里、叶落归根了。

对有些人来讲，死是一种解脱，人活着债务重重，人走了收支两清。

在返回北京的路上，我思绪起伏，看到了车窗外片片黄叶静静飘落，它们谢绝树枝的挽留，正投向大地的怀抱，枯草在冷风中弯下腰，好像是在向秋天鞠躬告别。

晓曼见我情绪不高，没有与我说话，一个人坐在汽车后排座位上想心事。我的眼睛盯着车外，心里却在为梁继亭感到悲哀。对于他来讲，转业后的这些年，每天都在用可怜的期望喂养无聊的日子，只是漫漫人生路，一直犯迷糊，只有开始，没有善终。他的先于生命逝去的岁月，是由无数个充满希望和失望的日子连缀而成的，这些日子苍白而又无奈。

我们一起入伍时的那批家乡兵，杨箩筐的文化程度是最低的之一，他因为家里穷，没有上过学，属于文盲，纯度是百分之九十九点九九。但是，他从部队转业到县城上班以后，积极学习文化，努力做好工作，连续多年被工作单位评为先进。后来，他搞个体经营，自己开饭馆，诚实待客，物美价廉，远近闻名，生意兴隆。现在他的年纪大了，把饭馆交给儿子打理，在县城买了一套大房子安度晚年。

每个人的生活道路主要都是由自己选择的，你的过去决定了你的现在，你的现在决定着你的将来。

第十五章　休闲时光

一

退休以后的闲暇时光过得非常快，不知不觉中，暖气停了，天空蓝了，马路边的草坪脱去土黄色的衣服，换上了绿色的装束。

出版社让我审校的稿子时有时无，审校书稿这件事只是我退休生活的一种补充，对于我安排其他的活动没有太大的影响。

这天上午，我和几个退休老同志刚从附近的公园散步回到家，就接到了刚刚退休的崔贤的电话。

"咱们机关出大事了，你没有听说吗？"崔贤的口气有些火急火燎。

"什么事，大惊小怪的？"我不甚在意地问他。

"昨天晚上高副部长不但被纪委的人带走了，还被抄了家，据说是因为在职时的经济问题。"

"真的假的？"我大声问他。

崔贤在电话的那一端笑了起来："看看，看看，你也大惊小怪了不是，这有什么奇怪的，我们身边熟悉的和不熟悉的'老虎'不是已经装了几笼子了吗！"

"我是说，他都已经退休几年了。"

"你还是老观念！"崔贤用教育人的口吻对我说，"以前退休那叫'平稳落地''安全着陆'，现在退休以后发现了问题也要追查到底，毫不留情。退休怎么了，难道说春天欠的债，秋天就可以不用还了吗？这就叫，莫道有权春光好，只怕秋来有凉时。原来有人讲，人生如同坐飞机，飞多高没有关系，关键是能不能安全地到达目的地。现在看起来，这个目的地不是停机坪，而是殡仪馆，盖棺才能定论。"

"从他家里抄出了很多东西吧？"我问。

"没有！"崔贤回答，"在有些贪官家里，不可能抄出多少东西来，他们一般都有防备。比如高副部长，收受别人的东西，有的藏在孩子家里，还有的藏在亲戚家里，只有少数藏在自己家里，人称'高三藏'。唐三藏的目的是取经，目的地是西天，'高三藏'的目的是敛财，目的地也是西天，前者被传诵千古，后者将遗臭万年。"

我感叹地说："你说得很形象，高副部长作为一个高级领导干部，就像是一个扳道岔的师傅，他决定了很多人的人生道路，结果自己却走上了穷途末路。"

崔贤说："我对他如今的结局并不感到意外，有些领导自己的行为是原因，原因决定结果。高副部长在机关的威望本来就不高，很多时候，他将个人的利益看得过重，对部下反映的问题满不在乎，他不知道，部下对他的不在乎有多么在乎。据说他的问题还不只是在职时的过错，还有退休后的不甘寂寞、四处伸手。"

"你不会是受到过高副部长的严厉批评，对他有成见才这样说的吧！"我笑着对崔贤讲，"他曾经批评过你，后来不是也表扬过你吗？"

"你讲得对！"崔贤说，"先用一只巴掌扇你一耳光，再用另一只巴掌揉揉你被扇红的脸，是他的惯常做法。"

我不无忧虑地说："最近我们身边领导贪腐和违法乱纪的现象揭露出来的不少，会不会影响军队的整体形象？"

"不会的！"崔贤用肯定的口气说，"这恰恰说明，当我们的肌体有了毛病时，能够刮骨疗伤、剜肉医疮，自愈能力很强。一样东西变质了要扔掉，一个干部变质了要处理。据说高副部长年轻时也是基层部队的优秀干部，但不断得到提升以后，职位和本事没有同步增长，特别是到了高位以后，不思进取，无边的欲望透支了有限的才华，才应了'德不配位，必有灾殃'这句话。这种人升得越高，摔得越重；权力越大，危害越深。这都是咎由自取，清除和清算不合格的领导干部对我们的军队来说，是一种提质净化。"

"你不愧为曾经的教员，对我说话也像是给学员讲课一样，有理有据，深入浅出。"我笑着对崔贤说，"我觉得你当初真不应该到机关来，而应当一直在院校里教书育人。你看你的学生有不少成了部队的指挥员和专业技术干部，那是你人生之树上的累累硕果。"

崔贤叹了一口气说："我教过的学员后来怎么样，大部分我都不太了解。有些学员与教员的关系，就像是树叶和树枝的关系，树叶通过树枝吸收了营养，一阵风刮来，树叶飘落，从此和树枝没有了关系。'你陪我一程，我念你一生'的人并不是很多。他们工作都很忙，我充分理解，我有我的义务，他们有他们的事业。"

"这也反映了你的境界。"我用赞赏的口气对崔贤说，"有些教员把自己教过的学员当资源，总是想办法、找机会从他们身上得到自己想要的东西。"

崔贤说："我退休以后不会去找别人的麻烦，也不会再找一份工作谋取经济利益。请不要误会，我没有说你，也没有说老班长，而是个人观点。在职时繁忙的工作，让我忽略了生活道路上的美景，退休之后才有时间享受属于自己的人生。我觉得，休息就是休养生息，如果有的人想丰富退休生活，找点事干还有情可原，要是纯粹为了增加个人收入，就没有必要了。我们虽然退休费不高，但满足基本的生活需求是没有问题的。要那么多钱、置那么多物，实在是没有什么意义。有人说过，世界上没有什么东西是永远属于你的，包括你的财富、你的爱人、你的孩子，甚至你的身体也是来自大地、归于黄土。所以，很多事情要想得开，到了什么时间、什么年龄，就干什么事。"

"你的想法很对，我非常赞同。"我对崔贤说，"一个人的退休生活怎么安排，要受到一些条件的限制，不可能随心所欲。我是农村长大的孩子，退休以后最想过的生活，是选一乡间田野，造一草舍茅屋，在老家安度晚年、放牧余生。但是，晓曼从小就是城里生、城里长，她可能过不惯农村生活。我的女儿结婚后刚生了孩子不久，有时候我还要与晓曼一起到她们的小家帮忙，她好像也离不开我们。"

"生活是一个无定义的概念，每个人的理解都不一样；人生是一个多元的方程，每个人都有不同的解法。退休以后的日子怎样安排，只能各人根据自己的情况而定，不管怎么选择，别人都不容置喙。既然你说到家庭，有个情况我不能不对你讲，我跟我老婆的婚姻已经亮了黄灯，下一步怎么发展还难以预料。原来各忙各的工作，虽然生活中有些矛盾，磕磕碰碰，吵吵闹闹，但还能相安无事，凑合着过日子。如今完全闲下来，各自的个性充分展露，有些地方不可调和，问题就出来了，争吵打闹成了家常便饭……我觉得长痛不如短痛，彼此伤害不如互相成全，你对此有什么看法？"崔贤说这些话时，口气中有些忧郁。

我知道崔贤与他爱人近年来一直相处得不是太好，他突然提到这件事，我不知如何回答，只能好言相劝，让他为了孩子，对爱人多一些包容。

二

退休以后的郭秋林最近心情有些郁闷。

他坐在客厅的沙发上，觉得心里空落落的。人退休了之后，经常会感到孤独、寂寞，想找人说话聊天的时候才发现，手机上联系人的名字不少，有的似曾相识，有的恍若隔世。当试着与他们联系的时候，又觉得有的人不能找，有的人不该找，有的人不想找，有的人想找又找不到，人家手机换了号码也不告诉你。

部队的师职干部一般五十五周岁退休，而地方的司局级干部大多是六十岁退休，郭秋林比我少享受五年的退休生活。

辛勤工作了大半辈子，突然闲下来，他感到非常无聊。翻了翻刚从报刊亭买来的报纸，结果发现报纸上的内容更加无聊，便扔掉报纸，一个人坐在那里沉思、生气。

首先是老伴安然让人不高兴。

按道理说，夫妻俩上班的时候各忙各的工作，昼分夜合，散多聚少，退休了就应当回归家庭，相互陪伴，要不怎么叫"少年夫妻老来伴"呢！安然退休以后，与郭秋林一起带了两年多孙子，后来待在家里的时间越来越少。别看她身体比较弱，两只胳膊比擀面杖粗不了多少，可是精神头十足，走起路来，两条麻秆腿竞赛似的紧着往前倒腾，年轻人都不一定跟得上。

安然转业以后，在地方上当官好像还没有当够，退休后从街道工委宣传部部长变成了"领队"和"群主"，天天与一帮老太太在生活区的小广场上"群魔乱舞"。她在家中的有限时间里，喜欢用微信"话聊"，而且两片薄嘴唇是"永不磨损"型，"产话率"非常高，跟这个人刚聊完紧接着又跟那个人聊，有时候一个"聊程"半个小时、四十分钟，有时候一开口没有一两个小时停不下来。

郭秋林心想，现在人们的生活有了手机太方便了，不过，手机也有一点不好，就是把远处的人拉近了，把身边的人推远了。

安然在外边疯跑倒也罢了，让郭秋林没有想到的是，她这几年居然古藤想发芽，枯树要返青，养成了爱打扮的臭毛病。都六十来岁的人了，白发染头，脸上涂蜡，还喜欢穿大红大绿的衣服。如果社区有什么文体活动，一张面孔抹得如同戏剧中的老旦！

安然这几年的容貌变化比较大，除了墙上的镜子如实地告诉她自己在快速衰老的事实，其他人都说她一点也不显老，有的人居然还说她"越活越年轻"。她每天出门要用将近半个小时的时间进行化妆打扮，企图把无情岁月对容貌造成的损失降到最小。

郭秋林背后说安然和她们那帮老太太是远看青山绿水，近瞅龇牙咧嘴；远看绿水青山，近瞧皱纹满脸。

今天中午，安然没有在家里和别人用微信聊天，而是与几个要好的姐妹到外边聚餐去了。家中又只剩下郭秋林一个人，让他不是用缺少食物的胃，而是用愤愤不平的心，去消化对安然的不满。

对于"老来伴"的生活，郭秋林只有满腹的惆怅与不满，他与安然也曾有过甜蜜的新婚岁月，但那已是遥远的过去。当年让人垂涎的爱情之果，香甜的果肉已经吃光，现在只能用松动的牙齿啃咬苦涩的果实内核了。

其次是儿子让人心烦。

郭秋林的儿子郭宏志是早恋、早婚、早生子，他比我的女儿大不了几个月，但是孩子已经五岁了，一家三口在外边租房单独过日子。

郭宏志已经是三十好几的人了，胸无大志，眼高手低，日图三餐，夜欲一倒，当初真是白给他起了一个"宏志"的名字。郭宏志自己没有什么本事，还对什么人都看不惯，对什么事都不满意，吃饭只想吃好的，工作只想做轻松的，天天只想干杯，不想干活。他在一个效益不错、工作相对轻松的公司当业务员，十来年了，连个部门经理都没有混上。郭秋林觉得，儿子的主要问题，是他根本就没有把心思放在事业上。有些人是三天打鱼，两天晒网，他是只想晒网，不愿打鱼，用郭宏志自己的话说："我每次过了双休日，就有那么四五天的时间不想上班。"

郭宏志软磨硬泡，总想让郭秋林给他买一套小房子。郭秋林说："我'帮'你买房子可以，'给'你买房子不行，没有那个能力，也没有那个义务，买房子主要靠你自己赚钱。"郭宏志说："谁如果认为在北京正常上班能赚钱买房，就应当到安贞医院去看神经科。"郭秋林说："你不是说炒股能赚钱吗，天天在计算机上看大盘，赚多少钱了？"郭宏志说："'炒股能赚钱'这句话的确没有错，可惜的是，我在'炒股'，别人在'赚钱'。中国的股市最应该被评为'绿化先进单位'，几年时间，我攒的几万块钱不但没赚，还全都赔进去了。现在的股市呀，就像夫妻离婚后判给父亲抚养的孩子——只剩下爹（跌）了。"

郭秋林越想心里越生气，便拿起了手机。

我正在与晓曼吃午饭，听见手机铃响，抓起来一看，是郭秋林打来的，开玩笑问他："你吃饭时间给我打电话，不会是让我过去与你共进午餐吧？"

郭秋林没好气地说："我自己的午饭还不知道在什么地方，怎么会请你共进午餐！"

我放下饭碗，离开餐桌，坐到沙发上听郭秋林诉苦。

听了郭秋林说的烦心事，我笑着劝他："老同学，你的观念也应该变一变了，安然做一辈子宣传工作，退休了，不出去唱歌跳舞，天天在家里坐在沙发上陪你聊天？那样会把她憋坏的。在军人子女中，表现优秀的不少，但是像宏志这样因为父母分居两地或工作繁忙，疏于管理，养成放荡不羁性格的也大有人在。你要看到儿子的优点，不要总是盯着他的缺点，他现在这样，也有你和安然的责任。我发现有些人正像俗话说的'人生不过百，常怀千岁忧'，希望你不要学习他们，把自己的退休生活安排好。对其他人，包括自己的家人，不要管那么多的事，因为你管不了，也不一定能管得好。恕我直言，你要放下国家退休司局级干部的架子，融入退休人员这个群体中间来，寻找新的乐趣。"

郭秋林那边没有搭话，他可能是在慢慢品味我刚才说的话。

我也停顿了一下，接着对他讲："告诉你个消息，我们的老同学任凤仙现在也在北京，在给她的女儿带孩子，她女儿任飞飞是一家公司的部门经理。罗长生的大儿子本科毕业后读完研究生课程，现在也在北京工作，罗长生也要过来，不过他是北京和老家两边跑，你如果愿意，我们可以找机会与他见个面。"

"真的还是假的？"我听到了郭秋林的声音，也想象到了他的表情，那肯定是惊讶，而不是惊喜。

"当然是真的，这种事我还能与你开玩笑吗！"我郑重地回答他的问话。

三

综合部的干部退休以后，统一归政协室管理，政协室有一个"老干办（老干部办公室）"，负责协调解决退休干部日常生活中的具体问题和组织老干部参观学习等活动。

退休干部在一起，没有了上下级的差别，没有了工作责任的区分，办事无拘束，说话很随便。秘书局原来的副师职行政秘书冯凯，也就是当年为综合部干部筹措冬储大白菜，对赵参谋的爱人说"别人吃白菜，我们不能白吃菜"，后来又安排人为她帮忙的那个干部。他是个乐天派，平时喜欢开玩笑。有一次，老干办组织退休干部去郊区的果园摘苹果。到了果园，每个老干部领一个可以装七八斤苹果的塑料袋，自己去摘，装满为止。冯凯问一个退休比较早的局长："局长同志，您以前吃的苹果都是别人送的吧，现在还会自己摘吗？如果不会了，我教教您！"

正在摘苹果的老局长看了冯凯一眼，笑着说："我现在不但不会摘，也不会吃了，摘完了你帮我吃吧！"

冯凯说："在职的时候，别人送的东西您吃不完不让我帮忙吃，现在一个退休干部摘了可怜的一小袋苹果，反而说让我帮忙吃，您这个首长不实在！"

冯凯看到旁边一棵树下的编纂室原副主任田长明，正踮着脚尖、伸长胳膊，够树上的苹果，走过去对他说："田主任，想摘哪一个，我帮您！"

"上边，一堆树叶挡着的那一个。"矮矮胖胖的田长明指着树上说。

"主任眼光真敏锐，这个苹果又红又大，不过，您推荐到机关来的那个于参谋可是不怎么样。我当行政秘书的时候，他净给我出难题，今天说宿舍的房子太小，明天说办公室的灯光不亮，幸亏他之后自己要求转业去地方了。"冯凯把一只大苹果摘下来放进田长明的塑料袋里。接着对他说："我听有人讲过，退休命令是最好的减肥药，您老人家退休几年了，怎么还没有瘦下来？"

田长明并不计较冯凯说的话，只是笑着说："你不要瞎讲，我们编纂室可是清水衙门。"

"喝'清水'还这么胖，要是喝'油水'，您还走得动路吗？"冯凯说。

摘完苹果的退休干部们陆陆续续上了大轿子车，我坐到冯凯旁边的空位子上，对他说："我刚才听见你跟两个局室领导耍贫嘴了。"

冯凯笑笑说："没事瞎扯淡，刚才的话，要是在职的时候，我肯定不能说，现在无所谓了。他们与我们一样，过去大小都是个'头'，现在都是退休的'老头'；过去是个'人物'，现在少了'物'，只是一个普通的'人'了。大伙都是革命群众，相互无拘束，讲话不计较，在一起说说闲话、开开心罢了。"

冯凯看到田长明吃力地提着一兜子苹果上了车，招呼他："室领导请过来，这边还有空位置！"

田长明坐好之后，冯凯指了指他的脑袋说："主任同志啊，我刚认识您的时候，您可是满头秀发、乌黑发亮，吸引了多少女人的目光。现在怎么全'裸'了，光芒四射，又刺伤了多少女人的眼睛！"

田长明依然不在乎冯凯的玩笑话，自嘲说："现在除了我老婆，没有哪个女人再注意我的脑袋了。前几天，我老婆还对我说：'老田啊，咱们俩不是说好了要白头到老吗，你这脑袋上的毛怎么全掉光了？'"

冯凯说："因为咱们俩感情深，我才会注意到您的脑袋。哎，大伙看看，您肚子里的'清水'都从脑门上流出来了，我带了个小折扇，来，拿去扇一扇，降降温。"

田长明接过冯凯递过来的小扇子扇了几下说："谢谢冯秘书，秋老虎真厉害。不过，你这扇子也太小了，扇着一点也不凉快。"

"对不起，我这把扇子出门之前忘记加氟了！"冯凯说，"您这么富态的首长以后尽量少出门。走在大街上，别人还以为是哪个体育馆的篮球成精了呢！"

汽车开动之后，田长明对我说："冯秘书就是喜欢拿别人开玩笑，不过，他有时候也喜欢自嘲逗别人开心。有一次我对他说：'现在天热了，我每天都要抽五分钟冲个澡。'他说：'你洗澡怎么这么快，好像涮羊肉，我洗澡每次都要泡四十分钟以上，看来是在炖排骨了。'哈哈哈，如果以后与这样的同志在一起，天天说笑话，心情舒畅，能延年益寿啊。"

冯凯在一旁听见了我和田长明的对话，对田长明说："田主任，刚才这话可是您说的，等咱们部里的经济适用房建设好以后，我们选房号时选在一起，互相搁邻居。"

田长明高兴地说："好，咱们一言为定！"

冯凯说："我这个人有时候说话随便，您不要介意。"

田长明大方地说："我不会介意。"

"那就好！"冯凯笑着说，"相互熟悉的人，一起说话不要太介意。一个人很胖，你如果说他'肥'，他会很生气；你如果说他'壮'，他会很高兴。其实意思都差不多，只是用词不同罢了！"

冯凯的话把他周围的几个人又逗笑了。

冯凯文化程度不高，但很聪明，加上待人诚恳、办事热情，在综合部人缘很好。

前些年市场供应严重不足，机关农场经常提供一些农副产品，补贴机关干部战士的生活。

有一次分鱼，每个干部五斤，政治部的行政秘书与几个战士大半个下午都没有把本部八十多个干部的分完。冯凯把鱼按大、中、小分为三组，每个干部分一大一小或两个中等的，剩下的七条给了战士食堂，一百多个人不到一个小时就分完了。

还有一次分鸡蛋，每个干部六斤，政治部行政秘书组织几个战士，一个人一个人地称，几十人份的鸡蛋两个小时还没有称完。冯凯三次各称五斤，发现数量分别为四十七个、四十八个、四十九个，他与两个战士一起，按每人四十八个分，一百多个人的鸡蛋又是不到一个小时就分完了。

政治部的行政秘书不服气，说冯凯分配的鸡蛋不均匀。冯凯对他说："你可以抽出任何一份称重，相差一个有可能。如果相差两个算我输，按相差的重量，割我身上的肉补齐它。"结果政治部行政秘书称了几份，有的只差一个，有的一个不差。

坐在汽车上，与他开玩笑的那个老局长对冯凯说："冯秘书，你总是笑眯眯的，好像就没有愁眉苦脸过，开心的事怎么都让你摊上了？"

冯凯不以为然地说："各家都有难念的经，每人都有难办的事。我记得有人说过一句很有意思的话，等会儿，我想想……噢，想起来了，是这样讲的，有些人好像总是在微笑，不是因为他快乐的事太多，而是他在太多的时间里忘记了忧愁。有些人好像总是有烦恼，不是他忧愁的事太多，而是他在太多的时间里忘记了快乐。我也有不遂心如意的时候，不过，有时候不想在大伙面前表现出来就是了。上个月我就遇到一件让人尴尬难堪的事，你们想听吗？"

坐在旁边的几个老干部一齐说："想听！"

"你们知道，我这个人文化水平不高，平时不喜欢写写画画，只乐意跑跑颠颠。"冯凯看见几个老干部都在认真听他说话，开始连说带比画地讲述，"我退休以后在家里待不住，经常出去遛公园、逛商场。我老伴最讨厌我一个人逛商场，对我说：'你们当兵的人买东西大多都不会讨价还价，最容易上当，有时候买的东西又贵又不合适。你以后自己逛商场可以，不要带钱，大饱眼福就行了。'有一天吃过晚饭，我准备到附近的商场转转，刚走到过街天桥上，就看见一个身穿破旧衣服的老人坐在地上，将手中的瓷缸子摇得叮咚作响，那里边肯定是刚刚讨要来的硬币。我捏了捏空瘪的口袋，顿生嫉妒之感，心想，在大街讨钱的人也敢在我面前'炫富'！我凑近他，想看看那缸子里到底有多少硬币，老人以为我要给他钱，把缸子伸到我面前，连声说：'谢谢，谢谢！'我丝毫没有要给他钱的思想准备，连忙说：'我，我没带零钱！'老人较真地说：'没零钱给整钱也行！'我惊慌地说：'整钱？整钱我也没带！'老人不高兴了，生气地对我说：'什么钱都不带，那你来商场干什么？'我说：'我来逛逛！'"

车上听冯凯讲话的老干部们都乐了起来。

"后来呢？"田长明听得意犹未尽，催问冯凯。

"后来，后来几个路人以为我和老人发生了争执，围上前来想看热闹，我商场也不逛了，臊得夺路而逃。"

车上的老干部哄堂大笑。

我笑着对冯凯说："你以后不会再去商场闲逛了吧！"

"商场还是要去的，我又没有多少其他的爱好。"冯凯说，"当兵以前，我就喜欢去公社的供销社和村里的代销点转悠。那时候物资匮乏、供应不足，有些东西买不起，只能过过眼瘾。现在的商场里物资丰富、应有尽有，看着心里踏实，觉得是一种精神享受。有些商品不是自己买不起，而是老婆不让买。其实有些人到商场以后都没有闲着，我说的是眼睛没有闲着，男人在看女人，女人在看商品，售货员在看顾客的钱包。"

"你不打自招，承认自己去商场是为了看女人，当心她们有的进了你的眼睛里拉不出来，你老婆知道了也不会再让你到商场去。"我开玩笑地说。

冯凯并不觉得难为情："从生理角度讲，在好看的女人面前，没有不动心的男人，只有自制力强的汉子。不过，像我们这些人，已经过了在女人堆里东张西望的年龄。我看到有的资料说，男人多看漂亮女人可以赏心悦目、有益健康。"

车窗内欢声笑语，车窗外微风习习，路边的杨树叶子鼓着金掌在为我们助兴，我们在秋天的怀抱里觉得心旷神怡、天高地阔。

退休干部的采摘、垂钓等活动，崔贤一般都不参加，他经常和几个年龄相仿的战友一起，自驾到塞外坝上、内蒙古草原等地旅游、采风。

四

郭秋林参加了他们部老干部局创办的"老干部大学"，现在迷上了书法、绘画，也不管安然在外边跑不跑、跳不跳了，自己只顾着在家里练字学画，还把他的习作拍照，用手机发给我，让我"指正"。

这一天，他把墨汁调匀、宣纸铺好，刚提起毛笔来，手机就不合时宜地响了起来。

对方是家乡人的口音："老陈呀，多年不见，你好啊！"

"你打错电话了吧！"郭秋林心里有些不高兴，但是没有与对方着急。

对方连忙说："不会错，老同学，你不就是当年那个陈什么、什么世美吗？咱俩一个寝室住了六年，一张课桌坐了三年。别看几十年没有见面，你放个屁，我一听，就知道排量是多大；你撒泡尿，我一看，就知道里边有几个加号。"

"噢，你是罗、罗长生！"

"恭喜你，猜对了，加十分，我就是罗长生。"

"你现在……"

"我现在还'健在'，是你曾经的同学，不是'生前好友'。你现在是自己在家，还是弟妹也在？"罗长生问郭秋林。

"她有事出去了！"郭秋林回答。

罗长生说："那就好，这样我给你说话就放开了。今天给你打电话，你是吃一惊，还是吓一跳？"

"哪里话，我高兴还来不及呢！"

"这不是你的心里话，在这个世界上，你最不愿意打交道的，除了纪律检查委员会的人，可能就是我了。副司长同志，我说得对不对？"

"老同学，现在可不要把过去的事情翻出来瞎说。多年没有联系，你今天突然给我打电话，我确实是吃了一惊，是惊喜！我现在已经退休，不是什么副司长，与你一样，是个小老百姓，你这些年过得怎么样？"

"过得一般，我当了二十多年的民办教师，快五十岁了才转成公立的。从学校退休以后，管理着家里的七八亩薄田，主要种一些便于管理的作物，每年一季麦子、一季玉米，也种一些自家吃的蔬菜。不过，我不种花心大萝卜。"

电话这一边的郭秋林红了脸，对罗长生说："你这个家伙，老了还和年轻时一样，喜欢捉弄人，也喜欢取笑人。我现在对男女之间的事情不感兴趣了。"

罗长生说："我刚才是与你开玩笑，你现在这个年龄应该是心不花了，眼睛花。"

罗长生还想继续说下去，郭秋林拦住他的话头，笑着问："你怎么用的是北京的手机号，又是怎么知道我的手机号码的？"

"我大儿子研究生毕业以后在北京工作，这是他给我买的手机，我儿子现在已经是两个双胞胎孩子的爸爸了，我与老伴有时候过来帮他带带孩子。我们家的土地都租给邻居种了，以后这几年大概都会在北京居住，你的手机号码是秦东原告诉我的。"

"你有个儿子在北京工作，我好像听东原说过，据说他发展得还不错。"

"你说得很对,我儿子很争气。秦东原与咱们班在老家的一些老同学一直有联系,这么多年,你在北京当了大官,把老同学都忘了。"

"哪里的话,我在北京不过是个普通干部。前年与爱人一起回老家参加我侄子的婚礼,还去拜访了咱们的老班长呢!"

"啊,你前年还带着弟妹'双归(规)'了,我怎么不知道?"

郭秋林的脸又红了,嗔怪地对罗长生说:"你还和以前一样,和我说话的时候句句带刺。"

罗长生当然看不见郭秋林的尴尬表情,接着说:"秦东原还给我讲了,他最近要买一套部队为退休干部建设的经济适用房,等把新家安置好了以后,请北京的几个老同学聚一聚。"

"好,好,在北京的老同学应当聚一聚,到时候由我来安排。"

"你不想向我了解一下任凤仙的情况?"罗长生突然问郭秋林。

"老同学,你不要总是戳我的伤疤好不好?"郭秋林用哀求的口气说。

"伤疤戳一戳没什么不好,免得你好了伤疤忘了疼。"罗长生有点不依不饶,"你们毕竟相恋了那么长时间,怎么会一点情意都没有了呢?我告诉你,任凤仙现在也在北京,帮她的女儿任飞飞带孩子。"

"我与她女儿又没有血缘关系。"

"起码她是你初恋的女儿。"罗长生说。

过了几秒钟,罗长生没有听到郭秋林的回话,似乎理解了他的难言之隐,就用缓和一些的口气说:"我知道,人们一般要记得的事情很容易忘掉,想忘掉的事情反而记忆犹新。挥剑斩情缘,藕断丝尚连。你现在对任凤仙没有任何责任和义务,甚至也不用受到道义上的谴责。但是,你的内心深处对她还应该是有一点歉疚的。"

"理解万岁!"郭秋林说这句话的时候似乎是有一些感动。

"我充分理解!"罗长生在电话的这一边笑着说,"世上有些人,走着走着就散了;还有些人,走着走着就变了。过去是这样,现在也是这样,将来还是这样,这些都很正常。"

"你是不是还在指责我？"郭秋林笑着问罗长生。

"老同学多心了。"罗长生笑着回答，"你现在有自己的家庭。我今天只是泄泄怨气、过过嘴瘾，以后不会干扰你的生活，更不会影响你们夫妻间的感情。"

"谢谢！"郭秋林感激地说。

"我以后可能要经常在北京生活了，有时间了还会给你打电话。"

"我求之不得。"

"但愿这是你的心里话。"罗长生大笑着说，"请记住，要珍惜经常惦记你的人，经常惦记你，说明你在他心里有一定的分量。还有一句话叫'想你时，你在天边；烦你时，你在身边'，你以后不要把我当成身边撵不走的苍蝇就行了。"

五

几年的退休生活很快就过去了，我有时候在家里审稿校书，有时候去女儿家照看外孙，也与晓曼一起出去旅游过几次，觉得充实又惬意。

看到先后退休的老战友们各忙各的事，有一天，我突然觉得，一个人退休就好比第二次就业。不同的是，第一次就业由组织和单位分配工作；第二次就业由个人根据具体情况，自己找事情做，忙闲不均，情况各异。有的五十多，还不到六十岁，经常四处旅游，徜徉于山水之间；有的七十多，快八十岁了，还天天去商场采购，买菜做饭。

对于一个喜欢安静的人来说，一个空寂的房间就如同整个世界，他会乐在其中。

对于一个喜欢运动的人来说，一个空寂的房间就好比一间囚室，他能憋出毛病。

我介于二者之间，静有书籍做伴，动可外出游玩，总能找到自己的乐趣。

我不会开车，外出的时候，一般与自行车为伴。这一天，我骑着那辆永久牌二八破自行车，准备到岳各庄农贸市场买些女儿爱吃的水产品。

我在路上边骑边想，社会发展得真快，现在差不多家家都有小汽车了，骑摩托车和电动车的更是随处可见，各种电器也是广泛使用，很多品种和样式，过去连想都不可能想象得到。

我们年轻时也有一些家用电器，不过质量实在是太差劲。电视机三伏天收看节目也是雪花飘飘的，费好大劲调出一个人影来，连男女都看不清楚；收音机有意思，旋钮转了大半圈，好不容易找到一个有声音的，结果两个人同时在说话，好像两个电台为争夺空间在吵架；洗衣机就更别提了，一洗衣服它就跳舞，要不是有电源线牵着，它能从屋里跳到屋外。但是，那时候生产的自行车质量不错，像我骑的这辆自行车，差不多与静谧的年龄一样大，结实耐用，用它代步依然非常方便。

在一条不太宽的便道上，我不知不觉骑到了路中间，一个不准备惹事，也不打算坐牢的小车司机，耐着性子在我后边轻轻地摁着喇叭。

我从回忆中醒过来，骑着自行车往路边闪了闪，抬起左手向司机致歉。

快到农贸市场的时候，路对面有人朝我高声喊："哎，下来，你超速了！"

我吃了一惊，连忙跳下自行车一看，是综合部退休的老秘书冯凯在叫我，他好像刚从农贸市场出来，两只手各提着一个大塑料袋在等公共汽车。

"你不去商场闲逛，来农贸市场干什么？"我问他。

冯凯不回答，却一本正经地说："我先问你，'开'着自行车上马路，有驾驶执照吗？"

我还没说话，他就先笑起来，回答我刚才的问话："我老婆不喜欢我逛商场，但是喜欢我到农贸市场来买东西。这里吃的、用的新鲜又实惠，比我们营区小超市卖的东西便宜不少。"

"买东西的时候知道讨价还价了吗？"我问他。

"知道还价了，但是有时候还不下来。刚才我想买一双拖鞋，问老板：'拖鞋多少钱一双？'老板说：'八块钱。'我问他：'四块钱行吗？'老板说：'行，你拿一只走吧！'他这不是在取笑我吗，我又不是独腿大侠，要一只拖鞋干什么？"

我止不住笑了起来。

冯凯问我："你这么大一个首长，天天骑着破自行车到处跑，不怕影响北京市容呀！"

我对冯凯说："骑自行车外出有什么不好？不烧油，不充电，双脚一蹬四处转，不发愁找车位，还绿色环保。"

我正与冯凯说话，一辆公交车到站，他朝我挥了一下手，赶快上车走了。

我从农贸市场买好了东西骑着自行车往家走，来时行车顺畅的马路，这时候堵了个结结实实，估计是前方出了交通事故。马路的中间成了巨大的停车场，马路两边被汽车挤占得所剩无几的人行道上，自行车和行人还可以自由流动。我小心地骑着自行车往前走，突然看见马路中间有一辆熟悉的绿色奔驰越野车和汽车屁股后面熟悉的车牌号。我下了自行车，敲了敲这辆身上满是灰尘的汽车的车窗，问开车人："崔贤，你这是从哪里回来？"

崔贤把头探出车窗，看到是我，奇怪地问："我和几个战友自驾进行'红色景点两日游'，昨天去了西柏坡和狼牙山，刚才过了高速路收费口几个人就分了手，准备各自回家。我想走这条路会近一些，谁知道碰上了堵车。你又是从哪里回来？车筐里装那么多东西。"

崔贤听我说是从农贸市场买东西回来，就从汽车的后备厢拿出一袋核桃和一盒柿饼，不顾我的阻拦，夹在了我的自行车后座上，说是让我尝尝老区的土特产。

他正与我说着话，看到前边的汽车在移动，连忙丢下我跳上车，慢慢向前开。我骑上自行车，对着车窗和他开玩笑说："谢谢你的土特产，别着急，一点一点往前挪，我现在要'超车'了！"

女儿女婿明天要带着孩子回家来，我打算把刚买的鱼虾收拾好先用盐腌上，穿上围裙正要动手，陈晓刚从家乡打来电话，他直截了当地问我："你应该知道一个叫月娟的女人吧？"

"当然知道！"我不在意地说，"她是我一个战友的爱人，原来是我所在后勤分部卫生所的护士，早已转业到北京工作了。"

陈晓刚肯定地说："我们俩说的不是一个人。我说的月娟曾经在新疆生活过，早就与丈夫离婚了，她与你是一个村的。"

"你说的是秦月娟？"我的声音不禁变了调。

陈晓刚平静地说："对，她是我女儿雇用的看孩子的保姆。前天我去女儿家与她拉家常时，她说出自己家乡村庄的名字，我有些惊喜地对她讲'我认识你们村的秦东原'。想不到，她听了我说的这句话后脸色大变，第三天就辞职了，并且告诉我女儿，不要给别人讲她在我女儿家当过保姆。我想问问你，难道说她家和你家有什么恩怨吗？"

我在电话里犹豫了一下，把我与秦月娟的故事详细地给陈晓刚讲了一遍。

陈晓刚感慨地说："世界很大，很多人一转身就不见了踪影；世界也很小，一抬头就可能遇见你多年想见或不想见的人。"

"你知道她去了哪里吗？"我问。

"干什么，你想与她取得联系？"

"不，不，我是想设法间接地接济她一下。"

"不必了。"陈晓刚用肯定的语气说，"她离开我女儿家又去了什么地方，通过保姆中介机构不难打听到。但是，听我女儿说，她这个人很勤快，也懂得一些卫生常识，是个称职的好保姆。她的自尊心非常强，尽管自己的收入不高，独生儿子也只是在建筑工地上打工赚钱，但是她从来不接受我女儿给她的工资以外的任何东西。我劝你把对她的愧疚和自己的遗憾化为力量，多多关爱自己的爱人和孩子，不要有接济她、帮助她之类的任何幻想和尝试。"

听了陈晓刚的话，我默默无语，觉得好像有什么东西在一点一点地啃噬我的心。

很多时候，以往的经历成了难忘的回忆，你才知道它的价值所在。

六

郭秋林老了之后，性格变得愈发内向，当年那个爱说爱笑的年轻小伙子已经不复存在。他现在喜欢安静和独处，与自己的回忆共同生活。自从醉心于练习书画以后，他一个人在家那是非常享受，但是有时候依然觉得有些寂寞。

安然外出还没有回来，他独自一人坐在沙发上，黄昏悄悄地把他出卖给了夜晚。

他主要是想孙子。孙子还小的时候，郭秋林与安然没有请月嫂，也没有找保姆，而是在家里自己照看，那段时光家里很热闹，过得还像一家人，儿子和媳妇也能够"常回家看看"。不过，人家的孩子"常回家看看"是看望父母，自己的儿子和媳妇"常回家看看"是抬头看电视、低头看手机，不是对着电视看娱乐节目，就是捧着手机按个没完没了。小夫妻俩经常是一进家门与老人连个招呼都不打，先去瞄一眼儿子，接着就忙自己的事。老人给他们讲话，他们都是爱答不理的。有些年轻的爸爸妈妈，如果家里有老人帮着带孩子，对孩子就是不问痛、不问痒、不管吃喝穿衣裳，一个潇洒得像是没有对象的光棍汉，一个自由得如同没有结婚的大姑娘。

郭秋林有一次私下里对安然说，儿子和儿媳妇都有毛病，儿子是选择性耳聋，凡是让他干点家务的话都好像听不见；儿媳妇是神经性失明，家里边有什么活从来都看不见。

安然是外向性格，对小事不计较，很坦然地对郭秋林说："儿子是我们自己养大的孩子，你不要计较那么多。秦东原说得对，宏志有些地方做得不好，也有我们的责任，你要检讨自己，不要总是抱怨儿子。儿媳妇就是儿媳妇，你不能把她当成女儿，如果你把儿媳妇当成女儿，就会在她面前办事随随便便，说话口无遮拦，有些事可能让你越说越生气。如果儿媳妇把你当成亲爸，就会把你的好当成理所当然，不会记在心间，那样你也会生气。我对这些事就想得开，'婆母娘'这个称呼，尽管在'婆'字后边加了一个'母'字和一个'娘'字，但是儿媳妇根本不可能把婆婆当成亲妈。我既没有生她，又没有养她，她凭什么会把我这个婆婆当成妈妈？有些事说得过去就行了，别想那么多，更没有必要为这些琐事生气。"

郭秋林对安然说："你不愧当过街道干部。"

安然的话并没有说服郭秋林，他有些地方依然想不开。安然在外边跑得多，家务活主要都是郭秋林干，包括买菜、做饭、搞卫生。让人生气的是，把饭做好了，喊几遍还不能把儿子和儿媳妇请到饭桌上。他们每次吃饱喝足之后，嘴巴一抹就进了自己的房间，要不就说有什么急事得赶快走，慌忙扒几口饭，碗一扔就出了门，好像晚走一会儿就有人让他们交伙食费似的。

安然后来说小两口是看"大片"去了，因为他们房间里经常可以看到丢弃的废电影票。

带小孙子的时候，郭秋林和安然虽然累一些，但心里觉得很高兴，小孩子身体长得快，好像不几天就变一个样，两口子很有成就感。

小孙子到了上幼儿园的年龄，宏志和媳妇就租房子另住了，平时由姥爷和姥姥负责接送小外孙。

每当想到孙子时，郭秋林就像注射了兴奋剂，马上就来了精神。小孙子不仅模样长得漂亮，嘴巴也特别会说。有一次，两岁多的孙子问郭秋林："爷爷，小亮的爷爷天天去上班，你怎么不去上班？"

"因为我退休了，小亮的爷爷还没有退休。"郭秋林回答。

"退休真好，可以天天在家里待着。爷爷，我不想上幼儿园了，也要退休！"郭秋林因为孙子这句话，暗自在心里笑了几天。

还有一次，小孙子问郭秋林："爷爷，凌凌说他爷爷病重住院，快要不行了。"

"凌凌爷爷已经八十多岁了，生了好多年的病，可能活不了多长时间了。"

"爷爷你以后多吃点巧克力和棒棒糖，把身体养得胖胖的，要活好长好长时间呀。"

郭秋林有一段时间睡眠不太好，上床前要先吃一片安眠药。有一次他太累，没吃药就躺床上睡着了。小孙子看到了，在一旁使劲摇他的肩膀，边摇边大声地喊："爷爷，爷爷，快醒醒，你今天怎么没有吃安眠药就睡着了。"

那一段时间，小孙子是他的全部，他每天都围着孙子转，有人说"有了孙子当孙子"，这话不假，他是心甘情愿"当孙子"，而且一直在精心钻研

"孙子兵法"。

有一天，他想到自己已经是垂暮之年，不知道什么时候就会与可爱的孙子阴阳相隔，也许明年，也许明天，不禁悲从心来，忍不住对小孙子说："好孩子，以后爷爷要是走了，你要听大人的话，管好自己，不能太任性。"

"爷爷，你以后要往那里走？"

"往……往西天走。"

"你往西天走干什么，又不去取经。"

郭秋林笑了，孙子还小，不懂大人的心思。

孙子在爸爸妈妈那边上幼儿园以后就很少再来了，郭秋林像是被摘了心、割了肺，有时候白天担心他挑食，没人喂，他会不好好吃饭；有时候怕他晚上睡觉蹬被子，父母不知道盖好，让他着凉感冒。

郭宏志在外边工作干得不好，不是个好员工，在家里也不是个好儿子。郭秋林说他这个儿子在外边喜欢啃排骨，在家里喜欢啃老爸。他时常感叹："唉，以前是养儿防老，现在是养儿'老防'，你不老是防着点，他就会把你的钱花光，把你的窝掏空，连买一条上吊绳的钱都不给你留下。唉，有什么办法呢，现在社会上就有这么一种风气，有人拼爹，有人啃爹，有人坑爹，有人害爹，当爹的真忙啊！"

当儿女的应当懂得，对贫穷的父母，给钱就是孝顺；对孤独的父母，陪伴就是孝顺。郭秋林心里想不通，爸爸妈妈也不花儿子的钱，也不找儿子的麻烦，当儿子的平时打个电话，节假日带孩子回来看看总是应该的吧，怎么连这一点都做不到！

小孙子又有几个星期没有来了，郭秋林忍不住拨通了儿子的手机。

"宏志，你们吃饭了吗？"

"没吃，正在生气呢！"

"生什么气，跟谁生气？"

"跟你家宝贝孙子生气呗，他刚才把我们家的笔记本电脑给摆弄坏了，怎么办，你们赔吧！"

"小孩子想学习使用电脑是好事，应当鼓励他。"

"什么学习使用电脑，他是玩游戏！"

"你要是不想让他玩，用完以后就收起来。"

"我用完是收起来了，放在电脑桌抽屉里，结果他把抽屉拉开了。"

"五六岁的男孩子正淘气，别说你家抽屉，手榴弹的环他都敢拉。这几天我心里不太舒服，孩子的幼儿园正在放假，你把他送回来陪我们两天吧！"

放下电话，郭秋林心里又多了一些忧虑："父母天天没事了就玩游戏，孩子能不想玩吗？"

郭秋林想到儿子想哭，想到孙子想笑，想到儿媳妇，就变成了哭笑不得。

儿媳妇的家在北京城郊的昌平山区，父母都是菜农，家里的经济条件不是太好。作为四个姊妹的老小，她并没有养成吃苦耐劳的作风，而是有些好吃懒做。有的女人是吃苦在前，享受在后；她是吃胖在前，想瘦在后。双休日如果没有人喊她，她能睡到中午十二点。"白天睡懒觉，晚上看手机，'白加黑'药吃颠倒了吧？"郭秋林在心里嘀咕。

最有意思的是儿媳妇怀孕快要生孩子的那几个月里，她除了睡觉，其他时间主要就是看电视，吃东西，将猪肉、鸡肉、牛肉、羊肉转化为人肉，把食料加工成肥料。郭秋林和安然天天围着她转，忙得不亦乐乎。

儿子也有点看不下去了，疑惑地问自己的媳妇："你既想吃酸菜肥肉，又想吃辣子鸡丁；既想吃糖醋鲤鱼，又想吃麻辣火锅。我听人家说酸儿辣女，你怀的到底是儿子还是女儿？"

儿媳妇平静地说："我怀的可能是龙凤胎！"

儿媳妇与儿子结了婚，一直到孙子上幼儿园之前，成了家里的兼职搬运工，每个月至少两次，把婆家有用的东西搬到娘家去。

儿子带着媳妇和孩子单独生活之后，儿媳妇就很少回来了。上个周末回来一趟，主要是送孩子不用的玩具和旧衣服，走的时候小汽车的后备厢都塞满了，不但带走了一些吃的用的，连家里边别人送的几箱饮料都拉走了，这是想搞"南水北调"啊！

郭秋林和安然都不会与儿媳妇计较，有时候故意在家里准备一些儿媳妇可能感兴趣的东西让她带走，毕竟孙子主要靠姥爷姥姥带着。

儿媳妇很顾娘家，但是从来没有给婆家买过一把蔬菜、一个馒头。

有一次，郭秋林不解地问安然："为什么很多女人在娘家当闺女是一个样，到了婆家当媳妇又是一个样？"

安然反问他："你以为男人在爸爸妈妈家当儿子和在岳父岳母家当女婿会一样吗？"

安然的话让他无言以对。

"你记住了！"安然开导郭秋林，"儿子、儿媳如果与老人住在一起，对他们说的话、办的事，老人耳朵可以听，眼睛可以看，但嘴巴不要轻易说。最好是视而不见、充耳不闻、装聋作哑。"

对于儿子，郭秋林现在不想管了。儿子大了，有些道理自己应该懂得了。

"我已经把你养大成人，没有义务再对你进行成人教育。一个人如果天天混日子，早晚有一天日子会把他混了。"这是郭秋林心里想对儿子说的话。

让郭秋林感到欣慰的是，打电话的当天晚上，宏志就开车把孩子送回来了，并且对他说："爸爸，您什么地方不舒服，明天上午让我妈带半天孩子，我请一会儿假，拉您到医院去看看。"

郭秋林连忙说："不用，不用，你只管上班，我随便在家里找点药吃就行了。"

郭宏志不由郭秋林分说，掏出手机按了几下说："大牛，我明天上午带我爸爸到医院检查一下，晚一会儿到办公室。我办公桌抽屉里有一份打印好的报表，明天一上班你帮我交给任飞飞。"

郭秋林听到儿子说的话，惊恐地问他："你刚才说，让那个大牛把报表交给谁？"

"任飞飞，我们的经理，她是我们家乡人，对我一直不错。"宏志不甚在意地说。

郭秋林听了儿子的话，突然觉得天旋地转，一下子坐在了沙发上。

"真是人生何处不相逢啊，这是机缘巧合，还是老天的有意安排？"他心里在想。

七

接到郭秋林打来的电话，我觉得他的声调与以往不太一样，吓了一跳，连忙问："你怎么了，家里发生了什么事？"

郭秋林好像是稳定了一下情绪，停顿一下才缓缓地对我说："没有什么，你不知道吧，任凤仙的女儿是我儿子的上司。"

我有些吃惊，对他讲："我只知道任凤仙的女儿叫任飞飞，大学毕业以后在北京工作，干得不错，不知道她与你儿子在同一个公司。"

"任凤仙是个好胜心很强、报复心也很强的女人，她非常恨我。我知道，被恨的人没有痛苦，生恨的人伤痕累累，我以前确实是对不起她，她要是给女儿讲了我们俩以前的感情纠葛和我对她造成的伤害，她女儿会对我儿子怎么样？"郭秋林向我表达了他的担忧。

我劝慰郭秋林："任凤仙过去是个什么样的人，我们心里都清楚。这些年她吃了不少的苦，特别是为了供养女儿上学，她可以说是吃了千辛万苦，想了千方百计。如果有人把她一生的经历写出来，就是一本内容凄惨的书；如果哪一个出版社把这本书出版出来，最好搭配毛巾来卖，好让读者擦眼泪。但是，我觉得，一般说来，男人喜欢新欢，女人留恋旧爱，任凤仙现在不一定还在记你的仇。这么多年过去了，她感情上的伤痛应该会慢慢平复。任飞飞现在可能还不知道你与她妈妈的恩怨，只是把宏志当成自己的同乡；任飞飞就算已经知道了她妈妈和你之间发生的事情，宏志到目前为止也没有提起过这事。这说明她没有告诉过宏志，也说明任飞飞不会对宏志怎么样。"

郭秋林似乎是想说什么，我没有给他机会，接着往下讲："我的意思是说，你对这件事情最好是看破不说破，日子照样过。但愿任凤仙没有，也不准备再给任飞飞说你们之间的事，我也希望你不要在宏志面前提起这件事。"

郭秋林听了我的劝说，沉吟了一下说："好吧，我听你的！"

"我一直觉得，你对宏志有偏见，他小时候并不是一个调皮捣蛋的孩子，而是你和安然缺少监管，对他有些放纵，才使他成了现在这样，在工作和生活上有些随意，这中间有你们两口子的责任。"我与郭秋林说话，没有多少顾忌，又止不住开始兜售自己的理论。"你知道世界上最深的是什么沟？不是马里亚纳海沟，而是代沟，这条沟不仅深不见底，而且宽不见边。六十多岁的老人戴着有色眼镜去看三十多岁的年轻人，总会觉得他有什么地方不对劲。现在的年轻人和我们想的不一样，你想让他循规蹈矩、谨言慎行，而他想的是来去自由、坐卧随心。我们不要总是说别人的身子不正，要先看看自己的身子是不是站歪了。每个人都有自己的思维方式和生活习惯，这种方式和习惯决定着他的言行，不管别人对于他的言行怎么觉得不可思议，但他就是认为自己是正常的、正确的。所以，只要不违背法律和道德，对于儿子的事，你不要想得太多，更不要管得太广。记住有人说过，什么都看不顺眼的人，疲劳的不仅仅是自己的双目。"

郭秋林好像有些不服气，反驳我说："静谧小的时候，你和张晓曼也没有怎么管教，她怎么那么优秀呢？"

"我和你不一样，静谧小时候是她姥姥带的，我岳母过去就是做教育工作的，我们等于请了一个家庭教师帮助带孩子，而你们家没有这方面的优势。"

"你的意思是说，我和安然既然养了个小鸡崽，就不要指望他下出鸵鸟蛋来！"

听了郭秋林的话，我笑起来："你可以这样理解，期望越高，失望越大。中国的父母对孩子的期望值普遍过高，孩子喜欢语文，就想让他成为巴金、茅盾，孩子喜欢算术，就想让他们像华罗庚、陈景润一样出名。你对儿子的要求早就应该低一些，这样，你的不满、儿子的烦恼都会少一些。人与人之间是有不同的，包括父与子、母与女，都是不同的个体，每个人都有一定的生活空间和隐私，不能谁代替谁、谁包办谁。你生了孩子，只能尽自己的抚养义务，不能在他们长大后，还要求他们这样那样。你和安然，特别是你，现在要多看儿子的优点。你刚才不是说宏志还主动要带你到医院检查吗？这说明他在心里想着你们，是个孝顺孩子。你与宏志分开生活是对的，父母有时像他身边的氧气，平时他感觉不到你们的存在，只有当他离开你们的时候，才会觉得呼吸不畅，这叫距离加深亲情。两代人不在一起生活，可以减少矛盾、避免冲突。"

"与儿子分开生活是应该的，只是我们老两口平时会挂念孙子。"郭秋林伤感地说。

我知道，小孙子是郭秋林刚刚戒掉的烟酒，他现在是'烟不离手，酒不离口'，与人说话聊天，三分钟聊不到小孙子身上，就像腹泻的人找不到厕所一样憋得难受。如果我与他聊到他孙子的话题上，这电话恐怕再有半个小时也完不了。我明天要给出版社交的书稿还有几页没有审校完，心里有些着急，便有些敷衍地对郭秋林说："没有聊完的话题咱们过几天约个地方见了面再接着说好不好？"

郭秋林不情愿地应了一声"好"，我们俩便互说了再见。

第十六章　移交地方

一

按照有关规定，部队的师以下退休干部购买了部队建设的经济适用房以后，就要移交给地方政府管理。

部队的经济适用房建设，总部只有统一的要求，没有一致的规划，不同的单位因地制宜、各尽所能，建成的经济适用房小区均不相同。

综合部的经济适用房建设已经进行了两年，住房很快就要交付使用了，部办公室和政协室召集退休老干部开会，传达相关情况，听取大家意见。

退休干部对经济适用房盼望已久，两年的时间，从挖地基开始，到主体工程封顶，差不多每天都有老干部到施工现场察看进展情况。好在建房现场距离老干部们现在住的地方不远，步行十来分钟就到了。

大会议室里坐了上百名退休老干部，距离正式开会还有一段时间，老干部们三三两两地先开起了小会。

坐在我旁边的冯凯是老干部当中的活跃分子，他招呼刚刚进来的编纂室副主任田长明："田主任过来，这里还有一个座位。您老人家到哪里去了，最近一直看不见人，我想你想得白天睡不着觉，夜里吃不下饭。"

"你不是想我，是白天和晚上过颠倒了。"

田长明在座位上坐下来，冯凯又对他说："您皮肤不是挺白吗，一段时间没见怎么变得这么黑？"

"在北戴河游泳晒的，我儿子去年在那里买了一套小房子，我去那里住了一段时间，天天下海游泳晒黑了，咱不能'白'活一辈子对不对！"

"与儿子一小家人住在一起很痛快吧？"冯凯问。

"我在儿子家里感觉可好了，天天都像过节一样。"

"过什么节呀？"

"劳动节呗，每天白天除了下午两小时游泳，其他时间就是买菜、做饭、拖地、带孙子，一刻都闲不住。"田长明故作无奈地说。

冯凯笑着说："儿女有不如自己有，父母有，到时候还要再倒一次手，住自己的房子最安心，想干什么干什么，恭喜您马上就有属于自己的房子了。"

旁边有个老干部问冯凯："冯秘书，听说我们把这套经济适用房买下来，除了公家给的住房补贴，个人还要再掏五六十万，全部积蓄都拿出来也不够呀！"

冯凯说："咱们部建设的经济适用房比地方的商品房便宜太多了，多年的'无产阶级'就要变成有产阶级了，掏点钱怕什么，你们谁要是没钱了给我说一声。"

"你借给我们一些？"

"不，我和你们一起想办法去凑。"

周围几个老干部听了冯凯的话都笑了起来。

主席台上，办公室和政协室的领导已经就位，崔贤与几个战友自驾游去外地没有赶回来，让我把今天开会的大概情况记下来向他转达。我从口袋里掏出本子和笔，作好了记录的准备。

冯凯的兴致未减，还在低声对田长明说："上次您说了要与我搁邻居，过几天选房号时我们选在一起。听别人说，有电梯的小高层，除顶层以外，其他的楼层越高越好，到时候我们尽量往上选。"

田长明笑笑说："那不行，我老婆有恐高症，年轻时高跟鞋的鞋跟最多不能超过两厘米。"

冯凯也笑着说："我老婆有'恐低症'，最希望乘飞机，不喜欢坐地铁，咱们现在住的公寓房的地下室她都不敢去。"

"你的意思是咱们这邻居搁不成了？"

"不，不，以后咱们争取住在一个单元，您往低处选，我往高处挑，您在下边为我站岗，我在上边为您放哨，我的地就是您的天。"

组织会议的政协室干事喊话让大伙安静，办公室一位副主任首先介绍了住房工程的收尾情况、分配方案、经费收缴时间，以及新房装修和现住的公寓房腾退期限等问题。接着协理员讲话，他要求老干部们遵守综合部的有关规定，在装修和搬家的时候发扬风格、互相帮助。

会议结束以后，田长明和我一起走在回家的路上，感慨地说："能够分到一套将来产权属于自己的房子当然很好，只是我们有了房子就要移交到地方，心里总觉得有些失落。"

田长明的话也触到了我的心痛处，不过，我还是安慰他："人常说，铁打的营盘流水的兵，我们早晚都要离开部队，搬出营区。人生本无乡，心安即归处，有些事想开了就没有什么。我们这些当兵的人，天做被，地当床，人民群众是爹娘，身无所载走天下，屁股坐哪哪是家。现在退休了，有了固定的住处，有了属于自己的住房，应当感到欣慰。"

冯凯这时从身后喊我们，我和田长明原处站立，等着他走过来。

冯凯兴奋地对我们两个人说："我刚才有个想法，这个想法热气腾腾地刚出锅，还没有对别人讲过，先说给你们俩听听。我想联络一些老干部，等拿到新房钥匙的时候，咱们联合起来选同一家装修公司，团体装修，这样工时费和材料费都会便宜不少。"

我首先表示赞同，对冯凯说："我也有这个想法，到时候你牵个头，把愿意一起装修的老同志们组织起来。"

田长明说："我原来是想让装修公司包工包料，让他们全管起来，自己少操些心。"

冯凯说："别那样，一辈子就落这么一套房子，自己招呼着装修放心。"

田长明叹口气说："我怕到时候自己张罗着装修身体受不了，岁月是把杀猪刀，到了时候就长膘。你别看我现在身体好像很壮，其实是虚胖，说不上百病共存，也是十病缠身，对有些病我不过是不在乎罢了。我相信有些医生说过的话，人体具有强大的自愈能力，并且不会随着年龄的增长而消失，所以，我对有些毛病任其发展，不予理睬，小车不倒只管推，小命不怕阎王催。我如果要是到医院去治病，除了妇产科，其他科的医生都有事干。"

"您要是去治病，什么科都不去，也要去妇产科，找到妇产科的'科长'，让她把你的'婆婆妈妈'病先治一治。"冯凯对田长明开玩笑地说，"您以前做什么工作都喜欢走在前列，连得病都是前列腺炎，现在装修房子是百年大计，也不能往后缩、穷凑合。"

"我没有想那么远，现在努力争取的房产，说不定哪一天就成了遗产。"田长明沮丧地说。

冯凯不同意田长明的说法："主任同志，我奉劝您一句话，有些事不要想那么多。有人说，人生应当像成熟的蒲公英，无牵无挂，无欲无求，风行而起，风止即停，不要心事太重，顾虑太多。有时间了经常出来走一走，与老战友们一起扯扯淡、聊聊天，不要一个人天天在家里抱着茶壶亲嘴。"

我知道田长明和老伴身体都不是太好，也劝他说："人生短暂，生命无常，草木荣枯自有时，万物从容皆自得，生老病死是自然现象，谁都躲不过去。但是，人生没有过不去的坎，只有拐不过的弯，只要能做到拿得起、放得下、想得开，不瞻前顾后，不忧心忡忡，就可以做到'若是一切随它去，便是世间自在人'。"

冯凯在一旁也说："秦参谋讲得很好、很对，你们这些咬文嚼字的秀才说出话来与我们这些跑腿办事的人就是不一样。我与秦参谋有同感，我们虽然以后要移交地方政府管理，但是工资不减，待遇不变，晚上月亮看着你睡觉，白天太阳陪着你休闲，月月能领退休金，只要把晚年生活安排好，有什么可忧心的。关于装修房子的事，您家里如果有需要跑跑颠颠的事，我帮着您张罗。"

田长明红了脸说："好，冯秘书，你的说法我'拟同意'。我们家儿子说装修的事他不管，女儿离家远，只有我和老婆两个人做主，现在她是家长，我是副家长，有些事我还要回去与她商量一下。"

二

我想利用罗长生来北京的机会，与郭秋林在一起聚一聚。

我先给郭秋林打电话，征求他的意见。原本以为他不一定会同意与罗长生见面，结果出乎我的意料，他很爽快地答应了。

罗长生的话说得更痛快："我希望与'陈驸马'见一面，早就'想'他了。"

后来我意识到，郭秋林的儿子郭宏志在罗长生的表侄女任飞飞手下办事，而且任飞飞对郭宏志各方面都关照得不错，他想改善与罗长生的关系。罗长生经常到北京的儿子这里来，衣不如新，人不如故，他也想与昔日关系不错的老同学保持联系。

我对郭秋林说："罗长生因为任凤仙的事，对你有些成见，我们见面后，你听了他不入耳的话不要介意。"郭秋林对我说："老同学放心，我这点涵养还是有的。"

郭秋林让我在罗长生面前不要主动提及郭宏志和任飞飞在同一个公司上班的事，我答应了。我回过头又对罗长生说："郭秋林受处分以后，一直对自己与任凤仙的事感到后悔，觉得有些事处理得太轻率。事情过去这么多年了，希望你对他多一些包容，过激的话会让大伙都难堪。"

罗长生听了我说的话，哈哈大笑起来："我有时候只是喜欢开玩笑而已，不会让他下不了台的。有人说，男人痛苦时无话可说，女人痛苦时啥话都说，任凤仙过去仇恨郭秋林，也经常抱怨他，不过她现在稳重多了，里言不出，外言不入，很少提起过去的事。她对郭秋林以前的做法都不怎么在乎了，我还与他计较什么。"

严班长上了年纪之后，在老家安度晚年，很少再到在北京开饭店的儿子这里来了，我和郭秋林也很少再到他儿子那里去。这次三个老同学的聚会，我安排在了附近部队的招待所。

郭秋林与罗长生前年通过一次电话，但是两个人在高中毕业以后就没有再见过面。五十年过去了，时光之手揉皱了他们的面孔，染白了他们的头发，让他们尽显老态。两双手紧握在一起，我猜想他们肯定都有隔世之感，面对已经陌生的脸庞，都会在脑子里快速搜寻对方当初留给自己的印象，极力想把眼前年逾花甲的老人与当年风华正茂的青年联系起来。

"你黑了、瘦了，个头好像也比原来低了。"郭秋林端详着罗长生说。

"个头低，是长缩了；皮肤黑，是亲近阳光的结果；瘦了不是什么坏事，有钱难买老来瘦，只有骨头没有肉，有的人想减肥还减不下去呢！"罗长生笑着说。

显得有些富态的郭秋林不好意思地笑了。

我招呼他们两个人在包间的沙发上坐下来慢慢聊。

罗长生对郭秋林说："你现在气色很好，红光满面，身体保养得不错。"

郭秋林客气地说："我退休以后，身无所载，心宽体胖，在家里前几年主要负责后勤保障工作，在儿子面前当'孝子'，在孙子面前当'贤孙'。现在儿子一小家租房另住了，我在老伴的领导下每天干点烦琐家务。"

"老年人不留恋过去的精彩，只希望现在活得自在，有适合自己做，又愿意做的事情就行。听东原讲，当年那个争强好胜、活泼好动的老同学已经不复存在，你现在变得稳重、深沉，说话不多，是痛而不言，还是乐而不语？"

"不知道为什么，我现在总是觉得，自己所经历的那些事，有的说不好，有的不好说。"郭秋林回答罗长生的问话。

我坐在一旁，听他们两个久未见面的老同学说话。

"你和东原分别是国家机关、军队总部的工作人员，是指挥若定之人，属饱学俊秀之士，应该说都是功成名就，没有什么遗憾了。"罗长生对郭秋林说。

"你任教多年，育人有道，能变平庸为英才，化腐朽为神奇，也应当感到欣慰了。"郭秋林讨好似的对罗长生说。

我看到他们两个人不计前嫌，说话投机，感到很高兴，在一边插话说："你们两个人都算是咱们班学习上的尖子生了，如果不是当年取消高考，都有可能成为某个重点大学的高才生。在学校的时候你们就是出口成章、挥笔成文，如今说话更有文采和深意了。"

"过去的事不能再提了，当年曾经让我们难过遗憾的事情，今天能够笑着把它讲出来，说明我们已经成熟了。"郭秋林坦然地说。

"岂止是成熟，都熟过头了！"罗长生笑着说。

郭秋林接着对罗长生说："听说您在老家吃了不少的苦，应该说，安于清贫生活的人是幸福的，它可以让人知道，世上除金钱之外，还可以拥有和享受许多其他宝贵的东西，尽管它们是平淡的。"

"老同学说这话我爱听。"罗长生点点头，对郭秋林说，"你们身负重任，压力很大，不像我们平民百姓，心里怎么想，嘴里怎么说。在官场中，很多时候，明知是场戏，也要演下去，因为你们的活动场所，就是一个众人瞩目的大舞台。"

罗长生转向我，接着讲："有人说能在部队工作很幸运，他们只知道当兵的待遇好、工资高，衣食住行国家包，不晓得当兵的人在和平时期也要救灾抢险，遇有战事还要流血牺牲。有人说过，军人不创造财富，但是创造价值；军队不生产稻谷，但是生产安全。这话讲得好，养兵自有用兵时，只是不知哪批人哪个时候能够赶得上。"

"我们也快移交了，将来归地方政府管理。"我对罗长生说，"一朝军衣在身，终生都是战士。不管什么时候、在什么地方，我都会觉得自己还是一个兵。我们这些从部队退休的老同志都还珍藏着自己曾经穿过的军衣，如果哪天国家召唤，我们还会重披戎装。"

四个小凉菜上齐了，我招呼郭秋林和罗长生入席，摇晃着手里自己带来的一瓶好酒说："咱们三个人，老友加老酒，畅所欲言，一醉方休，今天走不了也没有关系，我让招待所开房间。"

我们三个人边吃边喝边聊，把我们记得的老师和同学们都挨着个细数了一遍。当然也说到了樊长乐。

罗长生不屑地说："他能够当官，开始是溜须拍马、狗掀门帘，靠嘴上的功夫；后来是拜佛求神、行贿上供，凭腿上的本事。一朝权在手，便把令来行，他后来的所作所为，为我们这些能够了解和接触到他的同学所不齿。你们身在京城、居于高位，有些情况可能不太清楚。一些基层干部把党和政府赋予他们的权力当成个人谋利的工具，他们在讲台上慷慨激昂地说话，大谈反腐倡廉，不过是太监骂青楼，强盗骂、骂小偷。"

由于酒精的作用，罗长生的有些器官开始变得迟钝起来，说话不太利索。

我安慰罗长生："你在人生道路上跌跌撞撞地走过了六十多年，经历了风雪雨霜，感受了人情冷暖。对于我们来说，未来的日子越来越少，越来越少的日子越发重要，我们要把过去的每一个日子都当成纪念日。但是，不要把自己当成纪念品，过去的事情就让他过去吧！现在的社会环境不错，人们的生活水平也提高了，我们都已经步入老年，多想将来开心的事，少提过去曾经的苦，不管年纪有多老，但求无病身体好。"

罗长生听了我说的话，点点头，喝了半杯茶水，稳定了一下情绪说："你讲得对，我们都要向前看，关注将来，少提以往。过去的事情真是不堪回首，感谢鲁迅先生给我们塑造了一个阿Q的形象，他的精神给一些无权无势的老百姓带来了很多安慰，让他们把眼泪当酒喝，把怨气当烟抽。"

郭秋林似乎是不想在这个话题上发太多议论，也劝慰罗长生说："正确看待昨天发生和今天处理的一切，就有可能修正过去、珍惜现在、希望未来。我们对有些人、有些事，看淡了，想开了，就会觉得云开雾散、心情舒畅。现在可以说是国泰民安、天下太平，正像有人讲的，中国人不过圣诞节，但天天都有平安夜。人们的生活水平也在不断提高，就拿您来说吧，食有细米白面，兜有银行存款，穿有四季衣裳，住有四合小院，北京老家两边跑，南北随意能养老。听说您两个儿子学习都不错，另一个在老家干什么？"

说到两个儿子，罗长生脸上泛起了红光，自豪地说："我那个二儿子大专毕业以后，在家乡与朋友一起开办了一个规模化大型养鸡场，每年有几十万块钱的收入。前几天我到北京来的时候，火车上一个邻座知道我有两个儿子，问我：'你一个儿子在北京工作，另一个儿子在哪里上班？'我说：

'他在鸡场工作。'邻座惊讶地问：'他是地勤还是飞行员？'我说：'都不是，他主要负责饲料筹措。'"

罗长生的话说得我和郭秋林都笑了起来。

郭秋林对罗长生说："我刚才讲得没错吧，现在国家强大了，群众富裕了，您还有什么不满意的，好好与嫂夫人一起安享晚年吧！"

罗长生说："司长同志不愧是退休的国家干部，讲得很有道理，都是正能量的话。以前那些以权谋私、欺压百姓的官员现在的日子都不好过了，咱们县的领导就抓起来了好几个。樊长乐的局长职务被撤销以后，在老家不想下地干农活，把自家靠大路的两间偏房改造了一下，经营小百货，里边卖的东西都装不满一个拖拉机的拖斗，居然也称'超市'，村里人都戏称他为'樊市长'。"

一瓶白酒见了底，郭秋林示意我聚会应该结束了，我便说了几句结束语，起身去服务台结账。郭秋林叫了一台网约车，他要先送罗长生去他儿子住的地方，而后自己再回家。

<h1 style="text-align:center">三</h1>

于胜利退休后的这些年，与崔长玲一起，多数时间在老家陪老人们生活，两个家庭的老人都作古之后，他们才回到城里居住。老夫老妻一起，早迎朝霞，晚送夕阳，忙柴米油盐，逛公园商场，偶尔也去女儿家帮帮忙。

"我在职的时候，对'家'的含义理解得不深，好像办公室是家，而家不过是宾馆或招待所。"于胜利在电话中有些伤感地对我说，"退休以后，我才深刻地感受到，有老人生活的地方才是家。不管他们身体健康还是卧病在床，与老人们生活在一起，你会觉得心里踏实，也会觉得自己还年轻。老人们都走了之后，我这个六十多岁的老人就有了'孤儿'的感觉，心里空荡荡的。"

我宽慰于胜利："你和大嫂多年两地分居，步入中年以后才在一起生活，以前对家的观念比较淡薄。在人生的道路上，每个人都是一个家庭或某个群体的一员，但很多时候，我们又是一个孤独的旅客，很多人可以陪你一程，极少的人才能陪你一生。近年来，你和嫂子在家中陪伴老人、端茶倒水、侍奉晨昏，尽了应尽的责任，也尽力弥补了儿女对父母的亏欠。"

于胜利感慨地说："我们家乡有一句俗话，叫'秧好一半谷，妻好一半福'。崔长玲在料理我们家中事务中起到了很关键的作用，她长期生活在农村艰苦的环境中，不仅劳累，而且营养不良，患上了多种疾病。在今后或长或短的余生岁月里，我会将自己的热情注入这个女人羸弱的身体，让她重新树立起生活的信心。"

"听了你这番话我很高兴，嫂子是个深明大义的人，她不会强迫别人爱自己，而是努力使自己成为一个值得爱的人，这一点她做到了。"我用赞赏的口气对于胜利说，"美满婚姻的关键，不是你能否找到一个理想的伴侣，而是你能否做一个理想的伴侣，这一点你也做到了。"

于胜利听了我说的话笑了起来，赞美我说："我喜欢与你聊天，你的话总是富有哲理，能够给人以启发。我记得你还给我说过一句话，真正的爱情并不是与对方事事都情投意合，而是两个人有许多不同点，但是共同相处之后，依然能够，也愿意生活在一起。在两性相处中，爱情只是昨天，婚姻才是今天，当初感觉不到痛苦的爱情，不是真正的爱情；以后感觉不到幸福的婚姻，肯定是悲哀的婚姻。"

我也笑了起来，对于胜利说："四十年前我们俩就曾经在一起谈论过爱情和婚姻的问题，只是那时的观点和现在的想法有很大不同。"

"另外，有件事我还想告诉你。"于胜利语气有些沉重地对我说，"武副政委和他爱人刘雪菲前一段时间先后去世了，我估计你和张晓曼都还不知道。"

我吃惊地说："我们确实不知道，怎么会一点消息都没有！"

于胜利接着讲："他们夫妻二人生前留下共同的遗言，在疾病治好无望的情况下，不做开胸、开颅和身上插满管子的抢救，去世时不通知亲朋好友，不搞遗体告别，骨灰撒入大海。武副政委的女儿在我们驻军医院医务处当主任，主要是她在照顾生病的双亲。在生命的最后时刻，武副政委夫妇躺在同一间病房的两张病床上。武副政委临终的时候，刘雪菲还拉着他的手，嘴里喃喃地说要和他一起走。刘雪菲拉着老伴的手，但是却拉不住他迈向另一个世界的脚步，一个星期之后，她追随丈夫而去。"

于胜利的话听得我泪流满面，我哽咽着说："刘助理是我和张晓曼的婚姻介绍人，我们永远忘不了她。"

于胜利也叹了一口气说："武副政委比我大几岁，是我的好搭档，也是我的老大哥。你知道，他是地方大学生毕业以后入伍的，品德好，有文才，我对他一向敬重。他病重的时候，我到医院去看望他，他语重心长地对我说，自己是幸运的，经历了无数的春夏秋冬，领略了不同的人间冷暖，特别是作为一名军人，吃了应吃的苦，做了该做的事，无悔今生。他还和我说，一个人不要为名声所累，不要为钱财所困，世上繁华万千，看淡都是云烟，每个人赤身裸体而来，一缕青烟而去，无欲自然豁达，想开即会坦然，让我支持和理解他与刘助理遗嘱中主张的丧事从简。"

放下于胜利的电话，我久久不能平静，晓曼这段时间到女儿家帮助照看孩子去了，我想等过几天她回来以后再把不幸的消息告诉她。前一段时间因为忙于刚刚购买的经济适用房的装修，我们都没有往刘助理家里打电话，我心里觉得过意不去，晓曼知道消息以后更会深感内疚。

张致欣退休后已经移交到地方政府管理，我们这批退休老干部也移交在即，我打电话向他询问有关情况。

"北京市接收军队移交离退休干部的数量很大，其中一个区就相当于全国其他三个直辖市的总和。军队离退休干部管理部门对老干部的管理工作非常重视，也比较规范。我们移交以后，政治、生活待遇不变，尤其是就医、用药等方面，比在部队时还要好一些，老干部们可以参加的活动也比较多，你们都不用有什么顾虑。"张致欣说。

我听了张致欣的话，心里踏实了许多。

我把张致欣给我说的话首先告诉了崔贤，他对这件事好像不怎么在意，"哦，哦"了两声之后，淡淡地对我说："我和老婆准备离婚了！"

尽管早有思想准备，我还是吃了一惊。

崔贤和他爱人林蕊，一个是高干子弟，一个是富家女儿，两个人经济条件优越，后顾之忧较少，在生活上应该是幸福、潇洒的一对。但是，他们结婚之后不久，爱情的保鲜膜就开始破损。

"我和女朋友除性别之差外，其他方面好像都比较一致。"早在军校学习的时候，崔贤就开玩笑地对我说。

与林蕊见过几次面以后，我心里清楚，崔贤性格开朗、大大咧咧，而林蕊性格孤僻、好耍脾气，夫妻二人的生活道路以后肯定不会顺畅。林蕊对崔贤不过是顺从和将就，表面上保持着亲近、维持一团和气，夫妻在感情上并不是很融洽。结婚之后，两个人开始忙于工作，后来专注孩子，日子凑合着也过得下去，但是时间一长，矛盾就暴露出来了，大吵三六九，小吵天天有。特别是崔贤退休以后，林蕊觉得丈夫不识时务、自视清高，有那么好的社会背景，一辈子竟然连一个带"长"的职务都没有混上，少不了抱怨和唠叨，这是最让崔贤感到心烦和无法容忍的。

抱怨和唠叨是人们常得的一种毛病，尤其是在女人当中的发病率比较高，这种病在爱情和友情里都属于绝症。

"一个人选择什么样的爱人，就决定他以后要采用什么样的方式生活。"我对崔贤说，"你年轻时就风风火火，性格外向，喜欢热闹，而林蕊比较文静，喜欢一人独处。这就要求你必须改变，或者说部分改变自己原有的生活方式，以适应共同的夫妻生活。这一点我早就提醒过你，但是你当时缺乏这方面的思想准备，后来也没有这方面的具体行动。应当说，在人生道路上，每个人都会有很多次、很多种选择，选择就意味着买单，你在选择之前就应当考虑好自己的支付能力。"

"我以前对有些问题考虑得不周，后来才逐渐明白，一个成熟的男人，找老婆不一定要看着漂亮，而是在一起的日子要过得漂亮。现在说什么都晚了，这正像有些人讲的，人在结婚之后才会明白很多事理，就像高考之后知道答案，但一切都为时过晚。"崔贤无奈地说。

"话不能这样讲。"我开导崔贤，"夫妻生活没有固定的模式，也没有统一的答案。两个人结婚前各自在不同的环境里生活了二十几年，结合在一起以后，不可能各个方面都那么合适、融洽。不要总是试图谁改变谁，一般来说，谁也不会轻易为谁而改变，除非心甘情愿。"

我接着讲："你和林蕊经过几十年的磨合，求同存异，日子还算过得去。在职时各人有各人的事业，性格上的矛盾表现得还不充分，退休以后，大部分时间都在一起待着，以前掩盖着的东西就显露出来了。你们相互都存在一个再适应的过程，一个人时，要学会独处，两个人时，要善于共处。夫妻间，即便是在一起生活了几十年，也要为对方留出一定的空间，对一些事情不要过于计较。爱情的悲剧缘于挑剔，婚姻的完美缘于宽容，装聋作哑正是聪明之处，故作糊涂恰为明智之举。我觉得你与林蕊一起生活没有原则问题，为了不让孩子难堪，为了不让亲朋遗憾，也为了不让别人有碎语闲言，我还是希望你和林蕊求同存异，互相包容，能凑合继续凑合。"

崔贤不以为然地说："老同学不要再费口舌了，打破老婆终身制，该换的时候就换，为了自己的虚荣心而伤害男人自尊心的女人坚决不能要，我的离意已决。我觉得自己以前做得对，不阿谀奉承，不趋炎附势，在风气不是太正的年代，没提拔的不丢人，受重用的不光彩。"

我不甘心，仍然劝说他："我们购买的经济适用房多数老干部都装修完了，你家的还没有动，你是不是把房子装修完了再考虑这个问题。"

崔贤这一次比较固执，仍然是以满不在乎的口气对我说："装修房子与离不离婚关系不大。对于夫妻来说，最好的房子是对方的心房，心若没有栖息的地方，住处再多，装修再好，也只能是在房子之间流浪。"

我无话可说，记得有人讲过，婚姻就像下象棋，明明是两个人的事，却总有一群人在旁边指手画脚。指手画脚只会让人讨厌。

我心里在想，时代变了，人的观念也变了，过去什么东西坏了就去修，现在什么东西坏了赶快换；过去夫妻间有了矛盾就吵架，现在夫妻间有了矛盾就离婚。

两个月以后，崔贤又是淡淡的一句话告诉我："我和林蕊离了。"

崔贤和林蕊，当初爱得撕心裂肺，如今离得干干脆脆；他们因相识相爱而结合，因相处相知而分手。在几十年的婚姻中，他们共同生活的一页已经翻过去了，今后要分道扬镳，各自书写人生的续篇了。

我把劝说崔贤的情况和自己对此的不解在电话中告诉了张致欣："两个人过了大半辈子怎么说离就离了？"

张致欣比我看得开，他说崔贤也打电话告诉了他与林蕊离婚的事。接着对我说："在生活中就是这样，太多的为什么没有答案，太多的答案别问为什么，有些事我们不能置身其中，也无法感同身受。在夫妻生活中，有两种现象比较常见：一种是没饭吃时饿得不行，两人不愿共苦；有饭吃时撑得难受，二人不能同甘。还有一种是忙时专注事业，无暇顾及对方；闲时无事生非，挑剔对方毛病。如果能从这个角度看问题，你对崔贤和他老婆离婚就不会感到奇怪了，何况他们的感情基础本来就不十分牢固。我理解崔贤，男人就是这样，年轻时你需要一个你爱的人，年老后你需要一个爱你的人，如果林蕊不爱他，离婚未必是一件坏事。有人说过，聪明的女人抓男人的心，普通的女人抓男人的胃，愚蠢的女人抓男人的短处。林蕊总是抱怨崔贤这不好、那不行，是非常不明智的。崔贤自尊心强，个性也很强，他不依附权势，不巴结领导，行得端，走得正，是一个在将军面前不自卑、在士兵面前不自傲的人。婚姻生活中，有人喜欢赏花，有人喜欢尝果，前一种是年轻人，后一种是老年人，我希望，也相信崔贤以后能够找到一个理解和包容他的人，细细品尝晚年幸福的果实。"

张致欣的话我不得不信服。

四

我们这批部队退休干部的档案已经移交到地方政府。

这天上午，几十个军队退休老干部早早地就聚集在派出所户籍办公大厅里，等着办理北京市的户口登记。眼看着就要离开战斗和生活了大半辈子的军营，我们的心里五味杂陈，思绪万千。

老干部们都在长凳子上坐着等候、聊天，爱说爱动的冯凯坐不住，一会儿与这个说几句，一会儿与那个聊一通。他看到田长明一个人坐着发愣，凑到他跟前说："老领导、新邻居，想什么呢？"

田长明对冯凯苦笑了一下说："我在想，我们这些人退休以后交到地方，就成了老百姓，从前日月属国家，自此光阴归个人，虽然以后行动上自由一些，但还是有些依依不舍。军衣是穿上身后一辈子都脱不下来的服装，即使你退了休、穿上便装、离开军营，也忘不了曾经的经历和自己的身份。"

冯凯笑了起来："领导干部与我们一般群众想的到底不一样，说的话也有深意。我们交到地方以后，您是最大的受益者之一，以后出国看女儿办理手续就没有那么复杂了。就算觉得与儿子一起生活不方便，想在国外长期居住也没有人干涉。"

"我去国外干什么，路上碰见个打劫的，连'救命'两个字都不会喊。"

"就你口袋里那几个钱，到了外国，人家连瞅你一眼都嫌耽误工夫，还会打劫你？"冯凯的话说得田长明不好意思地笑了。

"不想去国外就在国内安居，女儿给您多寄些钱，您和老伴晚年依然会过得很潇洒。"冯凯对田长明说，"不过，我们这些人常年养成的习惯，钱再多也不会轻易改变。我有个亲戚在老家县城退休，老伴去世以后，他在国外的儿子知道他不愿意去国外生活，怕他一个人在家寂寞，就委托朋友在国内给他买了新房，请了保姆，还花几千块钱买了一条宠物犬。几个星期以后，儿子打电话问老爸那条宠物犬怎么样。我那个亲戚对儿子说，不错不错，红烧以后比炖猪肉还好吃。"

田长明和周围的几个老干部听了冯凯的话都仰头大笑。

冯凯又说："我们这些人交到地方以后，工资待遇不改，医疗条件不变，国家已经是很照顾了。不像在职干部转业，不管你是少尉还是中尉，到了地方都成了无所谓；不管你是上校或是大校，到了地方都变得无效，一般都要降一级或几级安排使用。"

田长明对冯凯说："冯秘书，我发现你说话很有趣味，人缘也不错，以前又长期在部队搞行政管理工作，我们楼上楼下的几个邻居都有一个共同的意向，以后准备向家属委员会推荐你为咱们三号楼一门洞的'门长'。"

冯凯夸张地说："谢谢主任和其他邻居的抬举和信任，我是感激涕零、受宠若惊啊！咱这辈子除家长以外没当过别的'长'，名字后边孬好带了个'长'字，也算满足了我大半辈子的虚荣心，您看计划局的——"

冯凯看到我坐在旁边，没有好意思说出"崔贤"这个名字，接着又讲："我就不说是谁了，他就是因为一辈子没混个'长'，被老婆埋怨，结果两口子总是吵架，最后连婚姻都黄了。我要是当了门长，一定热情为大家服务，好好干，干不好了我从您家里开窗户跳到楼外边。"

田长明笑着对冯凯说："我们相信你肯定能干好，不过，我家在一层，开窗户跳出去不过是做做健身运动，承诺干不好了从你自家住的五层楼跳下去，那才叫有诚意。"

冯凯笑着说："我刚才讲话的意思不是说自己想当官，而是有强烈的为大伙服务的意识和愿望。我从前在部队当行政秘书为大伙服务，退休移交到地方接着为大伙效劳。"

政协室管老干部的干事大声招呼大伙排好队，准备进行户口登记，大厅里的老干部们这才安静下来，陆陆续续走近办理户口登记的窗口。

几天之后，我们这一批已经成为北京市市民的老干部们又聚在了一起，在军队离退休干部休养所的会议室里参加会议。

军队离退休干部休养所简称"军休所"，接收我们这批老干部的军休所只有十来个工作人员，都比较年轻，大部分是部队的转业干部。所长年轻精干、待人热情，他和军休所的其他工作人员详细地向我们介绍了军休所的职责、义务和具体的服务内容。

听说军休所有老年大学分校和七八个适合老年人参与活动的文体组织，老干部们都非常兴奋。

所长让老干部们酝酿一下，对军休所的工作还有什么意见和建议，有参加文体组织意向的，可以找工作人员报名。坐在我旁边的田长明用手捅了一下坐在前排的冯凯，低声说："冯秘书，你平时嗓门这么高，以后可以到老干部合唱团去唱歌了。"

冯凯回头说："我这个人生来五音不全，连放屁都跑调，唱歌肯定不行，不过，我当兵以前在公社的文艺宣传队混过几天。"

"都演过什么节目，扮过什么角色？"田长明好奇地问。

"《智取威虎山》里的匪兵乙，《沙家浜》里的阿庆……"冯凯故意卖了个关子。

"是阿庆嫂？"田长明惊讶地问。

"不，是阿庆哥！"

田长明嘘了一口气说："刚才听所长的介绍，像你这样原来只是跑龙套和有名无实的都不行，要会乐器独奏、合奏和清唱。"

"我没有这方面的天分，您和老伴两个人在家天天没啥事，去报名参加几个班呗！"冯凯说。

田长明叹了一口气说："唉，你知道我身体不是太好，只适合参加一些非体力的活动，最好是一个人待在家里，一壶清茶坐寒舍，读半日闲书；坐上公交走郊外，赏漫天白云。"

我在一旁点点头说："老同志多参加集体活动最好，如果身体条件不允许，在家中静思安坐、看书写字，也是一种人生佳境，是适合老年人的另外一种生活方式，平和潇洒，安度晚年，如水扬清波，似风过疏林。"

冯凯说："你们两个人在职时搞文字工作时间长，将来都是诗词班的骨干，我要是天天待在家里，非憋出毛病来不可。"

"我早就听说军休所的文体活动非常丰富，大多数老干部都可以在这里找到自己的定位，参加什么活动可根据个人的情况而定，最起码老干部们聚在一起，有一批资历相同的战友，有一个说话聊天的场所。"我对田长明和冯凯说。

田长明说："秦参谋说得对，我有个姓安的老战友，行走不方便，他老伴去世以后，儿孙又经常不回家，自己感到非常无聊。有时候一个人到卫生间里对着镜子自言自语，他最喜欢干的事情就是独自在屋子里下象棋，'老安'着黑子，'安老'执红子，不管是黑子输还是红子输，赢棋的都是他自己。"

冯凯说："田主任说的这事我相信，给退休干部提供合适的活动场所，应当是老干部管理部门的重要工作之一。前几天的一个下午，我在咱们宿舍楼下的小花园里，看到军务局的朱参谋和科研所的樊高工两个人在长条凳子上下象棋，就问他们：'你们两个吃了吗？这么晚还在下，天气凉了也不回家？'朱参谋头也不抬地说：'吃了，吃了，我们都吃了。''吃什么了？'我奇怪地问他。朱参谋指着樊高工说：'他吃了我的炮，我吃了他的马。'"

冯凯的话把我和田长明都逗笑了。

田长明对冯凯说："你身体好，又比我小几岁，以后可以多参加军休所组织的活动，你和你爱人好像没有多少家务负担，经常在外边遛弯。我看到你儿子每天早出晚归的倒是挺辛苦，他现在在哪里上班？"

"在环球经贸公司。"

"工作累不累？"

"不累，不仅不累，而且还'不伦不类'。他们公司只有三个人，他是董事长，他的一个朋友是总经理，还有一个年轻的姑娘是办公室主任兼秘书。"

我和田长明听了冯凯的话又都笑了。

"大嫂是干部子女，您儿子收入不低，女儿又在国外，家庭经济条件好，应该也没有什么负担吧？"我问田长明。

田长明说："我女儿两三年才回来一次，我和老伴想给她帮忙也帮不上。我和老伴两个家庭的四个老人已经走了三个，我老岳父今年已经九十四岁了，单从年龄上看，早该在八宝山占据一个位置了，但由于原来的身体基础条件比较好，目前仍然顽强地坚持在301医院南楼的病床上，不肯再往西走。照顾他的事主要由组织上安排，我和老伴也不用多管，一两个星期去看望一次。我们现在的生活，经济上没有问题，主要是精神上有缺失，希望军休管理部门能够考虑到我们的实际情况，在这方面多做些工作。"

冯凯说："田主任想开一些，精神上有缺失可以想办法弥补，没有病就行，精神有了病就麻烦。你在平常生活中不要过于节俭，每天都要有'二奶'陪伴。"

"你生活中有二奶陪伴？"田长明问冯凯。

冯凯一本正经地说："有哇，早上一杯牛奶，晚上一盒酸奶。"

军休所听取了老干部们提出的意见和建议，承诺会认真研究和采纳。之后，给每个老干部发放了一本《军休干部手册》、几本军休杂志和一个挎包、一个保温杯，会议就散了。

出了会议室，依然是冯凯、田长明我们三个人一起往家走。

田长明无限感慨地对我和冯凯说："听了军休所工作人员的介绍，我对今后的生活心里算是有了一些底数。不过，也总是有一点失落感，我们是找了个婆家，还是又回了娘家？以后与部队还有多少联系，有事还能进军营吗？"

冯凯听了田长明的话，笑笑说："田主任，我免费给您老人家提一点建议，以前说青山处处埋忠骨，现在想哪里水土都养人，不管在部队还是交地方，都是在党中央的领导下。相信国家会把我们的晚年生活安排好，主要是工资有人发、病了有处治，在哪里生活都一样，对以后的事别想那么多。"

我忍不住也说了自己的感受："冯秘书讲的话有一定道理，边关映明月，大漠收夕阳，我们这些人，什么样的情景都经历过，什么样的生活都体验过。这次移交到地方政府管理，是人生道路上的又一次重大转折。我觉得，我们走过的每一段里程，都有让人难以忘怀的风景，今后生活在军休所也是一样，会碰到一些生活难题，也会享受到很多乐趣。我们的年纪越来越大、身体越来越差，由于生理上的原因，各种难题会不请自来、接踵而至。山重连接水复，柳暗少见花明，谁能想得开、放得下，感怀过去，满意现在，期望未来，谁就会有一个幸福的晚年。人的逐渐衰老是自然规律，谁都无法抗拒，但是快乐的情绪是延缓衰老的良药，这种药没有任何副作用，而且还不用付药费。"

听了我说的话，冯凯点点头，尔后感慨地说："从今天开始，从组织形式上讲，我们就算是离开部队了，真是有些舍不得。五十年的军营生活，我们经历了那么多，真想把一些有意思的事情记录下来，留给后人了解，或者是自我欣赏。可惜我肚子里的墨水不够染肠子，哎，田主任，您是咱们综合部的笔杆子，牺牲一些脑细胞，写一本书呗！"

田长明连忙摆手，对冯凯说："不，不，我身体不行，也抽不出那么多时间，还是让秦参谋写吧，他喜欢文学，经常在报刊上发表文章。"

冯凯问我："怎么样秦参谋，那就由你来写？"

我笑了笑说："感谢你们对我的信任，我退休后一直没有停止写作，写些小故事问题不大，要写一本书有些困难，而且我要写也只能写自己熟悉的人和事，书的名字吗，叫……叫《我的军旅生涯》怎么样？"

冯凯高兴地说："好，好，书写出来之后，我要当第一批读者。"

田长明沉思了一下说："我觉得书名应该含蓄一些、抽象一些，叫《无悔时光》比较好，不仅讲述故事，也启迪人生。让我们的战友们看了以后，都能够体会到，不管时间长短，只要有了当兵的经历，在军营里穿过绿色军装，完成自己一定时期或某个阶段应该承担的使命，就是无悔人生、不负时光。"

我听了田副主任的话，觉得面孔热了一下，诚恳地对他说："您的意见很好，我可以把自己经历的故事写出来，启迪人生不敢当，不过，我会尽力把这本书写好。书稿写出来之后，先请您把第一道关。"

我们三个人在铺满落叶的便道上边走边聊，夕阳把树影拉得老长老长，如同我们的绵延思绪……